King and Dog
킹과 개

킹과 개

초판 1쇄 찍은 날 | 2015년 3월 31일
초판 1쇄 펴낸 날 | 2015년 4월 8일

지은이 | 공은주
펴낸이 | 서경석

편 집 장 | 권태완
편집책임 | 나정희
편   집 | 최고은

펴낸곳 | 도서출판 청어람
등록번호 | 제387-1999-000006호
등록일자 | 1999. 5. 31
어람번호 | 제5-0408호

주소 | 경기도 부천시 원미구 부일로 483번길 40 서경B/D 3F (우) 420-822
전화 | 032-656-4452 팩스 | 032-656-4453
http://www.chungeoram.com
E-mail | chungeorambook@daum.net

King and Dog

킹과개

공은주 장편 소설   Chungeoram romance novel

도서 출판 청어람

※ 본문 중 ""는 한국어, 「 」는 영어로 표기합니다.

프롤로그

중학교 국어 교사였던 부친 이문태는 겉으로 드러나길 매우 도덕적인 인물이었다. 학생들 가르치는 걸 천직으로 알고 지내던 사람이어서 그런지, 직업병처럼 종종 입바른 말로 상대의 잘못을 지적해 올 때도 있었지만, 그래도 빈말을 입에 담는 법은 없었다. 옳은 건 옳고, 아닌 건 아니며, 틀린 걸 어물쩍 넘기는 성격도 아니었다.

고지식하고 고리타분한 이문태.

흔한 말로 법 없이도 살 사람이라고 했다. 일관된 주변의 평판은 곧 사실처럼 받아들여져 이자경의 뇌리에도 뿌리 깊게 박혔다. 세상을 몰랐던 어린 눈에는 이런 이문태가 늘 자랑스럽고 좋았다. 아니, 좋아했었다.

이미 과거가 돼버린 일을 떠올리는 지금 이 순간, 자경의 입술이 보기 싫게 뒤틀렸다. 참을 수 없이 우스운 심정이었다.

반면에 선천적으로 몸이 약했던 여정임은 자경이 태어난 지 일 년이 접어든 시기에 원치 않은 유산을 경험하게 된다. 그리고 채 몸을 추스르기도 전에 날아든 성급한 강요.

"그래도 아들은 하나 있어야지."

기필코 아들을 낳아야 한다는 시어머니 윤인숙의 구시대적 발상은 이내 매서운 닦달로 이어졌고, 이는 정임으로부터 그다음의 선택권마저 빼앗아가는 결과를 초래했다. 그러나 그 아이조차 세상의 빛을 보지 못했다.

이 같은 일이 세 번쯤 반복되었을 무렵 정임의 얼굴에서는 작은 웃음기조차 찾아볼 수 없게 되었다. 그리고 몸의 아픔보다 정신이 피폐해지기 시작했을 즈음 정임은 심한 우울증을 앓기 시작했다.

생각건대 세상에 말로써 줄 수 있는 폭력만큼 잔인한 게 또 있을까. 분명한 건 때론 후려 맞는 뺨 한 대보다, 작정하고 던진 말한마디가 비수처럼 가슴에 와 박히는 법이었다.

사태를 방관하던 이문태와 시종일관 정임의 부덕함을 탓하던 윤인숙의 매몰찬 언행이 계속해서 정임을 구석으로 내몰았다. 그러고 난 후 얼마 지나지 않아 이문태가 아장아장 걷기 시작하던 아이 하나를 집으로 데리고 돌아왔다. 정임이 머물고 있고 자경이 살고 있던 바로 그 집으로.

한참의 침묵 끝에서야 나온 이문태의 나직한 고백이 정임의 몸을 휘청거리게 만들었다. 이문태의 핏줄이라고 했다. 다름 아닌 문태의 입으로, 자경의 남동생이라고 그렇게 말했다.

외도, 불륜.

당시 열 살에 불과했던 자경도 이 말이 주는 충격에서 쉽게 벗어나지 못했다. 완벽한 배신이었다.

배신감. 그건 가족이라 믿었던 사람에게 느낄 수 있는 가장 최악의 감정이었다. 치졸하고 비겁한, 세상에서 가장 저열한 방법으로 이문태는 두 사람을 기만했다.

언제나 정면을 향해 있던 이문태의 눈길이 그때만큼은 아래로 내리깔려져 있었다. 대신 기쁨이 스며든 얼굴로, 어린 손자를 품에 안은 윤인숙이 앞장서 이문태의 입장을 대변해 왔다.

"아범 탓할 것 하나 없어."

"어머니!"

"세상 이치가 그렇지 않느냐. 쓸모없는 계집애 말고, 대를 이어줄 사내애를 낳았으면 애당초 이런 일이 벌어졌겠느냐는 말이야, 내 말은."

세 치 혀끝에서 나오는 말들은 한겨울에 휘몰아치는 눈보라보다도 차고 매서웠다. 윤인숙의 발언에 희게 질린 정임이 서둘러 두 손으로 자경의 귀를 막았다.

"그만하세요."

"말 나온 김에 내 다 말하마. 일이 이렇게 된 건 누가 뭐래도 어미 책임도 커. 대 끊어놓을 생각이 아니라면, 이쯤에서 마음 고쳐먹어. 따지고 보면 어미 입장에선 고마워해야 할 일 아니냐? 딸은 없어도 그만이지만, 아들은 달라. 죽으면 제사상에 밥 올려주는 것도 결국엔 장손 몫이야."

"제발…… 부탁드렸잖아요. 제발 그만 좀 하세요."

"애가 점점. 어디서 말끝마다 언성을 높여. 어미 넌 내 말이 우습게 들리는가 보구나."

쓸모없는 계집애. 불행히도 자경을 지칭하는 사나운 말들은 이미 여과 없이 그녀의 귀로 전해진 뒤였다.

그러나 이 상황에서 다른 무엇보다 실망스러웠던 건 문태의 태도였다. 딱히 긍정도, 그렇다고 부정도 하지 않았지만, 서늘한 이문태의 침묵은 그 어느 때보다도 많은 얘길 해오고 있었다.

암묵적인 이문태의 방관이 윤인숙의 의견을 지지하고 나섰다.

집안의 대를 잇는 일인데 이 정도 일은 눈 딱 감고 넘길 줄도 알아야 하는 법이라며, 도리어 훈수를 둬오는 인숙의 앞에서 정임은 오열했다. 세상이 무너진 것처럼, 그렇게 울기만 했다.

들썩거리기 시작한 가녀린 어깨가, 떨림에 휩싸여 가는 몸이, 금방이라도 쓰러질 것처럼 위태로웠음에도 불구하고 이문태는 끝끝내 이런 정임을 외면했다.

미안해. 미안해, 딸.

자경이 기억하는 정임의 마지막 말이었다. 그러나 이 말은 정임이 아니라 이문태가 했었어야 옳았다. 정임이 아닌 문태가!

미안하다.

이 한마디를 하는 게 그토록 어려웠던 걸까.

잘못했다.

절망에 빠진 정임을 위로하기엔 지나치게 초라한 변명이었을지언정, 최소한 이문태는 이 말을 입에 올리는 것으로써 그가 저지른 죄악에 대한 용서를 구해야만 했다. 그러나 굳게 닫혀 있던 서늘한 입술은 끝끝내 열리지 않았다. 마지막 기회를 져버린 건 다름 아닌 이문태 본인이었다.

해어질 대로 해어지고 썩어 문드러질 만큼 마음고생을 해가며 혼자서 모진 구박을 견뎌내야 했던 정임의 입장을, 그 안에 든 진짜 속마음을 이문태는 왜 한 번도 헤아려 볼 생각은 하지 않았던 걸까?

서재에서 자겠다며 무심한 태도로 안방 문을 열고 나서던 이문태를 대신해, 정임의 품을 파고든 건 어린 자경이었다. 흡사 목숨줄이나 된 듯 힘껏 껴안아오던 정임의 손길에서 필사적인 기운이 느껴졌다.

이따금씩 울음을 참는 듯 간헐적으로 끅끅대며 정임이 숨을 참아올 땐, 어린 마음에도 왠지 모를 불길한 기운에 사로잡히곤 했다. 불행히도 자경의 예감은 빗겨 나가지 않았다.

아침에 눈을 떴을 땐 여전히 정임의 품속이었다. 그러나 평상시 때의 따뜻한 체온과는 거리가 먼, 얼음장처럼 차갑고 눈보라보다도 시린 기운이 맞닿은 피부 너머로 전해져 왔다. 마치, 마치…….순간 자경의 눈썹이 가느다랗게 떨렸다.

많은 시간이 흘렀지만, 그때의 일은 여전히 떠올리는 것만으로도 숨이 턱턱 막혀왔다. 나란히 옆으로 누워 자경을 토닥여 주던 정임의 손길은 그날 이후로 두 번 다시 느낄 수가 없게 돼버렸다.

수면제 과다 복용에 의한 자살로 추정.

하루아침에 엄마를 잃은 어린 자경에겐 믿고 의지할 사람이 필요했다. 그러나 이문태에겐 자경보다 더 신경을 써줘야 할 어린 자식이 있었다. 아니, 바꿔 말하자면 생겨 버렸다.

시간이 지날수록 이유 없이 날아들기 시작한 비난이 고스란히 상처가 되어 돌아왔다. 눈이라도 치켜뜰라 치면, 그때마다 윤인숙은 사람들의 눈에 띄지 않는 다락으로 자경을 끌고 올라가 매섭게 혼찌검을 냈다.

때론 매를 들기도 했다.

조금의 망설임도 없이, 엄마를 잃은 아이에 대한 가엾음도 없이, 그저 다그치기에만 급급했다.

그러나 자경에게 매몰찼던 윤인숙의 손은, 다른 누군가에게는 한낮의 봄볕보다도 더 따사로운 햇살이 되기도 했다. 품에 안은 아이를 얼러주고 다독여 주던 윤인숙의 모습이 어린 자경의 마음을 사납게 할퀴고 지나갔다.

이제 와 하는 말이지만 그때의 자신은 꽤나 어리숙했던 것 같다. 차별이 심해질수록 아이가 싫어졌다. 인숙이 잠깐 한눈이라도 팔라 치면 그 사이를 틈타 말랑말랑한 아이의 볼을 수차례 꼬집길 반복했다. 괜한 화풀이였다.

반목하고 대립할 수밖에 없었던 환경에 빗대, 아무래도 좋은 누나가 돼주기에는 자경은 그다지 적합한 상대가 아니었다. 만약 과거로 돌아간다 하더라도 이 같은 결정은 바뀌지 않았을 것이다.

아니, 오히려 더 지능적으로 행동했을 테다. 그랬다면 적어도 인숙에게 불려가 회초리를 맞는 일도 없었을 테니까.

당시 윤인숙으로부터 이 같은 정황을 전해 들은 이문태가, 따끔한 충고처럼 내뱉었던 말 한마디가 아직도 잊혀지지 않고 기억 깊숙한 곳에 남아 있었다.

"이자경. 계속 이런 식이면 이 집에서 함께 살 수 없어."

마음을 표현하는 방법이 서툴러 무뚝뚝하게 보일 뿐, 좋은 아빠이고 좋은 남편이라며 항상 정임이 말해오곤 했지만 그건 정임이 틀렸다. 기실 이문태는 정임의 죽음 이후에도 무관심이나 다름없는 태도로 자경을 방조했고, 이 때문에 자경은 집안에서 점점 설 자리를 잃어가고 있었다.

그래서일까. 어느 순간부터 편안해야 할 집이 불편하단 생각을 가지게 되었다. 그리고 얼마 지나지 않아 이러한 생각에 정점을 찍는 일이 발생했다.

정임의 장례가 끝난 지 두 달쯤 지났을까. 이번에는 문태가 이복동생의 엄마란 여자를 집으로 들였다.

"네가 자경이니?"

이문태와 팔짱을 낀 채, 한껏 당당한 태도로 집 안에 들어서던 신지수가 가장 먼저 건네온 말이었다. 일견 겉으로 보기엔 다정한 음색을 띠고 있었지만 바라보던 눈빛은 서늘함을 넘어 차기만 했다. 그러나 적개심을 느낄 틈도 없이 상황은 새로운 국면으로 접어들었다.

신지수에겐 자경보다 육 개월 뒤에 태어난 딸이 한 명 더 있었는데 이름은 신해서라고 했다. 부득이한 사정으로 엄마 성을 따랐다던 신해서는 아주 우습게도 아빠의 딸이라고 했다. 그냥 딸이 아닌, 재혼해서 가족이 된 것도 아닌, 정말로 피를 나눈 친딸.

"할머니, 저 왔어요."

"그래, 그래. 추운데 어서 안으로 들어오렴."

요즘 들어 눈앞이 침침해졌다던 인숙은, 아닌 게 아니라 정말로 시야가 흐릿해진 모양이었다.

모르나 본데 개도 여자애예요. 할머니가 그렇게나 싫어하는 여자.

밝은 얼굴로 해서를 반기던 윤인숙을 향해 진실을 폭로하고 싶어 입술 끝이 근질근질 거렸다. 그러나 실제로 속마음을 입 밖으로 내뱉지는 않았다. 왜냐하면…… 사실은 이미 알고 있었으니까. 자경이 아는 것을 이미 인숙도 알고 있다는 것을.

쓰다듬듯 연신 해서의 뒷머리를 쓸어내리던 윤인숙의 손 어귀에 자경의 시선이 못 박힌 듯 고정됐다. 허리까지 길러 늘어뜨린 해서의 머리카락이 아니더라도, 조근조근한 말투 하며 맑게 웃는 음색까지 뭐 하나 남자아이라고 오해를 살 근거가 없었다.

하지만 왜 저 애는 다른 걸까. 왜 저 애만 특별 취급을 받는 걸까. 어차피 다 같은 아버지의 딸인데!

모든 게 혼란스러웠다. 생각을 정리할 시간이 필요했지만, 그럴 만한 여유는 처음부터 주어지지 않았다.

"뭐 하고 섰니. 어서 새엄마께 인사 올리지 않고서."

"……"

"버르장머리 없기는. 어서 인사 올리지 못해!"

"안녕하세요."

하나도 안녕하지 못했다. 신경질적으로 날아든 인숙의 다그침에 떠밀리듯 억지로 입을 뗐을 뿐 정말이지 하나도 안녕하지 못했다.

자경이 세상에 태어나기도 전에, 이문태가 다른 여자와의 사이에서 또 다른 아이를 만들었다. 대체 이 사실을 어떤 의미로 받아들이고 어떤 식으로 해석을 해야 좋을지 당시엔 판단이 서지 않았다.

바람. 이문태의 바람.

울고 싶었는데 눈물은 나오지 않았다. 이 자리에서 울면 죽은 정임이 슬퍼할 것 같았다. 그런 생각을 하니 오기로라도 참아졌다.

육 개월 어린 이복동생의 등장은 이문태에 대한 새로운 불신으로 이어졌다. 다른 걸 떠나 기간이 지나치게 길었다. 일이 년도 아닌, 자그마치 십 년에 가까운 세월 동안 정임을 속이고, 또 자경을 속여왔다.

세상에 다시없을 성인군자처럼 굴던 남자가, 사실은 본처 몰래 두 집 살림을 해왔단 사실을 쉽게 용납하고 받아들일 수가 없었다.

엄마를 죽인 건 당신이야. 원망을 쏟아붓듯이 그렇게 말했던 건 뭐라도 좋으니 문태의 변명을 듣고 싶었기 때문이다. 그러나 원하던 대답은 끝내 듣지 못했다. 대신에 볼이 빨갛게 부어오를 정도로 뺨을 얻어맞고 말았다.

거센 압력을 이기지 못한 자경의 몸이 곧이어 바닥으로 쓰러졌다. 우습게도 주변에선 말리는 이도, 다가와 일으켜 세워주는 사람도 없었다.

결국 정해진 수순을 밟듯 얼마 안 가 이문태와 신지수가 재혼을 했고, 신해서 역시 이해서로 성이 바뀌어 그녀의 동생인 이신후와 함께 이문태의 호적에 올랐다. 당연하게도 그날로 자경은 천덕꾸러기 신세가 돼버렸다.

그간엔 순둥이나 다름없이 순하다는 말만 들어왔던 자경은, 이 시기를 기점으로 하여 뒤바뀌어진 주변의 악의적 평가 속에서 어느덧 드세고 고집 센 아이가 돼 있었다. 반면에 신해서, 아니, 이제는 이해서가 된 해서는 모두의 관심과 보살핌 속에서 사랑스러운 아이로 남을 수 있었다.

'세상에 정의란 게 진짜 있기는 할까?'

'아니, 없어.'

이 질문을 열 살의 이자경에게 했다면 대답은 분명 부정적이었을 테다. 하지만 적어도 열두 살의 이자경은 달랐다.

'어쩌면, 천벌이란 건 있을지도 몰라.'

가정교육이라는 허울 좋은 명분 아래, 종종 윤인숙은 매를 드는 것으로써 자경을 향해 직접적인 체벌을 가하곤 했다. 반면에 신지수는 자경을 굶기는 것으로써 그 벌을 대신했다. 그럴 때면 인숙은 늘 신지수를 향해, 그렇게 쉽게 용서를 해주면 애 버릇이 나빠진다며 혀를 차곤 했지만, 사실은 그렇지가 않았다.

아침부터 밤까지, 물 한 모금 주지 않고 어린애를 굶기는 걸 학대란 단어 외에 달리 표현할 방법이 있긴 한 걸까?

아직도 뚜렷하게 기억나는 그날은, 문태가 당직을 서느라 밤새집을 비웠고 때맞춰 인숙도 초상이 난 수원 친척 집에 며칠 다니러 가고 없었다. 그리고 어김없이 신지수의 체벌이 자경을 향했다.

하루 종일 주린 배를 움켜쥐고 있던 자경은 결국 배고픔을 참지 못해 밤늦게 부엌으로 숨어들었다.

먹다 남긴 반찬들을 식구들 몰래 허겁지겁 집어 먹으며 허기를 채울 때면 불현듯 목이 꽉 막혀오곤 했다. 그러다가 가까이에서 들려오는 인기척에 손발을 구겨 넣다시피 해가며 싱크대 붙박이장으로 몸을 숨겼다.

인기척의 주인은 신지수였다. 차가운 식은땀이 등허리를 타고 내렸다.

일 분 일 초가 마치 한 시간처럼 길었다. 그런데 거기서 자경은 예상치 못한 비밀 하나를 듣게 된다. 문태와 인숙의 부재가 신지수의 경계태세를 흐트러뜨리게 만든 것이었다.

평상시보다 한껏 목소리를 키운 신지수의 음성이, 통화 중이던 상대에게로 흘러들어 갔다. 그러나 그 자리엔 신지수뿐만 아니라 분명 자경도 함께하고 있었다.

태풍이 몰아치던 열두 살의 늦여름. 아니, 어쩌면 초가을이었을지도. 거칠게 불어대던 비바람 소리와, 우르릉거리던 사나운 천둥소리조차도 뒤덮지 못했던 진실 하나가 자경의 마음속에 새파란 불꽃을 피어오르게 만들었다. 그건 창 너머로 번쩍이던 번개보다도 더 강렬한 빛이었다.

부도덕한 사랑 타령 이면에, 치밀하게 사전 모의돼 있던 계획.

거짓에 가려져 드러나지 않았던 또 하나의 가해자, 윤인숙.

우스울 정도로 상황은 복잡하게 꼬여 있었다.

최초에 제기되었던 의문 역시 이 순간 어렵지 않게 풀렸다. 시시때때 일삼던 윤인숙의 성차별적 발언에도 왜 이해서만큼은 자유로울 수 있었는지, 그 이유에 대해 알게 된 뒤로 자경은 더 이상 윤인숙이 해오는 그 어떤 말에도 상처받지 않게 됐다.

열두 살의 자경은 세상을 미워하기에 바빴다. 어른이 되고 싶었

고, 혼자가 되고 싶었다. 이곳에 자경의 자리는 준비돼 있지 않다
는 걸 누구보다 스스로가 더 잘 알고 있었으니까. 그러나 그날을
기점으로 해서 자경은 더 이상 이 집에 머무는 걸 불편하게 여기
지 않기로 했다.

"몰랐는데 나는 엄마를 닮지 않았나 봐."

이문태를 떠올리는 순간 찬바람이 마음속으로 들이닥쳤다.

"……그 사람을 닮고 싶지는 않았는데, 핏줄은 어쩔 수 없나
봐."

세상을 알아버린 눈은 여전히 맑고 투명했다. 그러나 순수한 것
일수록 때가 묻기 쉽다. 숨겨진 비밀을 알게 됐지만 여전히 변한
것은 없었다. 적어도 아직까지는.

"틀렸어. 하지만 나도 이해서도, 방금 네가 말한 이문태 선생님의 친딸이긴 해."

"그게 무슨 소리야? 쌍둥이는 아니라면서?"

"그건 아냐."

"대체 그럼 뭐야."

"거기까진 알아서 생각해."

이해서와의 관계에 대해 캐물어오는 주변의 질문에 대한 자경의 답은 짧고 간결했다. 그러나 별거 아닌 투로 내뱉은 이야기는 생각보다 주변에 큰 파장을 불러일으켰다.

의문을 해소시키기보다 호기심을 자극하는 자경의 언변에 주위의 웅성거림이 조금 전보다 확연하게 커졌다.

5월이 생일인 자경과 12월이 생일인 이해서.

아이들이 생각할 수 있는 경우의 수는 생각보다 많지 않았다. 그래서 자경은 이쯤에서 하던 이야기를 접어두고 잠시간 입을 닫아걸었다. 직접적으로 상황을 설명하는 대신 얼마간 상상할 수 있는 시간적 여유를 제공함으로써, 원하던 소기의 목적을 달성할 수 있다는 걸 이미 알고 있어서였다.

아니나 다를까. 당장에 첩이니 본처니, 내연녀니 하는 원색적인 단어들이 귓가로 들려왔다. 대개가 그렇지만 이 나이대의 아이들은 작은 실마리 하나에도 확대해석을 하는 경향이 있었다. 이쯤에서 자경은 해야 할 일이 있었다.

행복한 표정으로 웃는 것.

동정받을 만한 입장이 아니란 걸 분명히 해둠으로써, 아이들의 상상력이 좀 더 본질에 가깝게 접근했다.

사실상 자경과 이해서가 같은 중학교로 배정을 받게 되는 상황은 두 사람 모두가 바라지 않았던 결과였다. 굳이 비교를 하자면 이해서 쪽이 조금 더 질색할 일이긴 했겠지만. 물론 이해서보다 난감한 입장에 처해 있는 사람도 분명 한 사람 더 있긴 했다.

서문 중학교 국어 교사 이문태.

자매가 나란히 같은 학교 같은 학년으로 진학하는 것도 드문 경우인데, 부친 역시 동일 재단의 국어 교사란 점은 얘깃거리에 목마른 군중에게 있어 좋은 먹잇감이나 다름이 없었다.

운이 좋았다고 해야 할지…….

신지수를 닮아 서구적인 체형을 지닌 이해서는, 늘씬한 몸매와 화사한 얼굴로 인해 어딜 가나 주변의 이목을 끌곤 했다. 반면에 적당한 키에 평범한 외모를 지닌 자경은 인파에 섞여 있으면 딱히 눈에 띄는 타입이 아니었다.

다만 실제 성격과는 무관하게 만만해 보이는 인상이어서 좋은 점은, 주변으로부터의 접근성이 용이하다는 데 있었다.

일찌감치 선수를 친 덕분에, 소문은 이해서가 아닌 자경이 의도한 방향대로 흘러갔다. 부풀려질 대로 부풀려진 소문은 곧 이해서의 귀에도, 또 이문태의 귀로도 들어갔다. 그렇게 돌고 돈 소문은 점심시간이 지날 무렵 새로운 살이 덧붙여진 채로 자경에게로 전해졌다. 이해서가 울고 있다는 내용이었다.

잠시 잠깐 아래로 눈을 내리깐 뒤 자경은 생각이란 걸 해보았다. 이해서에 대한 주변의 동정론이, 과연 파다하게 퍼진 소문의 여파마저 잠재울 수 있을까 하는 그런 생각.

하지만 그건 별로 달갑지 않은 일이었다. 대가를 바라고 시작한 일은 아니었지만, 최소한 이문태가 곤란을 겪는 일 정도는 보고 싶었다. 하지만 그건 아무래도 무리인 것 같았다.

내리깐 눈을 천천히 들어 올려, 이해서의 소식을 전해온 무리를 건너다보았다.

하나, 둘, 셋.

약속이나 한 것처럼 세 사람 모두 미간 사이를 좁힌 채 인상을 찡그리고 있었다. 마치 화가 난 표정이었다.

이름이 뭐였더라. 기억을 헤집는 사이 날카로운 질책이 자경을 향했다.

"너, 되게 못됐구나."

비난에 가까운 힐난이었다. 마치 악당이 된 기분이었다. 하지만 틀린 말도 아니었다. 그래서 변명을 하는 대신 웃어 보였다. 그러자 언짢은 표정을 지우지 못한 왼쪽 아이가 질타나 다름없는 말을 입에 담았다. 아쉽게도 이번에도 이름은 생각나지 않았다.

"이해서 일, 네가 거짓말한 거라며?"

"이해서가 그래?"

"아니. 이문태 선생님께서 직접 해명하셨어. 사별 후 재혼을 하신 것뿐이라고."

이어진 설명에 자경은 작게 코웃음을 쳤다. 정말이지 이문태답다고나 할까.

분명 아무렇지 않은 표정으로, 사람들에게 신뢰를 주는 엄숙한 말투로, 모든 소문은 부풀려진 거짓이라고 일축했을 테지. 하지만 진짠 걸. 문태의 말이 아니라 자경의 얘기가 사실이었다.

"겨우 두 달 뒤였어."

"두 달……? 말 돌리지 말고 정확히 말해. 방금 한 말 무슨 뜻으로 한 얘기야?"

"거기까진 알아서들 생각해."

은근한 뉘앙스가 포함된 자경의 이야기는 교사인 이문태의 도덕성에 흠집을 내는 교묘한 흠집 내기용과도 같았고, 굳이 따지자면 비방에 가까운 내용을 담고 있었다. 이문태를 겨냥한 자경의 말은 아이들을 혼란시키기에 충분했다.

"그러니까 뭐야. 사별 후 재혼하기까지 걸린 시간, 그 시간이 겨우 두 달이었단 얘길 하고 싶은 거지? 맞지?"

저마다 눈빛 교환을 끝낸 아이들이 이윽고 하나의 결론을 내놓았다. 자경은 일부러 여기에 대한 확인 사살은 하지 않았다.

"그래서 이해서는 뭐래?"

"울기만 해. 충격을 많이 받았나 봐."

"그래? 그럼 진정되면 이해서의 생각이 어떤지도 한 번 들어봐. 그게 공평한 거니까."

"……?"

"이해서의 대답도 네가 들었다던 이문태 선생님의 해명과 다르지 않다면, 좋아. 그땐 내가 사과할게. 그럼 됐지?"

자경은 절대 스스로가 가진 패를 전부 드러내 보이지 않았다. 웃으며 이해서의 말을 들어보라며, 이문태에게 다시 한 번 확인을 해보라며, 지극히 상투적인 말로 대답을 미루기만 했다. 그건 여러 마디의 말을 늘어놓으며 자기주장을 내세우는 것보다 더 확실한 효과가 있었다.

착해빠진 이해서.

교활한 신지수를 닮지 않아 마음이 여렸고, 이문태처럼 불필요한 이중적인 잣대를 내세워 신경전을 벌일 정도로 약지도 않았다.

하지만 결정적으로 눈치가 없었다. 소파에 앉아 당연하다는 듯 리모컨을 손에 들고, 윤인숙이 가져다준 간식을 먹으며 주말휴일을 보낼 때, 자경은 다락에 틀어박혀서 배고픔을 견뎌야 했다. 그런데도 밥 같이 먹자는 소리 한 번 해오지 않던 이해서. 그랬던 이해서가 과연 이번엔 어떤 대답을 내놓을까.

결과를 점치는 것은 생각보다 어렵지 않았다. 입꼬리가 살짝 위로 끌어당겨졌다. 이문태가 아니라고 해명한 이야기는 분명 이해서의 귀로도 전해졌을 가능성이 높았다. 그렇다면 이해서의 대처 방안 또한 정해져 있을 게 거의 확실시되는 상황이었다.

이문태의 말처럼 아니라고 하겠지. 아마도 그럴 테다. 추측이나 가정이 아닌 하나의 확신이었다.

사과라……. 사과.

불합리한 결과라고 해도 나쁘진 않았다. 서로의 존재를 부정하는 것을 직접 눈으로 확인하는 것만으로도 자경은 얻는 것이 많았다.

그깟 사과 따위 해달라면 해주지, 뭐.

머리를 숙이는 것 정도는 별로 힘든 일도 아니었다.

이자경과 이해서는 다르다. 그러니까 이 정도 일에 상처를 받지도 않는다. 책상을 두드리는 손가락의 움직임이 조금씩 빨라졌다.

어찌 보면 추문이나 다름없는 얘기였다. 그러나 거짓으로 꾸며내 말하거나, 지어낸 부분은 하나도 없었다. 있는 그대로의 사실을 얘기한 것뿐이었다. 그런데도 이문태는 이 상황을 견딜 수가 없었던지 기어코 진로상담실로 자경을 호출했다.

하지만 입학을 한 지 채 한 달도 지나지 않은 시점에서 진로상담실이 어디 붙어 있는지 알게 뭐람. 일부러 늦장을 부려가며 도착한 곳에는 이미 이문태가 자리를 잡고 있었다.

표정이 심상치 않았다. 애써 도발을 하지 않아도 이미 머리끝까지 화가 나 있는 얼굴.

철썩.

"아비 얼굴에 먹칠을 해도 유분수지. 대체 왜 그런 쓸데없는 얘길 떠벌리고 다니는 게냐."

이문태의 손은 교편을 잡던 손이었다. 그런데도 이 순간 자비로움은 조금도 찾아볼 수가 없었다.

원래가 그랬던 사람.

새삼 너그럽기를 바란 건 아니었지만 다짜고짜 뺨부터 후려칠 줄은 예상치 못했었다. 하지만 아픈 내색을 겉으로 드러내지는 않았다. 약한 자에겐 더없이 잔인해질 수 있는 사람이란 걸 일찍이 겪어봐 알고 있었기 때문이다.

담담하게 마주 본 이문태의 눈은 자경과는 다르게 작게 흔들리고 있었다.

"이해서는 아버지 딸이에요. 그리고 이 얘길 해준 사람도 다름 아닌 아버지였어요. 그런데도 이 얘기가 쓸데없는 얘기였군요."

"이자경!"

"가끔은 생각해요. 내가 이문태란 사람의 딸이 아니었다면 더 좋았을 텐데 하는, 그런 생각 말이에요."

똑바로 마주 본 이문태의 눈빛에서 흔들림이 커져 가는 걸 지켜보면서도 자경은 시선을 피하지 않았다. 외면하듯 눈길을 피한 건 문태가 먼저였다.

뒤늦게 부어오르기 시작한 뺨을 가만히 어루만지자, 달아오르기 시작한 열의 흔적이 손끝으로 느껴졌다. 입안이 찢어지지 않은 걸 다행으로 여겨야 할 정도였다.

명백히 고의가 분명한 자경의 행동이 한층 분위기를 어둡게 만들었다. 한동안 침묵하던 문태가 '후우' 하며 깊은 한숨을 내쉬었을 즈음, 자경이 씩 미소를 지었다.

"괜찮아요. 별로 아프지 않았어요."

"……."

"처음도 아닌걸요. 그러니까 그런 표정 지을 것 없어요."

마지막으로 울며 떼를 써본 건 이미 오래전 일이었다. 담담하게 내뱉은 자경의 말 한마디가 이문태의 어깨를 움찔 떨게 만들었다. 아주 잠깐 동안에 불과했지만, 자경의 눈을 속일 수는 없었다. 한 차례 끊어졌던 대화를 이어 나간 건 자경이었다.

"전 괜찮지만 아버진 어떤가요? 그 손, 아프진 않나요?"

"날…… 걱정해 주는 게냐?"

설마, 그럴 리가. 당사자인 이문태의 앞이 아니었다면 대번에 코웃음 치고도 남았을 얘기에, 자경은 비웃음을 참느라고 혼이 날 지경이었다.

"아프지 않았다면 다행이에요. 그렇지만…… 아플 거예요. 지금은 아니지만 더 나중엔 그럴 거예요."

"이 녀석, 자경아."

"확실히 해둬요, 우리. 이해서, 아버지 딸 맞죠?"

"……"

"참 알 수가 없어요. 아버지의 이런 태도가 이해서를 상처받게 만든다는 걸, 모르지 않잖아요."

지금 상황에서 비꼬는 듯한 어투를 사용하는 건 금물이었다. 정말로 모르겠다는 듯, 진심으로 궁금하다는 듯이, 가끔은 고개를 갸웃거리기도 하면서 속에 담은 이야기를 꺼내놓기만 하면 됐다.

"해서 말고, 너는, 자경이 너는…… 다르다는 게냐?"

이제 와서 하기에는 너무 늦은 질문이었다. 이문태는 인정하려 하지 않겠지만, 자경의 입장에서는 달갑지 않은 간섭과도 같았다. 가만히 문태를 바라보고 있는데, 문태의 입술 끝이 또다시 조급하게 움직거렸다.

"말해보거라. 정말 이 상황이 자경이 넌 아무렇지 않은 거냐고 지금 묻고 있질 않느냐."

"제 생각이 중요한가요."

와락 일그러지기 시작한 이문태의 표정을 지켜보고 있는 동안 가라앉았던 기분이 조금씩 나아졌다. 물론 겉으로 이러한 감정을 드러내지는 않았다. 누구 좋은 일 시키려고. 그러자 곧 문태가 원론적인 이야기를 꺼내놓으며 그럴듯한 말로 자경을 구슬리기 시작했다.

"지나간 과거 일로 대체 언제까지 이렇게 못나게 굴 게냐. 해서보다 자경이 네가 언니야."

모순 투성이로 이뤄진 이문태의 말이 격렬한 반발심을 일으켰다. 추궁이나 다름없던 지금의 상황이 무엇으로 인해 벌어진 것인지 문태는 잠시 잠깐 잊은 모양이었다.

뒤늦게 이러한 허점을 깨달았던지 이문태의 얼굴 위로 핏기가 싹 가셨다.

"그러니까 내 말은……."

"됐어요. 무슨 말인지 알겠어요. 그러니까 제가 뭘 어떻게 해줬으면 하는지만 말해줘요. 아버지 입으로 직접이요."

고저 없이 흘러나온 자경의 말에 답지 않게 이문태가 슬쩍 눈치를 봐왔다. 예상했던 것처럼 이번에도 역시 자경은 깨물어 덜 아픈 손가락이었다. 그렇지만 애초에 기대가 없으면 실망도 없는 법이다. 이문태의 요구는 자경을 거짓말쟁이로 만드는 일이었다.

"오늘 일, 마음에 담아두지 말거라."

"이미 잊었어요."

"……잠깐 있어보거라."

뒤돌아 걷기 시작하는 자경의 앞을 이문태가 가로막았다. 그러더니 품 안에 있던 지갑에서 지폐 몇 장을 꺼내 자경의 앞으로 내밀어왔다. 입막음에 대한 대가치고는 무척 약소하다 싶었다.

하지만 돈이 나쁜 건 아니니까. 그리고 자경은 이 돈을 받을 충분한 권리가 있었다. 아무렇지 않게 선뜻 손을 내밀자 오히려 문태가 더 당황한 태도로 허둥지둥했다.

보기 드문 광경이었다. 그래서 이쯤하고 그만둘까 하던 마음을 접고, 예의 지나가는 말처럼 슬쩍 한마디를 더 흘려보냈다.

"신경 쓰지 마세요. 이곳에 들어서는 순간부터 어쩌면 그럴지도 모르겠단 생각을 하긴 했으니까요."

"……."

기대를 내려놓은 얼굴로 무덤덤하게 지폐를 건네받는 자경의 태도에 새삼 충격받은 듯 이문태의 얼굴이 딱딱하게 굳어 있었다.

"가볼게요."

할 말이 남은 것처럼 입술을 달싹이던 이문태의 곁을 스쳐 지나치면서 많은 생각이 들었다.

이건 알까. 이문태가 직접 건네온 이 돈이 정임의 사후에 받은 유일한 배려란 걸, 아마도 그는 끝까지 모를 것이다.

그러나 알아주지 않아도 상관은 없다. 이미 자경에게 있어 이문태는 크게 의미가 있는 사람이 아니었다. 그러니 딱히 결과가 나쁘다고 할 수도 없었다. 최소한 이렇게라도 위안을 해야지만 자경은 이 상황을 견딜 수가 있었다.

어찌 됐건 자경은 어렸고, 모든 사실을 아무렇지 않게 받아들이기엔 아직 자라지 못한 아이에 불과했다. 그래서 누군가를 미워하고 원망하는 것으로써 마음이 편해질 수 있다면, 자경은 그렇게 할 생각이었다.

가벼운 마음으로 선뜻 받아들였던 처음과는 다르게, 이문태의 시야에서 벗어난 직후 자경의 양 주먹이 동그랗게 말렸다. 기다렸다는 듯 지폐에도 심한 구김이 갔다.

아차차. 어찌 됐던 소중한 돈인데 이럼 안 되지. 피가 되고 살이 될지도 모를 반가운 돈을 함부로 다루면 벌 받지. 대신 되도록 빨리 써서 없애 버릴 생각이었다. 이문태의 흔적이 담긴 물건을 오래도록 가지고 있을 마음은 없었다.

이 돈으로 뭘 하면 좋을까. 그래, 과자를 사먹어야지. 달달하게 코팅된 초콜릿이 발린 바삭바삭하고 맛있는 과자라면 더 좋을 것 같다. 한입에 털어 넣고 찹찹거리며 씹어볼까? 그럼 맛이 환상이겠지? 속 시끄러운 일들을 잠시 접어둔 채 자경은 걸음을 옮겼다.

교사 월급이 빤하다고는 하지만, 평상시 몇 푼 되지도 않는 자식 용돈조차 챙겨주지 못할 정도로 궁핍한 거였나. 그러나 어떤 결론을 내린다 하더라도 이해서에겐 이 모든 일들이 해당 사항이 없을 테지. 이문태가 준 돈을 쥔 채 걸으며 문득 그런 생각을 해봤다.

이해서가 흘린 눈물의 파급력은 생각했던 것 이상으로 컸다. 물론 평소와 같은 태도로 사태를 일관하는 이문태의 영향도 적다고 할 수 없었다.

시간이 경과함에 따라 거짓말쟁이로 낙인찍힌 자경은 점점 설

자리를 잃어갔다. 이는 이문태가 바란 결과의 연장선상이기도 했다.

결국 이번 사건이 이해서에 대한 자경의 악질적인 질투심이 빚어낸 해프닝쯤으로 결론지어졌을 무렵, 자경을 향한 아이들의 태도가 반감을 띠기 시작했다.

얼굴이 못생겼으면 마음이라도 착해야 한다고?

성격도 최악인 왕재수, 왕따 이자경.

이해서에 대한 우호적인 여론이 형성될수록, 반대로 자경은 주변으로부터 고립되어 갔다. 상황이 이렇다 보니 무리에 끼워주는 경우도 드물었다. 체육 시간에 짝이 맞지 않아도 자경은 늘 투명인간 취급이었다. 대놓고 괴롭히는 대신, 은연중에 따돌리기로 암묵적으로 약속한 듯 보였다. 남녀공학이란 건 이래서 흥미로웠다.

관심을 꺼주면 나야 고맙지.

물론 이 같은 마음을 겉으로 표현할 만큼 자경은 어리석지 않았다. 이따금 아무렇지 않게 웃다가도 상심한 척 우울한 표정을 짓기도 했고, 가끔은 잊지 않고 책상에 엎드려 세상과 단절된 생활을 즐기기도 했다. 실상은 부족한 잠을 보충한 것뿐이었지만.

이성과 동성의 차이랄까.

자경에 관한 남자아이들의 관심이 비교적 빠른 속도로 식은 것에 비해, 여자아이들의 틈바구니 속에서 자경은 여전히 혼자만 붕뜬 존재로 남아 있었다. 그러나 투정을 부리고 싶단 생각은 해본 적이 없었다. 이를테면 자경은 지금의 상황을 비교적 나쁘지 않게 받아들이고 있었다.

열네 살의 이자경은 여전히 혼자였다. 그러나 겉으로 드러난 것만큼 쓸쓸하지는 않았다. 이때의 자경은 누군가와 스스럼없이 어울려 하하호호 웃으며, 남들처럼 평범한 학창 시절을 즐길 마음의 여유란 걸 가지고 있지 않았으니까. 한 사람, 또 한 사람을 미워하는 것만으로도 자경은 하루해가 짧을 지경이었다.

왕재수, 이자경.

눈에 거슬리는 것에 비해 공부는 곧잘 했던, 그래서 더 미움을 받았던 서문 중학교 공식 왕따의 하루는 생각보다 평온했다.

등교해 수업을 마치고 하교를 할 때까지, 딱히 개인적인 볼일로 말을 걸어주는 사람은 없었다. 그럼에도 불구하고 시시때때 자경의 이야기는 주변의 입방아에 오르내리곤 했다. 심심풀이 땅콩 같은 대우였다.

재미있는 사실은 언제부턴가 아이들 사이에서 자경을 지칭하던 단어가 바뀌기 시작한 것이었다. 줄임말이 유행한 것도 하나의 이유였지만, 정확히는 다른 이유가 더 있었다.

연일 언론을 통해 보도되던 학교폭력 문제가 변할 것 같지 않았던 아이들의 마음에 경각심을 불러일으켰다. 학교폭력에 관한 실태를 묻는 설문지가 한차례 교내를 휩쓴 시기를 기점으로 해서, 자경을 호명하던 별명이 아주 짧게 변했다.

킹. 왕을 뜻하는 킹의 속뜻은 왕재수에 왕따를 비꼬아 부르는 말이었다.

그러나 유쾌하지 못한 유래와는 반대로, 그럴싸함을 넘어 그럴듯해 보이기까지 했다. 그래서일까. 이즈음 자경은 이 별명이 꽤나 친숙하게 들리기 시작했다.

사실 객관적으로 판단해도 왕재수보다는 '킹'이 백번 나은 별명이었다.

✛

계승서와 인연을 맺게 된 건 같은 재단인 서문 고등학교에 진학하고 난 이후의 일이었다.

딱히 결정권이란 게 없었던, 이를테면 추첨 운과도 맞닿아 있던 고등학교 배정 결과는 이번에도 자경의 손을 들어주지 않았다. 그러나 재수가 없었던 건 자경 혼자만이 아니었다.

고등학교 배정 결과가 발표된 그날 밤 이해서는 신지수 앞에서 눈물바람을 멈추지 않았다. 이해서는, 자경과 또다시 3년 동안 같은 학교에 다녀야 한다는 사실에 심적인 부담감을 느끼고 있었다.

동갑내기인 이해서에게 자경의 존재는 보다 큰 의미로 작용했다. 사회 통념상 표면적으로 드러나길, 본처 소생이었던 자경에 비해 이해서는 떳떳하게 입장을 밝힐 수 있는 처지가 아니었다. 문태가 교직에 몸을 담고 있는 이상 이 사실은 변하거나 변질되지 않을 테니까.

데려온 딸. 이해서의 위치는 딱 여기까지였다. 하지만 이건 이해서의 선택이기도 했다. 앞서 사실을 밝힐 기회를 날려 버린 건 다름 아닌 이해서 본인의 의지였다. 그리고 이 덕분에 이해서는 자경과는 다르게 편안한 학창 시절을 보낼 수가 있었다.

진실을 숨김으로써 이해서는 더 많은 대가를 얻었다. 그런데도 눈물범벅이 된 이해서는 내도록 가녀린 어깨를 들썩거리기 바빴다.

자격을 논하자면 이해서는 이미 해당 사항이 없었다.

거짓된 이문태와의 담합으로 부당한 이득을 챙긴 건 자경이 아닌 이해서였다. 그러함에도 이해서는 그간 혼자서만 부당 대우를 받아온 것처럼 흡사 피해자인 척 굴었다. 뻔뻔하고 가증스럽기 보다는 그건 염치의 문제였다.

애써 아닌 척했지만, 긴 시간 이해서는 자경의 존재로 인해 극심한 스트레스를 받고 있었다. 그리고 이 같은 사실을 간파한 후론 마음이 전에 없이 편안해졌다.

아무래도 자신은 착한 사람은 되지 못하는 모양이었다. 순간 눈앞으로 문태의 얼굴이 스쳐 지나갔다.

때론 남의 불행 아래에서도 행복은 싹을 틔운다. 그걸 가르쳐 준 게 이문태였다. 결론적으로 말해 몇 날 며칠 이해서가 펑펑 운다고 해서 결과가 바뀌는 일은 일어나지 않았다.

모집 인원의 절반에 해당하는 수가 서문 중학교에서 서문 고등학교로 진학을 했다. 이는 자경의 위치 역시 전과 다르지 않을 거란 걸 직간접적으로 시사하는 대목이었다.

고고하게 턱을 치켜든 채 오만할 정도로 시선을 아래로 내리까는 건, 멍청한 이해서의 앞에서만으로도 충분했다. 어깨를 늘어뜨린 자경의 뒷모습은 의외로 작아 보이지 않았다.

기실 타인의 시선에 비친 이자경은 매우 모순적인 존재였다. 모의하듯 따돌리는 입장이면서도 그들은 종종 자경을 향해 동정에 찬 눈길을 보내오곤 했다.

혼자 밥을 먹거나, 혼자 화장실에 다녀올 때, 이따금 혼자 덩그러니 의자 위에 앉아 있을 때면 살갗이 따끔거릴 정도로 주변의 시선이 따가웠다. 한결 관심에 가까운 감정이었다. 그러나 이러한 사실을 인정하고 받아들이기엔 아직은 다들 너무 어렸다. 그래서 자경은 여전히 혼자였다.

처음은 어려웠지만 그다음은 쉬웠다. 익숙해질 것 같지 않던 상황도 결국엔 무뎌지게 되더라. 자경은 자신에게 불어닥친 혹독한 시간들을 피하지 않고 그냥 물처럼 흘러가게 놔두었다. 마음이 단단해질수록 주변 상황에 휘둘리는 일도 점차 줄어들었다. 그리고 이 시기에 접어들었을 무렵 자경은 접점이 없던 계승서와 대화란 걸 나눌 기회를 가지게 되었다.

계승서는 서문 재단 이사장의 외손자였다. 오랜 기간 미국에서 생활했다던 계승서는, 흡사 버터를 바른 듯한 느끼한 영어식 발음이 섞인 우스꽝스러운 한국말을 구사했다. 비록 단어 선택에 있어서는 고급스러운 것과는 거리가 멀었지만 어순만은 꽤 정확했다.

속사정이야 어찌 됐든 계승서의 면전에서 이 같은 사실을 지적하거나 비웃는 사람은 없었다.

말하자면 자경과는 다른 의미에서 계승서는 주변과 화합을 하지 못하는 타입이었다.

범상치 않은 성격으로 인해 종종 개지랄, 개차반 등으로 불리어지는 계승서를, 대놓고 무시하지 못한 것은 그가 가진 배경에서 그 이유를 찾을 수가 있었다. 나이가 들고 세상의 이치를 배워갈수록 부는 자연스럽게 권력의 척도가 되게 마련이었다.

공립도 아닌 사학 재단 이사장의 외손자.

소위 말해 계승서는 학교 내에서 무소불위의 권력을 가지고 있었다. 안하무인격으로 굴어도 야단을 치거나 훈계를 하는 사람은 없었다. 그건 아이들의 세계에서뿐만 아니라, 교직에 몸담고 있던 어른들에게까지도 해당되는 사안이었다.

더군다나 계승서는 재벌가인 대한 그룹의 로열패밀리이기도 했는데, 계보를 따지자면 대한 그룹의 회장으로 있는 계호균의 둘째 아들인 계정문에게서 본 막냇자식이었다.

딱히 학교생활에 관심이 없던 자경조차 이름을 알고 있을 정도로 유명 인사였던 계승서의 별명은 아이러니하게도 미친개였다.

크레이지 도그. 물론 계승서의 별명이 미친개로 최종 낙찰을 받기까지는 지닌 성격뿐만 아니라 그의 독특한 이름도 원인 중 하나로 작용했다.

이자경과 계승서.

극과 극에 위치해 있던 두 사람은 딱히 접점이 없었음에도 불구하고 비호감이라는 공통점으로 똘똘 뭉쳐 있었다. 더 솔직히 말하자면, 많은 것을 가진 것에 비해 계승서 또한 외형적으로 사람들의 호감을 살 만큼 매력적이지는 않았다.

어릴 때부터 서양식 식습관에 길들여져 있던 계승서의 입맛은 과다한 열량 섭취로 이어졌고, 이로 인해 얼굴이 살에 파묻혀 있는 형상이었다. 반면에 눈칫밥만으로는 제때 끼니를 챙기기가 요원했던 자경은 말라비틀어진 멸치처럼 볼품없는 외향을 하고 있었다.

달랐던 건, 외관상 만만해 보이던 자경과는 달리 평균을 상회하는 키와 덩치를 가진 계승서는 상대에게 얕잡아 보이는 일이 거의 없다는 점이었다. 호기심이 생긴 건 그래서였다. 나와는 다른 인격체에 대한 일종의 관심이랄까. 어쩌면 동질감일지도 모르겠다. 아니, 그게 아니야.

자경은 짧게 고개를 흔드는 것으로써 스스로가 가진 진실을 마주 볼 수 있었다. 그건…… 부러움이었다. 많은 것을 가졌기에 당당할 수 있는, 계승서가 가진 배경과 환경이, 그 외의 모든 것이 몹시도 탐이 났기 때문이었다.

이자경은 가지지 못한 것을 가진 계승서.

동요한 마음을 숨기기 위해 얼굴을 가렸다. 두 팔을 책상에다 대고 그 위에 얼굴을 묻었다. 몰랐는데, 괜찮았다고 믿었는데, 사실은 아니었나 보다. 어른이 되어갈수록 자경은, 아이였던 어린 이자경이 계속해 떠올랐다.

진짜 나빴다. 그치?

자문이나 다름없는 질문이 스스로를 향했다. 마음껏 웃고 떠들어본 게 마지막으로 언제였는지조차 이제는 잘 기억이 나지 않았다. 가면을 뒤집어쓴 것처럼 의식적으로 짓는 웃음 말고 기뻐서, 행복해서 웃는 웃음이란 건 어떻게 만드는 걸까. 이제는 그 방법도 잘 떠오르지 않았다.

아니라고 생각했지만 '나' 는 여전히 불행한가 보다. 그런 생각을 하니 견딜 수가 없어졌다. 잘 참고 견뎌왔다고 여겼던 것들이 한순간에 무너진 느낌이었다.

뒤늦게 찾아온 사춘기는 한동안 자경을 방황하게 만들었다. 이따금씩은 울화가 쌓인 것처럼 가슴이 답답해져 올 때면 마음껏 혼잣말이라도 내뱉기 위해 방음 처리가 돼 있던 음악실을 찾곤 했다.

그러던 어느 날 자경은 거기서, 그녀를 혼란에 빠뜨리게 만들었던 계승서를 만났다.

계승서는 아무도 없는 빈 음악실에서 신문지를 펼쳐 놓은 채로 혼자 치킨을 뜯고 있었다. 심지어 KFC 로고가 박힌 치킨 상자는 하나가 아니라 두 개나 됐다.

해외 생활이 길어 젓가락질이 익숙지 않았던 계승서의 맨손에는 잘 튀겨진 닭다리가 들려 있었는데, 이제 막 먹기 시작했던지 종이 상자에 담긴 치킨의 양은 그다지 줄지 않은 채였다.

점심시간에 치킨이라니……. 이건 완전 환상적인 사건이잖아!

그런데 이 시간에도 KFC 치킨이 배달이 되나? 알게 뭐람. 직접 시켜 먹은 적이 없던 자경이 고민해 봐야 답이 나오는 상황도 아니었다.

의식하지 못한 사이 자경의 시선이 홀린 듯 계승서의 손끝을 따라 움직이고 있었다.

밀폐된 공간 안에서 맡게 된 고소한 기름 냄새란 건 생각했던 것보다 훨씬 더 자극적이었다.

아침도 점심도 걸렀지.

문득 잊고 있었던 사실 하나를 떠올리자 불현듯 허기가 졌다. 그러고 보니 어제저녁에도 뭔가를 먹은 기억이 없었다.

급식이 의무가 아닌 상황에서 신지수는, 지나치게 급식비가 비싸단 이유를 들어 자경에게 도시락을 싸가라 권유했다. 강압적 권유엔 다른 선택지는 주어지지 않았다.

하지만 꽤 빈번한 확률로 신지수는 아침밥이 모자라단 핑계를 대며 자경의 도시락에 들어갈 밥을 남겨놓지 않곤 했는데, 그 횟수가 자그마치 일주일에 두세 번에 이르렀다. 명백한 고의였다.

물론 이해서는 매번 도시락을 챙기기 번거롭다는 이유를 들어 급식을 신청했다. 자경의 경우와는 달리 신지수는 흔쾌히 그러라고 허락을 했다. 딱히 새삼스러울 것도 없는 결과였다.

자경의 등장에도 별다른 관심을 보이지 않았던 계승서가 뚜껑이 따진 채 놓여 있던 1.5L 페트병을 들어 올렸다. 목울대를 여러 번 울리고 지나갈수록 콜라의 양도 부쩍 줄어들었다. 그런 후에야 계승서가 멀뚱히 서 있던 자경을 힐끔거렸다.

"무슨 구경이라도 났어?"

"……."

"먹을 거면 앉고, 아니라면 꺼져."

"먹을게."

두말할 여지도 없이 냉큼 자리부터 잡고 앉는 자경의 행태를 기막힌 듯 바라보던 계승서가 미세하게 눈가를 찌푸렸다.

방금 전에 보였던 반응으로 미뤄보아 아무래도 계승서가 말하고자 했던 진짜 본론은, 마지막에 내뱉었던 '꺼져'였던 것 같다.

"먹을 거면 앉으라고 했던 건, 너야."

뒤늦게 돌아가는 상황을 파악했음에도 일부러 자리를 피해주는 일 같은 건 하지 않았다. 대신 원론적인 이야기를 앞세워 상황을 되짚었을 뿐이다.

자경이 자존심을 세우는 대상은 언제나 정해져 있었다. 웃기지도 않은 가족. 아직까지는 가족으로 엮인 그 사람들. 그 외에 다른 건 아무래도 상관이 없었다. 이 일만으로도 자경의 신경은 때때로 날카롭게 곤두서곤 했으니까.

가족이란 테두리 안에 머물러 있을 때의 이자경은 말이 없고, 속을 알 수 없는 아이였다. 이런 자경을 윤인숙은 늘 못마땅해했고, 신지수는 무시를 당한다고 생각해 때론 파르르 떨기도 했다.

그러나 집이 아닌 곳에서 이자경은 대체적으로 괴롭혀도 문제가 되지 않을, 아주 만만한 상대 정도로 인식되고 있었다. 자경의 양면성을 모두 보아왔던 이해서는 가끔 이런 자경을 이해하지 못하겠다는 듯 바라보곤 했다.

서로 간에 양립할 수 없음을 본능적으로 느꼈던 걸까. 착하고 눈치가 없는 것과는 별개로 이해서는 자경과 엮이는 일을 아주 질색하며 꺼려했다. 반대로 자경은 피해자처럼 구는 이해서를 꽤나 가소롭게 여기곤 했다. 정의하자면 계승서는 이자경의 안과 밖 중 그 어디에도 속하지 않은 제3의 인물이었다.

그런데도 참 이상하지. 낯설게 느껴져야 하는 게 당연한 이치인데도, 마치 오래전부터 알고 지내온 사이처럼 계승서가 편했다. 사실 이유는 어느 정도 짐작이 갔다.

비슷하지만 또한 완벽하게 입장이 달랐던 계승서와 스스로의 처지를 비교해 보기 시작한 건 하루 이틀 사이의 일이 아니었다. 뭐, 그리고 나선 꼭 후회란 걸 하곤 했지만. 그래서인지 약간 방심을 한 것 같았다. 자경은 스스로의 실수를 인정해야만 했다.

정신 차려, 이자경. 쟨 상상 속에서만 만나던 계승서가 아니야. 그냥, 미친개 계승서지.

배고픔에 잠시 정신이 나갔었나 보다.

갓 뎀. 왓 더 헬! 속사포같이 터져 나온 영어 단어에 슬그머니

뻗었던 손을 거둬들이자 계승서의 인상이 한층 더 찌푸려졌다.

사실 전 세계 어딜 가나 통용되는 욕설을 자경이라고 해서 못 알아들을 리 없었다. 그러나 이어 나온 계승서의 말은 의외라고 생각될 정도로 예상을 벗어나 있었다.

"됐으니까 마음대로 해."

"……."

"이제 와서 내키기 않은 거라면 관두던가."

미심쩍게만 느껴지던 허락의 말은, 그간에 쌓아온 계승서의 이미지와는 다소간 어긋나 있었다.

싫지 않아. 대답을 하기에 앞서 자경이 재빨리 치킨 한 조각을 집어 들었다. 머뭇거리는 사이, 했던 말을 철회한다거나 번복이라도 해버리면 손해를 보는 건 자경이었다.

"어이가 없군."

무감각한 말 한마디에 자경의 어깨가 움찔 떨렸다. 어이가 없다니, 대체 뭐가? 이제 와 말을 바꾸기라도 하면 이쪽이 더 당혹스럽다고. 입가로 가져가던 치킨을 채 한입 베어 물기도 전에 들려온 계승서의 독설에 싸한 침묵이 내려앉았다.

모르나 본데 두말하는 남자치고 제대로 된 사람이 없다고. 곤란한 얼굴이 된 자경이 짧게 혀를 찼다.

그러니까 먹어도 된다는 건가, 아님 먹지 말라는 건가.

계승서의 발언 뒤에 숨겨진 진짜 의도를 찾기 위해 잠시 잠깐 생각에 잠긴 사이, 계승서가 아무렇지 않게 치킨이 담긴 박스를 뒤적거리기 시작했다.

당연히 계승서 본인이 먹을 부위를 고르고 있는 거라고 생각할 수밖에 없었다. 그랬기에 앞쪽으로 불쑥 내밀어온 닭다리를 보았을 때 놀란 표정을 감추지 못했다.

"이걸 왜……?"

"눈치 보면서 눈알 굴리는 거 딱 질색이야."

염치를 모르지 않았던 자경은 퍽퍽한 닭가슴살을 고르는 것으로써 양심을 대신했다. 계승서가 마음에 들지 않았던 건 바로 이런 자경의 태도였나 보다.

하지만 눈알을 굴렸다니, 그건 명백하게 계승서의 오해였다. 그러나 지금과 같은 계승서의 배려가 마냥 싫지만은 않았다.

들과 마당을 자유롭게 뛰어다니며 놀던 토종닭은 아니었지만, 좁은 닭장 안을 부지런히 오갔을 양계장 소속의 닭다리 또한 쫄깃쫄깃하고 쫀득쫀득할 게 분명했으니까. 통통하게 살이 오른 닭다리를 쥐어주는 계승서의 배려에 자경은 조금 감동하고 말았다.

정임이 죽은 이후 단 한 번도 자경의 차지가 된 적이 없었던 닭다리. 비록 네 개 중 단 하나에 불과했지만, 이 같은 호의를 받아본 건 정말이지 오래간만의 일이었다. 세차게 흔들리는 눈빛이 곧 계승서를 향했다.

"이거 정말 나 먹으라고 주는 거 맞지?"

자경이 해온 질문이 불필요했다고 생각했던지 계승서는 대답을 생략했다. 정체 모를 두근거림이 가슴께로 퍼졌다.

"고마워."

"……흥."

"잘 먹을게. 정말로 잘 먹을게."

"닭다리 하나에 웬 아부가 이렇게 길어."

아부라니. 무슨 그런 섭섭한 말이 다 있냐며 자경이 고개를 가로저었다. 듣기 좋으라고 한 소리가 아니었다. 정임이 외에 자경에게 닭다리를 양보한 사람은 계승서가 처음이었다. 작은 호의에 불과했을지언정 받아들이는 자경의 입장에서는 결코 그렇지가 않았다.

"아부 아냐. 거짓말도 아니고."

"쓸데없는 소리 그만하고, 먹기나 해."

계승서의 목덜미가 붉게 물들어 있다는 걸 깨닫게 되기까진 그다지 많은 시간이 필요하지 않았다. 어디 목덜미뿐인가. 귓불이며 얼굴까지 달아오르기 시작한 뒤로는 왠지 모르게 분위기가 어색하게 변해 버렸다.

개차반에 미친개라더니, 웬걸.

미친개가 이 정도 일로 쑥스러워하는 일도 다 있나?

힐끔힐끔 눈치를 보며 분위기를 살피자, 눈에 힘을 팍 준 계승서가 이런 자경을 날카롭게 건너다보았다.

"뭘 봐."

직선적이다 못해 직설적인 계승서.

독설도 아무렇지 않게 내뱉을 만큼 성격이 지랄 맞긴 했지만, 자경은 이런 계승서의 태도에 묘한 친근감을 느꼈다. 그건 껄끄러움과는 성질이 다른 동질감이되, 한편으로는 동경과 부러움을 닮아 있기도 했다. 편협한 시야에 가려져 있던 편견을 벗고 바라본 계승서는 의외로 많은 부분이 과장돼 있었다.

공감대를 형성할 만큼 서로에 대해 아는 것이 있던 것도 아니었다. 그런데도 어쩌면 친구가 될 수 있지도 않을까. 계승서가 나눠

준 닭다리를 뜯으며 자경은 그런 생각을 해보았다.

육질이 쫄깃쫄깃한 닭다리를 시작으로 남은 치킨을 야금야금 뜯기 시작했다. 계승서는 치킨이 바닥을 보일 때까지도 자경의 행동을 제지하지 않음으로써 그 스스로가 조잔하지 않음을 몸소 증명했다. 계승서가 베푼 아량이 오랜만에 자경을 행복하게 만들었다.

"흑!"

입안에 든 치킨 조각이 너무 컸던 걸까. 목 안쪽으로 살점을 삼키는 것과 동시에 불현듯 숨을 내쉬기 힘들 정도로 가슴이 답답해져 왔다.

달리 생각할 겨를도 없이 계승서가 먹다 남겨둔 콜라로 손을 뻗었는데, 일순간 계승서의 얼굴 표정이 미묘하게 바뀌었다. 치킨은 돼도 콜라는 허용이 안 된다는 건가?

까다롭기는.

하지만 급한데 이것저것 가릴 처지가 아니었다. 갈증이 가실 정도로 목을 축인 후에야 슬그머니 마시던 콜라를 내려놓자, 때맞춰 불퉁한 목소리가 그 뒤를 이었다.

"그거, 내가 먼저 입 댔던 거야."

"미안. 닦아서 줄게."

대답 직후 자경이 콜라 입구 주변을 빠른 속도로 닦아냈다. 그러자 계승서의 표정이 한층 더 알 수 없게 변했다.

정황상 판단을 내리길, 계승서가 원한 방향과는 동떨어진 행동을 한 것 같았다. 이 같은 추측성 가정에 확신을 더하듯 계승서의 지적이 다시금 자경을 향했다.

"……더럽지도 않나? 그걸 아무렇지도 않게 마시게."

자경의 지갑은 늘 가난하고 홀쭉했다. 그래서 지금도, 이전에도 그런 생각을 해본 적은 없었다. 사실 지갑이라고 해봤자 학생증을 넣어 보관하는 용도로만 사용될 뿐, 실제로 쓰임을 다한 적은 손에 꼽을 정도였다.

하지만 오래전에 유행이 지난, 낡고 닳아빠진 지갑에 얽힌 얘기까지 늘어놓기에는 사연이 너무 구구절절했다. 얘길 전해 듣는 계승서의 입장에서는 더없이 구질구질하게 느껴질 그런 내용들. 그래서 자경은 짧은 사과의 말을 입에 담는 것으로써 입장을 대신했다.

"기분 나빴던 거라면 미안."

"그게 아니라!"

하던 말을 중간에서 끊은 계승서가 구겨진 티슈를 힐끔거렸다. 그리고는 짧게 헛기침을 했다.

"의외로 적극적이다 싶어서 해본 말이야."

"……?"

"간접키스."

"……!"

"……라고나 할까. 말했잖아. 거긴 내가 먼저 입을 댔던 곳이었다니까."

사람이 가장 당황하게 되는 순간은 미처 예기치 못했던 사실을 상대방으로부터 지적당했을 때였다. 간접키스라니.

아무런 의미도 부여하지 않았던, 정말이지 별거 아니었던 사소한 행동 하나가 갑작스럽게 논란의 쟁점으로 떠올랐다.

"……나는 처음이었어."

아니, 그러니까 대체 뭐가!

주어가 빠진 채로 이어지던 계승서와의 이야기가 기어코 자경을 기함하게 만들었다. 문제는 계승서의 태도였다.

말을 꺼낸 당사자의 얼굴이 이유 없이 붉으락푸르락해지는 건 대체 무슨 경우인가. 예상치 못한 상황이 자경의 말문을 막아왔다. 당장엔 되받아칠 만한 대꾸 같은 것도 떠오르지 않았다.

그러니까 처음이란 건 분명 간접키스를 말하는 거겠지? 그렇지만 순진하단 것과 미친개 계승서의 조합이 정말로 가당키나 한 걸까.

뜻밖에 엿보게 된 계승서의 전혀 다른 일면이 자경을 혼란으로 이끌었다. 곧이곧대로 이 상황을 사실로써 받아들이기에는 아무래도 계승서에 대한 편견을 모두 떨쳐 버리지 못한 상태였다.

"이자경."

문득 들려온 간결한 부름 하나가 자경의 몸을 찌릿찌릿하게 만들었다. 이 순간의 자경은 계승서가 치킨을 권해왔을 때만큼이나, 아니, 오히려 그보다 훨씬 더 놀라고 말았다.

정말이지 단 한 번도 자경은 계승서가 자신의 이름을 알고 있을 거라곤 생각지 않았었다. 정확한 발음으로 자경의 이름을 불러오는 계승서의 목소리가, 자경의 마음속에서 적지 않은 파문을 일으켰다.

"이름…… 알고 있었구나."

"모르는 게 더 이상한 거 아닌가. 이자경이란 이름 꽤 유명하잖아."

"그럼 소문도 들어 알겠네."

"대충은 알지."

"대충?"

"그래, 대충. 소머즈 아니고, 듣고 싶은 것만 골라 듣는 재주는 아쉽게도 없어서 말이야."

덜떨어진 것들끼리 뒤에 모여서 수군수군 대는 얘길 전해 듣는 건 딱 질색이지만.

혼잣말처럼 흘리듯 덧붙여 온 계승서의 이야기에 자경이 곤란한 미소를 지었다.

"왜. 넌 꼭 안 그런 것처럼 웃는다?"

직설적인 계승서의 화법이 자경의 웃음을 더욱 어색하게 만들었다.

쯧.

마음에 들지 않는다는 듯이 계승서가 짧게 혀를 찼다. 그런 후에야 계승서가 너저분하게 더럽혀져 있던 주변을 정리하기 시작했다.

익숙한 손놀림은 한두 번 해본 솜씨가 아니었다. 앙상하게 남아 있던 닭 뼈와 바닥에 펼쳐 두었던 신문지를 한쪽으로 치워낸 계승서가 뒤처리를 하기 위해 티슈를 집어 들었다. 괜스레 마음이 급해진 자경이 다급히 자리에서 일어났다.

"내가 할게."

"됐으니까 그냥 놔둬."

"아냐. 같이 해."

"이자경. 아니, 나도 킹이라고 불러야 하나? 왕은 왕답게, 신분에 맞게 굴라고. 괜히 신경 쓰이게 하지 말고 저쪽으로 가 있어."

뒷정리를 돕기 위해 자청해 나선 자경을 만류한 건 계승서였다. 앞서 대충이라고 대답해 왔지만, 계승서는 자경에 대해 생각보다 많은 것을 알고 있었다. 그건 계승서의 입에서 나온 킹이란 단어만으로도 충분히 미뤄 짐작해 볼 수 있는 부분이었다.

왕, 혹은 킹.

평상시 자경을 지칭할 때 사용되는 이 말이, 어디에서부터 비롯되었는지에 대해서는 계승서는 딱히 관심이 없어 보였다. 그 때문일까. 다른 사람들이 부를 때처럼 조롱 섞인 투가 아니었다. 오히려 무관심하게 들렸을 정도로 아무런 감정이 섞여 있지 않았다.

그간엔 킹이란 단어가 다분히 악의적인 의도로 쓰였다면 적어도 지금은 달랐다. 기름때가 묻은 바닥을 아무렇지 않게 닦아내는 계승서의 손길이 이 같은 자경의 가설을 뒷받침하고 있었다. 중요한 건 이 순간 계승서에게 있어서 왕은 대접을 받는 사람이었다.

대수롭지 않게 입에 올렸지만, 결코 자경을 하찮게 취급하기 위해서가 아니었다. 하잘것없던 별명 하나가 계승서의 입을 통과해 나온 순간, 왜인지 자신이 대단한 존재가 된 것 같은 착각을 불러일으켰다. 세차게 뛰기 시작한 심장박동 소리가 금세 귓가를 따갑게 만들었다.

"계승서."

"뭐야. 너도 내 이름 알고 있었잖아. 한 번도 입 밖으로 소리 내 부른 적이 없길래 모르는 줄 알았더니."

세 번째였다. 계승서의 얼굴이 달아오르는 것을 목격한 것은. 놓치고 있던 사실 하나를 머릿속에 떠올린 건 바로 그때였다.

"근데 한국말 잘하는 건 왜 숨긴 거야."

"······!"

"소문처럼 막 영어를 섞어 쓰지도 않잖아. 일부러 그런 거야?"

"······."

"아······ 이거 아는 체하면 안 되는 거였어?"

뜻밖의 자경의 지적에 계승서의 이맛살이 삽시간에 구겨졌다. 난처해하는 빛. 마치 감추고 있던 진실을 들킨 사람처럼 표정이 곤란해 보였다.

낭패감에 젖은 계승서가 그대로 입을 꾹 다물었다. 과시할 수 있을 만한 친분이 없는 상황에서 계승서가 해오는 설명이나 해명을 기대하긴 어려웠지만, 솔직히 말해 그 이유가 궁금하긴 했다. 그러나 거기까지 요구할 수 있는 자격은 애당초 가지고 있지 않았다. 대신 계승서의 비밀을 공유하게 된 그날부터 우리는 자연스럽게 서로의 이야기를 들어주는 대화 상대가 되었다.

✢

밉살스럽게 투덜대는 말이 다정하게 들릴 수도 있단 걸 알게 됐을 무렵, 계승서는 더 이상 자경을 향해 킹이란 말을 입에 담지 않게 됐다.

"앞으론 계속 이자경이라고 부를 거야."

선언하듯 이 같은 말을 해왔을 땐 단단히 화가 난 투였다. 불쾌감이 서린 계승서의 눈빛에서 자경은 드디어 계승서가 '킹'에 얽힌 진실을 알게 됐음을 깨달았다. 이를 증명하듯 이어진 다음 말도 날카로운 추궁의 빛을 띠고 있었다.

"정말이지 사람 바보 만드는 재주도 여러 가지야. 대체 언제까지 모르는 척 입 다물고 있을 작정이었어?"

"하루 이틀도 아닌걸. 소문에 일일이 신경 쓸 필요 없어."

"어떻게 그래. 이자경은 그게 가능할지 몰라도 난 그렇겐 못해."

약간의 짜증이 섞여든 말투. 그러나 그 속에 비난은 들어 있지 않았다. 아니, 오히려 자책에 가까웠다. 아마도 별 뜻 없이 해왔던 그간의 얘기들이 마음에 가시처럼 걸린 듯했다.

매사 직설적이고 직선적인 계승서는 그답지 않게 의외로 섬세한 구석이 있었다. 그제야 자경은 자신이 조금 무신경했음을 인정했다.

"싫지 않았어."

"그걸 말이라고 해."

"정말이야. 싫지 않았어."

왜냐면 모든 것이 무의미한 가운데 계승서만은 달랐으니까. 단조롭고 무미건조하고, 천편일률적인 단어들 속에서도 계승서가 해오는 말만은 뚜렷한 색을 간직하고 있었다. 계승서가 남들처럼 비꼬거나 비아냥거릴 목적에서 '킹'이란 말을 내뱉지 않았다는 걸 가장 잘 알고 있는 사람이 있다면 그건 단연코 자경이었다.

무척이나 듣기 좋다고 생각했다. 특별하게 부드러운 울림을 간직하고 있던 건 아니었지만, 투박하게 흘려보내는 말소리만으로도 때론 가슴이 뛰곤 했으니까.

더 바른대로 고백하자면 자경은 계승서가 이 같은 진실을 조금 더 늦게 알기 바랐다. 약간 아래로 치우쳐 있던 시선을 바로 세우자, 눈앞으론 여전히 계승서가 못마땅한 표정을 지우지 않고 있었다. 이런 계승서의 모습이 마치 잔뜩 골이 난 어린아이처럼 느껴져 그만 분위기에 맞지 않게 웃고 말았다.

"왜 웃어."

"그냥."

"정말이지 속을 모르겠다니까. 하여간에 이번 일은 마음에 안 들어."

불합리한 상황을 일축하며, 내도록 자기주장을 굽히지 않고 해온 계승서의 얘기가 계속해 마음을 들뜨게 만들었다. 그래서 그만 웃으라며 눈썹을 치뜨는 계승서의 행동에도 쉽게 미소를 지우지 못했다.

제2장

무심코 던진 말

변한 것은 없었다. 적어도 겉보기에는 그랬다. 그러나 실상 계승서와 만남을 시작으로 자경의 일상은 많은 것이 달라져 있었다.

고정적으로 대화를 나눌 사람이 생겼다는 것. 그건 몹시도 신기한 경험이었다. 하지만 한 가지 안타까운 건, 계승서는 수다 상대로 그다지 적합한 대상은 아니라는 것이었다.

정의하자면 계승서는 꽤나 귀찮은 것을 싫어하는 타입이었다. 반면에 오랜 기간 세상과의 소통에서 단절돼 있던 자경의 입술은 계승서를 만날 때면 자연스럽게 열리곤 했다. 대개는 계승서가 감흥 없이 들어주는 쪽이었고, 자경이 대화를 이끌어 나가는 식이었다.

대화의 주제는 특별히 정해진 게 없었다. 어떤 때는 시시한 농담 따먹기 식의 이야기가 전부일 때도 있었다. 문제는 소소한 잡담에 선뜻 장단을 맞춰올 정도로 계승서의 성격이 유하지 못하다는 데 있었다.

그러다 보니 가끔 소재거리가 떨어질 때면 중간에서 대화가 끊기는 일도 심심찮게 있었다. 그럴 때면 마주 보고 앉은 자리가 몹시도 불편하게 느껴지곤 했다. 그러나 시간이 더 흐른 나중엔 익숙한 듯 이 상황에 적응해 버렸다. 이자경도, 계승서도 모두.

이를테면 암묵적인 룰이랄까. 딱히 시간을 정하거나 일부러 약속을 잡은 건 아니었지만 점심시간을 알리는 종이 울리면 두 사람은 자연스럽게 계단을 통해 옥상으로 올라갔다. 수년째 단단한 자물쇠로 채워져 있던, 옥상 문을 열 수 있는 열쇠가 계승서의 수중에 있단 얘길 전해 듣고 난 이후에 생겨난 일과였다.

열쇠를 소지하게 된 경위에 대해서는 따로 설명을 전해 듣지 못했다. 그런데도 굳이 따져 묻지 않았던 것은 그 이유가 쉽게 짐작이 갔기 때문이었다.

서문 재단 이사장의 외손자. 이 사실이 일개 학생에 불과했던 계승서의 행동반경을 넓게 만들었다.

속물적이라고 해도 부정할 수 없었던 게, 자경은 계승서로부터 비롯되는 편리함을 꽤나 즐기고 있었다.

봄에 만났던 우리는 가을에 접어들면서부터 조금씩 스스로에 대한 이야기를 하나둘 꺼내놓기 시작했다.

❖

"서문 재단 교사 월급이 생각했던 것보다 더 형편없나 봐. 반찬이 왜 매번 그 모양이야."

빈약하기 짝이 없는, 한눈에 보기에도 쉬어터진 김치와 물엿에 조려놓은 검은콩자반이 전부인 자경의 도시락을 힐긋거리며 해온 말이었다.

아침에 새로 갓 지어낸 것이 아닌 전날에 먹고 남은 밥이 적당량 담긴 도시락 안의 밥알은 이미 겉면이 딱딱하게 말라 있었다.

직접적으로 누구라고 딱 집어 가리킨 건 아니었지만, 계승서가 언급해 온 대상이 이문태를 빗댄 거란 것 정도는 말하지 않아도 알 수 있었다.

"말해봐. 돈 없어? 집에 빚이 많아? 이자경네 부모들은 대체 무슨 생각으로 이런 거지 같은 도시락을 날마다 손에 들려주는지, 이유가 있을 거 아냐."

시큰둥하게 내뱉었던 말과는 달리 자경을 향해 있던 계승서의 눈초리는 무척이나 매서웠다. 납득 가능한 대답을 듣기 전까지는 물러날 기색이 아니었다.

드러난 것처럼 계승서가 지적해 온 얘기는 전부 사실을 기반으로 하고 있었다. 그래서 이 상황을 아니라고 딱 잡아떼며 부정하지 못했다.

"갑자기 그게 왜 궁금해진 건데. 지금까진 별말 없었잖아."

"이쯤 되면 조금 화가 나려고 하거든."

애꿎은 반찬 뚜껑을 손가락으로 툭 밀친 계승서가 잔뜩 입술을 비틀며 심술궂은 투로 말했다.

자경을 대신해 누군가가 화를 내주는 건 실로 오랜만의 일이었다.

대가를 전제로 하지 않는 타인의 배려.

아무렇지 않게 뱉어낸 계승서의 말 한마디가 딱딱하게 굳어가고 있던 마음 한쪽을 툭 건드리고 지나갔다. 늘 비어 있는 것처럼 허전했던 가슴에 정체를 알 수 없는 뭔가가 꽉 들어차는 느낌이었다.

쉬지 않고 뜀박질을 한 것처럼 숨이 찼다. 정말이지 이건, 반칙이었다.

억지로 마음을 죽이면서까지 어린 이자경은 주변 상황에 휘둘리지 않기 위해 안간힘을 써왔다. 그랬기에 이 순간 인정하지 않을 수가 없었다. 계승서의 말에 위로를 받았다는 걸.

아마도 보기 흉한 얼굴을 하고 있겠지. 그럼에도 불구하고 자경은 웃었다. 늘 그랬듯 상처받지 않은 척, 괜찮은 척, 아무것도 아니라는 표정으로 그렇게. 그게 계승서에게서 동정을 받지 않을 수 있는 유일한 방법임을 모르지 않았기에.

일직선으로 뻗어 나간 자경의 눈빛이 계승서를 향했다. 맞물리듯 다물어져 있던 입매에서 옅은 떨림이 감지된 건 바로 그때였다.

"그렇지만 나는, 상관없어."

"상관이 없다니? 어째서? 말해봐. 정말로 상관이 없을 리가 없잖아."

"모두가 다 너 같지는 않으니까. 있으면 있는 대로, 없으면 없는 대로, 형편 따라 하는 거니까. 사정이 이런 걸 불평해 봐야 속만 시끄럽고, 별수 없잖아. 그러니까 나는 괜찮아."

다수에게 자랑하듯 내보일 것도 아니었고, 어차피 앞으로도 학교에서 자경과 함께 밥을 먹어줄 사람은 계승서 한 명뿐일 테다. 가장 중요한 본심을 숨겨둔 채 가볍게 어깨를 으쓱인 자경이 그렇게 말했다. 그러나 이처럼 빈약한 설명만으로 계승서를 납득시키기엔 역시나 개연성이 부족했나 보다.

"이해서. 3반의 이해서가 네 동생이었지, 아마?"

느릿하게 두 팔을 교차해 팔짱을 낀 계승서가 곧 가당치도 않은 변명이라도 들은 냥 딱 잘라 말했다.

"이자경 눈엔 내가 세상 물정 모르는 도련님 정도로밖에 안 보이나 봐? 이딴 말도 안 되는 헛소리를 설명이랍시고 해오고 있는 걸 보면 말이야."

핵심을 짚어가며 되묻는 계승서의 말은 많은 의미를 내포하고 있었다.

하긴 단출하다는 말로 포장하는 것도 어느 정도껏이어야지, 자경이 보기에도 초라했을 이 광경이 계승서의 눈에 어떻게 비춰졌을지 쉽사리 짐작이 갔다.

계승서의 입에서 이해서의 이름이 언급된 시점에서 자경은 또 다른 대답을 준비해야만 했다.

시선을 조금 옆으로 틀자, 남루한 자신의 도시락과는 대비를 이루는 장면이 시야로 들어왔다.

호텔 베누스.

초밥 상자 하단에 적혀 있던 짤막한 문구 하나가 상대적으로 자경이 준비해 온 도시락을 더욱더 초라하게 만들었다. 따끈따끈한 국물을 곁들인, 질 좋은 생선으로 만들어진 초밥은 계승서의 점심 메뉴이기도 했다.

사실 이제 와 하는 얘기지만 계승서와 함께 점심을 먹기 시작하면서부터 자경의 입은 꽤나 호사를 누리고 있었다. 이따금 메뉴 선택에 있어 지나가는 투로 자경의 의견을 구해오고, 고심 끝에 답을 하면, 기특하게 오늘처럼 반영된 결과물을 가져오기도 했다.

직선적이면서도 직설적인, 타인의 입장에서 바라볼 땐 한없이 독설에 가까운 계승서의 입담은 때때로 본모습을 감추기 위한 수단으로 사용되어질 때가 있었다.

아닌 척 의뭉을 떨고 있었지만, 계승서는 지금 화를 내는 게 아니라 걱정을 하고 있는 거였다. 그렇게 생각한 이유는 아주 간단했다.

계승서가 준비한 점심은 늘 넉넉했다. 두 사람이 나눠 먹어도 될 만큼 충분히 많은 양. 그래서 식사가 끝난 후 음식이 남은 적은 있었어도, 부족한 적은 단 한 차례도 없었다.

문제의 요지는, 빈약한 자경의 반찬에 우연찮게 계승서가 관심이란 걸 가지게 됐다 하더라도, 지금껏 그래 왔던 것처럼 모르는 척 넘어가 버리면 그만인 일이었다. 그런데도 평소와는 다르게 이 점을 지적해 왔다는 건, 모종의 이유로 말미암아 계승서의 마음에 변화가 생겼음을 암시하는 대목이었다.

눈치 빠른 자경이 이점을 그냥 간과하고 지나칠 리 없었다. 집요한 시선을 거두지 않고 있던 계승서는 여전히 못마땅한 표정을 짓고 있었다.

"이해서와 난 입장이란 게 다르니까."

"조끄만 게 뭐가 이렇게 복잡해. 알아듣기 쉽게 설명해 봐."

일부러 준비해 온 것이 분명한 흰 우유 팩을 내밀며 계승서가 눈짓했다. 어느 틈엔가 마시기 쉽게 입구까지 열어놓았다.

지극히 계승서답지 않은 일.

세세한 부분까지 챙기려 드는 계승서의 배려가 낯선 한편, 이상하리만치 가슴 한쪽이 먹먹해져 와 그걸 참아내느라 혼이 났다. 별거 아닌 것처럼 보이는 계승서의 행동거지 하나가 자경을 조금 더 솔직하게 변모시켜 놓았다.

계승서의 요구처럼 쉽고 빠른 설명법이 아예 없는 것은 아니었다. 예컨대 그건 단순히 진실을 말하는 것만으로도 충분히 가능한 일이었으니까. 그러나 아직 거기까지 얘기할 마음은 들지 않았고, 대신 그 나머지 이야기를 풀어내기로 했다.

계승서의 지적처럼 자신과 이해서 사이에는 쉽사리 좁혀지지 않는 입장 차이란 게 분명 존재하고 있었다.

이해서에겐 있지만 이자경에게는 없는 것.

"내 편. 이해서에게는 있지만 내겐 그게 없거든."

"……내 편."

"이유는 그게 다야."

일찍이 결론이란 게 지어졌음에도, 계승서는 자경으로부터 더 많은 이야기를 듣길 원했다. 사실 돌려 말하긴 했지만, 매번 계승서의 호화로운 식사를 나눠 먹으면서도 여태껏 도시락을 포기하지 않았던 배경 이면에는 훨씬 더 단순한 논리가 작용하고 있었다.

혼자서 멋대로 계승서를 친구로 여기는 것과는 별개로, 기본적으로 자경은 그 밑바탕에 불신의 감정을 깔아두었다.

계승서의 마음이 언제든 바뀔 수 있다는 것. 이 사실을 인정하는 것에서부터 자경은 다양한 경우의 수를 생각해 둬야만 했다.

언제까지 이 같은 호의가 계속 이어질까. 수가 틀리면 언제든 돌아서겠지. 아무런 미련도 없다는 듯 계승서가 관계를 정리하고 나면, 남겨진 자경은 본래의 제자리로 돌아와야만 했다. 일탈은 언제든 결국 끝이 나게 돼 있었다.

게다가 지금의 느슨해진 마음에 기대 도시락을 싸가지 않는 날이 반복될수록 윤인숙과 신지수는 이러한 일들을 당연하게 받아들이게 될 테다. 지금은 아무것도 아닌 일이, 나중엔 달라질 테지. 상황에 익숙해진다는 것은 그래서 경계를 해야만 했다.

일종의 보험이랄까.

잠깐의 귀찮음을 감수하는 대가로 얻을 수 있는 건 마음의 안정이었다. 싫어하는 사람에게 아쉬운 소릴 해야 하는 상황과 맞닥뜨리게 되는 것보다는 이 편이 나았다. 자경이 아침마다 불필요한 도시락을 싸는 것도 그래서였다.

아무리 형편없는 것이라 하더라도, 굶게 되는 상황이 오는 것만큼 최악인 것은 없었다. 배고픔을 겪어봤기에 끔찍함도 안다. 고백하자면 자경은 자신의 입이 고급이 될까 봐 살짝 걱정을 하고 있기도 했다.

결국 자경은 부족한 계승서의 이해를 돕기 위해 일련의 얘기들을 얼마간 덧붙여야만 했다.

"쉽게 말해, 콩가루 집안이지. 그런데도 있지. 계승서, 나는 말이야. 이런 우리 집이 행복하길 원해. 그것도 아주 많이."

"……의외라고나 할까. 나로서는 그 반대의 입장일 거라고 생각했는데."

지지부진하게 끌어왔던 속내를 털어놓았을 즈음 한동안 침묵하고 있던 계승서가 입을 열었다. 잔뜩 가라앉은 목소리였다.

돌이켜 생각해 보면, 계승서가 자경과의 대화에 있어 이토록 진지한 태도로 임했던 적이 있었던가. 자경은 작게 고개를 가로저었다.

하지만 지금은 어떤가. 작은 단서 하나마저도 허투루 들어 넘기는 법이 없었다. 점심은 뒷전인 채, 점심시간이 끝나갈 때까지도 계승서는 자경과의 대화에서 관심의 끈을 늦추지 않고 있었다.

"비밀 하나 말해줄까? 나는 조금도 착하지 않아."

"기껏 착한 척이란 착한 척은 다 해놓고 이제 와서 아니라고? 지금 그 말을 나더러 믿으란 거지?"

자경은 집안에서 분란을 일으키는 유일한 존재였다. 한 공간에 머무르는 것만으로도 때때로 분위기가 험악해지곤 했으니까.

사실 그 상황에서 참지 않고 화를 내며 가시 돋친 원망의 말을 잔뜩 토해낼 수도 있었다. 분탕질을 칠 수 있는 카드는 이미 자경의 손에 쥐여져 있었으니까. 그런데도 여전히 상황을 예의 주시하고 있는 건, 지금보다 더 나은 적당한 때란 걸 기다리고 있기 때문이다.

"나는 알거든. 사실은 끝까지 행복해질 수 없단걸. 끝내는 불행해질 거란 것도. 결국엔 파국으로 치닫고 말 거란 것도 나는 다 알고 있거든. 계승서."

"말해."

"사람이 가장 불행해지는 때가 언젠 줄 알아?"

"언젠데."

"오래전부터 믿어왔던 사람에게서 배신을 당할 때. 그건 쉽게 극복할 수 있는 상처가 아니거든. 그래서 나는 그 사람들이 행복해졌으면 해."

사실을 밝혀도, 혹은 밝히지 않아도 변하는 건 아무것도 없을지도 모른다. 어쩌면 그때도 여전히 자경 혼자서만 불행해져 있을 수도 있었다. 그러나 설령 자경의 선택이 틀렸다 할지라도, 선택을 번복할 의사는 여전히 없었다. 대개의 사람이 그랬듯, 자경 역시 누군가를 용서하기에는 준비가 돼 있지 않았다.

"말하지 않고 감춰둔 게 있군. 그렇지, 이자경?"

질문이 아닌 확신에 가까운 어투였다. 그러나 자경은 여기에 대해 긍정도, 또한 부정도 하지 않았다. 단지 이 순간 자경은, 비밀을 간직한 채 대나무 밭으로 달려 나갔던 복두장이의 심정을 어느 정도 이해할 수 있을 것 같았다.

임금님 귀는 당나귀 귀.

계승서의 앞에서 대략적인 사정을 설명하는 지금 이 순간 못다 한 말이 입술 끝을 간질여 왔다. 그러나 계승서는 이 이상 더 깊숙하게 캐묻는다거나 그러진 않았다.

"생긴 것하고 달리 근성 있네. 좋아, 이자경. 인정할게. 너는, 착하지 않아. 하지만 그건 당연한 거야."

당연하다. 이 말이 주는 울림이 얼마나 격렬한지, 계승서는 알지 못할 테다. 쿵쾅쿵쾅 들썩여 대는 심장의 두근거림이 머릿속을 어지럽혔다.

"그러고 보면 너는 내가 아는 누군가를 닮았어. 그런데 누굴 닮았는지 그동안엔 명확하게 그려지지가 않더라, 이 말이지. 그런데 지금 보니 확실히 알 것 같아. 이자경이 누굴 닮았는지.”

　계승서는 평소답지 않게 말을 길게 늘어뜨려 얘기했다. 그래서 자경은, 방금 전 계승서가 해온 말의 요지를 한차례 차근히 되짚어볼 시간적 여유란 걸 가질 수 있게 되었다. 상념은 길지 않았다.

　어렴풋하게나마 계승서의 입에서 나올 대답을 짐작했음에도 자경은 기어코 입 밖으로 소리 내 답을 구했다.

　“내가…… 누굴 닮았는데?”

　“대답, 해야 하나? 내 짐작이 틀리지 않은 거라면, 그 답 이미 알고 있을 거라고 생각하는데.”

　“그래도 해.”

　별로 어려울 것 없다는 태도로 계승서가 어깨를 으쓱였다. 그건 자경의 예측에 확신을 더해주는 행위이기도 했다.

　너는, 나를 닮았어.

　계승서의 얼굴이, 눈빛이, 표정이 모두 그렇게 말해오고 있었다.

　“가끔가다 보면 말이야. 이자경은 표정은 웃고 있는데, 눈은 아닐 때가 있어.”

　부지불식간에 속을 간파당한 기분이었다. 계승서는 자신이 생각했던 것보다 훨씬 더 주변 상황에 대해 기민하게 반응하고 있었다.

　“내가 그랬어……?”

　“그랬어. 그리고 그건 지금도 마찬가지야.”

　오른손의 검지와 엄지를 이용해 튕기듯 손가락을 펼친 계승서가 이내 한쪽 입꼬리를 위로 끌어 올렸다. 동시에 이마 위에서 따끔한 기운이 감지됐다.

아플 정도로 강도가 센 건 아니었고, 오히려 친근한 사이에서 주고받을 법한 사소한 장난에 가까운 행위였다.

미처 대비할 틈도 없이 당한 일에 자경의 눈가가 설핏 찌푸려졌다. 그러나 정작 일을 벌인 당사자는 문제될 것이 없다는 듯 유유자적한 태도로 일관하고 있었다.

"겨우 봐줄만 해졌어. 거봐. 아까보다 지금이 훨씬 낫잖아."

"……."

"칭찬이야."

"그러시겠지."

때론 어이가 없어도 웃음이 나올 때가 있다. 허탈하게 픽 웃는 자경의 모습에 계승서가 아무렇지 않게 고개를 까닥여 보였다. 그러나 투명하고 균질한 계승서의 눈만은 어딘지 모르게 속을 알 수 없는 눈빛을 해오고 있었다.

"이것 봐. 역시 닮았잖아."

"계승서."

"닮았어. 계승서와 이자경은 분명 닮았어."

순간 자경을 향해 고정돼 있던 계승서의 눈빛이 한층 날카롭게 바뀌었다.

"너는, 네가 불행해지는 거에 대해선 별로 상관이 없지?"

그렇지 않아.

단칼에 잘라 아니라고 부정하고 싶었지만, 이유도 알 수 없이 목이 꽉 메어와 그만 반론의 기회를 놓치고 말았다. 그러나 계승서의 이야기는 아직 끝난 게 아니었다. 입을 닫아건 자경을 대신

해 계승서가 말을 이어 나갔다.

"왜냐면 지금도 너는 불행하니까."

억지로 웃는 게 한계에 부딪힌 순간, 자경의 얼굴이 사납게 일그러졌다. 마치 공포에 질린 것처럼. 이때의 자경은 제법 비참했던 것 같다.

상처를 헤집어오는 계승서의 말은 짧고 간결했으며 또한 정답에 가까웠다. 그러나 이 모든 상황이 자경에게만 국한돼 있던 것은 아니었다.

닮았다. 앞서 이 말을 입에 올리는 것으로써 계승서는 두 사람을 하나로 엮는 데 성공을 거뒀다. 불행하냐고 단정 짓던 계승서의 말은, 그 스스로에게 하는 말이기도 했다.

아이러니하게도 이로써 우리는 조금 더 서로에게 가깝게 다가설 수가 있었다.

❖

점심시간의 끝을 알리는 예비종이 울렸다. 할 말이 남은 것처럼 입술 끝을 달싹였던 게 언제였냐는 듯, 맞물려 다물어진 입매가 제법 고집스러워 보였다.

때맞춰 이자경이 앉은 자리를 털고 일어섰다. 수업시간에 맞춰 돌아가기에는 지금도 빠듯한 시간이었다. 바라본 이자경의 얼굴은 꽤나 고단해 보였다.

학교생활에 별다른 의의를 두지 않았던 승서와는 달리, 이자경은 혼자서도 학업에 열중할 정도로 성실한 구석이 있었다. 제법 공부도 잘한다고 했었지, 아마? 스치듯 들었던 사실 하나를 머릿속에 떠올린 승서가 혼잣말처럼 낮게 뇌까렸다.

"가져가."

물끄러미 와 닿던 이자경의 시선이 잠시 후 승서가 내밀어온 초밥 상자로 이동했다. 예상치 못하게 대화가 길어진 탓에 입도 대보지 못한 음식이 고스란히 남아버렸다. 하지만 이건 애초에 승서가 이자경을 위해서 준비한 음식이었다. 번거로운 걸 딱 질색으로 여기는 승서가, 귀찮음을 감수하면서까지 엊그제 일부러 메뉴를 묻기까지 했었다.

이자경이 먹지 않으면 버리게 될 것들. 승서는 원래 날것의 생선은 먹지 않았다. 그러나 의도를 오해한 것이 분명한 이자경의 눈빛은 그다지 호의적이지 못했다. 하지만 동정 같은 게 아니었다.

성격상 누군가를 동정할 만큼 너그럽지도 못했다. 이를테면 승서 나름의 관심 표현이었던 셈이다. 그러나 이자경의 생각은 조금 달랐던 모양이었다.

받을 의사가 없음을 확고히 하듯 끝끝내 손을 내밀어오지 않는 이자경의 태도가 그의 신경을 건드렸다.

고집은.

가볍게 혀를 찬 승서가 다소 거친 손놀림으로 뒷머리를 긁적였다.

"뭐가 문제야. 좋아한다고 했잖아."

"좋아해. 좋아하지만 그래도 이건 내가 아니라 네 점심이니까."

딱 잘라 두 사람 사이를 구분 짓는 이자경의 발언은 우습게도 승서 자신을 조금 섭섭하게 만들었다. 그건 그다지 유쾌하지 못한 경험이기도 했다.

나눠 먹는 것까지는 괜찮지만, 그 외의 것을 받는 것은 싫다. 이 점을 분명히 함으로써 이자경은 '우리'라는 테두리 안에서 한 발자국 발을 뺐다.

경계.

이자경의 심리 상태를 파악하기란 생각보다 어렵지 않았다. 시간을 공유한다는 건 이래서 달갑지 않다. 아무것도 아니었던 것들이 어느 틈엔가 특별해져 있기 때문이었다.

쉬는 시간, 집안의 운전기사로 일하고 있던 박윤열의 편에 들려온 베누스의 초밥 상자를 받아 들었을 때, 승서는 당연하게도 이자경의 얼굴을 떠올렸다.

좋아하겠지. 그렇게 생각하자 왠지 모르게 기분이 들뜨는 것을 막지 못했다. 이번 거절이 뼈아프게 다가온 것도 그래서였다.

이자경의 행동에 신경이 쓰이기 시작하면서부터, 승서는 이자경이 해오는 행위 전반에 걸쳐 일일이 의미를 부여하기 시작했다. 현재에 이르러선 버려 버리면 그만일 음식 하나에도 마음이 상할 정도로 그렇게 전부 다.

과장되거나 부풀려 있지 않고, 자그마한 음성으로 조근조근하게 속삭여 오던 이자경의 이야기에 귀를 기울이게 됐을 때, 승서는 이자경과 함께 하는 시간이 이따금 기다려지기도 했다. 정체돼 있던 마음이 움직이기 시작한 건 아마 이때부터였는지도.

만남이 잦아지고 함께하는 시간이 길어질수록, 이자경의 신변에 대해서도 아는 것이 늘어갔다. 그래서 이 순간 조금 불공평하단 생각을 해봤다.

마음을 열지 않았던 건 승서나 이자경 모두 입장이 다르지 않았다. 그러나 간혹 작은 계기 하나에 스스로에 대해 솔직해지는 시간을 가지곤 했던 이자경과는 달리, 지금껏 승서는 자신이 가진 패를 철저하게 감추며 바깥으로 내보인 적이 단 한 차례도 없었다.

이자경을 감싸고 있던 경계를 무너뜨릴 방법은 단 하나였다. 숨겨둔 패를 내보임으로써 상대방으로부터 신뢰를 얻는 것. 하지만 과연 이자경에게 그만한 노력을 기울일 만한 가치란 게 있긴 한 걸까. 그보다 대체 '나'는 이자경과 무엇이 하고 싶은 것일까. 뒤돌아서서 등을 보이며 걷기 시작한 이자경을 바라보며 스스로에게 자문했다.

선택의 기로에 서 있던 승서에겐 고를 수 있는 선택지가 두 가지 있었다. 여태 그래 왔던 것처럼 이대로 이자경과의 관계를 이어 나가는 것이 그 하나였고, 나머지 하나는 지금까지의 시간을 없던 일로 깨끗하게 되돌리는 방법이었다.

사실 일찍이 판단이란 걸 내렸음에도, 승서는 여기에 대한 확신이란 걸 가지고 있지 못했다. 못 박힌 듯 승서의 시선이 이자경에게 닿았다.

언제 봐도 좁고 작은 어깨였다. 손끝으로 툭 건드리기라도 할라치면 쓰러지지나 않을까 걱정될 정도로 연약해 보이는 뒷모습. 단조로운 승서의 말 한마디가 기어코 자경의 등을 돌려세웠다.

"이거 그냥 버려 버릴까?"

"……."

"재수가 없다고 생각했지? 방금 말이야."

싸늘하게 가라앉은 이자경의 눈빛이 상처를 받았음을 말해왔다.

"버려."

"이자경."

"내게 물을 필요 없이 버리고 싶으면 버리라고, 그거."

지은 지 오래된 밥에, 초라한 반찬이 담긴 도시락 가방을 꽉 움켜쥐고 있던 이자경의 손이 형편없이 떨리고 있었다. 단언하건대, 감정에 차 있던 눈이 무감각하게 변해가는 것을 지켜보는 것만큼 기분이 더러운 게 없었다.

그리고 이 순간 승서는 자신의 선택이 틀리지 않았음을 확인할 수 있었다. 아무래도 '나'는 '계승서'란 인격체는, 이자경에게 있어 좋은 사람이고 싶었나 보다.

진실을 마주 본 순간 복잡하게 엉켜 있던 생각들이 일시에 정리가 되었다.

"농담이야. 버리긴 뭘 버려. 이래 봬도 이거 꽤 비싸게 주고 사 온 거라고."

"넌 뭐든 쉽구나."

지금껏 본 적 없는 얼굴이었다. 딱딱하고 무표정하게 굳어 있어 일견 낯설어 보이기까지 했다. 뭐든 쉽다. 그러나 날카롭게 속삭여온 이자경의 말은 틀렸다.

"새삼 몰랐단 투네. 직설적이고, 속에 든 말을 참을 줄도 모르고, 남 상처 주는 말도 아무렇지 않게 하는 부류. 게다가 성격은 개차반에다가 지랄 맞기까지 하지. 맞아. 그게 나야. 남들이 말하는 미친개, 계승서."

"귀찮게 했던 거라면 사과할게. 이젠…… 그럴 일 없을 거야."

관계의 끝을 암시하는 단어가 이자경의 입에서 흘러나왔다. 지금처럼 초조한 기분을 느껴본 건 꽤나 오래간만의 일이었다.

손끝이 찌릿찌릿하고, 목 안쪽이 바짝바짝 말라왔다.

용케 이런 기분을 들게 만들었구나.

그간 별다른 의미를 두지 않았다고 생각했었는데 사실은 아니었다. 모르는 사이 승서는 두 사람이 함께하는 시간에 길들여지고 있었다. 미뤄두었던 말을 꺼낸 건 바로 그때였다.

"하지만 이자경이 모르는 게 있어."

기대를 덜어낸 듯한 이자경의 눈은 낮게 가라앉아 있었다. 승서의 입에서 어떤 말이 나온다 하더라도 크게 관여치 않겠다는 의지처럼 여겨지기도 했다.

하지만 관계에 있어 첫 시작점을 제시한 건 이자경이 먼저였다. 그러니 이자경이 헤어짐을 말하는 것은 룰 위반이었다.

처음 만났을 때의 이자경은 분명 승서에게 있어 아무런 감흥을 주지 못하는 대상이었다. 그러나 지금은 어떤가. 당장에 내일부터 이자경과의 만남이 단절된다면 또 어떤 느낌이 들까.

기분이 더러워지는 걸 넘어 어쩌면 화가 날지도. 사실을 인정하는 시점에서부터 승서의 눈빛이 집요한 빛을 띠기 시작했다.

처음부터 한국에 오래 머무를 생각은 없었다. 부득이한 사정으로 말미암아 어쩔 수 없이 발목을 붙잡혀 버리긴 했지만, 승서는 언제든지 한국을 벗어나 미국으로 떠날 마음을 가지고 있었다. 주변과의 관계에 연연해 할 이유가 애당초 승서에겐 없었단 의미였다.

제멋대로에 성질머리가 개같이 더럽지만 무시해 버리기엔 껄끄러운 재벌 3세. 그게 남들이 평가하는 미친개 계승서였다. 그리고 이 같은 평판이 주변의 접근을 차단했다.

드러난 배경에 혹해 계산적으로 다가왔다가도, 얼마 견디지 못하고 나가떨어지기 일쑤였다. 영어가 반쯤 섞인 어눌하기 짝이 없는 한국어 실력은 그나마도 둘러말하는 법이 없었기 때문이었다.

일부러 그랬다는 걸 이자경에게 들키기 전까지, 타인의 눈에 비친 승서는 안하무인이나 다름이 없었다.

실상 말귀를 못 알아듣는 척 속에 든 말을 거침없이 내뱉고 나면, 그다음엔 숨겨져 있던 상대의 진심이란 걸 들을 수가 있게 된다. 드물게도 이자경은 겉과 속이 같은 사람이었다.

승서가 가진 배경에, 돈에, 권력에 연연하지 않았던 유일한 상대. 그래서 결심과는 다르게 관심을 주고 말았다.

웃고 있었지만, 불행에 빠져 있던 이자경. 이자경의 모습에 스스로의 처지를 겹쳐 보기 시작하면서부터, 우습게도 아무것도 아니었던 이자경에 관해 사소한 것 하나까지도 궁금해지기 시작했다. 그건 관계의 진전을 의미하는 것과도 다르지 않았다.

아는 사람.

두 사람 사이를 정의 내릴 수 있는 말이 이것만으로는 부족하단 걸 깨달았을 무렵, 문득 승서는 머릿속에서 친구란 단어를 떠올렸다. 그리고 평소처럼 코웃음을 치며 이 같은 사실을 아무렇지 않게 넘겨 버리지 못했을 때, 승서는 이 사실을 어느 정도 인정하고 받아들여야만 했다.

그런데 이렇게 쉽게 끝을 내자고? 누구 마음대로?

이 정도로까지 각오를 하게 만든 건, 진심이 되게 해버린 건, 분명히 말해 이자경의 책임이 컸다.

그래서 승서는 오늘, 높게 쌓아 올린 이자경의 경계를 한번 무너뜨려 볼 마음을 먹게 되었다. 지금 승서가 하려는 말은 그의 치부에 관한 이야기였다.

"이런 꼴로 이런 말을 한다는 게 좀 우습긴 한데……. 이자경, 나는 말이야. 밥이든 뭐든, 먹는 걸 좋아해 본 적이 거의 없어. 원래가 입도 짧고 가리는 것도 많아."

"시간 없어. 그래서 하고 싶은 얘기가 뭐야."

이자경이 화를 내는 모습을 본 건 이번이 처음이었다. 물론 직접적인 질책이나 비난의 말을 입에 담지는 않았다. 대신에 서늘한 눈길이, 감정이 배제된 목소리가 승서의 접근을 철저하게 막아섰다. 애써 조급함을 잠재운 승서가 머릿속에서 해야 할 말을 골랐다.

기억이 틀리지 않았다면 마지막으로 쟀던 승서의 신체 사이즈는 키 186센티미터에 몸무게가 100킬로그램을 상회한 것이었다. 대충 봐도 자기 관리가 엉망인 것을 알 수 있었고, 때문에 다른 단서 없이 이자경이 이번 대화의 핵심을 파악한다는 건 사실상 어려운 일이었다.

당연한 결과랄까. 평상시 기름진 음식을 즐겨 먹던 승서의 이야기는 이자경의 설득력을 얻는 데 있어서도 실패를 거뒀다.

하지만 지금처럼, 선뜻 이자경이 사실을 믿지 않을 걸 알면서도 구태여 이러한 이야기를 꺼낸 데에는 분명한 이유와 의도가 존재하고 있었다. 그건 앞으로 있을 얘기에 대한 포석과도 같았다.

"형이 있었어. 지금은 없지만, 쌍둥이 형이 한 명 있었어."

속에 든 말을 내뱉은 건 충동적인 결정이 아니었다. 때맞춰 오후의 수업을 알리는 종소리가 들려왔다. 한 차례 계단 입구 쪽을 바라본 이자경이 다시금 승서에게로 시선을 주었다.

"지금 하려는 얘기, 내가 꼭 들어야 하는 얘기니?"

"아니, 그렇진 않지. 하지만…… 그래도 들어줬으면 해. 내겐 이런 얘기를 할 만한 사람이 이자경 하나뿐이거든."

유일하다. 승서의 입에서 나온 짤막한 한마디가, 악화일로를 걷던 관계를 누그러뜨리는 결정적인 역할을 했다.

결국 금방이라도 계단을 내려설 것처럼 굴던 이자경이 마음을 바꿔 편한 곳에 자리를 잡고 앉았다. 스스로의 의지로 이자경이 처음으로 수업에 빠진 날이었다.

승서에겐 다섯 살 터울이 나는 누나 계서영 외에, 앞서 몇 분 차이로 먼저 태어난 쌍둥이 형이 있었다. 있었다, 라고 표현을 한 건 이미 형인 계승혁이 이 세상 사람이 아니었기 때문이다.

건강 체질인 승서와는 다르게, 태어나면서부터 심장이 약했던 계승혁은 커가면서 정신적인 부분에서도 문제를 드러냈다.

불행히도 정신착란 증세를 나타내던 계승혁은, 정신 질환을 앓기 시작하면서부터 쌍둥이 동생이었던 승서에 대해 심한 반감을 가지게 되었다.

본능적인 혐오감이랄까. 승서에 대한 계승혁의 적대감은 곧 이상행동으로 나타났다. 지난 일을 떠올리던 승서의 눈앞으로 날카로운 아픔이 스쳐 지나갔다.

할퀴고, 때리고, 꼬집는 건 예삿일이라고 할 정도로, 승서와 함께 있을 때의 계승혁은 감정 기복이 컸다. 어르고 달래도 그때뿐이었다. 다만 야단을 쳐가며 버릇을 가르치기에는 계승혁에 대한 어머니 홍주란의 애정이 남달랐다.

통제가 되지 않을 정도로 막무가내로 고집을 부려오는 계승혁으로 인해 한 공간에서 함께 생활하는 게 불가능해지고 나서부터는, 승서만 따로 유모의 손에 맡겨져 키워졌다. 아무래도 정상적인 승서보다는 계승혁 쪽이 홍주란의 손길을 더 필요로 했기 때문이다. 믿기지 않겠지만 어린 승서는 지금과는 다르게 굉장히 순둥이 같은 구석이 있었다.

그러던 승서가 열한 살이 되던 새해 자정 무렵, 계승혁이 2층에서 곤히 자고 있던 승서의 방을 몰래 숨어들어 칼로 배를 찌르는 일이 발생했다. 범행에 쓰인 흉기는 날 길이가 10센티미터쯤 되는 과도로, 평상시 과일을 깎을 때 사용하던 것이었다.

불행 중 다행이라고 할 수 있었던 일은, 승서를 찌를 때 사용했던 칼을 계승혁이 빼내지 않고 그대로 놔두었다는 점이었다. 만약 억지로 빼내려고 했더라면 장기가 손상되는 걸 떠나서, 그대로 쇼크사를 했을 가능성이 컸다.

잠자리를 봐주러 들어왔던 유모가 쓰러져 있던 승서를 제때 발견했기 때문에 운 좋게 살아날 수 있었지, 아니었다면 승서 역시 이 세상 사람이 아니었을 테다. 급하게 수술을 받아야 할 정도로 많은 피를 흘렸고, 상처가 컸던 만큼 그때의 자상은 여전히 지워지지 않은 채 승서의 몸에 고스란히 남아 있었다.

"그리고 나서 겨우 정신을 차렸는데, 첫마디가 뭔지 알아? 미국으로 가라더라고. 아니다. 거기에 내 의견 따위는 상관이 없었지. 일방적인 통보였고, 정확히는 퇴원한 지 얼마 안 돼서 미국으로 보내졌지."

당시 대한 그룹 계열사중 하나인 대한 전자 부사장으로 재임 중이던 부친 계정문은, 추문이나 다름없던 이번 사건이 가십거리로 다뤄지는 걸 극도로 경계했다.

계정문은 이 일을 아예 없었던 것처럼 덮고 넘어가거나, 혹은 아무도 모르게 조용히 처리되길 바랐다.

반면에 이대로 계승혁을 포기할 수 없었던 홍주란은, 정신병원에 계승혁을 입원시키는 것에 대해 반대 의사를 분명히 했다.

두 사람의 이해관계는 쉽게, 그것도 아주 쉽게 맞아떨어졌다. 그러나 이 결정엔 정작 피해자인 승서의 입장은 조금도 고려돼 있지 않았다.

"울며 떼를 썼지. 나로서는 이 결정을 있는 그대로 받아들일 수가 없었거든. 그래서 어린 마음에 말이야. 경찰에 신고를 할까도 생각해 봤어. 만약 그랬다면 달라지는 게 있었을까. 나는 여전히 잘 모르겠어."

"……그래서 후회해?"

"후회라. 그럴지도 모르지."

하지만 계승혁이 이 세상에 없는 이 시점에서 이런 질문은 이제 무의미한 일이 돼버렸다.

"궁금한 게 있으면 물어봐. 지금이라면 대답해 줄 마음이 생길 것도 같으니까."

차게 식어 있던 이자경의 눈빛에 옅은 열기가 스며들기 시작했다. 어긋나거나 비틀리지 않고, 예전처럼 정면을 향해 바라봐 오는 이자경의 시선이 기분을 들뜨게 만들었다. 잠시 후 이자경이 운을 뗐다.

"그럼, 넌?"

"나?"

"아까…… 형이 죽었다고 했잖아. 그럼 넌, 한국을 떠나서 줄곧 미국에서만 산 거야?"

앞서 내렸던 승서의 판단은 정확하게 들어맞았다. 감춰두었던 진실을 드러냄으로써 이자경의 관심을 끄는 데 완벽한 성공을 거뒀다.

하지만 잠시간 머뭇대며 해온 이자경의 질문은 승서의 질문지에는 없던 내용이었다. 그래서 속으로 놀라움을 감추지 못했다. 왜냐하면 방금 전에 해온 이자경의 물음이, 승서 자신에 대한 걱정에서 비롯되었음을 모르지 않았기 때문이다.

"그래."

그리고 계승혁이 죽지 않았다면 그 기간은 지금보다 훨씬 더 늘어났을 테다. 그가 제멋대로인 것은 어쩌면 핏줄 탓인지도. 쓴웃음이 입가에 떠오를 즈음 이자경의 말이 이어졌다.

"하지만 넌 겨우 열한 살이었어."

솜털이 솟아오를 정도로 오싹한 기분이었다. 정문도, 주란도 헤아려 주지 않았던 열한 살 어린 승서의 사정을 걱정해 오는 이자경의 말 한마디 한마디가 심장을 뛰게 만들었다. 그래서 일부러 괜찮은 척은 하지 않았다. 이자경에게는 바라지 않았던 동정. 그 동정을 받아보는 것도 꼭 나쁜 것만은 아니지 않을까, 하는 생각이 들어서였다.

"바쁜 사람들이었거든, 두 분 모두. 나보다 우선인 게 있었어."

간혹 미국에 다니러 올 일이 생길 때도 계정문은 바쁜 일정을 핑계 대기 바빴다. 한 시간 남짓한 시간. 계정문이 미국에 있던 승서를 위해 남겨두었던 시간이었다.

짧게 눈도장만 찍기에도 부족한 이 시간이, 무척이나 길고 더디게 느껴지기 시작했을 무렵 승서는 더 이상 계정문을 기다리지 않게 됐다.

원래부터 계정문은 살갑거나 다정한 것과 거리가 멀었다. 잠깐의 만남 끝에 헤어짐을 이야기할 때면 계정문은 빠뜨리지 않고 꼭 하는 말이 있었다.

회사를 이어받는 건 승혁이 아니라 승서 너야.

계정문이 언급한 회사란 건 당시 부사장으로 재임 중이던 대한전자를 염두에 두고 해온 말일 것이다.

곱씹어볼수록 우스운 심경이었다. 어린 승서를 눈앞에다 앉혀두고서 대체 계정문은 무슨 얘길 하고 싶었던 걸까.

희생을 강요함으로써 계정문은 승서에게 그에 합당하다고 여긴 당근은 내밀었다. 그러나 승서가 바란 건 그보다 더 작은 것, 예컨대 따뜻한 말 한마디나 진심이 담긴 격려면 충분했다. 그러나 결국엔 이루어지지 않는 바람으로 끝이 났다.

계정문은 사업을 하는 사람답게 성정이 매우 차고 냉정했다. 그래도 이따금 얼굴을 봤던 계정문의 사정은 그나마도 나았다.

승서가 미국으로 건너가고 난 후 계승혁에겐 없던 버릇이 하나 생겼는데, 홍주란이 옆에 없으면 시위용으로 자해를 하는 일을 저

지르곤 했다. 그 때문에 미국에 머물던 지난 몇 년간, 직접적으로 홍주란의 얼굴을 본 적은 단 한 차례도 없었다.

"나는, 그러니까 나는, 이미 괜찮다고 말했었어. 그런데 너는, 계승서는 진짜 괜찮은 거 맞아……?"

"이자경이 했던 것처럼 나도 거짓말로 답해야 하는 건가. 이럴 땐 말이야."

"……"

"괜찮다는 이자경의 말. 난, 지금도 믿지 않고 있어."

"……인정할게. 내가 비겁했어. 사실은 하나도 괜찮지 않아. 괜찮을 리 없잖아."

도발에 가까운 승서의 말이 기어코 진실을 이야기하도록 만들었다. 떨림을 머금은 목소리를 끝으로 이자경이 고개를 숙였다.

생각에 앞서 먼저 손이 뻗어 나간 건 바로 그때였다. 순간적으로 멈칫하며 멈추지 않았더라면, 승서의 손은 아마도 이자경의 뒷머리를 쓰다듬고 있었을 테다.

강하게 주먹을 말아 쥔 승서가 곧 이자경이 궁금해했던 질문에 대한 답을 내놓았다.

"물론 조금도 괜찮지 않지. 왜냐하면, 형의 장례식에서 만난 엄마가 날 보고 승서가 아닌 승혁아, 라고 불렀거든. 계승혁과 난, 형과 난, 완벽하게 닮은 일란성 쌍둥이였으니까."

겨울이 끝나면 언젠가는 봄이 온다. 그러나 지나간 겨울을 이야기할 땐 여전히 춥고, 시리고, 쓸쓸했던 기억이 떠오르곤 한다.

계승혁의 사인은 심장마비였다. 누나인 계서영의 말에 의하면 잠자는 듯한 편한 표정을 하고 있었다고 했다.

"형의 망령이 나한테 덧씌워진 기분이었지. 승혁아, 승혁아, 부를 땐 정말이지 딱 미쳐 버릴 것 같더라고."

귀가 따가울 정도로 들어야만 했던 계승혁의 이름은 장례식이 끝난 뒤에도 여전히 승서를 따라다녔다. 계승혁의 사망에 따른 충격으로 홍주란의 정신에 이상이 생긴 건 아니었다.

홍주란은 눈앞에 있는 사람이 승서란 걸 알면서도 늘 승서를 보며 계승혁을 찾았다. 그건 계승혁에 대한 애도임과 동시에 승서를 부정하는 것과도 다를 바 없는 행위였다.

승서는 원래 계승혁의 장례식 이후 곧바로 미국으로 돌아갈 예정이었다. 한데 예정이 어긋난 건 홍주란 때문이었다.

승서에게서 계승혁의 그림자를 찾던 홍주란에게 있어서 이미 그는 없어서는 안 될 존재로 각인돼 버렸다. 이는 과거 계승혁을 위해 승서의 미국행을 쉽게 결정했던 것과는 상반되는 태도였다.

"나름의 복수였어. 내 얼굴에서 형의 얼굴을 지우기로 마음먹은 건. 엄청 먹어댔지. 토할 정도로 먹고 또 먹었어."

이 순간 자경은 눈물을 보이지 않기 위해 부단히도 노력해야만 했다. 눈물을 보이는 순간 승서의 이야기는 중단될 게 분명했으니까.

"나는 별로, 음식에 환장한 놈이 아니야. 하지만 견딜 수가 있어야지. 날 보고 승혁아, 승혁아, 하는 엄마를 말이야."

아들. 내게서 네 형을 빼앗지 마. 그러지 마. 부탁이야. 제발.

우울한 눈을 하고 있던 홍주란이, 애원에 가까운 투로 해온 말이었다. 참을 수 없이 슬픈 심정이었다. 승서는 어른이 아니었다. 그러나 홍주란도, 계정문도 이 사실을 알려 들지 않았다.

"내게, 왜 내게 이런 사실을 얘기해 주는 건데. 이런 건…… 가볍게 할 수 있는 얘기가 아니잖아."

"이자경은 네 편이 없다고 그랬지? 나도 그랬어. 그런데 말이야…… 한 번쯤은 내 편을 만들어봐도 좋을 것 같단 생각이 들었거든."

혼자가 편하다고 생각했다. 그럼 상처받을 일도, 괴로워할 일도 겪지 않아도 될 테니까. 하지만 세상에 당연한 건 아무것도 없더라. 아무것도 아닌 것이 때론 의미가 되고, 스쳐 지나칠 뿐인 사람이 뒤늦게 인연이 되기도 하더라. 보잘것없던 이자경과 겉만 그럴듯했던 계승서가 만나, 서로가 서로를 돌아볼 수 있었던 것처럼.

열일곱 살의 이자경과 계승서는 혼자였지만 곧 둘이 되었고 더는 혼자가 아니게 되었다. 두 사람이다. 불행을 벗어나는 주문은 생각보다 간단했다.

마음을 죽인다는 건 생각보다 어렵지 않았다. 싫은 일도, 좋은 일도, 그냥 전부 참아버리면 그만이니까. 하지만 이따금 머리로는 알면서도 행동으로 옮기는 것이 어려울 때가 있었다.

정곡을 찔러오는 계승서의 발언이 단번에 자경의 속마음을 헤집어놓았다. 지금도 불행한 게 아니냐며 확정 지어 묻던 그의 말은 틀리지 않았으며 오히려 정답에 근접해 있었다. 그래서 딱딱하게 굳은 얼굴을 한 채 화를 내고 말았지. 그래야지만 동요된 마음을 숨길 수 있었으니까.

내뱉듯 관계의 끝을 입에 올렸을 만큼 당시의 자경은 심적으로 궁지에 몰려 있었다. 그 어두운 선 바깥으로 계승서를 힘껏 밀어

내는 것. 그땐 그게 스스로를 지킬 수 있는 유일한 방법이라고 생각했었다. 그런데 지금은 어떤가.

뜻밖이나 다름없던 계승서의 고백은 자경에게 솔직해질 수 있는 기회를 제공해 주었다. 누구의 앞에서도 해본 적 없던 얘기.

이자경은 불행하다. 타인의 불행을 바라고 사는 사람의 삶이 행복할 리 없었으니까. 사실상 그건 불가능에 가까운 일이었다.

토해내듯 입 밖으로 현실을 인정하고 나서부턴 왜인지 속이 후련한 기분이 들었다. 그러나 달라진 건 이뿐만이 아니었다.

"돌려 말하면 못 알아들을까 봐서 하는 말이야."

섣부른 기대를 품게 만드는 흔들림 없는 단호한 어투. 얕게 내뱉어지던 호흡이 일시에 정지했다.

"이자경. 너하고 나, 우리 지금도 친구 맞지? 그렇지?"

정면에서 눈이 마주친 순간, 눈앞이 이지러지면서 머릿속이 아득하게 변했다. 다름 아닌 계승서가 자신을 바라보며 해온 얘기였다.

목 안쪽이 간질간질할 정도로 하고 싶은 말은 많이 남아 있었다. 그런데도 그냥 말없이 세차게 고개를 끄덕이기만 했던 것 같다. 목이 아플 정도로 몇 번이고 반복해서. 왜냐하면 입을 여는 순간 물기에 젖은 소리가 새어 나갈 게 분명했으니까.

어느 한쪽이 손을 놓아버리면 그것으로 끝날 거라고 믿었다. 무언가의 척도로 삼기에는 얄팍하기 짝이 없는, 이를테면 우정을 논하기에는 두 사람의 사귐은 지나치게 부족했다. 그런데 아니었다. 자칫 잘못 끊어질 것처럼 위태로웠던 관계를 이어 붙인 건 놀랍게도 계승서였다.

"……그 표정은 뭐야. 좋다는 거야 아님 싫다는 뜻이야? 뭐든 좋으니까 말로 해."

입 밖으로 소리 내 동의를 구해오는 말 한마디가 기어코 눈가를 시큰거리게 만들었다. 이 순간엔 마치 구원을 받은 느낌이었다.

심한 탈력감에 금방이라도 바닥 위로 주저앉고 싶은 걸 억지로 참아낸 자경이 계승서를 올려다보았다.

"왜 아냐. 친구, 맞아. 계승서는 내 친구 맞아."

가창 비참했던 순간에 만난 사람. 아무렇지 않게 말을 걸어주고, 다가올 여지를 내어주고, 편견 없는 시선으로 이자경을 대해 준 유일한 존재. 마주 본 계승서의 얼굴은 무척이나 편안한 표정을 짓고 있었다.

웃어야 하는 걸 아는데도, 계속 참아야 한다는 걸 아는데도, 그냥 눈물이 나왔다. 그런데도 참 이상하지. 얼굴 위를 줄줄 타고 내리는 눈물이 목덜미를 적시는 지금 이 순간 이자경은 불행하지 않았다.

분위기가 달라진 건 자경의 눈에서 눈물이 떨어지고 난 이후의 일이었다. 구기듯 인상을 쓴 계승서는 한동안 주머니 안쪽을 뒤적거리기만 했다. 그런 뒤에야 별다른 소득 없이 빈손을 빼냈다. 설핏 눈가를 찌푸리는 형태가 원하던 것을 찾지 못한 듯 보였다.

아마도 짐작이 틀리지 않았다면, 조금 전 계승서가 주머니 안에서 찾으려고 했던 것은 티슈나 손수건과 같은, 굳이 분류를 하자면 자경의 눈물을 닦아줄 그런 것들이었을 게 분명했다. 그건 가정이나 추측과는 다른, 하나의 확신과도 같았다.

신경질적인 손놀림으로 뒷머리를 긁적인 계승서가 어울리지 않게 힐끔 자경의 눈치를 봐왔다. 그때까지도 자경은 흘러내리고 있던 눈물을 멈추지 못한 채였다.

한동안 계승서는 말을 아꼈다. 체육 시간이 한창인 운동장을 향해 시선을 둔 채 등을 돌린 상태로 가만히 서 있기만 했다. 마치 자경에게 울 수 있는 시간을 주려는 듯. 그런 뒤에야 그가 등지고 있던 시선을 바로잡았다.

"점심도 걸렸으면서 무슨 기운이 남아 있다고 아직도 눈물 바람이야. 그쯤 했으면 됐어."

꼴사납겠지. 아마도 그럴 테다. 봇물처럼 터져 나온 갑작스러운 눈물이 계승서를 얼마나 당혹시켰을지 짐작이 가는 상황에서도, 쉽사리 눈물이 멈춰지지가 않았다. 그리고 이 순간 자경은 스스로가 이기적이란 걸 알고 있었다.

눈물을 흘린 건 계승서의 처지가 안타까워서가 아니었다. 스스로의 불행을 뒤돌아보는 순간, 행복을 간절히 바라고 있던 어린 이자경의 모습을 발견했기 때문이었다.

괜찮다고 믿었던 순간까지 사실은 괜찮지 않았다. 사소한 것 하나에도 기뻐 어쩔 줄 모르는 자신의 모습에 그냥 눈물이 나오고 말았다. 그래서 끝까지 부정을 하지 못했다. 닮았다, 라고 했던 계승서의 말을 말이다.

치기를 앞세우는 대신 감정에 솔직하게 반응했다. 한참 동안 들썩거리던 양어깨의 움직임이 잠잠해졌을 무렵, 간신히 속에 든 말을 뱉어낼 수 있었다.

"……곤란하게 만들어서 미안."

팔을 들어 올려 거칠게 눈 주변을 닦아내기 무섭게 멎었다고 생각했던 눈물이 또다시 차오르기 시작했다. 결국 눈물자국이 그대로 남은 얼굴로 웃어 보였는데, 돌아오는 반응이 얄미우리 만큼 솔직했다.

"울든지 웃든지 그냥 둘 중 하나만 해. 차라리 그게 나을 것 같으니까."

"……그렇게 보기 흉해?"

대답 대신 계승서가 손가락을 까딱거렸다. 조금 더 가까이 와보라는 뜻이었다.

이끌리듯 내딛는 걸음에 맞춰, 그의 상체가 불쑥 앞쪽으로 기울어졌다. 떨어진 거리가 간신히 한 뼘 정도나 될까. 근접 거리에서 마주 보게 된 계승서의 눈빛은 아주 많이 반짝거리고 있었다.

"왜, 왜 그러는 건데?"

"궁금하다면서? 가만있어 봐. 더 자세히 살펴보고 얘기해 줄 테니까."

짓궂은 장난이 동반된 확인 사살이었다. 덕분에 살얼음판 걷듯 아슬아슬했던 분위기가 조금 부드럽게 바뀌었다.

"돼, 됐어. 뭘 또 그렇게까지 해."

"얼씨구? 이제 와 내외하는 것도 아니고 피하기는. 이쯤 해두고 밥이나 먹자. 어차피 지금 내려가 봐야 좋은 소리 듣긴 틀렸을 거 아냐."

스스로가 미처 챙기지 못했던 부분까지 헤아려 주는 계승서의 발언이 심장을 두방망이질 치게 만들었다. 이건 정말이지 반칙이었다.

이미 무뎌졌다고 여겼던 마음이 어느새 이리저리 흔들거리기 바빴다. 흘리듯 넘겨 버려도 됐을 사소한 얘기 하나까지도 의미가 되어 돌아왔다. 아무렇지 않게 뱉어냈을, 그저 그런 말 한마디에도 마음이 전에 없이 들썩거렸다.

두근두근, 쿵쿵쿵…….

점차로 빨라지기 시작한 심장박동 소리가 따가우리 만큼 귓가를 간지럽혔다.

"자."

손수 포장 용기를 분리해 낸 계승서가 입도 대지 않았던 초밥을 자경의 눈앞으로 내밀었다. 심각한 분위기 속에서도 어이없게 식욕이 돋았다.

하지만 이미 한차례 고집을 꺾지 않고 객기를 부려가며 버려 버리라고 했던 음식이었다. 선뜻 손이 나가지 못했던 것은 그때의 기억이 떠올라서였다.

"내키지 않는 거라면 관둬. 억지로 먹어봐야 탈만 나니까."

짧은 시간에 불과했지만, 자경의 머뭇거림을 읽어낸 계승서가 눈앞에서 초밥 상자를 치워냈다. 상황에 맞지 않았지만 순간적으로 야속하다는 마음이 가장 먼저 앞장섰다. 왠지 모르게 부당하단 생각마저 들었다. 마지막 권유일 게 분명해지는 상황 속에서, 그때서야 자경은 허기를 느꼈다.

"……줘."

"……?"

"그냥 거기 놔두라고."

"그럼 그러지 뭐."

잦아들던 목소리에 담긴 요구 하나가 계승서로부터 긍정적인 반응을 이끌어냈다. 아무렇지 않게 두 손을 이용해 나무젓가락을 쪼갠 계승서가, 젓가락을 건네왔다. 별거 아닌 것처럼 보였지만 그건 분명한 배려였다.

"……넌? 넌 안 먹어?"

"나?"

"그래. 점심을 못 먹은 건 나뿐만이 아니잖아."

"난 됐어."

어째서? 라고 되묻기도 전에 계승서의 입에서 설명이 이어졌다.

"아침부터 입맛에 맞지도 않는 음식들을 질릴 정도로 먹어댔더니 별로 생각 없어. 덕분에 아직도 속이 느글거리는 기분이야."

기름에 튀겨낸 해산물에, 핏물이 겨우 가신 소고기, 후식으로 치즈가 들어간 케이크까지 해치워 버렸다는 계승서의 말이 자경으로 하여금 많은 생각을 하게 만들었다.

"그래서 나 혼자 먹으라고? 이걸 전부 말이야?"

"그러라고 사온 거야. 나 신경 쓰지 말고 먹어."

어차피 날것의 생선은 입에 대지도 않으니까. 덧붙이듯 중얼거린 계승서의 말에 자경의 고개가 번쩍 위로 치켜들려졌다.

"초밥, 싫어해?"

"싫어해. 아니, 딱 질색이야."

"그럼 왜 이건……."

"왜일 것 같아."

짧은 감탄 끝에 자경은 계승서가 해온 말의 진위를 알아차릴 수 있었다.

"……이거 나 먹으라고 사온 거였구나. 내가 좋아한다고 했으
니까. 맞지? 그렇지?"

계승서의 고개가 위에서 아래로 끄덕여지는 순간, 평범했던 자
경은 좀 더 특별한 존재로 남을 수 있었다. 적어도 이 순간에는 그
랬다.

"다른 사람이 날 생각해 준다는 거, 그거 되게 기분 좋은 거였구
나."

일찍이 바라 마지않았던 일들. 모두가 외면했던 일을 계승서는
아주 손쉽게 들어주었다. 다른 사람에게는 아주 어려웠던 일들이,
계승서에겐 왜 이토록 쉬웠던 것일까. 왜 다른 걸까. 아니, 그 사
람과 계승서는 어디가 어떻게 다른 걸까.

싫은 사람이 있다. 한때는 누구보다 좋아했지만 이제는 그럴 수
없게 돼버린 사람. 매일같이 얼굴을 마주 보며 식탁에 둘러앉아
밥을 먹지만, 그것만이 전부인 사람.

기대와 바람이라는 걸 하나둘씩 마음에서 내려놓고, 그 사람을
미워하기 시작하면서부터 자경은 눈물을 보이지 않기 위해 억지
로 감정을 억눌러 참았다. 왜냐면 그게 덜 상처받는 방법이란 걸
본능적으로 알아버렸으니까.

혼자가 아닌 장소에서 이렇게 눈물을 자주 보인 건, 그때 이후
로 처음이었다. 잘 참아왔다고 믿었던 것도 잠시, 균열이 생긴 마
음을 추스르는 게 생각보다 쉽지 않았다.

"먹기나 해. 뭘 또 울려고 그래."

계승서의 재촉에 그제야 멈추고 있던 손을 움직인 자경이 초밥

하나를 집어 들어 입가로 가져갔다. 하지만 왜인지 몇 번을 반복해 씹어봐도 초밥 특유의 본연의 맛은 느껴지지가 않았다. 다만, 슈거파우더보다도 달콤했던 것만은 알 수 있었다.

그렇게 하나둘 초밥을 먹어 없애자 기다렸다는 듯 페트병에 담긴 물이 눈앞으로 내밀어졌다.

"물도 좀 마셔가면서 먹어."

거절하는 대신 이번에도 자경은 계승서가 건네온 물을 받아 입가로 가져갔다. 미뤄뒀던 말을 꺼낸 건 목을 축이고 난 이후였다. 약간의 심호흡 끝에, 자경이 입을 열었다.

"있지, 계승서. 나는 너처럼 솔직해질 자신이 아직은 없어."

"그래서? 그게 뭐 어땠다고?"

"하지만 이런 건 비겁한 거잖아."

듣는 것만으로도 숨이 막힐 것 같았던, 흡사 비극과도 맞닿아 있던 지난 과거에 대한 계승서의 얘기는 떠올리는 것만으로도 소름이 돋는 기분이었다. 솜털이 삐죽 솟아올랐을 정도로 당시에는 충격이 컸다.

그렇다면 자신은 어떤가. 결코 계승서에 비해 나은 상황이라고도 할 수 없었던 게, 각자의 입장이라는 건 결국 객관적이지 못하게 마련이었고, 타인의 불행보다는 자신의 아픔이 언제나 우선인 법이었다.

사실 누구의 가정사가 더 불우한지를 따지는 것 자체가 불필요한 시간 낭비였다. 앞서 말했다시피 자경은 거기까지 솔직해질 생각은 가지고 있지 않았다.

다만 상대의 비밀을 듣고 스스로의 비밀은 묻어둔다는 건 어떻게 봐도 공평치 못한 처사였다. 그런데도 자경은 불합리한 선택을 감행했다.

철저하게 피해자의 입장에 선 계승서와는 달리 자경은 이문태와 신지수, 또 윤인숙과 이해서와 이신후의 관계를 지금껏 이어오게 만든 조력자임과 동시에 방관자이기도 했기에. 예상치 못했던 부분에서 합당함을 부여해 온 건 뜻밖으로 계승서였다.

"착각하고 있나 본데, 나는 그냥 평소처럼 내 얘기를 했을 뿐이야. 처음부터 대가를 바라고 한 얘기가 아니란 거지. 그러니까 이자경도, 이자경이 원하는 때 원하는 만큼만 얘기해. 그게 당연한 거니까."

단조로운 목소리만큼이나 담담한 어투였다. 그리고 이 순간 자경은 직감했다. 오래지 않아 스스로의 의지로 모든 걸 밝히게 되는 날이 오게 되리란 걸.

제3장

권력의 역설

말없이 수업에 빠진 것에 대한 야단을 들을 각오는 이미 돼 있었다. 말하자면 작은 일탈이었다. 타인의 강요가 아닌 스스로의 선택으로 이곳에 남기로 결정했던 건 그야말로 충동에 가까운 결정이었다.

평상시 때의 그녀라면 분명 계단을 걸어 내려가는 것으로써 태도를 분명히 했을 테다. 입장을 번복하거나, 관계에 연연해하는 건 지극히 자경답지 않은 일이었다. 그럼에도 피하지 않고 현실을 마주 볼 수 있었던 것은 계승서의 입에서 나온 '친구'란 단어 때문이었다.

미처 알지 못했던 사실 하나. 상대의 이야기를 들어줌으로써 얻을 수 있는 것은 생각했던 것보다 훨씬 더 많았다. 그리고 이로 인해 최소한 한 가지는 분명해졌다.

흔들리고 있던 계승서와의 관계가 바로 섰다는 것. 각자에 불과했던 우리는, 서로의 편이 되어주기로 함으로써 이전과는 다른 유대감을 가질 수 있게 되었다.

당장엔 수업 내용이 담긴 필기노트를 빌릴 만한 대상조차 없던 상황에서도 교실로 향하는 발걸음만은 전에 없이 가벼웠다. 그러나 들떴던 마음은 얼마 못 가 바닥으로 곤두박질치고 말았다.

소란이 일어난 걸 알아차린 건 문을 열고 교실로 들어서고 난 직후의 일이었다.

"너지? 너 맞지? 내놔. 내놓으라고!"

모두의 시선이 자경을 향하는 순간, 적의에 들어찬 음성이 날카롭게 귓가를 파고들었다. 자경은 조금 떨어진 곳에서 들려온 소리를, 그 말을 해온 당사자를 바라보았다. 화가 난 얼굴이었고, 잔뜩 찌푸린 표정을 짓고 있었다.

하지만 자경은 왜 박희령이 이렇게까지 화를 내고 있는지에 대해서 전혀 감을 잡을 수가 없었다. 단편적인 단서만으로 이야기의 요지를 파악하기엔 상황 자체가 돌발적이었다. 의문에 깃든 자경의 눈빛이 해명을 구했다.

"다짜고짜 내놓으라니. 대체 뭘 말이야."

"내 돈. 학원비 내려고 가지고 온 돈 말이야."

당연하다는 듯 내뱉은 박희령의 말은 외려 궁금증을 가중시키는 역할을 했다. 돈이라니. 맡아둔 기억도 없고, 박희령과의 관계를 생각하면 더더욱 이해가 되지 않기도 했다.

드러난 것만으로 판단해 봐도 박희령과 자경의 관계는 지극히 형식적이었다. 같은 교실에서 함께 수업만 받을 뿐 사적으로 대화를 나누는 법도 없고, 하다못해 가볍게 인사를 주고받을 정도의 친분도 아닌, 그야말로 접점을 찾을 수 없는 사이였다.

사실 박희령의 이름이 박희령이란 것을 정확하게 알게 된 것도 같은 반이 되고 난 이후의 일이었다. 그전까지는 그저 이해서의 친구로만 기억하고 있었다. 애당초 부탁을 주고받을 만큼 교류가 있던 사이가 아니란 얘기였다.

"돈? 그걸 왜 나한테 달라는 건데?"

"몰라? 왜 몰라? 네가 훔쳐 간 걸 네가 모르면 누가 알아? 그러니까 지금이라도 내놔."

따지듯 묻는, 확신이 들어찬 박희령의 어조에 일시에 강한 둔기로 머리를 얻어맞은 느낌을 받았다. 몰랐는데, 지금 자신은 도둑 취급을 받고 있는 거였다.

시끄러웠던 게 언제였냐는 듯 쉬는 시간임에도 불구하고 주변이 쥐 죽은 듯 조용하게 변했다. 어느 틈엔가 자경은 아이들 무리에 에워싸이듯 둘러싸여져 있었다. 그건 암묵적으로 이 상황에 동조하고 있음을 증명하는 일이기도 했다. 그 속에서 당사자인 박희령은 줄곧 추궁 어린 목소리를 높이고 있었다.

"왜 말이 없어. 내 말이 말 같지 않아서 그래?"

"뭔가 착각을 하나 본데. 난, 아냐. 잘못 짚었어."

"발뺌할 생각 하지 마. 너도 찔리는 게 있으니까, 지금 이 시간에 들어온 걸 거 아냐. 왜, 내 말이 틀렸어?"

승기를 잡았다고 생각해서인지 박희령은 대화 내내 득의양양한 표정을 감추지 않았다. 그러나 그건 사실이 아니었다.

"그래, 틀렸어. 수업에 늦은 건 그럴 만한 사정이 있어서이지 이번 일 하고는 상관없어. 그러니까 비켜. 너하고는 더 할 얘기 없으니까."

"어딜! 내 얘기 아직 안 끝났어."

걸음을 옮기려는 자경의 앞을 또다시 박희령이 막아섰다.

"뭐 하자는 거야."

"사정? 좋아. 많이 양보해서 사정이 있었다고 쳐. 그래서 그 사정이란 게 뭔데?"

비꼬는 뉘앙스를 띤 박희령의 목소리는 이미 자경을 범인이라고 확정 짓고 있었다. 자경의 눈가가 희미하게 찌푸려졌다.

해명을 바라는 박희령의 요구를 들어주는 건 어렵지 않은 일이었다. 하지만 이 경우, 계승서와의 사이에서 있었던 일들을 덧붙여 설명한다 한들 과연 달라지는 게 있긴 한 걸까?

가령 분위기의 흐름이 바뀐다거나, 박희령의 태도가 우호적으로 변한다던가 하는 것들 말이다. 자경이 내린 답은 일관되게 부정적이었다.

가만히 바라본 박희령의 눈엔 모종의 확신이란 게 서려 있었다. 사정을 얘기해도, 쉽게 납득하며 넘어가 줄 마음은 처음부터 가지고 있지 않단 의미였다. 적어도 자경이 보기에는 그랬다.

박희령이 자경에게 듣고자 했던 것은 합당한 이유나 근거가 아닌 범행 일체에 대한 일방적인 자백이었다.

돌이켜 생각해 보면 자경은 박희령의 앞에서 의도치 않게 거짓말쟁이가 돼야 했던 적이 있었다. 서문 중학교에 입학했을 당시, 이문태와의 일로 말미암아 이해서가 곤경에 처했을 때, 자경에게 따지러 온 무리 중에 박희령이 포함돼 있었다. 그제야 단정 짓는 박희령의 당당한 태도가 어디서 기인된 것인지 조금은 알 것도 같았다.

그러나 그때도 자경은 논점에 어긋난 말을 한 건 아니었다. 이해서가 문태의 딸이란 건 이문태의 입으로, 이문태가 직접 자경에게 해줬던 얘기였다. 자경은 중간에서 진실을 옮겼을 뿐, 거짓을 지어내 말한 적은 없었다.

물론 이문태와 이해서가 동시에 사실을 부정함으로써, 이 같은 자경의 이야기는 주변의 설득을 얻는 데 실패했다. 하지만 양심에 근거해 떳떳하지 못하거나 사실에 위배되는 발언을 한 적은 없었다.

불행히도 박희령에게 있어 자경은 믿음을 주지 못하는 존재였다. 그랬기에 이 상황이 불편하게 다가왔던 것만은 부정할 수 없는 사실이었다.

일찌감치 불필요한 소모전이란 판단을 내린 뒤였음에도, 조금 더 대화를 이어 나가기로 마음먹은 건 여전히 박희령이 이해서의 친구란 점이 주요하게 작용했다.

"그전에 하나만 물을게. 왜야. 내가 훔쳐 갔다고 확신하는 데엔 그럴 만한 이유나 근거가 있을 거 아냐. 우선은 그것부터 얘기하는 게 먼저야."

"그건……."

망설임이 섞여든 머뭇거림을 읽어낸 순간 자경이 싸늘하게 식은 시선으로 박희령을 건너다보았다.

"없지? 그렇지? 왜냐하면 그건 사실이 아니니까. 사실과는 다르기 때문에 이유도, 증거도 댈 수 없는 거야."

"하지만! 하지만 정황이 그렇잖아. 돈은 없어졌고, 넌 말도 없이 수업을 빠졌지. 누구라도 이 상황에서는 의심부터 할 수밖에 없어."

"그건 이유가 안 돼."

"나뿐만이 아니야. 다른 애들도 전부 동의한 사실이야."

발끈하며 반박의 말을 입에 담은 박희령이, 뒤이어 취합된 주변의 의견을 대화의 중심으로 끌어들임으로써 좀 더 상황을 유리한 방향으로 이끌어 나가고자 했다. 때맞춰 자경이 주변을 한 차례 둘러보았다.

일찍이 그래 왔던 것처럼 자경은 무리의 중심에서 밀려나 있었다.

서문고 공식 왕따. 책임을 전가하는 데 있어 이보다 적합한 대상이 또 있을까. 속으로 자조한 자경은 구태의연한 답변으로 상황을 답습하는 대신, 좀 더 직접적인 방법으로 스스로의 무고함을 주장했다.

내내 앞을 가로막고 있던 박희령의 어깨를 밀치며 제자리로 돌아간 자경이 자신의 가방을 집어 들었다. 망설임 없는 손길로 입구가 열린 가방을 뒤집는 순간, 안에 든 내용물이 아무렇게나 바닥으로 쏟아져 내렸다.

"뭐 하는 짓이야……?"

"못 믿겠다고 했던 건 너야. 그러니까 확인해 보라고. 네 눈으로, 네 손으로 직접."

초라해 보이는 가방 속에서 나온 건, 그보다 덜하지 않은 것들뿐이었다. 낡고 닳아빠진 공책과 필기구들은 간소하기보다는 볼품없고 보잘것없어 보였다. 우습게도 이 점이 아이들의 의심을 드높이게 만드는 장치로 작용했다.

한갓 동정이 의심으로 바뀌는 건 아주 짧은 시간 만을 필요로 했다. 그만큼 자경이 가진 건 남루하고 형편없는 것들이 전부였다. 이 때문에 한순간의 타성에 젖어 남의 것이나 욕심내는 도둑이 돼버렸다.

입술을 지그시 깨물던 자경이 그만 속으로 혀를 찼다. 머리는 한없이 이성적인 데 반해, 이상하리만큼 가슴이 제멋대로 들썩거리는 느낌이었다.

심장을 중심으로 하여 점차로 퍼져 가는 열기, 그건 마치 분노와도 닮은 감정이었다.

이문태는 종종 입바른 말로, 이해서와 자경을 같은 선상에 둔 채 다 같은 딸이라고 말하곤 했지만 그건 틀렸다.

늘 새것에 익숙했던 이해서와 정반대의 위치에 있던 자경의 입장이 같을 리가 없었다. 마음을 표현한다는 것은 결국 행동으로 나타나게 마련이었고, 그건 쉽사리 좁힐 수 없는 간극과도 같았다.

하지만 이제 와 이문태를 원망하기엔 이미 기대란 걸 내려놓은 뒤였다. 사납던 마음에 위안을 가져다준 건 한 가지 사실이었다.

원인과 결과의 유무를 떠나, 이해서를 아낀 것에 대한 대가를 받는 건 문태의 몫이었다. 이 사실만은 시간이 지나도 결코 변하지 않을 것이다.

가까스로 헝클어진 정신을 가다듬은 자경이 눈앞의 상황에 집중했다. 말끔히 비워낸 가방을 이번에는 박희령의 앞으로 내밀었다. 받아서 확인을 해보란 뜻이었다. 그러나 박희령의 반응은 생각보다 미온적이었다.

"……관둬. 돈이 없어진 지가 언젠데, 벌써 다른 데로 빼돌렸겠지."

"그래도 해. 필요하다면 내 옷도, 내 주머니도 뒤져. 그렇게 해."

"됐다니까 그러네."

잇새를 이용해 손톱 끝을 반복해 깨무는 박희령의 행동이 어딘지 모르게 조급해 보였다. 흡사 불안과도 맞닿아 있던 행동. 결국 박희령에게 있어 중요했던 것은 겉보기에만 그럴싸한 명분이었던 모양이다. 하지만 이게 화풀이와 다를 게 대체 뭔가.

아주 작은 수고조차 거부할 거였다면, 박희령은 처음부터 억지나 다름없던 고집을 내세우지 말았어야 했다. 불필요한 말장난에 놀아나는 건 여기까지가 끝이었다. 이 이상 분풀이에 필요한 희생양이 되는 건 사양이었다.

"까불지 마."

"……뭐라고? 방금 뭐라고 했어?"

"까불지 말라고 했어. 아님 다시 말해줘? 사람 바보 취급하는 것도 정도껏이어야지. 가만히 있으니까 너는 내가 우스워 보이지?"

듣기에 따라 질 낮은 이죽거림처럼 들리기도 했던 자경의 냉소는, 평상시 이문태가 가장 질색하는 화법이기도 했다. 신지수의 표현을 빌리자면 정떨어지는 말투라고도 했었다.

지금까지는 주변을 돌아볼 여유가 없어서 눈을 감고 귀를 막고 있었다. 감각을 둔하게 만들고, 상황에 무감각해지기 위해 노력했다. 그래야만 숨을 쉴 수 있을 것 같았으니까.

남이 바라보고 평가하는 이자경보다 더 중요했던 것은 스스로를 지키는 일이었다. 하루하루가 마치 지옥과도 같았다.

손발이 자라고 키가 커지는 것과는 상관없이, 안타깝게도 시간의 흐름은 어린 자경의 마음을 성장시키지 못했다. 그러나 계승서와의 만남이 거듭될수록 자경은 스스로를 가뒀던 비좁고 협소한 틀을 벗어나 조금씩 세상 밖으로 나오고 있었다.

"이게!"

분을 참지 못한 박희령이 힘껏 손을 치켜들었다. 날카롭게 변한 자경의 눈빛이 박희령의 손 어귀에 닿았을 즈음, 그녀의 손이 자경을 향해 빠른 속도로 날아들었다. 그러나 비명은 뜻밖에 자경이 아닌 박희령에게서 터져 나왔다.

"아얏!"

"뭐야, 이 거지 같은 상황은."

여린 박희령의 손목을 중간에서 잡아채는 손길은 거칠고 무자비했다. 거센 악력을 이기지 못한 박희령의 몸이 단박에 휘청거렸다.

"놔, 놔줘."

형편없이 떨리기 시작하는 입술 끝. 억지로 비틀어 빼내기에는 지닌 힘의 차이가 너무 컸다. 통증을 이기지 못한 박희령이 새파랗게 사색이 된 얼굴로 고통을 호소했다. 그러나 울먹거림이나 다름없던 박희령의 애원이 들어 먹혔느냐 하면 그건 또 아니었다.

"읏!"

계승서에게 있어 박희령이 여자라는 사실은 그다지 중요해 보이지 않았다. 잡고 있던 박희령의 손목을 거칠게 뿌리치는 순간까지 계승서의 손엔 자비가 없었다. 그러자 기어코 둔탁한 마찰음을 낸 박희령이 떠밀리듯 바닥 위로 쓰러졌다.

"계승서……?"

"괜찮아? 어디 다친 데는 없어?"

"여긴 어떻게 알고 왔어?"

"지금 그게 중요해? 다친 데는 없냐고 묻고 있잖아."

아픈 팔목을 움켜쥔 채로 글썽거리는 눈물을 매달고 있던 박희령의 상처는 안중에도 없다는 듯 외면했던 계승서는, 정작 직접 나서서 방패막이가 되어주었던 자경의 안위는 세세하게 챙기기 바빴다.

계승서의 눈에 비친 건 자경 혼자뿐이었다. 잘잘못을 따지기에 앞서 그는, 자경의 입장에 서 자경이 겪은 부당함을 대변했다.

초조함이 깃든 음색, 걱정이 담긴 눈빛. 계승서의 시선 아래서 전율에 휩싸인 몸이 잘게 떨렸다.

"별일 없었어. 아무렇지 않아."

괜찮다고 말했지만, 날카로운 눈길을 거두지 않은 계승서가 자경의 몸 여기저기를 살폈다. 그런 뒤에야 계승서가 낮은 숨을 토해냈다.

이유 없이 마음 한쪽이 간질간질해지는 기분이었다. 이 같은 일련의 과정들을 겪는 동안 내부에서 그간 잊고 있었던 감정들이 하나둘 되살아났다. 왜인지 계승서를 보고 있었으면 정임이 떠올랐다. 이유도 없이 그냥 그랬다.

예상치 못했던 계승서의 등장에 상황은 곧 새로운 국면으로 접어들었다. 평소답게 계승서는 말을 돌리는 법이 없었다.

"설명해 봐. 손찌검을 당해야 할 만큼 이자경이 잘못한 게 뭐야."

"내가, 박희령의 돈을 훔쳤대."

"이자경이 돈을 훔쳤다?"

"나는 아니라고 했고, 박희령은 믿지 못하겠다고 했어. 그게 다야."

사실을 있는 그대로 설명하는 건 어렵지 않았다. 모두의 이목이 집중된 가운데 자경은 보태거나 빼는 것 없이 진실만을 입에 담았다.

"심증과 물증 중 어느 쪽이야."

"심증."

씨발. 낮게 뇌까리는 음산한 목소리가 박희령의 어깨를 움찔 떨게 만들었다. 시종일관 당당했던 게 언제였냐는 듯, 계승서의 등장 이후로 박희령은 내내 위축된 모습을 보이고 있었다.

감싸 쥔 손목이 애처롭게 떨리고 있는 상황에서도 계승서는 대놓고 박희령을 겨냥했다. 평상시 어눌하게 포장해 있던 말투도 어느덧 벗어던진 뒤였다. 당장에 경악에 찬 아이들의 시선이 계승서를 향했지만, 눈길 한 번 주지 않은 채 줄곧 박희령을 압박하는 데만 관심을 쏟고 있었다.

"네가 봤어? 대답해. 이자경이 돈을 훔치는 걸 네가 봤냐고 물었어."

"……그건 아냐."

"아니라고? 지금 장난해?"

"저기, 난……."

"어디서 이따위 장난질이야? 완전 저질이 따로 없잖아. 사람 바보 만드는 게 취미라도 되나 봐? 정말 그래?"

혹독한 비난을 이기지 못한 박희령의 눈에서 결국 울음이 터져 나왔다. 주변 여론을 등에 업은 채 안하무인격으로 굴던 박희령은 적어도 이 순간 철저하게 외면을 받고 있었다.

흉흉하게 기세가 오른 계승서에게 맞서 박희령의 편을 지지하고 나서는 사람은 끝끝내 아무도 없었다. 필사적으로 도움을 구하던 박희령의 눈빛은 결국 아무런 성과도 거두지 못한 채 아래로 떨궈졌다.

찬물을 끼얹은 것처럼 일대가 조용하게 변한 가운데 때맞춰 6교시 수업을 알리는 종이 울렸다. 뇌리를 파고드는 잔잔한 선율이 어째서인지 평상시 때와 다른 감흥을 불러일으켰다.

구경꾼처럼 자경을 에워싸고 있던 아이들이 슬금슬금 눈치를 보다 제자리로 돌아가기 시작했다. 품 안에서 꺼낸 지갑을 계승서가 팽개치듯 바닥으로 던져 버린 건 바로 그때였다.

들리는 소문에 따르면 계승서의 성질이 개같이 지랄 맞다고 했었지? 하지만 사람에 대한 평판이란 건 결국 상대적이게 마련이었다.

아무렇게나 지갑을 던지는 행위는, 눈살이 찌푸려지기보다는 오히려 든든하게 느껴지기까지 했다. 그건 계승서가 내 편이었기에 가능한 일이었다.

"얼마야."

흠뻑 젖을 정도로 엉망이 된 얼굴을 하고 있던 박희령의 입은 쉽게 열리지 않았다. 떨림이 가득한 입술을 악문 채 참고 있는 게 고작이었다.

"말해. 얼마냐고, 그 돈."

"……."

"가져가. 잃어버렸다던 금액만큼 알아서 꺼내가."

거듭된 계승서의 다그침에, 일그러진 얼굴을 한 채 파르르 떨고 있던 박희령을 대신해 말을 받아 이은 건 자경이었다.

"내가 안 훔쳤어."

"알아."

"그럼 왜……?"

굳이 금액을 확인해 물을 필요가 없는 상황이었고, 더해 이 경우 계승서가 박희령에게 물질적인 보상을 해준다는 것도 이치에 맞지 않는 일이었다. 하지만 이 점을 지적했음에도 계승서는 부득불 고집을 꺾지 않았다. 아니나 다를까. 이번에도 서릿발 같은 비난이 박희령을 향했다.

"기껏해야 몇십만 원이겠지? 전부 다 합쳐봐야 저 지갑조차 살 수 없는 형편없는 금액. 고작, 그 정도의 금액으로 이자경을 싸구려 취급을 해?"

길바닥에 굴러다니는, 아무렇게나 걷어차도 좋을 돌멩이나 다름없던 자경의 위치가, 이 순간 완벽하게 역전되었다.

"내가 아는 이자경은, 이 지갑을 통째로 넘겨준다고 해도 분명 거절하겠지. 아니, 차라리 화를 냈겠지. 분명히 말해두겠는데, 너하고 이자경은 달라. 그러니까 준다고 할 때 받아."

이해할 수 없었던 계승서의 행동이 지금 이 순간 더없이 명확해졌다. 자경의 가치를 높이는 것과 동시에, 그는 지금 박희령에게 적선을 해주겠다고 말한 것이다. 당연하게도 계승서의 의도는 박희령에게도 고스란히 전해졌다.

단조로운 말투 속에 감춰진 건 잘 벼려진 칼날보다도 더 날카로운 흉기였다. 다행히 박희령은 아주 눈치가 없지는 않았다.

"……내가, 내가, 뭘 잘못 알았나 봐."

"사과는 내가 아니라 이자경에게 해야지."

"……미안."

억지로 쥐어짜 낸 박희령의 목소리는 꺼질 듯 희미했다. 진심에서 우러나와서 한 사과가 아니라는 건 표정에서도 쉽게 짐작해 볼 수 있었다. 아마도 중간에서 계승서가 끼어들지 않았더라면 사과의 말 같은 건 절대로 입에 담지 않았을 테다.

박희령의 태도가 저자세로 바뀐 이유는 단 하나였다. 계승서의 요구가 제대로 받아들여지지 않는다면, 이번 논쟁 역시 쉽게 끝나지 않을 거란 걸 인지하고 있어서였다.

이 시점에서 박희령이 상대해야 할 대상은 서문고 왕따 이자경이 아니라, 서문 재단 이사장의 외손자이자 대기업 재벌가의 자제인 미친개 계승서였다. 권력이란 건 대개가 그렇듯, 동전의 양면처럼 때론 승기를 잡았다 여겼던 결과를 가볍게 뒤집기도 하는 법이었다. 덕분에 끝나지 않을 것 같았던 대화는 이것으로 일단락되었다.

"나중에 얼굴 보고 얘기해."

문이 열리고 해당 과목을 담당할 국어 교사 윤이택이 모습을 드러낸 것과 동시에, 계승서가 뒷문을 열고 교실을 빠져나갔다. 그제야 눈물자국으로 엉망이 된 박희령이 책상에 엎드려 등을 들썩였다.

잔뜩 가라앉은 교실 분위기가 그냥 보기에도 심상치 않았다. 그런데도 윤이택은 상황을 추궁하는 대신, 아무렇지 않게 수업을 시작했다. 스치듯 뒷문을 빠져나가던 계승서의 얼굴을 확인한 직후의 일이었다.

바닥에 버려져 있던 계승서의 지갑을 주운 건 자경이었다. 두텁게 느껴질 정도로 두께가 있던 지갑 안에 담긴 건 그냥 돈이나 카드 따위가 아니었다. 그건 자경의 가치이기도 했다.

의도치 않았지만 이 사건으로 인해 계승서와 자경의 관계가 수면 위로 떠올랐다.

❖

자경의 앞에 계승서의 이름이 언급되기 시작하면서부터, 쉽사리 바뀔 것 같지 않았던 주변의 태도가 달라졌다.

변화의 바람은 아주 사소한 곳에서부터 비롯되었다. 대놓고 험담을 일삼던 입이 하나둘 말을 아끼고, 하찮게 내려다보던 시선이 오히려 슬금슬금 피해 가기 바빴다.

기실 평판이 좋고 나쁨과 상관없이 계승서가 지닌 타이틀이란 건, 요컨대 서문 재단 이사장의 외손자라든가 재벌가인 대한 그룹의 로열패밀리라든가 하는 건, 필연적으로 관심의 대상이 될 수밖에 없는 위치에 놓여 있었다. 다르게 말해 계승서는 출발선인 태생부터가 보통 사람과는 달랐던 셈이다.

다만, 가까이하기에는 성격적인 부분에서 상대하기가 까다로웠고, 쉽게 곁을 내어주는 타입이 아니었다. 그랬기에 대놓고 자경의 편을 들어오는 계승서의 행동은 주변에 큰 파장을 불러일으킬 수밖에 없었다.

도대체 언제, 아니, 어디서 어떻게, 대체 무슨 이유로 왜?

어울릴 것 같지 않았던 두 사람의 조합은 다양한 추측을 가능케 했다. 때문에 힐끔거리던 주변의 시선은 내도록 풀리지 않은 의문과 맞닿아 있는 형세였다.

사실 특이하게도 우리는, 계승서와 이자경은, 서로에 대한 정보와 편견을 함께 가진 상태에서 첫 만남을 가졌다. 정황상 호의보다는 경계심이 앞설 수밖에 없는 상황 속에서도, 아무렇지 않게 대화의 포문을 열었던 건 따지고 보면 두 사람 모두에게 변덕에 가까운 일이었다.

우연찮게 상황이 맞아떨어졌다고나 할까. 일회성으로 끝날 줄 알았던 만남은 의외로 길게 이어졌고, 지금에 이르러서는 각자의 이야기를 들려줄 정도로 관계가 진전돼 있었다. 그리고 이 같은 일이 가능했던 이유는 단 하나, 아이러니하게도 서로가 서로에게 바라는 '욕심'이라는 게 없어서였다.

그건 이성 간의 자연스러운 끌림과도 구분되는, 일종의 편안함에서 비롯된 감정이라고 할 수 있었다. 이례적이라고 할 정도로 계승서와 가까워지게 된 데에는 이러한 배경들이 주요하게 작용했다.

박희령과의 사이에서 있었던 불미스러운 사건의 전말에 대해 알게 된 건 생각보다 오래지 않아서였다.

간혹 때맞춰 식탁에 올리던 미역국 하나에도 갖은 생색을 내던 신지수는, 이해서의 생일을 맞이해 보란 듯 주말 하루 이해서의 친구들을 집으로 초대했다.

물론 이러한 사실을 사전에 미리 알았더라면, 이 시간에 집으로 돌아오는 일 같은 건 하지 않았을 테다. 11월의 밤바람이 제법 매섭긴 하나, 이런 귀찮음을 감수할 정도는 아니었다.

"왔니? 해서 친구들 놀러 와 있으니까, 방해 말고 얌전히 방에 들어가 있어."

"저 이제 막 들어왔어요. 배고파요. 밥부터 먹은 다음에요."

"넌 무슨 애가 말귀를 못 알아듣니. 지금 해서 친구들 와 있다니까. 걔들이 어떤 애들인 줄이나 알고 이런 철없는 소리를 해?"

의식적으로 목소리를 낮추긴 했지만, 유독 날카롭고 신경이 곤두선 말투였다. 다행히 신지수가 해온 말의 의미를 파악하기란 생각보다 어렵지 않았다.

재벌가 출신인 계승서에게 빗댈 바는 아니었지만, 강남팔학군에 위치해 있던 서문 재단의 지리적 특성상, 대체적으로 제법 산다 하는 집안 출신들이 많은 건 공공연한 비밀이나 다름없었다.

유명 로펌 소속의 변호사부터 시작해 잘나가는 성형외과 의사, 대학 정교수에 고위 공무원까지. 이해서의 생일에 초대된 아이들의 부모는 대부분 내로라하는 전문직에 종사하고 있었다. 물론 신지수가 가장 주안점을 두고 있는 점 역시 바로 이 같은 배경이었다.

속내가 빤히 들여다보이는 상황이었고, 평소답지 않게 신지수
가 왜 이렇게 전전긍긍해하는지에 대해서도 쉽사리 그 이유를 짐
작해 볼 수가 있었다. 뭐가 무서워서 그래요. 소리 내 묻는 대신
자경은 신지수로부터 등을 돌렸다.

의견이 관철되지 않을 걸 아는 상황에서 이 이상의 대화는 소모
적인 논쟁에 불과했다. 배가 고픈 상태로 한 끼를 더 굶는다고 해
서 특별할 것도 없었고, 불필요한 입씨름으로 시간을 낭비할 마음
은 더더욱 없었다. 더해 이해서의 친구들과 맞닥뜨리게 되는 건
이쪽도 사양이었다.

문제는 자신의 방으로 돌아가기 위해선, 중간에 위치해 있던 이
해서의 방을 필연적으로 거쳐 지나가야만 했다.

한 발자국, 두 발자국 앞을 향해 내딛는 걸음의 횟수가 늘어날
수록, 웃음기 섞인 소란의 크기도 점점 커져 갔다. 떠들썩하게 떠
드는 소리가 문밖으로 흘러나오는 가운데, 그 속에서 귀에 익은
박희령의 목소리를 발견한 건 어찌 보면 당연한 일이었다.

"하는 게 얄밉잖아. 사람 무시하는 것도 아니고, 해서나 되니까
착해빠져서 참고 견디는 거지, 갠 정말 한번 호되게 당해봐야 한
다니까."

"그래서 작정하고 일부러 이자경에게 도둑 누명을 뒤집어씌우
려고 했단 거야? 그럼 없어졌다던 돈은 어떻게 된 거야?"

"말했잖아. 이자경 골탕 좀 먹어보라고 일부러 그런 거라고. 근
데 재수 없게 거기서 계승서가 껴들 건 뭐야. 하여간에 운도 좋아.
걔 비위 건드리지 말라고 부모님이 어찌나 성화인지. 안 그랬음
사과고 뭐고 없었어."

"뭐야. 그걸 왜 이제야 말해. 설마 해서 너도 이미 알고 있었던 거야?"

가던 길을 멈추고 발길을 세운 건 뒤이어 나올 이해서의 대답이 몹시도 궁금해서였다.

"그게…… 그러지 말라고 말리긴 했는데……."

다 알고 있었구나. 여운을 남기는 흐릿한 이해서의 말끝 속에 묻어 나온 건 명백한 긍정이었다. 난처해진 이해서의 입장을 대변한 건 이번에도 박희령이었다.

"해서 잘못 없어. 내가 나서서 먼저 그러겠다고 한 거지, 해서가 어디 이런 일로 남에게 부탁이나 할 애야?"

"그건 그렇지."

"너희들이니까 믿고 한 얘기야. 나나 해서 입장 곤란해지는 일 없게 입 다물고 있어."

당부의 말을 입에 담는 박희령의 어조는 진지함을 넘어 일견 강요에 가깝게 들렸다. 당연하게도 이에 대한 이해서의 반대 의견은 들려오지 않았다. 그건 암묵적인 동의나 다름이 없었다.

깜찍하게도 박희령의 거짓말은 수준급이었다. 면전에다 대고 훔쳐 간 돈을 내놓으라며 윽박을 지르던 박희령의 목소리가 여전히 가시지 않고 기억 한쪽에 생생하게 남아 있었다.

오만해 보일 정도로 당당한 어투였다. 그런데 이 모든 게 단순한 착각에서 비롯된 일도 아니고, 작정하고 계획해서 벌인 일이었다고?

앞서 기대란 걸 내려놓았음에도 다시금 박희령에게 관심을 둔 것은 바로 이러한 이유의 연장선상이었다.

드러났다시피 박희령은 애당초 불순한 목적을 지닌 채 사건을 키웠다. 아무렇지 않게 분탕에 가까운 일을 저질렀고, 그것만으로도 부족해 헐뜯고 모함하기를 서슴지 않았다. 이쯤 되면 괜한 참견 정도가 아니라 도를 지나친 중상모략이었다.

모르고 지나칠 뻔했던 사실을 알게 된 순간, 자경의 눈 안에서 새파란 불똥이 튀었다. 잊고 있나 본데 여긴 이해서의 집임과 동시에 자경의 집이기도 했다.

신신당부를 해가며 주변의 입단속을 시키기에 앞서 박희령은 먼저 본인의 입부터 조심했어야 했다. 원래가 비밀이란 건 입 밖으로 소리 내 말하는 순간부터 더 이상 비밀로 남을 수 없는 법이었다. 곧이어 망설임 없는 자경의 손길이 이해서의 방 문고리를 잡아 돌렸다.

"깜짝이야. 이, 이자경?"

인기척도 없이 갑작스럽게 들이닥친 자경의 방문에, 화기애애하던 분위기가 일시에 깨어졌다. 반응하듯 자리를 박차고 일어선 아이들의 눈빛이 자경을 발견한 순간 세차게 흔들리기 시작했다

"노, 노크도 없이 어쩐 일이야."

당혹감이 묻어난 말투로 떠듬거리며 해온 박희령의 물음 속엔 숨겨지지 않은 불안감이 포함돼 있었다.

"조금 전까지만 하더라도 잘만 웃고 떠들어대더니, 왜, 내가 들으면 안 되는 얘기라도 했나 봐?"

"……."

"다들 꿀 먹은 벙어리라도 됐어? 어디 한번 말해보라니까. 차마 당사자 앞에서는 못 하겠어?"

"설마, 우리가 한 애길 쥐새끼처럼 엿듣기라도 한 거니? 그런 거야?"

"엿 들은 게 아니라 그냥 들린 거겠지. 다들 목소리가 오죽 컸어야 말이지."

눈을 동그랗게 뜬 이해서를 시작으로, 주변을 한 차례 빙 둘러본 자경이 마지막으로 박희령과 시선을 마주 대했다.

피하듯 눈길을 아래로 내리깐 박희령의 눈썹이 잔잔하게 떨렸다. 당당했던 조금 전과는 무척이나 상반된 태도였다. 우습게도 이번에는 반대로, 박희령의 입장을 이해서가 대신해 왔다.

"……희령이 일은 내가 사과할게."

"이해서."

낮고 단조로운 부름은 어딘지 모르게 서늘한 기운을 띠었다. 때맞춰 이해서의 어깨가 움찔하고 떨렸다. 굳이 듣지 않아도 이해서가 해올 얘기들은 충분히 짐작이 가고도 남았다.

아마도 어쩔 수 없었단 말을 하고 싶었던 거겠지. 의도가 아니었다고, 단순한 장난에 불과했다고, 그렇게 무마하며 넘어가려고 들겠지. 항상 그래 왔던 것처럼 그것만으로도 충분한 사과가 되었다는 듯이. 그렇지만 그건 이해서의 입장일 뿐, 자경의 생각과는 많은 차이를 보였다.

"넌, 네가 착하다고 생각하지?"

"갑자기 그게 무슨 말이야?"

"네 생각을 묻는 거야. 어렵지 않잖아. 그러니까 대답해. 이해서 넌 네가 착하다고 생각하지?"

"……별로 그렇진 않아."

"맞아. 아니야. 나도 그렇지만 이해서도 착하지 않아. 그래서 하는 말이야. 너하고 내가 결정적으로 다른 게 뭔지 알아?"

처음부터 대답을 바라고 던진 질문은 아니었다. 중간에서 짧게 숨을 고른 자경이 하던 대화를 이어 나갔다.

"내가 내 의견을 말할 때조차 너는 늘 네 생각보다는 주변의 반응이 우선이야. 비록 그게 불합리하고 심지어 틀린 일이란 걸 알고 있다고 해도 말이야."

상대가 바라는 대답을 해주는 건 생각보다 어렵지 않다. 아니, 속에 없는 빈말을 내뱉는 것만큼이나 쉬운 일이 또 있을까.

정말로 이해서가 별다른 이견을 제기할 수 없을 정도로 착한 거였다면, 적어도 박희령이 했던 말을 행동으로 옮기기에 앞서 적극적으로 만류를 했거나, 혹은 이러한 사실을 넌지시라도 자경에게 알렸어야 했다. 두 번의 기회를 모두 져버린 건 이해서의 선택이었다.

미안해. 잘못했어. 모두가 다 내 책임이야. 습관처럼 내뱉던 이해서의 관대한 말들은 정작 자경에게는 해당 사항이 없었다. 순간 자경의 미간 위로 미세하게 금이 갔다.

지나온 시간을 되짚어 생각해 보면 문태 역시 그랬다. 밖에서는 책임감 강하고 성실하단 평이 자자했던 문태도 딱 한 사람, 정임에게만은 기준치 이상의 높은 잣대를 들이대곤 했었다. 정임이 세상을 떠나는 하루 전날까지도 이 같은 사실은 변하거나 바뀌지 않았다.

원래가 그런 사람인 줄 알았다. 좋게 말해 강직하고 고리타분한 타입이랄까. 그러나 어린 이자경이 믿었던 이문태의 모습은 사실은 그저 허울 좋은 명분에 지나지 않았다.

신지수가 퍼주는 밥 한 그릇에도, 국 한 그릇에도 감사할 줄 아는 사람. 그건 자경이 겪어보지 못한 이문태의 또 다른 일면이었다. 그래서일까. 이해서를 보고 있으면 종종 이문태가 떠오르곤 했다.

"그 말은 내가 위선적이란 거니……?"

"그래."

유리한 방향대로 상황을 해석하고 결론을 내린 건 이해서라고 해서 다르지 않았다. 그리고 이 같은 사실은 당사자인 이해서가 더 잘 인지하고 있을 것이다.

즉답에 가까운 자경의 대답에 이해서의 얼굴이 새파랗게 질렸다.

"말이 심하잖아!"

"심해? 착하냐고 묻던 내 질문에 착하지 않다고 대답했던 건 이해서야. 그런데도 내 어디가 심해?"

"그건!"

"사람 하나 바보 만들어놓고 시시덕거리니까 재밌지? 아주 좋아 죽겠지? 웃기지 말라고 그래."

이런 질 낮은 대화에, 사람 좋은 얼굴을 한 채, 부적절한 내용에도 눈 하나 깜짝하지 않고 앉아서 얘길 전해 듣고 있던 이해서가, 너희들이 말하는 보편적인 착함의 기준이냐며 되묻는 자경의 태도는 일관되게 단호했다. 당연하게도 이 같은 자경의 태도는 주변의 동요를 불러일으켰다.

"뭐야. 소문과는 다르잖아."

"그러고 보니 이자경 쟤, 계승서와도 친하다고 하지 않았어?"

속삭이듯 주고받는 귓엣말 속엔 기존의 이미지를 벗어난 자경에 대한 새로운 평가가 주를 이뤘다.

사실 어떤 일이든 다 그렇겠지만, 모두를 이해시키고 납득시키는 것은 매우 어려운 일이었다. 그러나 견고해 보이는 신뢰의 벽을 무너뜨리는 건 의외로 작은 계기 하나만으로도 충분했다. 자경이 심어준 건 아주 기본적인 것에 대한 의심이었다.

"저기, 나 이만 가볼게. 학교에서 봐."

"같이 가. 나도 너무 오래 앉아 있었던 것 같아. 잘 놀다 가."

"왜들 이래. 니들이 이렇게 가버리면 남은 해서 입장은 뭐가 돼."

분위기의 흐름이 나쁘게 변해가고 있음을 읽은 탓일까. 또다시 박희령이 대화 중간에서 개입하고 나섰다. 그사이 울상이 된 이해서의 얼굴에서 짠 물기가 묻어나고 있었다. 결국 발길을 돌리던 아이들이 주춤하며 제자리에 멈춰 섰다.

한눈에 보기에도 이해서의 얼굴은 속상하다는 표정을 하고 있었다. 마치 뜻하지 않게 겪게 된 부당한 일로 말미암아 상처를 입은 것 같은 그런 안쓰러운 표정. 이 순간 의도치 않게 자경은 가해자의 입장에 서야만 했다.

예전에도 그랬지만 예쁘장한 얼굴을 한 이해서가 흘리는 눈물이란 건 생각보다 큰 파급력을 발휘했다. 물론 그건 오늘이라고 해서 다르지 않았다.

당장에 걱정스러운 얼굴로 이해서의 어깨를 감싸 안기 시작하는 손길, 울먹거림을 잠재우듯 등 뒤로 내려앉은 작은 토닥임.

균열이 생기고 금이 가기 시작한 관계를 이어 붙인 건, 이 모든 일을 가능케 만든 건, 언제나 그랬듯 투명하게 쏟아져 나오기 시작한 이해서의 눈물이었다.

이 순간 가장 먼저 든 생각은 역시나 불공평하단 불만이었다. 자신이 감정을 죽이고 눈물을 참아야 했을 때, 이해서는 근심 따위는 조금도 없는 얼굴로 웃고 있었다. 그래서 오늘처럼 더 눈물이 쉬운 거였나. 헝클어진 마음을 미처 추스를 사이도 없이 억누르고 있던 진심 하나가 입 밖으로 흘러나갔다.

"울고 싶은 건 나야, 네가 아니라."

"이자경. 무슨 말인지 알아들었어. 그러니까 그만하고 가봐. 오늘 해서 생일이야."

적대적인 음색을 띤 목소리가 중간에서 자경의 말을 가로막았다. 전면에 나서서 해결 방안을 모색한 건 이번에도 이해서가 아니었다. 그나마도 이해서는 눈물을 그치지 않은 채였다.

반면에 누군가의 뒤에 숨은 채 한가득 눈물을 매달고 있던 이해서는, 처연한 모습과는 대조적으로 표정만은 무척이나 편안해 보였다. 작게 토해져 나온 옅은 숨소리. 그건 안도의 한숨이었다.

이해서는 늘 이런 식이었다. 곧 죽어도 남 앞에서 만큼은 싫은 말도, 싫은 사람도 되지 않으려 들면서, 막상 상대가 불합리한 점을 지적해 오면 마치 피해자나 된 것처럼 위선적으로 군다. 그래서 자경은 이해서의 눈물을 봐도 별다른 감흥이 생기지 않았다. 다만 분명한 건 한 번 균형이 어긋나기 시작한 것은 결국엔 부서지거나 망가지게 돼 있었다.

더 얻을 것이 없다고 판단한 자경이 스스로의 의지로 방문을 열고 나섰다. 하지만 방문을 닫기 직전 마음을 바꿔먹은 자경이 뒤돌아서 날카로운 시선으로 이해서를 주시했다.

"……전에 내가 이 말을 한 적이 있었던가? 이해서, 너 말이야. 닮았어. 아버지와 너, 판박이처럼 닮았어."

어쩌면 이렇게 소름이 끼칠 정도로 똑같을 수가 있을까. 겉으로 보여지는 타인의 시각에 따라 의도적으로 말과 행동을 바꾸고, 그것이 정의인 양 문제의 논점을 흐리고 본질을 외면하는 습성까지 전부 다, 다방면에 걸쳐 이해서와 이문태는 닮아 있었다.

정작 피 따윈 조금도 섞이지 않은 주제에.

배고픔을 이기지 못해 부엌으로 숨어들었던 열두 살의 자경은, 얼마 못 가 지척에서 들려온 신지수의 발걸음 소리에 놀라 본능적으로 싱크대 아래 붙박이장으로 몸을 숨겼다.

비바람이 치던 밤이었고, 바깥은 몹시도 어두웠던 걸로 기억이 난다. 사이사이 불빛을 번쩍이던 번개가 없었더라면, 아마도 두려움은 더 컸을 것이다.

생각해 보면 그간 철저하게 숨기고 있던 신지수의 비밀을 엿듣게 된 건 우연보다는 오히려 운명에 가까운 일이었다. 작정하고 신지수가 자경의 밥을 굶기는 일만 없었더라면, 적어도 이러한 사실을 알게 될 기회는 영원히 놓치고 말았을 테니까.

우습게도, 아주 우습게도 자경은 그때 처음 배고픔에 대해 감사하는 마음을 가질 수 있었다. 당시엔 온몸을 떨어댔을 정도로 비참했고 무력했다. 그러나 현재에 이르러 이 같은 감정은 대부분 소진되었거나 씻겨 나가고 없었다.

칠이 벗겨지고 오래된 옷장 깊숙한 곳에 숨겨두었던 상자 하나를 꺼내 눈앞에다 둔 지금, 마음은 어딘지 모르게 고요하게 가라앉고 있었다.

아무것도 하지 않은 채로 몇 분이나 경과했을까. 아니, 실제로는 몇 분이 아니라 몇십 분이 지났을는지도. 한참 뒤에야 경직된 몸을 풀고 팔을 뻗어 움직인 자경이 손수 상자 뚜껑을 열어 안의 내용물을 확인했다.

사용감이 뚜렷한 칫솔, 길이가 제각각인 머리카락. 하나가 아니라 여러 개였다. 날짜별로 분류해 상세히 기록해 놓은 이 수집품들은 아무도 모르게, 조용히, 혼자서, 이 집에서, 자경이 모은 것들이었다. 신지수와 윤인숙의 것도 있었지만, 태반은 이해서와 이신후의 것이었다.

보관해 둔 칫솔은 대부분 쓰레기통에서 수거를 했고, 따로 분류해 둔 머리카락은 자고 일어난 베개에서 일일이 손으로 떼어낸 것들이었다. 그러나 수고스럽다는 마음은 전혀 들지 않았고 오히려 손끝이 짜릿짜릿했던 것은, 마음속에 품은 독이 있어서였다.

"진실을 알게 됐을 때, 당신은 어떤 표정을 지을까."

화를 낼까. 허탈하게 웃을까. 어쩌면 망연자실한 표정으로 울다 웃다가를 반복할지도. 아니, 사실은 그 어떤 것도 상관이 없었다. 이문태가 받게 될 고통의 종류는 이미 정해져 있었으니까.

상실. 자경이 이문태에게 바라는 것은 이것 하나뿐이었다.

진실을 알게 됨으로써 이문태는 가장 소중하다고 여겼던 것들을 잃게 될 것이다. 한 사람이 아닌 적어도 둘 이상, 어쩌면 전부를. 정해진 절차나 순서에 상관없이, 휘몰아치듯 한꺼번에 연쇄적으로 모든 상황과 맞닥뜨리게 될 것이다.

당연한 말이겠지만, 이문태가 겪게 될 상실의 범위에 자경은 포함돼 있지 않았다. 자경은 이미 마음속에서 문태를 덜어낼 만큼 덜어낸 뒤였다. 아니라고 했지만, 그건 문태라고 하여서 다르지 않을 테다. 헐거워질 대로 헐거워진 관계 속엔 믿음과 신뢰는 부재로 남아 있었다.

그랬기에 이문태는 더 아프고, 아마도 후회란 걸 하게 되겠지. 돌이킬 수 없는 지난 과거의 일을 회상하면서. 어느새 자경의 팔뚝 위로는 솜털이 솟아올라 있었다.

한결같은 이해서의 바람이 통해서였을까. 새로운 학기가 시작되는 3월의 초입, 이번에도 자경과 이해서는 다른 반으로 배정을 받았다. 그러나 평상시와 달랐던 건, 뜻밖에 같은 반이 된 계승서의 거취였다.

"앉아도 되지?"

어수선한 분위기 속에서 비어 있던 자경의 옆자리를 차지한 건 놀랍게도 계승서였다.

"너도 이 반이야?"

"그렇게 됐어."

자경의 질문에 대한 계승서의 대답은 어딘지 모르게 경계가 모호했다. 받아들이기에 따라 마치 이번 일이 우연으로 인해 발생한 것이 아니라며 선을 긋는 행동처럼 느껴지기도 했다. 하지만 설마 하니 그랬으려고. 줄곧 부정을 하면서도 의혹을 지우지 못한 자경의 눈빛이 계속해 계승서를 떠나지 못했다.

"할 말이 있으면 그냥 하지 왜 그렇게 쳐다만 보고 있어."

"아냐, 아무것도."

"싱겁긴."

피식거리며 나온 짧은 웃음이 왠지 모르게 자경의 가슴을 두근 거리게 만들었다. 그건 외형의 아름다움에 대한 설렘이 아닌, 그 보다는 더 본질적인, 계승서 자체에 대한 호감에서 비롯되었다.

책상을 나란히 두고 앉은 우리는 한동안 말을 아꼈다. 딱히 시 시콜콜한 주제로 말을 섞거나 하지 않아도, 자경은 침묵이 가져오 는 지금의 어색함이 더 이상 버겁거나 불편하게 느껴지지 않았다. 의식하지 못하는 사이 두 사람은 서로에게 익숙해지고 있었다.

문제는 주위의 반응이었다. 달라진 위상만큼이나 주변의 관심 은 급증했다. 힐끔거리는 시선 속에서 숨기지 못한 호기심이 묻어 나왔다.

"뭘 봐."

자경과 단둘이 말을 섞을 때와는 확연하게 구분되는 말투. 짧고 강한 어조가 날카로운 경고성을 띠었다. 하지만 당장엔 소스라치 게 놀라 눈길을 피하면서도, 어느 순간 보면 이쪽을 바라보며 수 군거리기 바빴다.

살갗이 따끔거릴 정도의 시선에도 계승서는 태연하기만 했다. 느른하게 의자에 등을 기댄 상태로 앉아 있던 계승서가 팔짱을 낀 채로 조용히 눈을 감았다. 삐뚤어진 자세를 바로잡으며 감고 있던 눈을 뜬 건 담임이 들어오고 난 다음의 일이었다. 그제야 겨우 시 끄러웠던 주변의 소음이 잦아들기 시작했다. 예기치 못했던 질문 하나를 받아든 건 바로 그때였다.

"이자경, 이 우습기 짝이 없는 관계를 바꿀 수 있는 방법이 뭔지 알아?"

"……?"

"귀찮지만 권력을 가지는 거지."

선뜻 이해가 가지 않는 이 말을 끝으로 계승서는 입을 닫았다. 얼핏 바라본 그의 얼굴은 한 가지로 정의 내리기 어려운 표정을 하고 있었다. 풀리지 않은 의문이 해소된 건 의외로 오랜 시간을 필요로 하지 않았다.

휘갈기듯 칠판에 쓴 이름은, 석태경.

십 년째 서문 고등학교에서 영어 과목을 맡고 있던 석태경이 짧은 시간을 할애해 대입반인 고3 담임을 맡게 된 데에 따른 소감을 밝혔다. 그런 뒤에야 직권으로 반장을 임명했다.

"이번 학기 우리 반 반장은 계승서가 맡아서 한다. 이의가 있는 거라면 지금 말하도록."

석태경의 입에서 호명된 이름을, 반장이란 단어와 결부시켜 예상한 사람은 아무도 없었다. 이 상황이 놀랍지 않은 건 계승서가 유일했다. 그때서야 자경은 계승서가 해온 말의 진위를 되짚어볼 수 있었다.

권력.

찬물을 끼얹은 것처럼 일대가 조용하게 변했다. 그러나 제법 많은 시간이 흐른 후에도, 반론은 제기되지 않았다. 앞장서 계승서의 눈 밖에 날 필요가 없음에 다들 공감대가 형성됐기 때문이었다.

어른이 되어간다는 것은, 생각 이상으로 치열하고 때론 치졸하기까지 했다. 계승서가 가지고 있던 건, 모든 아이들의 입을 다물게 할 수 있을 만큼 탐욕스러운 것이었다. 그러나 이러한 사실과는 별개로 자경은 계승서의 진짜 의중이 궁금했다.

"왜 갑자기……. 이런 거 별로 관심 없어 했잖아."

"더 정확히는 싫어했지."

"그럼 왜?"

위쪽으로 끌어당겨진 입술. 그게 미소라는 걸 깨달았을 때 자경은 질문에 대한 답을 들을 수가 있었다.

"나는, 이자경이 지금보다 편해졌으면 해. 그래서 내가 해줄 수 있는 일은 해주고 싶어. 너는, 내게 그 정도 귀찮음쯤은 감수해도 좋을 사람이니까."

덜거덕거리기 시작한 마음속 움직임이 종내에 사납게 들썩거리기 시작했다.

제4장

자경에 대한 계승서의 태도는 일시적인 것에서 그치지 않았다. 의외로 계승서 본인과 관련한 루머나 소문에는 꿈쩍하지 않는 반면, 자경에 관한 일이라면 사소한 것 하나에도 즉각적인 반응을 보이곤 했다. 일관되게 자경을 최우선으로 두는 계승서의 행동은 이내 주변의 인식까지 바꾸어놓았다.

때문에 이전처럼 자경을 향해 협잡꾼처럼 낮잡아 시비를 걸어오는 무리도 사라졌고, 질 낮은 이죽거림으로 신경을 곤두서게 만드는 일도 없어졌다. 이 모든 건 전적으로 계승서의 비호가 있기에 가능한 일이었다.

신기한 건 계승서가 별명이나 이름이 아닌 반장으로 불리어지기 시작하면서부터, 반대로 자경은 온전한 이름으로써 호명되어지는 횟수가 눈에 띄게 늘어갔다. 의식하지 못한 사이 변화의 바람은 천천히, 또한 점진적으로 자경의 생활 전반을 파고들고 있었다.

어른의 시작점을 얼마 남기지 않은 시점. 고교 생활의 종지부를 알리는 마지막 일 년은 그 어느 때보다도 고요하게 흘러갔다.

일상생활은 대개 규칙적으로 반복되었다. 나란히 앉아 수업을 듣고, 함께 점심을 먹고, 이따금씩 소소한 대화를 주고받기도 했다. 평범하기에 더 특별한 시간들. 세상에 영원한 것은 없다지만, 그럼에도 문득문득 영원을 꿈꾸게 된다. 어쩌면 실체가 없기에 더 간절하게 느껴지는 것인지도 모르겠다.

언제부터였는지 딱 잘라 날짜를 확정 지어 말할 순 없지만, 이전부터 자경은 계승서가 해오는 가벼운 눈짓이나 손짓, 심지어 낮게 몰아쉬는 숨소리 하나에도 의미를 부여하기 시작했다.

아무렇지 않게 건네오는 인사에 마음이 들뜨고, 피하지 않고 맞춰오는 시선에 가슴이 설렌다. 좋았던 기억, 행복했던 추억은 대부분 계승서로 인해 덧씌워지고 있었다.

눈물 나게 다정한 사람.

계승서는 자경에게 있어 유일하게 허락된 하나의 선물과도 같았다.

✣

규칙적으로 울리는 세 번의 짧은 노크 소리. 허락의 말이 떨어지기도 전에 문을 열고 방 안쪽으로 들어선 건 홍주란이었다. 홍주란의 손에 들린 건 이번에도 어김없이 탁한 갈색을 띤 한약 한

잔이었다.

"승혁, 아, 아니, 승서야. 공부하느라 힘들 텐데 이것 좀 먹어가면서 해."

무의식적으로 입에 올렸던 계승혁의 이름을 애써 목 안쪽으로 눌러 참고, 가까스로 승서의 이름을 언급하기까지에 따른 홍주란의 심리 변화는 뚜렷한 굴곡을 그리고 있었다. 이내 고정돼 있던 책에서 시선을 뗀 승서가 앉은 자세로 홍주란을 올려다보았다.

경련이 일 정도로 바짝 힘을 준 것도 잠깐, 역시나 금세 피해 버리는 눈. 승서의 모습에서 계승혁의 흔적을 찾지 못하게 된 뒤로 홍주란은 가급적 승서와 시선을 맞대하는 걸 피하고 있었다.

"나중에 먹을게요. 거기 두고 가세요."

"그러지 말고. 식으면 냄새 때문에 더 먹기 힘들어져. 따뜻할 때 얼른 마셔."

애타는 홍주란의 음성에 담긴 건 열띤 바람이었다. 혹은 이뤄질 수 없는 간절함일지도. 이쯤 했으면 지쳐서 그만둘 때도 됐건만 홍주란은 매번 쓸데없는 힘겨루기를 해오고 있었다.

홍주란이 준비해 온 한약에 든 주된 재료는 마황으로, 시중에서 흔히 살을 뺄 목적으로 처방받을 때 쓰이는 약재였다. 피로 회복에 탁월하단 홍주란의 설명과는 여러모로 취지에 어긋나 있기도 했다.

그리고 예의 승서가 참아줄 수 있는 부분도 이미 한계치를 넘어서고 있었다. 알고도 모르는 척 눈감아주었던 건, 홍주란 스스로가 적당히 하고 끝내주길 바라서였다. 그러나 몇 년째 이어오던 계승혁에 대한 홍주란의 집착은 여전히 끝이 보이지 않았다. 아니, 오히려 더 심해진 느낌이었다.

지친다.

홍주란과 함께하는, 얼마 안 되는 이 짧은 시간조차 숨 막히게 답답한 기분이었다. 바라는 건 많지 않았다. 그냥 계승혁이 아닌 계승서 본연의 모습으로 대해주는 것. 이 작은 요구조차 받아들이지 못할 거였다면, 홍주란은 처음부터 승서의 미국행을 막지 말았어야 했다.

뒤틀려진 입가가 제자리를 찾았을 무렵 기어코 승서의 입에서 쓴 말이 흘러나왔다.

"죽은 사람 그림자만 보고 사는 거, 할 거면 그냥 어머니 혼자만 하세요. 거기서 전 빼줘요."

"……그게 무슨 소리니?"

"죽은 건 계승혁이지 제가 아니에요. 다시 말해줘요? 계승혁은 이제 없어요. 죽어서 땅에 묻힌 사람을 붙들고 대체 뭘 하고 싶어서 그래요. 그리워한다고 뭐가 달라져요?"

핵심을 찔러오는 승서의 지적에 홍주란의 동공이 세차게 흔들렸다.

"어떻게, 어떻게 네가 그런 말을 해. 승혁이랑 넌 태어날 때부터 하나였어. 두 사람을 따로 떼놓고 생각하라니……. 그건 잘못된 거야. 승서야, 네 형이 남기고 간 흔적을 적어도 넌 기억해 줘야 할 거 아니니."

승서를 바라볼 때의 그 표정, 그 얼굴. 승서를 투영해 계승혁을 반추하는 홍주란의 가느다란 목소리가 귓가를 스칠 때면, 하나둘 감각은 무뎌져 가고 미처 버리지 못했던 기대 또한 저 아래 밑바닥까지 곤두박질쳤다.

"승서야, 승혁일 생각해서라도…… 승서야?"

매달리듯 앞쪽으로 팔을 뻗어오는 홍주란의 손길을 차갑게 피해낸 승서가 곧 앉아 있던 자리를 박차고 일어섰다. 놀라움이 묻어난 일시적인 감정 표출. 어쩔 줄 몰라 허둥댔던 건 아주 잠깐뿐이고, 줄곧 왜 그러는지 이해할 수 없다는 태도로 일관하는 홍주란의 행동이 승서를 허탈하게 만들었다.

계승혁, 계승혁, 계승혁!

홍주란의 머릿속을 가득 채운 건 온통 계승혁이란 이름뿐이었다. 계승혁이 경쟁 상대라니. 죽은 사람을 이길 수 있는 방법 같은 게 있을 리 없잖아. 지루한 싸움의 결과는 더 겪어보지 않아도 이미 알 수 있었다.

때맞춰 잠잠했던 감정의 파도가 넘실넘실 굽이치더니 이내 집채처럼 덩치를 키웠다. 그러나 걷잡을 수 없이 번진 마음속 거센 불길을 꺼뜨리기에는 그나마도 역부족이었다.

기억하기로 홍주란의 두 손은 언제나 계승혁에게만 허락되었다. 얼러주고, 달래주고, 때론 보듬어주기도 하던 손은 한결같이 승서를 등진 채 내도록 계승혁을 향해 있었다.

부럽지 않았다는 건 위선이고 거짓이었다. 하지만…… 계승혁이 생을 다하고 난 지금도 홍주란의 두 손은 여전히 계승혁을 위해서만 비워놓고 있었다. 비집고 들어갈 틈은 처음부터 없었다.

줄곧 올려다보고 있던 구도를 벗어나, 이번에는 승서가 홍주란을 내려다보았다.

기세가 급변했음을 느낀 탓인지, 홍주란이 무의식중에 주춤하며 발걸음을 뒤로 물렸다. 그러나 뒤이은 승서의 행동은 위협적인 것과는 거리가 먼, 이를테면 바흐의 선율만큼이나 부드러운 동작들로 구성돼 있었다.

책상 위에 올려둔 컵을 집는 것과 동시에, 적당하게 식어 미지근해진 한약을 승서가 입가로 가져갔다. 그러자 때맞춰 기다렸다는 듯 안에 든 내용물이 목울대를 지나 아래로 삼켜졌다. 그런 뒤에야 쓴 입가를 닦은 승서가 그보다 더 쓴웃음을 지어 보였다.

"알겠어요. 형을 지우는 건 이제 그만둘게요."

"……!"

"대신 다른 걸 버려볼 생각이에요."

"다, 다른 거라니……?"

다 함께 행복해지는 방법은 없다. 불행을 잡아 이끄는 손을 놓지 않으려 발버둥 치면 칠수록 영원히 제자리일 테지. 분명한 건 가족이라고 해서 늘 함께 살지는 않는 법이다.

"말해보렴. 다른 거라니……. 대체 뭘 버리겠단 거니."

"말씀드리지 않아도 곧 아시게 될 겁니다."

승서가 말하지 않아도, 시간이 더 흐른 나중엔 분명 그렇게 될 테다.

여운을 남기는 승서의 말은, 다양한 추측을 가능케 했다. 그러나 서늘하게 식어버린 승서의 눈빛은 결코 우호적이지 않았다. 홍주란의 불안 심리를 부추긴 건 바로 이 점이었다.

"집안에 분란을 만들어서 네 녀석 좋을 게 뭐야."

나무라는 계정문의 목소리에 희미한 비난이 섞여들었다. 식음을 전패하다시피 한 홍주란이 며칠째 침실 밖으로 나오지 않고 있는 것에 대한 추궁이었다.

저명한 교육학자 집안의 고명딸이자 재벌가인 대한 그룹의 둘째 며느리. 홍주란은 정원에 자리 잡은 온실 속 화초 같은 사람이었다. 주변을 돌보기보다 보살핌을 받는 데 익숙해져 있었다.

그래서인지 작은 일에도 평균 이상으로 예민하게 반응해 올 때가 많았고, 일상적인 스트레스조차 감당이 안 돼 종종 앓아눕곤 했다. 그렇지 않아도 홍주란은 최근 몇 년 사이 극심한 불면증에 시달리고 있었다.

실상 타고난 성향 자체가 독자적이거나 독립적인 것과는 거리가 멀었고, 오히려 누군가에게 예속되거나 부속되어 있을 때 빛을 발했다. 한없이 여리고 연약해 두 아이의 어머니보다는 한 남자의 아내로 불리어지는 게 더 어울렸다.

그랬기에 홍주란에게 있어 계승혁의 죽음은 감당하지 못할 충격과 절망을 안겨줬을 것이다. 문제는, 직면한 슬픔을 혼자 극복해 내기에는 홍주란의 정신이 한없이 나약하다는 데 있었다.

홍주란의 주변은 온통 늪이었다. 무심코 발을 담그는 순간 진창에 구르게 되겠지. 홍주란은 인정하지 않으려 들겠지만, 자기 연민이 지나치면 때론 독이 되기도 하는 법이다.

홍주란이 한결같이 승서에게 바라고 있던 건 지속적이고 끊임없는 희생이었다. 그리고 계정문은 이 같은 사실을 알면서도 눈감아줄 것을 종용해 오고 있는 중이었다. 그러나 홍주란과 계정문이 내린 합의점엔, 승서의 입장은 조금도 고려돼 있지 않았다.

차 뒷좌석에 나란히 앉아 있던 상태에서 해온 계정문의 말에 차

안의 공기가 급속도로 냉각되었다. 하지만 이상하게도 화는 나지 않았다. 흔들림 없이 담담하게 이 상황을 마주 볼 수 있었던 건, 복잡했던 마음 정리가 어느 정도 끝이 났기 때문이었다. 잠시 후 닫아걸고 있던 입을 연 승서가 예정돼 있던 얘길 꺼내놓기 시작했다.

"아버지에게 중요한 건 늘 회사죠. 말이 나왔으니까 하는 얘기지만, 회살 굳이 제게 물려주실 필요는 없어요."

"너 이 녀석! 아비한테 그깟 타박 좀 들었다고 회사를 걸고넘어져. 대체 이게 무슨 어리석은 태도야."

"할아버지껜 제가 따로 말씀드리도록 하죠."

"계승서!"

사업을 하는 사람답게 계정문의 기감은 극도로 발달돼 있었다. 감정이 배제돼 있어 다소 밋밋하게까지 들리는 승서의 말투에서, 돌아가는 사태의 추이가 심상치 않음을 느낀 계정문이 곧장 언성을 높여왔다.

시답잖은 투정쯤으로 치부하고 넘겨 버릴 거란 당초 예상과는 다르게, 계정문의 반응은 생각 이상으로 극렬했다. 목덜미에서부터 달아오르기 시작한 열의 흔적이 얼굴 위까지 전이됐을 무렵, 승서의 입에서 계정문을 기함시킬 단어 하나가 흘러나왔다.

"윤효석에게 주세요."

"……!"

"형은 죽었고, 전 필요가 없으니 윤효석에게 주세요. 누나야 어차피 경영 쪽엔 관심도 없고, 의사가 되겠단 결심이 확고하니까요."

경악에 찬 계정문의 몸이 삽시간에 **뻣뻣하게 굳었다.**

"네가…… 네가 어떻게 윤효석이 이름을 알아!"

"워싱턴 지사에서 본 적 있어요."

"그런……."

"웃고 계셨어요. 바쁘다고 일찍 자리를 뜨신 분이, 한가롭게 제 또래 아이와 얘길 나누고 있더라고요. 지사 안 구경도 시켜주시고, 근처에서 점심도 함께하셨죠. 그래서 기다렸어요. 궁금해서 참을 수가 없었거든요."

예상치 못했던 돌발적 상황에, 순식간에 헛바람을 집어삼킨 계정문이 불신에 찬 눈빛으로 승서를 주시했다. 얼굴엔 미처 지우지 못한 당혹감이 서려 있었다.

"아버지와 헤어지고 돌아서는 윤효석의 앞을 가로막고 섰을 땐 설마 하는 심정이었어요. 그런데도 길을 묻는 척하고 슬쩍 관계를 떠봤어요. 그래서 묻는 거예요. 왜 그러셨어요?"

"……실수였다."

"아버지 같은 분이 실수요?"

화를 내거나 비웃지 않아도 상대를 자극시킬 수 있는 방법은 얼마든지 있었다. 당시 상황을 담담하게 서술하는 것만으로도 승서는 그가 목표한 소기의 목적을 달성할 수 있었다.

"이 사실, 어머니께 먼저 말씀드릴 수도 있었어요."

"지금 날 상대로 협박이라도 하겠다는 게냐?"

"그렇게 들렸대도 어쩔 수 없고요."

곧 죽어도 아니란 말을 해오지 않는 승서의 태도에 계정문이 침음을 삼켰다.

"그 애, 아버질 많이 닮았더라고요."

의심을 사지 않는 선에서 윤효석과 말을 섞고, 웃는 얼굴로 돌아섰을 때 느꼈던 감정은 배신감이 아니었다. 더 정확히는 실망에 더 가까웠다. 둘 사이를 연결하는 결속의 고리가 이미 이때부터 헐거워져 있었음을 증명하는 부분이기도 했다.

한동안 두 사람은 약속이라도 한 것처럼 말을 아꼈다. 그러나 이내 낮게 까라진 계정문의 목소리가 중단되었던 대화의 포문을 열었다.

"네 엄마를 사랑하지 않는 건 아냐. 아니, 지금도 내겐 그 사람뿐이야. 하지만 승서 너도 알다시피 속이 너무 여린 사람이었어. 내게도 쉴 수 있는 휴식처가 필요했어."

"덕분에 전 더 불행해졌지만요."

숨기거나 가감하는 것도 없이, 있는 그대로의 사실관계를 되짚어오는 승서의 지적에 계정문의 낯빛이 거무죽죽하게 변했다. 찰나지간 억눌린 계정문의 음성이 뒤를 따랐다.

"승서야."

"돌려 말하지 않을게요. 어머닌 아버지가 책임져요. 그게 지난 잘못에 대한 속죄여도 나쁘지 않고, 아버지가 말한 사랑이라면 더할 나위 없이 좋을 것 같기도 하니까요. 하지만 이 관계에서 전 빠질 겁니다."

"주란인 네가 없으면 안 돼. 승혁이 녀석 그렇게 가고, 네게 의지하고 있단 걸 몰라 이러는 게냐."

"제가 죽을 것 같아요. 이대로라면 그래요."

"……!"

"하지만 죽을 순 없으니까요. 죽고 싶지 않으니까 살 수 있는 방법을 찾아야죠."

함께 있으면 불행하다. 이 사실을 깨달아 버린 이상 같은 자리에 머물러 있을 수는 없었다. 두 사람의 전유물로 남아 있는 건 이제 더는 안 할 생각이었다.

통보의 형식을 빌린 승서의 얘기는 계정문을 충격으로 내몰았다. 앞 좌석에서 운전하던 기사가 안절부절못하며 눈치를 볼 만큼 분위기는 최악으로 달리고 있었다.

생각이 많아진 계정문은 쉽사리 다음 말을 잇지 못했다. 신중하게 상황을 재고하며 고심하고 있기보다는, 적당한 말이 떠오르지 않아 난처해하는 것처럼 보이기도 했다. 그리고 난 뒤 한참 후에야 그가 참고 있던 깊은 숨을 토해냈다. 결국 목적지를 얼마 남겨두지 않은 시점에서 이야기는 다시금 이어졌다.

"오해하고 있는 게 있어. 회사에! 회사에 효석이 몫은 준비돼 있지 않아. 네 할아버지도 이미 못 박은 일이고, 지사를 구경시켜 준 것도 단순하게 관람 차원에서 이뤄진 거지 그 이상의 의미는 없었어. 그 일을 확대 해석하는 일은 없었으면 싶구나."

"그런가요."

"그래, 그러니까……"

"그런데 말이에요, 윤효석에게는 쉬웠던 것들이 왜 제게는 늘 어려웠던 걸까요. 기대가 없어서? 서로간 입장이 달라서? 그게 아니라 아버지는 그저 안타깝고 안쓰러웠던 겁니다. 저보다 물려받을 것이 적은 윤효석이, 그림자로 살아야 하는 또 다른 계정문의 아들이 애틋했기 때문에 관대해질 수 있었어요. 그런데도 받을 게 많다고 기뻐해야 하나요? 제가, 정말로 그래야 하나요?"

"……."

"제게 돈을 주는 대신, 윤효석에게 부정을 준 건 아버지 선택이었어요. 그러니까 그런 표정 지을 거 없어요. 원망하자는 게 아니라 사실을 얘기하는 것뿐이니까요."

필사적인 계정문의 해명에도 마음이 움직이지 않았던 건, 일찍이 두 사람이 쌓아왔던 유대감이 현저하게 부족해서이기도 했다.

고백하자면, 최초 계정문의 앞에서 내뱉었던 말은 모두가 거짓이었다. 회사를 윤효석에 물려주란 제안엔 사실상 터럭만큼의 진심도 담겨 있지 않았다. 더 정확히는 지금과 같은 상황을 적절하게 연출하기 위한 하나의 장치에 지나지 않았다.

윤효석에게 모든 걸 넘겨주느니 차라리 자선단체에 기부하는 편이 훨씬 더 승서다운 결정이었다. 계정문뿐만 아니라 할아버지인 계호균의 귀에도 들어간 일이라 하니, 타협을 하는 건 좀 더 쉬워질 것 같았다.

얼마간 달린 차가 마침내 정차했다. 당연하다시피 그저 그런 인사는 생략되었다.

✣

수능을 백 일 앞둔 시점에서 학교에서 실시하고 있던 야간자율학습은 사실상 잠정 중단되었다. 그즈음 계승서가 따로 시간을 내달란 말로 방과 후 옥상으로 자경을 이끌었다. 놀랍게도 계승서의 손엔 맥주 두 캔이 들려 있었다.

"받아."

"웬 거야?

"백일주는 챙기고 넘어가야 할 것 같아서. 기분이니까 한 모금이라도 마셔둬."

"여기서 말이야? 그보다 대체 이건 어디서 난 거야?"

"훔쳐 오기라도 했을까 봐서? 박 기사님한테 부탁드렸어."

"박 기사님? 박 기사님이 선뜻 그러겠다고 하셨어?"

"그래. 그러니까 안심하고 받기나 해."

앞서 계승서가 언급한 박 기사님이란 분은 자경도 몇 차례 본적 있던 박윤열이란 인물로, 이따금씩 음식이 든 봉투를 챙겨 학교로 가져오곤 했었다. 하지만 그 대상이 주류라면 얘기가 달라진다.

"정말이지?"

"그렇다니까."

주저하고 있던 자경을 대신해, 직접 캔 뚜껑을 딴 계승서가 자경의 손아귀에 맥주 캔을 쥐어줬다. 시원한 느낌이 가시지 않고 남아 있는 걸 보면 사온 지 오래된 것 같지는 않았다.

하지만 아무리 백일주이고 방과 후라고는 하지만, 장소가 학교란 점이 못내 찜찜하게 마음에 남았다.

그사이 남은 캔 맥주 뚜껑 하나를 마저 딴 계승서가 망설임 없이 입가로 가져갔다. 여러 번 나눠 마시기 보다는 한 번에 쭉 들이켜는 모습이 하루 이틀 마셔본 솜씨가 아니었다. 내키지 않았던 게 언제였냐는 듯 자경도 거품이 올라오고 있던 캔 입구에 입술을 가져다 댔다.

"……맛없어."

"이리 줘."

마시고 난 빈 알루미늄 캔을 한 손으로 구겨 바닥에 내버려 둔 계승서가 자연스러운 동작으로 자경의 캔 맥주를 받아 들었다. 못 박힌 듯 시선을 잡아끈 건, 뒤이어 계승서가 보여온 일련의 행동들이었다.

"저기 계승서!"

"왜, 더 마시려고?"

"그건 아냐. 아닌데……."

말끝을 흐리며 하려던 말을 얼버무리는 자경의 모습에 고개를 갸웃거린 것도 잠깐, 곧 캔 맥주 입구 쪽으로 계승서의 입술이 내려앉았다. 방금 전 자경의 입술이 닿았던 바로 그 위치였다.

생각하고 행동으로 옮긴 게 아니란 건 단조로운 그의 표정에서도 잘 드러나고 있었다. 하지만 계승서를 처음 봤을 때만 하더라도 이 같은 광경은 몹시 낯설고 특별하게 여겨졌었다. 오히려 의식하지 않은 건 자경이었고, 신경을 썼던 건 계승서였다. 기억이 퇴색되지 않았다면 분명 그랬다.

함께한 시간이 적지 않았음을 깨닫게 된 건 이 때문이었다. 동시에 잠재돼 있던 진심 하나가 내면 밖으로 툭 불거졌다.

닿고 싶다. 지금보다 더 가까워지고 싶다.

하루 이틀 흘러가는 시간 속에서, 관계는 늘 제자리에 머물러 있는 것처럼 보였다. 그러나 지닌 감정의 색채가 변하고, 상대방을 향해 있던 마음가짐이 달라진 것을 안 이상 관계 역시 예전 같을 수는 없었다.

잠들기 전 가장 마지막으로 얼굴을 떠올리고, 습관처럼 이름을 되뇌고, 그 안에서 새로운 무언가를 찾으려고 노력했을 때, 더 이상 우정이란 단어만으로 두 사람 사이의 관계를 규정 지을 수 없게 됐다. 그 사실을 인정한 순간 이제까지와는 달리 스스로를 속일 수 없게 됐다.

'계승서가 좋아. 나는, 계승서를 좋아해.'

오랜 시간에 걸쳐 천천히 젖어든 감정은 의식하지 못하는 사이 무르익어 있었다. 같은 곳에, 같은 자리에 함께 있다는 것만으로도 소중하게 느껴지는 시간.

"좋아해."

미처 제동을 걸 틈도 없이 잇새를 비집고 나온 건 계승서를 향한 고백이었다. 치장돼 있지 않아 더 절실하게 느껴지는 그런 고백.

"……미치겠다. 정말이지 미치겠다, 이자경."

"부담돼서 그래? 그런 거라면……."

"내가 먼저야. 네가 아니라 내가 먼저야."

자경이 하고 있던 말을 중간에서 가로챈 계승서가, 뒤엉켜 있던 앞뒤 순서를 바로잡았다. 단호한 음성 안에 깃든 건 흔들림 없는 확신이었다. 숨이 천천히 차오르더니 나중엔 정지했다.

"키스하고 싶어. 입을 맞추고, 입술을 부딪치는 것보다 더한 것도 하고 싶어."

"……!"

"다정한 게 다 뭐야. 그딴 거 난 알고 있지도, 알고 싶지도 않아."

쉬지 않고 속사포처럼 해온 말속엔 진득한 정염이 녹아 있었다. 거칠게 머리칼을 쓸어 올리는 손길이 전에 없이 조급하다. 애타게 바라보는 시선도, 갈증이 난단 눈빛도 전부 자경을 향해 있었다. 그러자 신기하게도 떨림이 잦아들었다. 없던 용기가 내부에서 솟구친 건 바로 그때였다.

탁.

앞을 향해 걸음을 내딛는 순간 서로 간의 거리가 더없이 좁혀졌다. 좀 더 가까운 곳에서, 좀 더 적나라하게 체온을 느껴보고 싶었다. 되바라졌다고 해도 어쩔 수 없지만, 케케묵은 잣대에 얽매여 스스로를 속이고 싶지는 않았다.

조용히 내리깐 눈썹. 가만히 눈을 감고 속으로 3초를 셌다. 하나, 둘, 셋. 그러나 기대했던 일은 일어나지 않았다. 실망스러움에 감고 있던 눈을 뜨자, 표정을 분간하기 어려울 정도로 일그러진 얼굴을 한 계승서가 시야 너머로 들어왔다.

"근데 지금은 참아야 해. 그게 화가 나."

"……왜? 왜 그래야 하는데?"

"많은 걸 버리고, 버린 만큼 더 많은 걸 가져 볼 생각이거든. 어른이 돼야지만 가능한 그런 것들을 말이야."

거절을 핑계 대자면, 딱히 흠잡을 곳 없는 평범한 대화였다. 하지만 계승서의 눈은 자꾸만 다른 얘길 해오고 있었다.

일직선으로 뻗어 나간 계승서의 시선은 따가울 정도로 강렬했다. 바라보고 있는 것만으로도 사랑스러워 어쩔 줄 모르겠다는 듯이, 미치도록 갖고 싶어 견딜 수 없다는 듯이, 집요하고 탐욕스러웠다.

"이자경."

이따금 자경을 설레게 만들었던 낮은 울림은 왜인지 평소보다 묵직했다. 결심이 서린 듯한 그의 부름에 순간적으로 덜컥 심장이 내려앉았다. 원인을 알 수 없는 불안감은 곧 현실이 되어 실체를 드러냈다.

"조만간 미국으로 돌아가게 될 것 같아."

"……간단 건, 확실히 간단 거야, 아님 갈 수도 있단 거야? 앞이야, 뒤야?"

"앞."

암전이 된 것처럼 눈앞이 깜깜해졌다. 때맞춰 여린 자경의 어깨를 붙들어오는 손길이 없었더라면 그대로 바닥 아래로 추락하고 말았을 테다.

이유 없이 오늘 이 자리를 만든 게 아닐 거란 짐작은 대충 하고 있었지만, 이런 종류의 얘기를 들을 거라곤 예상치 못했었다. 이 순간 자경의 머릿속을 가득 채운 건, 원망도 질책도 아니었다. 그냥 한 차례 입술 끝만 적시고 넘겨준 맛없던 맥주가 가장 먼저 떠올랐다.

"언제? 아니, 얼마나?"

"기한은 정해진 게 없어."

"안 가면 안 돼?"

반사적으로 나온 말은 매달리는 투를 하고 있었다. 계승서는 반응 없이 가만히 서 있기만 했다. 그럴 수 없다는 완곡한 표현이었다.

"그래도…… 그래도 연락은 할 수 있는 거지?"

"할 수 있을 거라고 생각해. 하지만 하지 않을 수도 있어. 이 정도까지 필사적이고 절박해져 본 건 나도 처음이니까."

"안 한다는 거구나."

고백에 대한 답은 헤어짐으로 돌아왔다. 그러나 이율배반적이게도 계승서는 끝이 아닌 시작을 얘기해 왔다.

"부탁할게. 날 더 좋아해 줘."

심장이 쿵 하고 아래로 떨어졌다. 귓바퀴를 타고 들어온 건 이기적이었지만, 그래서 더 간절하게 들리는 그런 제안이었다.

"다른 사람 말고, 나만 좋아해 줘. 지금도, 앞으로도."

"지금 한 말, 반칙이야."

"알아, 반칙인 거. 그래도 해줘. 가벼운 연애 정도는 눈감아줄게, 이런 말도 안 할 거야. 왜냐면 그건 거짓말이니까."

과장되거나 부풀려지지 않은 솔직한 화법. 이런 태도가 자경의 마음을 휘젓듯 뒤흔들어 놓을 거란 걸 일찍이 알고 있었음에도 계승서는 줄곧 일관된 태도로 대화에 임해오고 있었다.

"그러다 마음이 변하면…… 그땐 어떡해?"

"누가? 내가? 아님 네가?"

둘 중 하나일 수도 있고, 혹은 둘 다일 수도 있다. 가능성은 다양했지만 두 사람은 모두 약속이나 한 것처럼 말을 아꼈다.

자경은 스스로의 마음이 변질되지 않을 거란 확신을 가지고 있었고, 그건 계승서 역시 마찬가지였다.

만약 자경의 입장에서 누군가가 변한다면 그건 계승서였을 테고, 반대로 계승서에겐 자경이었을 것이다. 그러니 선후 관계를 구분 짓는 건 처음부터 무의미한 일이었다.

확고하게 서 있는 계승서의 결심을 무너뜨릴 방법은 결국 어디에서도 찾을 수가 없었다. 그 점이 자경을 속상하게 만들었다.

"······잘 가란 말은 안 할 거야."

참으려 했지만 그럼에도 미세하게 떨리는 음성.

"그래도 잘 있으란 얘긴 듣고 싶어. 한동안은 그러지 못할 것 같거든."

울고 싶은 건 자경이었다. 그런데 정작 더 아픈 눈을 하고 있는 건 계승서였다. 자기중심적이긴 했지만 자경은 지금 느끼고 있는 이 감정을 계승서가 잊지 않고 오래도록 기억해 주길 바랐다. 기약 없는 이별을 이야기하는 지금, 자경은 착하고 싶지 않았다.

"잘할 거라고 믿어. 내가 아는 이자경은 뭐든지 그랬으니까."

겪어온 시간은 결코 거짓을 말하지 않는다. 그래서 사실은 알고 있었다. 죽을 것같이 힘든 일이어도 결국은 참아질 거란 걸. 칼날같이 날카로운 상실의 흔적이 옅어지고 나면, 뭉뚱그려진 운동화의 뒷굽처럼 적당히 편안한 상태로 숨 쉬며 살아지고 살아갈 거란 걸 모르지 않았다.

어쩌면 참는 게 익숙했기에 자경은 남들보다 더 쉽게 그 일을 해낼지도 모른다. 그런데도 투정을 멈추지 못했던 건, 곁에서 떠나보내야 하는 대상이 그저 그런 아무나가 아닌 유일하게 자경을 웃게 만들어주었던 단 하나의 안식처였기 때문이다.

말하자면 이때의 자경은 좀 더 스스로를 내보이고 싶어서 안달이 나 있었다. 겉으로 드러난 것뿐만 아니라 안에 잠재돼 있던 것까지, 좋은 면을 포함해 나쁜 것까지, 있는 그대로의 이자경이 돼 보임으로써 보다 본질에 가까운 형태로 남고 싶었다. 기다렸다는 듯 오래전에 주고받았던 계승서와의 대화 내용이 스치듯 눈앞으로 떠올랐다.

원하는 때 원하는 만큼만 얘기해. 그게, 당연한 거니까.

깊게 들이쉰 숨을 천천히 내뱉었을 무렵 자경은 이전과는 조금 다른 이야기를 하기 시작했다. 숨기고 있던 진실과 그에 얽힌 비밀들. 그건 악연에 관한 이야기였다.

정리되지 않은 낱말이, 단어들이 아무렇게나 뒤섞여 있는 가운데서도 진실만은 오롯이 계승서를 향했다.

"있지. 나는 네가 모르는 데에서 줄곧 나름의 복수란 걸 하고 있었어. 네가 있어도 네가 없어도, 나는 이걸 그만둘 생각이 없어. 그래서 난, 지금처럼 괜찮다고 하면서도 여전히 괜찮지 못할 거야. 사실상 그건 불가능하니까."

"가지 말까? 그냥 여기 남을까?"

정지된 것들 사이에서 움직이는 건 까만 계승서의 눈동자뿐이었다. 진심보다 위로에 가까운 말이란 걸 알고 있었음에도 자경은 이 말에 위안을 얻고 말았다. 그래서 이때만큼은 웃어 보일 수가 있었다.

"언제까지 어린애로 남을 순 없는 거니까. 강해지고 단단해질 수 있으면 그러는 게 맞는 거니까. 대신 손 한 번만 잡아줘."

마주 잡은 손길은 오래지 않아 떨어졌다. 아무것도 없던 빈손에 묻어난 건 긴장의 흔적이었다. 습하게 젖어 있던 손. 떨림에 휘감기어 있던 찬 손. 이 시간을, 이 순간을 잊지 못할 것 같았다.

"전에 말이야. 나와 이해서가 다르다고 했던 말 기억해?"

"기억나."

"그럼 이해서와 나 사이에 있었던 일들도, 대부분 소문으로 들어 알고 있을 거라고 생각해."

"맞아. 그것도 알고 있어."

대화는 긴 설명을 필요로 하지 않았다. 대부분은 자경이 확인차 물으면, 거기에 계승서가 긍정을 덧붙여 오는 식이었다. 본론에 접어든 건 이 다음부터였다.

"처음 소문이 돌았을 때, 아버지와 이해서는 딱 잘라 사실이 아니라며 부정했어. 위기를 모면할 생각에 거짓을 말한 거지. 하지만 그 얘긴 거짓이기도 했지만 한편으로는 진실이기도 했어."

"무슨 말이야……?"

"이해서는 아버지의 친딸이야. 적어도 아버지와 이해서는 그렇게 알고 있어. 하지만 그건 사실과 달라."

이해서와 이문태의 이야기를 하고 있는 지금, 막상 머릿속에 떠올리고 있는 사람은 신지수였다.

"문태 씨는 당연히 모르지. 해서나 신후가 제 핏줄 아니란 거 알았어봐. 내가 이 집에 들어올 수나 있었겠어? 그 사람 보기보다 깐깐한 사람이야. 애들 호적에 올려달란 소리 하려고, 유전자검사 결과까지 내밀었을 정도면 말 다 한 거지. 어찌 됐건 한숨 돌려서 다행이야. 검사에 자기 딸 머리카락이 쓰인 것도 모르고 철석 같이 믿고 있지 뭐야. 나중에라도 들키면 어쩔 거냐고? 그럴 일 없어. 말했잖아. 서류도 맞춰놨고 또 든든한 지원군이 옆에 있기도 하니까. 애들도 문태 씰 친아빠로 알고 있으니까 당신도 그렇게 알고 있어. 해서랑 신후 내가 잘 키울 거야."

열두 살 자경이, 주방 싱크대 밑에 몸을 숨긴 채 들었던 최초의 진실이었다. 신지수가 언급했던 든든한 지원군의 정체 역시 뒤이어 실체를 드러냈다.

윤인숙.

이문태에겐 어머니로, 자경에겐 할머니로 불리어지던 이름. 하지만 남몰래 자경의 머리카락을 신지수에게 건네줌으로써 둘은 완벽한 공범이 되었다. 99% DNA가 일치했다던 이해서와 이문태 사이의 유전자 감식 결과는 처음부터 이해서가 아닌 자경의 모발이 샘플로 사용되어졌다.

사실상 검사 이전부터 결과가 조작되었음을 의미했다. 의문의 시발점이 된 건 윤인숙이 신지수의 편에 서게 된 데 따른 일련의 과정이었다.

대체 윤인숙은 무슨 대가를 바라고 이런 엄청난 일에 선뜻 동조를 했던 것일까. 의문은 곧 어렵지 않게 풀렸다.

이문태가 아직 어렸던 무렵 그의 부친이었던 이중익은, 첫 번째 부인이었던 박연희와의 사별 이후 미혼모였던 윤인숙을 아내로 맞아들였다.

그러나 사고방식이 남달리 고루하고 가부장적이었던 이중익은 윤인숙이 낳은 아이까지는 제 자식으로 받아들이지 못했다. 거듭된 윤인숙의 설득에도 아이는 끝내 시설로 보내졌고, 입양 절차를 밟는 도중 자연스럽게 연락이 끊어졌다. 그 아이가 바로 신지수였다.

신지수와 이문태가 인연을 맺은 건 교직에 갓 발을 들여놓았던 사회 초년생 때로, 식당 손님과 종업원으로서 첫 대면을 했다.

취객과 실랑이를 벌이고 있던 신지수를 도와준 일이 계기가 돼 두 사람은 급격하게 사이가 가까워졌다. 깊은 관계를 맺었고 자연스럽게 결혼을 약속하기에 이른다. 불행의 그림자가 덮친 건 결혼 이야기가 오가던 와중의 일이었다.

중도 파양의 경험으로 인해 실제적으로 고아나 다름없었던 신지수를 이중익은 대놓고 못마땅하게 여겼다. 가진 게 없고 배운 것이 없단 게 이유였다.

문제는 꼬투리를 잡기 위해 무던히도 애를 쓰던 와중에 의도치 않게 신지수의 과거가 수면 위로 떠올랐단 점이다. 미혼모였던 윤인숙이 낳은 아이가 신지수란 사실이 그때서야 밝혀진 것이다.

기함한 이중익이 당장에 헤어지라며 신지수를 닦달했고, 예상치 못한 상황에 충격을 받은 윤인숙 역시 이중익의 의견에 힘을 보탤 수밖에 없었다. 어찌 됐건 딸을 며느리로 맞을 순 없는 노릇이었기에. 물론 이 같은 마음이 호떡 뒤집듯 변하기까지에는 그다지 오랜 시간을 필요로 하지 않았다.

그리고 이 과정에서 이중익은 신지수에게 오천만 원이란 거액을 건네주게 된다. 이문태 앞에 얼씬하지 않을 것을 약조받는 것과 동시에, 윤인숙과의 관계를 함구하는 데 따른 입막음용이었다. 기실 문태는 아무것도 모른 채 이별을 통보받고 헤어짐을 강요당해야만 했다.

한동안 마음을 다잡지 못하고 방황하던 이문태는 부친인 이중익의 소개로 선을 봐 결혼을 했다. 그 상대가 자경의 엄마인 여정임이었다. 그럭저럭 수습돼 가던 상황이 돌변한 건, 갑작스러운 교통사고로 이중익이 세상을 떠나면서부터였다.

그간 이중익의 눈을 속여가며 신지수와 연락을 하고 지내던 윤인숙은, 방탕한 생활로 망가져 가던 신지수의 삶을 예전으로 되돌리고자 마음먹었다. 결과적으로 윤인숙으로 인해 신지수와 이문태는 또다시 관계를 이어 나가게 됐다.

피가 섞인 남매지간도 아니었고, 다른 걸 떠나 낳아놓기만 했을 뿐 곁에 두고 돌보지 못했던 지난 시간에 대한 뒤늦은 보상 심리가 작용했기 때문이다. 하지만 이미 그땐 정임의 뱃속에서는 자경이 자라고 있었다. 문제의 발단은 거기서부터 시작되었다.

표면적으로 드러나길 신지수는, 내내 숨겨진 여자로 살 수밖에 없었던 스스로의 처지를 비관하며 이에 대한 반발심으로 종종 다른 남자를 만나기도 했다. 그리고 정임의 배가 티 나게 불러오기 시작했을 즈음 신지수도 입덧을 하기 시작했다. 문태가 아닌 다른 남자의 씨앗을 몸에 품은 것이었다.

이문태는 까마득하게 모르고 있을 테지만 신지수의 휴대폰에는 여전히 그 남자의 연락처가 저장돼 있었다. 이해서의 친부이며, 이신후의 생물학적 아버지이기도 한 그 남자와의 전화 통화는 그렇게 열두 살 어린 자경의 마음에 지우지 못할 목표 의식을 새겨 넣었다.

한때 자경은 이해서와 자신을 차별하는 윤인숙의 이중적인 태도를 납득하지 못했었다. 하지만 사실을 안 다음부터는 그냥 자연스럽게 이해가 돼버렸다.

윤인숙은 자경이 여자애라서 싫었던 게 아니었다. 피가 섞이지 않은 남이여서, 핏줄로 이어진 가족이 아니어서 그토록 차갑게 밀어낼 수 있었던 것이다. 자경이 아들이었대도 윤인숙은 그녀를 배척하는 데 있어서 주저하거나 망설이지 않았을 테다.

그래서 더 용서가 안 됐다. 정임을 향해 기필코 아들을 낳아야 한다며 강요했던 그 사나운 말들이 지금도 기억 속에 생생하게 남아 있는데, 용서가 될 리 없었다.

"……인복이란 건 타고나야 하는 거라더니. 더럽다. 진짜 더러워. 마가 끼지 않고서야 이렇게까지 주변에 제대로 된 어른 한 명이 없을까. 너도 그렇고 나도 그렇고."

섹스를 하는 건 쉽다. 요컨대 옷을 벗고, 체온을 맞대며 쾌락을 즐기는 건 꼭 어른이 아니어도 할 수 있다.

하지만 책임을 지는 건 그렇지 않다. 포기해야 할 것에 미련을 보이는 순간 필연적으로 어느 누군가는 상처를 받게 된다. 계승서는 이 점을 지적해 오고 있었다. 온몸으로 좋아한다, 속삭이면서도 작은 입맞춤조차 미뤘던 계승서의 마음이 그때서야 어렴풋하게나마 짐작이 됐다.

선 자리에서 정임을 처음 만났을 때 이문태는 웃고 있었다고 했다. 조금 떨어져 있던 커피잔을 앞으로 밀어주기도 하며, 식사를 마치고 나왔을 땐 한번 만나보잔 얘기로 다소간 정임의 마음을 들뜨게 만들었다. 행복한 얼굴을 한 여정임이 생전에 자경에게 들려준 얘기들이었다.

그러나 이렇게까지 신지수를 놓지 못할 거였다면, 문태는 선 자리에 나온 정임에게 웃어 보이기에 앞서 딱딱한 얼굴로 거절이란 걸 했었어야 했다.

"사실을 알았을 때, 내겐 두 가지 길이 있었어. 아버지에게 말하는 것과 말하지 않는 것. 나는 말하지 않은 쪽을 선택했어."

"그게 참아져? 그런 게 어떻게 참아져?"

"바라는 게 있었으니까. 더디지만 결국엔 이뤄질 거란 믿음이
있었으니까. 그렇게 생각하니 견딜 수가 있었어. 계승서, 나는 말
이야. 나는, 나는 말이야."

"천천히 해. 급하게 말하지 않아도 나는 기다릴 수 있어."

다정하게 타이르는 계승서의 음성이 귓가를 간질일수록, 끓어
오르던 내부의 열기가 조금씩 가라앉기 시작했다. 곧 흐트러졌던
평정심도 회복되었다.

실상 나이와는 무관하게 거의 본능적으로 일깨웠다고나 할까.
어린 마음에도 자경은 이 일이 흐지부지 넘어갈까 봐 겁이 났다.
사실을 밝혀도 그게 진실로 받아들여질 확률은 높지 않았다. 그때
의 자경에겐 발언권이란 게 없었으니까.

입을 떼는 순간 거짓으로 매도되어 입막음당하지나 않았음 다
행이었을 테다. 그래서 때를 기다리기로 했다. 그 사람들이 행복
해지길 바라면서. 그래야 진실이 밝혀졌을 때 더 깊이 상처받고
더 크게 좌절하며 종국엔 재기불능이 될 테니까.

찢기고 뜯긴 상처를 돌보지 않고 그 힘으로 가슴에 원한을 품었
다. 하지만 그 마음이 괴로워 가끔은 그만두고 싶기도 했다. 그러
나 한 번이 어려웠지 두 번은 덜 어렵고 세 번은 그럭저럭 참아지
게 되더라. 계승서를 만나기 전까지 세상은 온통 새까만 암흑이었
다.

"계승서, 어쩌면 이 불행을 자초한 건 나일지도 몰라."

"상황에 익숙해지면 누구라도 타성에 젖게 돼. 하지만 그걸 네

책임으로 돌리면 너만 손해야."

"가끔 생각하는 건데, 의외로 넌 위로에 소질 있는 것 같아. 그거 알고 있었어?"

부지불식간에 머릿결을 헤집어오는 손길에서 숨기지 못한 쑥스러움이 묻어 나왔다.

다시 만났을 때 자경은 이 손에 부끄럽지 않은 사람이 돼 있고 싶었다.

"약속할게. 여기서 얼마가 더 걸릴지는 모르겠지만, 그래도 행복해져 있을게."

비주류였던 우리는 주류 사회 편승을 다짐하는 것으로써 헤어짐을 일단락했다.

겨울이 오기 전에 계승서는 미국으로 떠났다.

제5장

Stand Alone 1

모연경이 늦은 나이로 여정임을 낳았을 땐 서른 후반의 가장자리에 서 있었다. 원체 몸이 약하기도 했고 노산이라 주변의 우려도 있었지만, 힘든 여건에서도 무사히 출산을 마칠 수가 있었다. 사실 여정임이 선천적으로 허약했던 것도 따지고 보면 모연경의 체질을 물려받은 탓이 가장 컸다.

당시 마흔셋이던 여정탁은 이날 주책없이 눈물을 펑펑 쏟아내며, 봄바람처럼 불어닥친 행복에 기뻐 어쩔 줄을 몰라 덩실덩실 어깨춤을 췄다. 갖은 노력에도 생기지 않았던 아이가 기적적으로 두 사람에게로 찾아온 날이었다.

그간엔 어째서인지, 여느 부부들보다 금실이 좋았음에도 불구하고 둘 사이에 오랫동안 아이 소식이 없었다. 함께 병원도 다녀보고, 몸에 좋다는 음식이며 바쁜 시간을 쪼개 운동도 거르지 않고 다닐 만큼 열성이었지만 번번이 품은 기대가 꺾이곤 했었다. 낙담이 컸던 만큼 마음고생도 꽤나 깊게 했다. 그 세월이 자그마치 십 년이 넘었다.

그러나 지친 여정탁이 이제 그만 포기하자고 했을 때도 모연경만큼은 희망의 끈을 놓지 않았다. 그랬으니 뒤늦게 임신 사실을 알았을 땐 여정탁도 모연경도 세상을 다 가진 것처럼 기뻐 환호성을 지를 수밖에 없었다.

지닌 모든 것을 주어도 아깝지 않은 존재. 그 정도로 귀한 아이였다, 그들에게 여정임은.

여정탁과 모연경은 자경이 기억하는 한 가장 어른다운 사람들이었다. 지켜야 할 선을 알았고, 도리에 어긋나는 일을 하는 법도 없었다.

여정임과 같은 냄새를 품고 있어 더 따뜻하게 느껴졌던 모연경. 다소간 엄한 면이 있긴 했지만 자경에게만은 한결같이 자애롭고 인자했던 여정탁.

모연경과 여정탁에게 있어 자경은 눈에 넣어도 아프지 않을 만큼 소중한 존재였고, 딸인 여정임의 피를 이어받은 유일한 핏줄이었다. 사랑하는 만큼 사랑을 줬고, 그럼에도 더 주지 못해 늘 안타까워했을 정도로 그렇게 헌신적으로 자경을 아꼈다. 이랬던 여정탁을 마지막으로 본 건 장례식장에서였다.

일흔에 이르러 중증 치매를 앓기 시작했던 모연경이 먼저 세상을 뜨고 난 후, 채 이 년을 넘기지 않은 시점에서 여정탁도 여든에 가까운 나이로 잠든 듯 생을 마감했다.

흔히 자식이 저지를 수 있는 최대 불효는 부모보다 먼저 세상을 등지는 일이라고들 한다. 그나마 모연경과 여정탁에게 있어 다행이라고 할 수 있었던 건, 살아생전 여정임의 죽음을 직접 눈으로 목격하는 일만큼은 겪지 않아도 됐단 점이다.

늦둥이로 낳은 귀한 외동딸의 억울한 죽음마저 감내해야 했다면, 마지막 가는 길이 분통하고 원통해 제대로 눈조차 감지 못했을 테다.

흐릿하게 번진 기억의 잔재를 더듬던 자경의 얼굴 위로 깊은 그리움이 내려앉았다. 여정임이 죽고 난 후 외가의 보살핌을 받지 못했던 것도 다 이러한 이유 때문이었다.

다만 여정탁은 세상을 떠나기에 앞서 유언대용신탁의 형식을 빌리는 방식으로 자경의 앞으로 꽤 많은 금액의 재산을 남겼다. 상속은 민법상 자경이 성년에 되는 해에 맞춰 효력이 발휘되도록 수탁자인 금융사에 권한을 위임해 놓은 상태였다.

오래 살아온 만큼 앞날을 내다보는 지혜가 남다르게 깊어서였을까. 여정탁은 수익자를 지정함에 있어 제1순위에 자경을, 제2순위에 여정임을 올려두는 현명한 선택을 감행했다.

한편으로 상속이 이뤄지기 전, 지정한 상속인이 모두 사망하게 될 경우에 한해 위탁된 신탁은 사회에 모두 환원하도록 조치해 두었다. 다른 곳에 한눈을 팔지 않고 줄곧 공부에만 전념할 수 있었던 것도 전부 이 같은 여정탁의 배려가 있어서이다. 대학을 진학하는 데 있어 가장 큰 걸림돌이었던 문제가 이로써 해결된 셈이었으니까.

수능이 며칠 앞으로 다가옴에 따라 상속 시기도 크게 앞당겨졌다. 민법에서 성년으로 정한 만 19세가 되기까지 남은 시간은 채

두 달도 되지 않았다.

무엇보다 자경은 여정탁이 남긴 소중한 것들을 다른 누군가와 나눠 가지거나 공유할 마음은 조금도 없었다. 그 대상이 이문태나 이해서, 나아가 이신후와 신지수, 윤인숙이라면 더더욱 해당 사항이 없었다. 때문에 현재에 이르러 이중익의 의도는 사실상 대부분 빗나갔다고 보는 게 옳았다.

따지자면 신지수와의 결혼을 결사반대했던 이중익이, 여정임과 이문태의 선을 적극적으로 주선하고 나섰던 결정적인 배경에는 차후에 여정임이 물려받게 될 재산에 욕심이 있어서였다. 실상 지금 살고 있던 집 역시도, 여정임과 이문태가 결혼할 당시 딸이 잘 살라는 의미에서 여정탁과 모연경이 마련해 준 것이었다.

한때는 여정임과 이문태의 공동명의로 돼 있던 집. 정성스러운 손길이 닿아 포근했고 애정이 머물렀기에 아늑했던 공간이, 이제는 싹 바뀌어져 버린 가구처럼 낯설고 생소하다. 분란의 시초로 떠오른 건 뜻밖으로 이 집에서부터였다.

✛

수능 추위란 말이 실감 날 정도로 시험 당일의 날씨는 영하권을 밑돌고 있었다. 가을용의 얇은 티셔츠를 여러 겹 겹쳐 입는 것으로 단장을 마친 자경이 거실로 나왔을 때, 이해서는 구스다운 점퍼 안쪽에 고어텍스를 받쳐 입는 것으로써 단출한 준비를 끝낸 뒤였다. 교복을 벗은 사복 차림의 두 사람은 일견 한눈에 보기에도 차이가 났다.

이해서가 걸친 점퍼의 왼쪽 가슴 위엔 익숙한 브랜드의 로고가 새겨져 있었다. 반면에 오래돼 색이 다한 자경의 옷은 심지어 소매 부근이 닳아 해져 있기까지 했다. 이 광경이 묘하게 대비가 돼 문득 실소가 새어 나왔다. 그리고 이 같은 사실을 아무렇지 않게 받아들일 정도로 다들 지금의 분위기에 익숙해져 있었다.

바깥으로 나오자 하얀 입김이 가장 먼저 자경을 반겼다. 뒤따라 나온 이해서의 손에는 당연하다시피 따뜻한 보온 도시락이 들려 있었다. 물론 자경의 것은 준비돼 있지 않았다. 마지막으로 현관문을 빠져나온 사람은 차 키를 손에 든 이문태였다. 시험 감독으로 차출된 이문태 역시 오늘 하루 짜여져 있는 일정을 소화해 내야 했다.

"오늘은 다들 내 차로 움직이자꾸나. 중요한 날이니 컨디션 조절을 잘 해야지."

"정말요? 잘됐다. 안 그래도 추워서 혼났는데."

삽시간에 환하게 얼굴을 편 이해서가, 얽히듯 이문태의 팔짱을 끼며 살가운 투로 속살거렸다. 안 그런 척했지만 이문태도 이해서의 애교가 싫지는 않은 듯 입가에 웃음이 떠올랐다.

어딜 봐도 다정한 부녀지간처럼 보였다. 바람결에 흐트러진 이해서의 머리카락을 정돈해 주는 손길에서도 사랑스러움이 묻어나왔다. 거기서 자경은 이방인이었다.

"전 됐어요."

"번거롭게 뭐 하러 따로 움직여. 그러지 말고 같이 타고 가자꾸나."

"들러야 할 곳이 있어요. 그러니까 먼저 가세요."

"뭐야. 그렇게 딱 자를 것까진 없잖아. 네 눈엔 아빠 무안해하는 건 보이지도 않지? 아빠, 싫다는 앤 그냥 두고 우리끼리 먼저 가요."

적당한 훈수 끝에 입술을 삐죽인 이해서가 이문태를 차 가까이로 이끌었다. 못 이긴 척 걸음을 떼는 이문태의 행동이 감흥 없이 다가온 건, 이미 오래전 문태를 향했던 마음이 소진되었음을 아는 까닭이었다.

나는 아프지 않다.

주문처럼 외운 말을 끝으로 자경도 걷기 시작했다. 한동안 앞만 바라보며 걷던 걸음을 멈추고 선 곳은 평상시에도 아침 영업을 하던 김밥천국 앞에서였다. 잠시 후 받아 든 김밥 두 줄을 가방에 넣었다.

어리석은 이문태.

허울 좋은 배려를 내세우기에 앞서 문태는 이런 속사정부터 먼저 헤아려 주었어야 했다. 걷는 내내 웃음이 나왔다.

"마지막까지 힘내세요!"

"선배님들의 수능 대박을 기원합니다."

요란하게 두들겨 대는 북소리에 맞춰 학교별로 기세 높은 응원전이 이어졌다. 곧이어 따뜻하게 데워진 녹차와 추위에 언 손을 녹여줄 핫팩이 건네졌다. 교문을 통과할 즈음이 되어선 손이 꽤나 묵직해져 있었다.

좁은 사회를 벗어나고 있다는 게 온몸으로 실감이 되었다. 계승서가 없는 공간 안에서도 자경은 제법 잘 버티고 있었다. 긴장감을 찾아볼 수 없을 정도로 마음은 더없이 평온했다. 그래서인지

종일 이어지는 강행군에도 끝까지 차분함을 유지할 수 있었다. 모든 걸 끝냈을 땐 마치 긴 미로를 통과한 기분이었다.

수험의 끝을 의미하는 마지막 종이 울리는 순간, 주변에서는 해방감에 찬 환호성보다는 깊은 탄식이 먼저 터져 나왔다.

수능은 예년에 비해 어려웠고, 높아진 변별력으로 인해 중도에 포기하고 나간 인원도 적지 않았다. 그럼에도 자경의 얼굴에서만큼은 근심의 흔적을 찾아볼 수 없었다. 확신에 찬 눈동자는 흔들림 없이 고요했다.

지친 몸을 이끌고 집에 돌아왔을 땐 집 안에는 아무도 없었다. 깜깜하게 불 꺼진 방은 왠지 모르게 을씨년스럽기까지 했다. 아마 어딘가로 다 함께 외식이라도 간 모양이었다.

하지만 자경은 이 상황이 섭섭하기는커녕 오히려 반갑기까지 했다. 적어도 이 순간 밥보다 간절한 건 수면욕이었다. 하지만 쓰러지듯 이불 위에 누운 뒤로는 이상하리만큼 머릿속이 맑아지는 걸 느낄 수가 있었다. 그러자 생각은 자연스럽게 계승서에게로 흘러갔다. 이내 눈앞으로 계승서의 얼굴이 떠올랐다.

이럴 때면 늘 아쉬움이 남았다. 우리는 그 흔한 사진조차 함께 찍어본 적이 없었다.

"졸업앨범 꼭 사야지……."

중얼거리는 말을 끝으로 눈을 감았다. 지난 학기 미리 찍어둔 졸업앨범에는 다행히 계승서의 흔적도 담겨 있었다. 자경에겐 이 사실이 큰 위안이 되었다.

"자자. 신경 그만 쓰고 이제 그만 잠이나 자자, 이자경."

잠자리에 들면 늘 그랬던 것처럼 새로운 세계가 펼쳐진다. 무의식은 곧 새로운 의식이 된다. 자경이 만들어낸 공간은 오늘도 변함없이 거친 비바람이 불어치고 있었다.

억눌러 왔던 것들이 활개를 치는 시간.

사나운 바람이 할퀴고 간 자리에서 늘 자경은 웃고 있었다. 주변은 폐허가 돼 있고, 사람들은 모두 울고 있다. 여기서 웃는 건 자경 혼자뿐이었다. 타인의 불행을 내려다보는 내내 현실과 이상은 첨예하게 대립하고 있었다.

집안의 분위기가 급격하게 어두워지기 시작한 건 이신후가 병원에 입원하고 난 이후의 일이었다.

열한 살. 한창 뛰어놀 나이의 이신후는 왜인지 종종 이유 모를 피로함을 호소해 오곤 했다. 하지만 타고난 성격이 조용조용해 바깥 활동보다는 책 읽는 것을 좋아했고, 원체 입이 짧기도 해서 단순히 체력이 떨어진 정도로만 생각했을 뿐 다들 크게 개의치 않는 분위기였다. 그러나 체육 시간 빈혈로 쓰러져 병원에 실려간 날을 기점으로 해서 상황은 정반대로 뒤집혔다.

Chronic Kidney Failure.

풀어 설명하자면 이신후의 병명은 만성신부전증이었다. 만성신부전증의 무서운 점은 초기에는 별다른 증상을 찾아볼 수 없다는 데 있었다. 아주 느린 속도로 파괴된 콩팥 조직은, 조직의 80% 이상이 괴멸되기 전까지는 증세를 발견하기가 힘들었는데, 이신후도 예외 없이 이 경우에 속했다.

입원 직후 곧바로 투석을 진행했을 만큼 이신후의 예후는 크게 나빠져 있었다. 병원에서는 기증자를 찾는 데 시간이 걸리는 만큼 이식에 따른 검사를 권고하고 나섰다. 최우선 대상자는 가족이었다.

"싫어요!"

집 안으로 들어서는 순간 파열음을 닮은 신지수의 날카로운 음성이 가장 먼저 자경을 맞았다. 거실 소파에 둘러앉아 있던 인원은 모두 셋으로, 이문태를 필두로 이해서와 신지수가 각각 좌우에 위치해 있었다. 아마도 이신후가 입원해 있는 병실에는 윤인숙이가 있는 모양이었다. 분위기가 심상치 않음을 느낀 건 이어진 이문태의 발언을 듣고 나서부터였다.

"진정해. 당신보고 아쉬운 소리 하란 말 안 해. 해도 내가 해. 내가 자경이에게 말할 테니 당신은 그런 줄이나 알고 있어."

"전 싫다고 분명히 말했어요. 걔한테 도움받기 죽기보다 싫어요. 그리고 설령 조직이 맞는다고 쳐요. 자경이 그 애가 선뜻 이식해 주겠다고 나서겠어요? 걔 성격에 행여 잘도 그러려고요. 당신도 겪어봐서 알잖아요. 자경이 걘 우리가 잘못되길 바라고 있는 애라고요!"

악다구니에 가까운 신지수의 말을 끝으로 자경의 입가로 메마르고 버석한 웃음이 떠올랐다.

검사, 이식. 오가는 대화의 대부분은 이신후와 연관이 있는 내용들이었다. 그에 반해 설전을 벌이는 내내 언급되고 있는 건 다름 아닌 자경의 이름이었다.

"감정적으로 나올 게 아니라고 하는데도 왜 자꾸 고집이야. 일단 애는 살리고 봐야 할 거 아냐. 신후, 우리 아들이야. 저대로 죽게 내버려 둘 거야?"

"저도 있고 해서도 있어요. 제가 안 되면 해서가 하면 돼요. 그러니까 당신까지 나설 필요 없어요. 자경이 걔는 더더욱 싫어요."

"엄마!"

"넌 가만히 있어!"

항의성 짙은 이해서의 말을 가로막아 서는 신지수의 히스테릭한 음성은 흡사 불안과도 닮아 있었다. 한곳에 고정되어 있지 못한 채 내도록 흔들리고 있던 시선 위로 초조함이 묻어 나왔다. 비밀이 드러날까 두려워하고 있는 눈빛. 숨기고 있는 것이 많은 신지수의 눈은 안개가 낀 것처럼 탁하기만 했다.

대화는 더 이상 진전이 없었다. 한사코 고집을 꺾지 않은 신지수는 내도록 반대 의견만을 분명히 했다. 그러자 당장에 이해서가 불만 어린 감정을 표출해 냈고, 이문태도 골치 아픈 표정으로 관자놀이 근처를 꾹꾹 누르기만 했다.

인기척을 지운 채 한동안 사태의 추이를 지켜보고 있던 자경이 천천히 좌중을 훑었다. 이해서와 신지수를 지나쳐 마침내 이문태에게 눈길이 닿았을 무렵 자경이 짓이기듯 입술을 깨물었다.

한갓 우연으로만 치부하고 넘기기에는 베토벤의 5번 교향곡보다 더 운명적인 광경이었다.

당사자인 자경이 없는 가운데서도 공여자 검사를 받기를 종용하고 있던 이문태. 그런 이문태를 줄곧 만류하기 바쁜 신지수. 그리고 이런 둘 사이에 끼어 눈치만 살피고 있던 이해서를 비롯해 이 모든 상황이 말도 안 될 정도로 비현실적이었다. 그러나 때론 비현실적이기에 더 마음에 와 닿을 때도 있었다.

광기에 사로잡힌 것처럼 자꾸만 웃음이 터져 나오려고 했다. 오래전부터 기다려 왔던 기회가 마침내 왔음을 직감하는 순간 내리깐 눈썹 위로 잔잔한 떨림이 찾아들었다. 심장의 울림이 조금씩 커지고 있었다.

"검사, 받을게요."

지지부진했던 상황을 새로운 국면으로 이끈 건 뒤쪽에서부터 들려온 자경의 말 한마디였다. 뜻밖의 상황에 놀란 것도 잠깐, 어렵지 않게 자경의 의도를 이해한 이문태의 얼굴 위로 진한 안도감이 내려앉았다. 하지만 그전에 누구보다 먼저 반응해 온 사람이 있었다.

"마, 말도 안 돼!"

"여보?"

"엄마?"

새파랗게 질린 신지수의 얼굴이 마치 귀신을 본 것처럼 공포에 질려 있었다. 그 이유를 모르지 않았던 자경이, 마음에도 없는 말을 또 한 번 내뱉었다.

"검사 후에 조직이 일치한다면, 이식을 해줄 수도 있어요."

"자경아!"

기뻐하는 문태의 옆으로 일그러진 얼굴을 한 신지수가 한가득 숨을 집어삼킨 채로 호흡을 정리했다. 설마하니 자경이 이런 식으로 나올 줄 몰랐다는 듯, 얼굴엔 가시지 않은 경악이 서려 있었다. 그사이 문태가 자경의 손을 꼭 잡아왔다.

"고맙다, 고맙다, 자경아."

물끄러미 건너다본 이문태의 얼굴엔 화사한 미소가 떠올라 있었다. 짊어지고 있던 근심거리를 모두 내려놓은 양 전에 없이 편안해 보이기도 했다.

예전에도 그랬지만, 이문태는 성인군자 같은 얼굴과는 걸맞지 않게 파렴치한 구석이 있었다. 평화로워 보이는 표정 너머엔 익히 예상했던 것처럼 자경에 대한 염려는 조금도 들어 있지 않았다.

의도치 않게 엿듣게 된 신지수의 설명에 의하면, 아직까지 공여자 검사를 받은 사람은 아무도 없다고 했다. 때문에 이 우스꽝스러운 논의를 하기에 앞서 차례를 따지자면, 검사 상의 순서는 자경이 가장 마지막에 위치해 있어야 했다.

이문태의 다음, 신지수의 다음, 그리고 이해서와 윤인숙의 다음이 자경이 생각하는 자신의 차례였다. 그러함에도 대화 내내 이문태는 줄곧 검사 대상자 최우선순위에 자경을 올려둔 채 하나의 상황을 가정하고 있었다. 마치 그게 당연한 일인 듯.

방금 전에 해온 고맙단 말에 진심이 들어 있긴 한 걸까.

정의처럼 내세운 이문태의 말과 행동은 그 밑바탕에 자경의 희생을 강요하고 있었다. 어쭙잖은 말 몇 마디로 진실을 숨겨보려 했지만 원래부터가 표리부동한 사람이었다.

무엇보다 이신후의 신장이식에 필요한 공여자 검사를 자경에게 요구해 온 시점에서 이문태의 염치는 밑바닥을 드러냈다. 자경이 바라는 것은 단 하나. 더 늦지 않게 이문태가 좌절을 맛보고, 그간에 해온 일들에 대한 대가를 치르게 만드는 것이었다. 자경에게 양심과 도덕을 바라기엔 이문태가 저지른 죗값은 지나치게 컸다.

더해 눈앞에 보이는 결과에만 집중한 탓에, 이문태는 한 가지 간과하고 넘어간 게 있었다. 자경은 분명 검사를 받고, 조직이 맞는다면 이식을 해주겠단 단서를 달았었다.

조직이 맞는다면!

자경의 말은 기본적으로 이신후와 그녀의 조직이 맞지 않을 거란 전제를 밑바탕에 짙게 깔고 있었다. 그리고 이 사실을 누구보다 잘 알고 있던 사람이 신지수였다. 앞장서 이문태의 의견에 지지를 보내고도 남았을 신지수가 이처럼 양면적인 태도를 취할 수밖에 없었던 이유도 바로 여기에 있었다.

왜냐하면 이신후는 이문태의 친아들이 아니었으니까. 그러니 피 한 방울 섞이지 않은 자경과 조직이 맞을 확률 역시 지극히 낮다는 결론이 나온다.

지금까지는 운 좋게 이해서와 이신후의 혈액형이 이문태와 맞아떨어져 안심하고 지내왔을 테지만, 검사를 받고 그에 대한 결과가 나오게 되면 필사적으로 숨겨왔던 진실도 수면 위로 떠오르게 될 테다. 최소한 문태는 의심이란 걸 품게 될 것이고, 의심은 곧 확신이 되어 신지수를 압박해 올 것이다.

절망.

하늘이 무너져 내리는 경험을 한 뒤에는 쓴 회한의 눈물을 쏟아낼 테지. 악어의 눈물만큼이나 거짓된 이문태의 눈물은 자경을 더 강하고 단단하게 만들어줄 것이다. 그때쯤이면 이문태를 향해 진심으로 웃어 보일 수도 있을 것 같았다. 복수는 그것으로 끝이었다.

그전에 부디 이 순간을 기뻐하며 즐기길. 그리하여 나락으로 떨어졌을 때 받을 충격 또한 커지길. 자경은 그렇게 소망했다.

그러고 나서 눈을 뜨면 아침이다. 말하자면 이 모든 건 사실이 아닌 상상을 기반으로 하여 만들어진 허구의 일이다. 보다 극적인 상황에서 보다 완벽하게 상처받길 바라는 자경의 바람이 빚어낸 열띤 희망의 결과물인 셈이다. 그래서 아직은 행복할 수 없었다.

정신을 좀먹어 들어가는 생각들을 떨쳐 내지 못한다면 언제까지라도 불행하겠지. 간절한 바람이 닿아서일까. 줄곧 기다려 왔던 적기는 예상치 못한 방향에서 서서히 접근해 오고 있었다.

❖

시험을 망쳤다며 매일같이 눈물 바람이던 이해서는, 결국 재수를 하기로 결정했다. 중간 정도 하던 성적은 수능의 높은 변별력에 가로막혀 완전히 아래로 곤두박질쳤고, 상대적으로 내신도 좋지 못해 사실상 수도권 대학으로의 진학이 좌절되었기 때문이다.

두 번의 실패는 하고 싶지 않다던 이해서는 대치동 학원가에서 공부하길 원했다. 소위 말해 잘나가는 스타 강사의 수업에 참여하고 싶단 얘기였다. 잠재돼 있던 문제가 불거진 건 이즈음의 일이었다.

늦은 오후가 될 때까지 바깥에서 시간을 보낸 자경이 집으로 돌아왔을 땐 뜻밖의 사단이 나 있었다. 집 안 구석구석엔 강제집행이 됐음을 알리듯 빨간 압류 딱지가 붙어 있었고, 그 옆으로 이문태가 화를 내고 있었다.

"당신 정말 뭐 하는 여자야!"

"저 혼자 잘 살자고 그랬어요? 말했잖아요. 저도 잘해보려다 이렇게 된 거예요. 아닌 말로 당신이 생활비만 넉넉하게 줬음 이런 일이 생겼겠어요?"

"이 상황에서 지금 그걸 변명이라고 해? 그럼 애당초 내게 말을 했어야지. 상의도 없이 집을 담보로 대출을 받은 걸로도 모자라 일을 이 지경으로까지 만들어? 대체 어쩔 작정이었어?"

"……그래서 미안하다고 하고 있잖아요."

자경이 기억하는 신지수는 늘 오만할 정도로 당당한 얼굴을 하고 있었다. 처음 이곳에 발을 디디던 그날부터 당연한 권리를 주장하듯 집 안을 활보했고, 내리깐 눈빛으로는 어린 자경을 벌레 보듯 하찮게 바라보기도 했다. 그러나 이때만큼은 이문태의 눈치를 살피느라 여념이 없었다. 일이 돌아가는 속사정을 추측하기란 그다지 어렵지 않았다.

어리석은 게 사람이라더니.

신지수와 재혼할 당시 이문태는 윤인숙과의 합의하에 이 집을 신지수의 명의로 돌려놓는 데 의견을 모았다. 되찾게 된 사랑에 허우적대던 남자는 이성적인 판단을 내리지 못할 정도로 아둔했고, 곁에서 손뼉을 마주쳤던 여자는 모정이란 이름을 앞세우고 있었다. 그 일이 이제 와 이문태의 발목을 붙잡았다.

사건이 벌어지고 나서야 신지수는 투기에 가까웠던 기획부동산 투자에서 사기를 당했단 사실을 고백했다. 그러나 표면 그대로 받아들이기엔 평상시 신지수의 소비 패턴은 대단히 사치스러웠다.

벽장을 가득 채운 명품 백과 백화점에서 사들인 값비싼 종류의 보석. 한 번 의심을 품기 시작한 이문태의 눈을 계속해 속이기란 현실적으로 불가능한 일이었다. 결국 얼마 지나지 않아 논쟁은 다시 수면 위로 떠올랐다.

자경은 수능 이후 남아도는 시간의 대부분을 근처 시립도서관에서 보냈다. 학교는 대체적으로 오전이면 수업이 파했고, 아무래도 집보다는 밖이 편했다. 그리고 그곳에서 몇 날 며칠을 지웠다 쓰기를 반복한 끝에 한 통의 편지를 완성했다. 그러나 갈팡질팡하는 자경의 마음에 기대 편지는 오래도록 주인을 찾아가지 못했다.

정말로 이게 맞는 걸까. 아니, 자신에게 과연 그럴 자격이 있긴 한 걸까. 선뜻 판단을 내리기엔 모든 것이 불투명했고 불확실했다.

지금 자경이 하려는 일들은 어쩌면 또 한 사람의 선량한 피해자를 양성해 내는 일이 될지도 모른다. 동시에 진실을 알려줌으로써 선택할 수 있는 기회의 폭을 넓혀주는 일이 될 수도 있었다.

시간이 지날수록 갈등과 반목, 번민과 번뇌 사이에서 수차례 고민했다. 그러나 늘 결론은 하나로 귀결되었다.

이해서를 친딸로 믿고 있는 이문태는 성인이 된 뒤에도 물심양면으로 이해서를 도우려 들 테다. 교사의 경우 일반적으로 자녀의 학비 지원은 고등학교 졸업까지로 한정돼 있었기 때문에, 앞으로 적지 않은 곳에서 많은 돈이 사용되어질 거란 건 이미 정해진 일이나 다름없었다.

자경이 누려야 했던 모든 혜택들을 중간에서 가로채 가졌던 이해서. 자경은 이번 기회를 통해 당연하다시피 여겼던 이해서의 믿음을 산산조각 깨뜨려 볼 계획을 품고 있었다. 그러자 대번에 감전이라도 된 것처럼 손발이 찌릿찌릿하게 변했다. 사실 이전부터 자경은 이문태의 돈이 합리적으로 쓰일 수 있는 방법을 찾느라 고심하고 있었다.

늘어놓았던 필기구들을 정리해 집으로 돌아온 자경은, 방문을 걸어 잠근 뒤 옷장 깊숙한 곳에 숨겨져 있던 작은 상자 하나를 꺼냈다.

당장엔 수집벽이 의심될 정도로, 안에 든 물건들은 타인의 시각에서 보자면 무척이나 해괴한 것들로만 구성돼 있었다. 그중에서 자경은 이문태와 윤인숙의 것을 제외한 세 종류의 모발 샘플과 사용감이 뚜렷한 칫솔 세 개를 집어 들었다. 모두 다 한 사람에게로 전달되어질 것들이었다. 나머지는 따로 쓰임을 다할 데가 있었다.

때맞춰 일주일 뒤면 이문태가 당직을 서는 날이었다. 최근 몇 년간 늘 그래 왔던 것처럼 신지수는 밤늦게까지 바깥에서 시간을 보내다 들어올 테고, 윤인숙은 이전처럼 입단속을 시키는 것으로써 맡은 바 역할을 다할 테다. 자경은 침묵으로써 상황을 일관하고, 이해서와 이신후는 고개를 끄덕이며 당연하단 태도를 취할 것이다. 이것이 이문태는 알지 못했던 당직 날의 풍경이었다.

규칙적으로 정해진 신지수의 외출은 자경에게 의외의 성과를 가져다주었다. 이문태의 당직 날, 신지수가 만나는 사람은 다름 아닌 이해서와 이신후의 친부인 임창완이었다.

임창완이 살고 있던 실주거지를 파악한 건 어제오늘 일이 아니었다. 아주 오래전, 신지수의 뒤를 밟은 적이 있었다. 그때 당시 신지수와 함께 모텔에 들어갔던 상대가 임창완이었다. 한참 후에 모텔을 빠져나온 임창완의 뒤를 들키지 않게 몰래 뒤따라갔었다.

아이러니하게도 임창완은 가정을 가지고 있는 남자였다. 도박을 좋아하는 부류치고 제대로 된 사람이 없단 말을 증명이라도 하듯 임창완 역시 이 같은 범주를 벗어나지 못했다. 자경이 쓴 편지는 임창완의 부인인 백승혜에게 전해질 예정이었다.

　―서울시 서초구 서초대로 74길 ○○

　편지의 서두는 살고 있던 집 주소를 기입하는 것으로 시작되었다. 그런 뒤에야 본론이 이어졌다.

　―편지를 받고 갑작스러우셨을 거라고 생각합니다.
　사실을 알릴까 알리지 말까, 한동안 많은 고민을 하기도 했습니다.
　알고 난 뒤엔 분명 마음이 지옥일 테니까요.
　그런데도 굳이 이런 글을 쓴 건 제 욕심이 더 커서일 겁니다.
　어쩌면 기만이라는 표현이 더 알맞을지도 모르겠군요.
　이미 오래전에 알고 있던 사실들을 지금에야 밝히는 건 순전히 제 욕심을 채우기 위해서이기도 하니까요.
　원치 않은 일을 겪게 해드려 죄송하단 말씀을 먼저 드립니다.
　죄송합니다.
　임창완 씨에겐, 백승혜 씨가 알지 못하는 두 명의 친자가 있습니다.
　신지수 씨와의 사이에서 태어난 아이들로 이름은 이해서와 이신후라고 합니다.
　믿지 않으실까 봐서 당사자들의 머리카락과 사용했던 칫솔을 동봉합니다.
　친자확인검사는 거치셔도 좋고, 하지 않으셔도 괜찮습니다.

하지만 개인적으로는 하셨으면 하는 바람입니다.

사실을 외면한다고 해서 진실은 변하지 않는 법이고 결국엔 마음만 더 괴로워질 뿐이니까요.

사견이지만, 백승혜 씨에겐 고통받은 것에 대한 정당한 위자료를 청구할 자격이 있습니다.

외도 상대인 신지수 씨에는 재혼한 남편이 있습니다.

교사로 재직 중이고, 이름은 이문태라고 합니다.

이문태 씨는 신지수 씨와 임창완 씨의 사이에서 낳은 이해서와 이신후를 친자로 알고 키우고 있습니다.

이문태 씨가 피해자라고 생각할까 봐 드리는 말씀입니다.

이상하게 들릴지도 모르겠지만, 때론 속이는 사람보다 속아주는 사람이 나쁜 때도 있습니다.

사실 그래서 망설이다가 백승혜 씨에게도 편지를 드리게 된 겁니다.

세상에 끝까지 묻어둘 수 있는 비밀이란 건 존재하지 않더군요.

늦던 빠르던 알아야 할 것은 알고 지나가는 게 결국엔 벌어진 상처를 아물게도 하니까요.

판단이 틀렸던 거라면 사과드립니다.

현재 집은 압류 상태로 돼 있습니다.

하지만 알아본 바에 의하면 퇴직금을 담보로 대출을 받을 수는 있을 거라고 하더군요.

그러니 충분한 위자료를 달라고 하세요.

거절을 입에 담으면, 고발이나 고소를 한다고 하시면 됩니다.

교육청보다는 인터넷에 올린다고 하는 게 여러모로 더 효과적일 겁니다.

체면을 중시하는 사람이니 결국엔 원하는 것을 들어 줄 테니까요.

제가 드릴 말씀은 여기까지입니다.

편지를 다 읽으실 때쯤이면 억장이 무너지고 피가 거꾸로 치솟는 심정일 겁니다.

아니, 어쩌면 절망에 빠져 있을지도 모르겠군요.

하지만 저는 백승혜 씨가 아프길 바라서 편지를 드린 게 아닙니다.

저 역시 그랬으니까요.

십 년. 어느덧 십 년이 다 되었군요.

이 일로 말미암아 제 어머니가 삶을 달리한 지가 벌써 그렇게나 되었군요.

어쩌면 가장 소중한 걸 잃어보았기에, 지금처럼 담담하게 상황 설명을 드릴 수 있는 건지도 모르겠군요.

마지막으로 저는 이문태 씨의 친딸입니다.

토막 형식을 빌려 작성된 다섯 장의 편지 내용은 여기가 끝이었다. 단순한 문자의 나열 정도로 비춰질 수도 있었지만 안에 담긴 내용은 생각 이상의 많은 것들을 내포하고 있었다. 구겨지지 않게 편지를 손에 쥔 자경이 마침내 목표했던 목적지에 도착했다.

붉은색 벽돌로 쌓아 올린 낡은 외벽의 다세대주택. 볼일이 있던 곳은 그 안에서도 제일 구석진 장소에 위치해 있었다. 깊은 심호흡 끝에 초인종을 누르자, 설치돼 있던 스피커 선을 타고 백승혜의 목소리가 흘러나왔다.

[누구세요?]

"이자경이라고 합니다. 전해 드릴 게 있어서 무례인 줄 알면서도 찾아뵈었어요."

[전해줄 거라니…… 그게 뭔가요?]

짧은 시간에 불과했지만, 백승혜의 목소리를 계속해 듣고 있자니 희미한 죄책감이 피어올랐다. 그러나 막상 얼굴을 대면하고 섰을 땐 죄책감은 흔적도 없이 사라지고 없었다.

고단함이 묻어나는 좁은 어깨에서 삶의 팍팍함이 느껴졌다. 지치고 피로해 보이는 눈빛. 행복해 보이지 않는 백승혜의 얼굴은 자경이 알던 누군가를 연상시켰다. 그래서 더 눈을 떼지 못했다.

'엄마.'

허물어질 것 같던, 마치 정임을 닮아 있기도 했던 백승혜의 표정이 흔들리려던 자경의 마음을 한층 견고하게 다잡았다. 망설임은 길지 않았다.

"제가 쓴 편지예요. 버리지 말고 꼭 읽어주셨으면 좋겠어요. 백승혜 씨도 아셔야 하는 일이니까요."

"그게 무슨 말이에요? 내가 알아야 할 일이라뇨?"

예기치 못했던 상황과 맞닥뜨리게 된 백승혜의 목소리엔 지우지 못한 당혹감이 서려 있었다.

"보시면 아실 거예요. 다음에…… 뵐 수 있으면 좋겠어요. 죄송해요. 이만 가볼게요."

"저기! 저기, 이봐요!"

뒤돌아 뛰기 시작한 자경의 걸음은 골목을 벗어날 때까지도 멈추지 않았다. 턱밑까지 차오른 숨을 고르기도 전에 자경은 편지를 챙겨오길 잘했단 생각부터 했다. 직접 얼굴을 마주 보고 얘기를 나눴더라면 끝까지 이성적인 태도를 유지하지 못했을 테다.

❖

백승혜를 만나고 난 이후엔 한동안 제대로 잠을 이루지 못했다. 하루, 이틀. 불면의 날이 계속돼 갈수록 체력은 한계에 가까워져 오는 느낌이었다. 그러나 이상하리만치 정신은 또렷하게 깨 있었다.

밤 10시.

방문을 두드려 오는 낯선 인기척에 자경이 벽 너머에 걸려 있던 시계를 통해 현재 시각을 확인했다. 곧이어 방문 뒤쪽에서 이문태의 목소리가 들려왔다.

"아직 안 자는 거라면 얘기 좀 하자꾸나."

"……들어오세요."

아직은 결과가 나오지 않은 일이었고 때문에 여러 가능성을 열어둔 상태이긴 했지만, 자경은 문태의 방문 목적을 어느 정도 짐작하고 있었다.

사실대로 말하자면, 자경은 이문태가 그녀의 방문을 두드려 오는 상황이 오지 않기를 바라고 있었다. 그러나 헛된 망상은 길거리에 굴러다니는 쓰레기처럼 짓밟혀 버려졌다.

"신탁 말이다."

"못 드려요."

"……."

"아니, 안 드릴 거예요."

비웃을 가치도 없는, 너무 뻔한 결말이라 마른 웃음도 나오지 않았다. 본격적인 대화가 오가기에 앞서 스스로의 입장을 단호히 밝히는 것으로써 자경은 태도를 분명히 했다. 그러자 대번에 이문태가 입을 닫아걸었다.

"제 대학 등록금으로 사용하려고 준비해 놓은 거 있을 거 아니에요. 그건 받지 않을게요. 필요하다면 쓰세요."

"그런……."

"설마, 그것도 없단 얘길 하려는 건가요?"

비꼬는 음색이 아니라 진실로 궁금하단 투여서, 당장에 면목 없던 이문태의 고개가 아래로 툭 떨궈졌다. 하지만 의도를 잘 전달했다고 믿었던 것도 잠깐, 한동안 침묵하던 이문태의 입에서 또다시 들어주기 힘든 변명들이 흘러나왔다.

"우리 사정에 당장 이사를 하는 건 무리야. 그래도 집은 남겨놓아야 할 게 아니냐. 그러니까 자경아……."

"명의를 제 것으로 변경해 준다면 생각은 해볼게요."

"……그 사람 자존심에 싫다 할 게야."

"그럼 어쩔 수 없고요."

즉각적인 거절에 몹시도 기분이 상한 이문태의 얼굴이 벌겋게 달아올랐다. 모멸감을 이기지 못한 듯 치욕적인 표정을 짓고 있었다. 이 와중에도 자존심을 내세울 생각을 하다니. 정말이지 이문태다운 행동이었다.

"식구들끼리 꼭 이래야 하겠니."

식구.

이 하찮은 울림이 얼마나 자경을 분노케 하는지 그는 아직 모르는 모양이었다. 현실을 상기시켜 줄 목적에 자경이 제안 하나를 건넸다.

"그전에 제 방부터 먼저 한 번 둘러봐요. 아버지가 이 방에 들어온 건 아주 오래간만의 일이니까 천천히 둘러봐도 돼요. 둘러보고 나서 얘기해요."

"방이 왜……?"

뜻밖이나 다름없던 자경의 말에 반문을 덧붙인 것도 잠깐, 이내 이문태의 눈길이 방 안 이쪽저쪽을 살피기 시작했다.

시간이 지날수록 문태의 안색이 확연하게 나빠졌다. 설핏 찌푸려지기 시작한 눈가에서는 작은 경련이 일었고, 미간 사이의 주름은 전보다 촘촘히 좁혀졌다. 이윽고 흔들리는 눈빛을 한 문태의 눈이 자경을 향했을 무렵, 자경이 미뤄뒀던 이야기를 꺼내놓았다.

"제대로 된 게 하나라도 있던가요? 옷이며 이불, 가방이며 학용품까지. 뭐 하나 쓸만한 게 있긴 하던가요? 그렇지 않잖아요. 잊었나 본데, 야박하게 굴었던 건 아버지가 먼저였어요."

새것은 전부 이해서의 차지였고, 싫증이 난 낡고 볼품없던 것들만 자경의 몫으로 돌아왔다. 신지수가 제 자식을 끼고돌며 챙길 동안 이문태는 등신처럼 그저 사태를 방관하기만 했다. 몰랐다고 하고 싶겠지. 의도가 아니었다고, 바빠서 미처 손을 쓰지 못했다고. 이런 틀에 박힌 얘기들로 입장을 대변하기란 아주 손쉬운 일이었다.

하지만 이문태가 신지수와 이해서의 팔짱을 낀 채로 몇 번이고 백화점 쇼핑을 즐겼단 사실을 알고 있는 이상 그건 전부 진부한 변명에 지나지 않았다. 이어진 문태의 대답은 자경의 예상을 한

치도 벗어나지 않았다.

"내가 챙겼어야 했는데……. 전부 내 불찰이야. 일이 바빠 미처 거기까지 신경을 쓰지 못했어. 미안하구나."

"사과하실 거 없어요."

"자경아."

"무리한 걸 요구하지 마세요. 저는 받은 만큼만 되돌려 줄 거니까요."

"……."

"그러게 왜 이것밖에 해주지 않으셨어요. 대체 왜요."

이 이상 대화를 이어가기 힘들다고 판단한 문태가 무거운 표정을 지은 채 자리에서 일어섰다. 깊게 내쉬는 한숨 안에는 이루지 못한 목적에 대한 아쉬움이 짙게 배어 있었다.

소득 없이 방을 나서는 이문태의 어깨가 아래로 축 늘어졌다. 섣부른 동정을 보내는 대신 자경은 결심을 되새기는 것으로써 다가올 앞날을 예견했다. 시작을 했으니 그 끝을 보는 것도 이문태가 감당해야 할 몫이었다.

그 후 시간이 조금 더 흘러 자경이 온전하게 신탁을 물려받게 되었을 즈음, 집으로 낯선 방문자가 찾아왔다.

검은색 블라우스에, 무릎까지 내려오는 스커트를 단정하게 차려입은 여자.

목덜미를 뒤덮던 거추장스러운 머리카락을 위로 틀어 올려 깔끔하게 묶은 백승혜의 얼굴은 전에 없이 당당해 보였다. 결심이 서린 눈빛이 마지막으로 향한 건 신지수였다.

인터폰이 울렸을 때 가장 먼저 달려가 문을 열어준 사람은 이해서였다. 그때 신지수는 먹기 좋게 자른 과일을 가지고서 막 거실로 걸어 나오던 참이었다.

　　"누군데 그래?"

　　"몰라. 나도 처음 보는 얼굴이야. 그냥 아빠 아는 분이래."

　　"남자?"

　　"아니, 여자분이시던데."

　　"……예의도 없이. 대체 얼마나 급한 일이기에 일요일 아침부터 남의 집 방문이람."

　　가볍게 어깨를 으쓱인 이해서가 모르겠다며 고개를 흔들자, 이내 혼잣말과도 같은 불만을 터뜨린 신지수가 입술 끝을 삐죽거렸다. 그러나 평온한 표정을 유지할 수 있었던 건 딱 거기까지였다.

　　열린 문을 통과해 백승혜가 집 안으로 들어섰을 무렵 신지수의 얼굴은 백지장처럼 하얗게 질렸다. 찰나에 가까운 짧은 순간이었지만, 서로의 얼굴을 확인하는 시점에서 신지수는 단박에 백승혜가 누구인지 알아차렸다.

　　"당신이 왜……."

　　무의식중에 아는 체를 했던 신지수가 이어 소스라치게 놀라며 중간에서 입을 닫아걸었다. 애초에 모를 거라고는 생각지 않았지만, 이어진 반응이 너무 적나라해 그냥 보고 있기가 아까울 정도였다.

　　변화무쌍하게 바뀌어가는 표정, 불안에 떠는 입술, 두려움이 깃든 신지수의 눈은 줄곧 승혜를 피해 다니기 바빴다.

　　반면에 방문한 손님을 맞이하기 위해 읽고 있던 신문까지 접어

탁자 위에 올려두었던 이문태는, 쉽사리 이해되지 않는 신지수의 과민반응에 어리둥절한 표정을 감추지 못하고 있었다.

영리하게도 백승혜는, 방문 목적을 밝히는 과정에 있어 신지수가 아닌 이문태의 이름을 언급함으로써 자연스럽게 신지수가 받을 충격의 강도를 높였다. 방심을 사게 할 목적이었다면 의도는 충분히 들어맞았다. 원래가 사람이란 건 예상치 못한 일에 직면했을 때 훨씬 더 당황하고 횡설수설하게 마련이었다.

"백승혜라고 해요."

짧은 소개 끝엔, 상대가 인사를 받을 만한 시간적 여유를 두지 않았다. 미처 대비할 틈도 없이 백승혜의 입에서 신지수를 기함시킬 이름이 흘러나왔다.

"신지수 씨, 임창완 씨를 아시죠?"

"네, 네……?"

"못 들었다니 다시 한 번 말할게요. 임창완 씨를 아냐고 물었어요."

돌리거나 에둘러 표현하지 않는, 직설적이다 못해 단도직입적인 백승혜의 질문에 대경실색한 신지수가 기어코 들고 있던 쟁반을 바닥으로 떨어뜨렸다. 떨어진 유리 쟁반은 곧 신지수의 발치 밑에 와서 산산이 부서졌다.

때맞춰 시끄러운 파열음이 귓가를 따갑게 때리고 지나갔다. 다만 자경에게는 이 모든 소음이 마치 아침을 일깨우는 절간의 풍경소리처럼 단조롭게 들렸다.

작은 것에 흔들리지 않을 정도로 마음은 단단하게 무장돼 있었다. 상대를 상처 입힐 준비는 이미 끝난 뒤였다.

"엄마! 괜찮아?"

"여보!"

놀란 이해서와 이문태가 거의 동시에 신지수에게로 달려가 안위를 살폈다. 바깥의 소란스러움을 감지한 탓인지, 놀이방에서 블록을 맞추며 놀고 있던 이신후와 그런 이신후를 흐뭇하게 지켜보고 있던 윤인숙도 부랴부랴 거실로 나왔다. 백승혜가 치밀하게 오늘을 준비했음을 설명해 오는 대목이었다.

출근을 하는 사람도, 등교를 하는 아이도 없는 한가로운 휴일 아침. 임창완을 제외한 이해 당사자들이 전부 한자리에 모였다.

애당초 백승혜가 당면한 문제를 유야무야 수습하려고 마음먹었다면, 당사자들 간에 긴밀히 연락을 취하는 것으로써 분란을 잠재우려 들었을 것이다. 예컨대 따로 어른들끼리만 자리를 마련한다거나, 최소한 문제를 해결해 나가는 과정이나 방법에 있어 아이들은 배제했을 테다. 그랬다면 적어도 이 자리에 이신후가 껴 있는 일은 일어나지 않았을지도 모른다.

그러나 백승혜의 선택에 이 모든 경우의 수는 배제돼 있었다. 들이닥치듯 이곳을 방문해 살얼음판과도 같은 분위기를 조성하기까지에 따른 일련의 행동들이 의미하는 바는 단 하나였다.

끝장을 보겠단 거겠지. 아마도 그럴 테다.

사실대로 얘기하자면, 백승혜에게 보냈던 편지 맨 위쪽에 구태여 집 주소를 적어 넣었던 건 일찍이 기대하는 바가 있어서였다.

서울시 서초구 서초대로 74길 OO.

부정할 수 없게도 백승혜를 부채질한 건 자경이었다. 이내 무기질로 변한 자경의 무감각한 눈이 물끄러미 신지수를 건너다보았다. 그때까지도 신지수는 혼란에 휩싸인 채로 충격에서 빠져나오지 못하고 있었다.

어지럽게 나뒹구는 과일과 깨진 유리 파편으로 엉망이 된 바닥은 처음부터 안중에도 없어 보였다. 호들갑스럽던 주변의 걱정에도 별다른 반응을 보이지 않던 신지수가 가까스로 이를 악문 뒤에야 사태 수습에 나섰다.

"괜찮아. 괜찮으니까, 너희들은 방에 들어가 있어."

"마저 이거부터 치우고. 발 좀 들어봐. 어디 다친 데는 없어?"

"엄마 말 못 들었어? 신후 데리고 들어가 있으랬잖아!"

"하지만……."

"얼른!"

조급함이 섞인 신지수의 목소리에는 미처 잠재우지 못한 불안감이 깃들어 있었다. 머뭇거리며 눈치를 살피던 이해서도 어쩔 수 없다는 표정으로 굽히고 있던 무릎을 바르게 폈다. 그러나 백승혜는 쉽게 이해서와 이신후가 자리를 뜨는 걸 허락지 않았다.

"걔들도 알아야 하지 않겠어요?"

"지, 지금 무슨 말을 하려는 건가요. 나가세요. 나가서 얘기해요."

고요하게 가라앉은 그녀의 얼굴은 참 많은 얘기를 해오고 있었다. 허둥지둥하며 사태를 수습하기에 바쁜 신지수와는 사뭇 대조적인 태도였다. 당당했고 한편으로는 거침이 없었다.

"이거 놔요."

바깥으로 잡아끄는 신지수의 손을 대차게 쳐낸 백승혜가 다시금 신지수와 시선을 마주하고 섰다. 한 번 세운 결심을 바꿀 생각이 없음을 피력하듯 줄곧 강경한 입장을 고수하고 있었다. 지지부진하게 시간은 끄는 대신 백승혜는 하던 말을 이어 나갔다.

"애들 이름이 이해서와 이신후라고 했던가요. 두 사람, 어려도 친아빠가 누군지 정도는 알 권리가 있지 않나요? 안 그런가요, 신지수 씨."

"친아빠라니…… 대관절 이게 다 무슨 소립니까?"

"사, 상대하지 말아요. 전부 말도 안 되는 헛소리예요!"

희게 질린 신지수를 대신해 말을 받아 이은 건 이문태였다. 그러자 기겁한 신지수가 이문태의 앞을 가로막으며 대화의 루트를 원천 봉쇄하고 나섰다.

"아니라고 할 건가요?"

"네, 아니에요."

찢어질 것처럼 높다란 고음이 좌중을 휘어잡았다. 모두의 시선이 신지수에게로 집중된 가운데, 이문태만은 잔뜩 인상을 쓴 채로 돌아가는 사태를 파악하기 위해 골머리를 앓고 있었다.

단순한 악담으로 치부하고 넘겨 버리기에는 내용 자체가 지나치게 악질적이었다. 단순하게 바람을 의심하는 선에서 그치지 않고, 백승혜는 그보다 더 본질적인 부분에서 의문을 제기해 오고 있었다. 이해서와 이신후의 친자 가능성에 대한 의심이라니.

사실상 문태의 입장에서는 별다른 이견을 제기할 수 없는 일이기도 하거니와 백승혜가 해오는 말들을 곧이곧대로 받아들이기에는 주장을 뒷받침할 수 있는 근거가 한참은 부족한 상황이었다.

단순한 흠집 내기식의 발언이란 결론에 이르렀을 즈음, 이문태의 마음은 헛소리라고 일갈하던 신지수의 주장 쪽으로 가파르게 기울어지기 시작했다. 그러나 이문태가 생각을 정리하는 동안에도 여전히 기싸움은 팽팽하게 이어지고 있었다.

"정말로 아닌가요?"

"몇 번을 말해야 알아듣겠어요. 아니에요. 아니라고 했잖아요. 그러니까 그만하고 나가세요. 나가지 않으면 경찰을 부르겠어요!"

"불러요."

"……."

"아님, 제가 직접 부를까요? 전 그래도 상관없어요."

삽시간에 꿀 먹은 벙어리가 된 신지수가 재차 입술을 잘근거렸다. 설마하니 백승혜가 이렇게까지 당당하게 나올 줄은 꿈에도 몰랐다는 듯이 아연실색한 표정을 지우지 못했다. 뒤늦게 명예훼손 운운하며 승기를 잡기엔 이미 분위기는 심상치 않은 방향을 향해 치닫고 있었다.

당장에 든 생각은 임창완에 대한 배신 여부였다. 임창완이 아니라면 알 수 없는 은밀한 비밀 이야기가 포함돼 있었기에.

조마조마한 감정이 극에 달해갈수록 신지수의 의심은 점차 확신으로 굳어졌다. 하지만 궁지에 몰렸단 걸 인지했을 때는 이미 위기에 봉착해 있었다. 어찌어찌 상황을 모면해 보려고 해도 돌파구가 보이지 않자 신지수의 초조함은 커져만 갔다.

그때까지도 백승혜는 자경이 위치해 있던 방향 쪽으로는 눈길 한 번 주지 않고 있었다. 마치 이번 일에 자경은 관여돼 있지 않다는 듯, 일면식이 없음을 강조라도 하듯, 줄곧 백승혜의 눈은 신지수를 향해 고정돼 있었다. 아마도 백승혜는 자경을 보호하고 싶었던 모양이다.

어쩌면 악에 받친 원망의 말을 퍼부어 올지도 모른다고 생각했다. 다시 만나게 됐을 땐 분명 감당하기 힘든 현실과 치열한 다툼을 벌인 뒤였을 테니까.

평온한 일상에 돌을 던져 파문을 불러일으킨 건 자경이었다. 지금의 백승혜는 황량한 전쟁터에 홀로 내던져져 있는 것 같은 아득한 기분을 맛보고 있을 테다. 맞서 싸워야 할 적이 있고 이뤄야 할 목표가 있기에 빈틈을 보이지 않는 것일 뿐, 사실은 괴로움 일색일 것이다.

그런데도 백승혜는 줄곧 자경을 배려하고 있었다. 그 마음을 모르지 않았기에, 백승혜의 배려가 참 따뜻하게 다가왔다.

흐트러짐을 찾아볼 수 없는 백승혜의 얼굴은 평균 이상으로 편안해 보였다. 기분에 따라 평정심을 잃지도 않았고, 감정에 좌우될 만큼 이성을 내려놓지도 않았다. 담담하게 모든 걸 받아들인 뒤로는 내도록 한 곳에만 관심을 집중하고 있었다. 이러한 백승혜의 태도는 곧 신지수의 불안 심리를 부채질하는 기폭제로 작용했다.

"……임창완 씨가 뭐라고 그랬는지는 모르겠지만, 다 거짓말이에요. 사실, 아니에요."

"이혼하기로 했어요. 그 사람과는 그러기로 결정했어요."

"……!"

"합의할 생각 없어요. 버티면 소송할 거예요."

소름 끼치는 정적이 가져온 건 잦아들던 불신의 증폭이었다. 더 이상 두고 볼 수 없는 상황이 돼서야 이문태가 나섰다.

"대체 지금 무슨 말을 하는 겁니까!"

"이거 아니요? 이문태 씨, 당신 아내가 제 남편에게 돈을 줬더군요."

"그게 무슨……."

"적은 돈도 아니에요. 자그마치 6천만 원이나 되니까요."

"설마하니…… 일전에 기획부동산 대출로 사기를 치고 달아났다던 사기꾼이 댁 남편이라도 된다는 겁니까?"

섣부른 추측이 가미된 이문태의 닦달에 백승혜가 자못 실망스럽다는 감정을 감추지 못했다. 주어진 상황에 따라 일희일비하는 게 사람이라지만, 이문태가 해온 얘기는 대화의 주제에서 한참은 벗어나 있었다.

무의식의 오류라고나 할까. 간혹 사람들은 스스로가 알고 있는 지식을 지나치게 맹신해, 그 뒤에 숨겨진 사실에는 관심을 두지 않을 때가 있었다. 이문태 역시 눈앞에 드러난 정황에만 치중한 나머지 중요한 단서들을 간과하고 있었다.

이해서와 이신후. 나아가 이문태의 이름까지, 백승혜는 줄곧 어느 누구도 알려주지 않았던 것들을 자연스럽게 입에 올리고 있었다. 이는 백승혜가 보다 많은 정보를 알고 있음을 의미하는 부분이기도 했다.

모르긴 몰라도, 자경이 알려줬던 얘기 그 이상의 것들을 알고 있을 가능성이 높았다. 처음부터 백승혜는 어림짐작이 아닌 하나의 확신을 가지고서 대화에 임하고 있었다.

"딱하군요."

"……?"

"이것부터 보세요. 보고 나서도 상황 파악이 안 된다면 그땐 어쩔 수 없지만요."

집 안으로 발을 디딜 당시 백승혜의 손에는 꽤 많은 종류의 서류 뭉치가 들려 있었다. 백승혜가 그중 하나를 가려내 이문태에게 내밀었다.

손써볼 사이도 없이 진행된 이야기에 충격을 받은 신지수는 온몸을 파들파들 떨고만 있었다. 윤인숙이 다가가서 부축했기에 망정이지, 아니었다면 제자리에 풀썩 주저앉고 말았을 것이다.

"보지 말아요!"

가까스로 짜낸 신지수의 목소리가 마지막에 가서 형편없이 갈라졌다. 그러나 신지수의 만류에도 불구하고 이문태는 받아 든 서류를 곧장 읽어 내려가기 시작했다.

"내 말 안 들려요? 읽지 말라고 했잖아요!"

이번에도 이문태는 침묵했다. 그러는 사이에도 눈은 점차 아래를 향해가고 있었다.

—송금인:신지수

송금액:5,000,000

송금인:신지수

송금액:20,000,000

송금인:신지수

송금액:5,000,000

송금인:신지수

송금액:10,000,000

송금인:이해서

송금액:20,000,000

신지수의 주장대로 투자 사기를 당했다고 가정할 시, 복사된 통장 사본에 찍힌 내용들은 별다를 게 없어 보였다. 그러나 마지막으로 송금된 날짜를 확인한 시점에서 이문태의 얼굴이 험악하게 일그러졌다.

12월 8일이면, 이미 집이 압류되고 난 지 이틀이나 더 지난 시점이었다. 게다가 송금인이 신지수가 아닌 이해서로 찍혀 있다는 건, 일부러 복잡하게 송금인을 따로 적어 넣지 않은 이상 두 사람 명의가 아닌 이해서의 통장에서 돈이 인출됐음을 의미했다. 풀어 설명하면, 그간 신지수가 이문태 몰래 딴 통장을 차고 있었단 얘기가 성립된다.

하지만 그전에 이문태는, 왜 신지수가 압류가 들어온 이후에도 사기꾼으로 추정되는 임창완에게 돈을 보냈는지에 대한 이유부터 먼저 따져 물어야 했다.

"이게…… 다 어떻게 된 일이야. 말해봐. 이 사본에 쓰인 것들이 뭔지 당신은 알 거 아냐."

"저기, 그러니까…… 저기, 그게…….”

"신지수!"

강한 부름이 이문태의 잇새를 통과해 신지수에게로 전달됐다.

"모, 모함, 이에요. 그래요, 이건 전부 저 여자가 절 모함하는 거예요."

"당신 말은, 백승혜란 여자가 앙심을 품고 일부러 서류를 조작하기라도 했단 거야?"

"그건⋯⋯."

"못 미더우면, 은행에 가서 확인시켜 드릴 수도 있어요."

잠시 잠깐 신지수가 대답을 주저하는 사이 백승혜로부터 짧은 덧붙임이 이어졌다. 그러나 사실을 있는 그대로 받아들이기에는 아직 이문태는 준비가 덜돼 있었다. 백승혜의 말을 외면하는 대신 이문태는 신지수의 의견을 더 듣고자 했다.

"내가 알고 싶은 건 진실이야. 저 사람 말은 안 들은 걸로, 못 들은 걸로 칠 테니까, 그러니까 당신이 말해. 어떻게 된 일인지 당신이 당신 입으로 직접 설명해 봐."

"지금 절 의심하면서, 저 여자 말을 믿는 건 아니죠?"

"당신이 못 믿게 행동을 하고 있잖아! 임창완이란 남자, 대체 당신과 어떤 관계야."

"어떻게 그런 말을⋯⋯. 당신한테 정말로 실망했어요."

날카로운 추궁에 쉽게 말을 잇지 못하던 신지수가 두서없이 횡설수설했다. 그러나 상황을 회피하는 것으로써 사태를 진정시키기엔 이미 너무 많은 얘기들이 오고 간 뒤였다. 적당한 때를 기다리고 있던 백승혜가 이윽고 준비해 온 두 번째 선물을 이문태에게로 내밀었다.

"다르게 말할게요. 이해서와 이신후는 이문태 씨가 아니라 제 남편의 자식들이에요."

"무슨⋯⋯?"

필사적인 변명을 입에 담고 있던 신지수가, 백승혜의 말에 화들짝 놀라며 이신후의 양쪽 귀를 틀어막았다. 그러나 방치돼 있던 이해서는 폭풍처럼 휘몰아 닥친 충격의 여파를 고스란히 감당해

내야만 했다.

"이해서와 이신후. 두 아이 모두 제 남편과 신지수 씨 사이에서 태어난 아이들이에요."

"흐읍!"

삽시간에 헛바람을 집어삼킨 이문태가 부들부들 손을 떨며, 거의 빼앗다시피 받아 든 종이를 한 장 한 장 넘기기 시작했다.

백승혜가 이문태에게 넘겨준 것은, 친자확인검사 결과가 담긴 서류였다. 이는 더없이 완벽한 외도의 흔적이자 부정의 증거였다.

"그리고…… 두 사람 최근까지도 만나오고 있었어요. 이문태 씨와 제 눈을 속여가면서요. 모텔 CCTV에 녹화돼 있던 걸 제 눈으로 확인했으니 틀림없는 사실이에요."

실상 알려진 것보다 신지수와 임창완의 인연은 깊었다. 입양되기 전까지 고아원에서 함께 생활했던 두 사람은, 성인이 된 후 우연찮게 만나 서로 간에 연락처를 주고받게 되었고, 이를 계기로 한 차례 끊어졌던 인연을 다시금 이어가게 됐다. 언제 몸을 섞었던 지와는 별개로 순수하게 알고 지낸 시간만 따지자면 이문태보다 오래되었다.

결국 얼마 지나지 않아 이문태의 동공이 더 이상 확장이 불가능할 정도로 커졌다. 아마도 당장엔 숨도 내쉬기 어려울 테고, 충격을 견디지 못한 심장은 터져 나갈 것처럼 제멋대로 쿵쾅거리기 바빴을 것이다.

그러나 대개의 사람이 그렇듯, 위기에 봉착하게 되면 자연스럽게 방어기제에 따른 회피 심리가 발동하게 된다. 그건 이문태라고 해서 다르지 않았다. 당장에 그는 작금에 처한 상황을 부정하기에 바빴다.

"마, 말도 안 돼. 부모인 우리가 허락하지 않았는데 유전자검사라니……. 백승혜 씨 당신이 우리 아이들 정보를 어떻게 가지고 있어서 검사를 했단 겁니까?"

"세상일이란 게 꼭 정해진 질서에 맞춰 돌아가지는 않는 법이니까요. 필요에 따라 때론 다른 방법을 강구하기도 해요. 이 점은 이미 이문태 씨도 잘 알고 있지 않았던가요?"

백승혜의 말이 끝나기 무섭게 이문태가 손에 들고 있던 종이를 와락 구겼다.

"이딴! 이딴 말도 안 되는 서류에 속아 넘어갈 정도로 백승혜 씨 당신 눈엔 내가, 이 이문태가 허술하게 보였을지 모르겠지만, 사람 잘못 보셨습니다. 게다가 친자확인검사라면 이미 예전에 결론이 난 바 있으니 왈가왈부할 주제조차 못 되는군요. 더는 이 일로 말을 섞고 싶지 않으니 억지로 끌어내기 전에 당장 이 집에서 나가세요. 지금 당장이요!"

재고할 가치도 없는 일이라며 딱 잘라 입장을 분명히 밝히면서도 이문태는 내내 흔들리는 시선을 바로잡지 못했다.

"검사에 사용된 샘플이 아이들 본인 거라고 확신을 하나요?"

"……!"

"정확히 해서 나쁠 건 없으니까요. 못 믿겠다면 따로 검사를 해보세요. 다른 사람 손에 맡기지 말고, 이번에는 이문태 씨가 직접이요."

무너진 틈새를 공략하는 건 의외로 어렵지 않은 일이었다. 이문태의 충격이 채 가시기도 전에 시기적절한 틈을 탄 백승혜가 약간의 단서를 덧붙이는 것으로써 상황을 절정으로 이끌었다.

"아니지? 사실 아니지, 엄마?"

혼돈에 휩싸인 이해서가 텅 빈 눈으로 신지수를 올려다봤다. 그러나 이해서가 원하는 대답은 끝내 되돌아오지 않았다.

"조만간 신지수 씨를 상대로 가정 파탄에 대한 책임을 물어 위자료 청구 소송을 걸 거예요."

"……!"

"이문태 씨 직업, 교사라고 알고 있어요. 사실이 알려진다면 계속 교직에 남아 있기 껄끄러우실 수도 있을 거예요. 부도덕한 일로 부인이 고소되면 아무래도 이제껏 쌓아온 도덕성에 흠집이 날 테니까요."

"……그래서요?"

분노를 억눌러 참은 이문태의 음성은 흡사 쇠를 긁을 때 나는 소리처럼 음울하고 소름 끼쳤다. 끔찍하고, 절망적이고, 참담한 심경이 목소리에 고스란히 녹아 나왔다.

"위자료 청구 소송, 신지수 씨를 상대로 제기하지 않을 수도 있어요."

"……원하는 게 뭡니까."

"간단해요. 신지수 씨에게 청구하려고 했던 금액만큼 이문태 씨가 대신 제게 줘요. 그러면 이혼과는 별개로 신지수 씨의 일은 덮고 넘어갈게요."

"제가, 백승혜 씨의 요구를 들어줄 거라고 생각하는 겁니까? 하! 틀렸습니다. 그런 일은 절대 없을 겁니다."

불쾌감이 서린 강한 어조. 조소가 거지반인 파한 웃음이 간간이

마른기침에 섞여 나왔다. 그리고 나서야 이문태가 주먹을 움켜쥐었다.

비교하자면 작은 계기 하나에도 폭발할 것같이 위험천만했던 이문태의 기운은 살기를 띠고 있었다. 살갗이 따끔따끔할 정도로 울분에 찬 이문태의 기세가 곧장 백승혜에게 압박을 가했다. 그러나 백승혜는 여전히 흐트러짐 없는 태도로 이문태를 상대했다.

"이 일을 저만 알고 넘어갈 생각이었다면, 오늘 이 자리에 있지도 않았을 거예요. 제가 당한 일, 제가 겪은 고충, 세상 사람 전부가 알게 만들 수도 있어요. 별로 어렵지 않아요. 클릭 한 번이면 되는 일이니까요. 그래도 대답엔 변함이 없나요?"

일찍이 자경이 알려준 매뉴얼에 따라 백승혜는 착실히 뜻한 바를 관철시켜 나가고 있었다. 아니, 백승혜가 하고 있는 방식은 자경이 언질을 줬던 것보다 훨씬 더 치밀하고 세부적으로 짜여 있다.

감탄이 터져 나올 정도의 철두철미한 준비성에 깊은 호응이라도 해주고 싶은 심정이었으나, 아직은 자경이 나설 때가 아니었다.

시선을 옆쪽으로 힐끔거리자, 망연자실한 표정을 한 신지수가 눈에 들어왔다. 그 옆으로 이해서와 윤인숙이 입을 꾹 다물고 있었다. 그사이 이신후는 타일러 방으로 들여보낸 듯 자리에 없었다. 잠시 후 백승혜로부터 쐐기를 박는 말이 흘러나왔다.

"연세도 있으시고 작년에 교무부장을 지내기도 하셨으니 곧 교감 승진도 하실 테죠. 근데 어쩌죠? 전 제 의견이 받아들여지지 않는 이상 이대로 물러날 생각이 없거든요."

"……."

"피차간에 시간 낭비할 필요가 없을 거란 생각에서 한 제안인데 마음에 안 드셨다면 어쩔 수 없고요. 하고 싶은 말은 다 했으니 그만 일어나 볼게요."

"생각을, 생각을 정리할 시간이 필요합니다. 얼마간 말미를 주세요. 부탁드립니다."

내내 고압적인 자세로 일관하던 이문태가 결국 마지막에 가서야 완전히 무너져 버렸다. 생에 다시없을 굴욕을 맛본 사람의 표정이 저러할까. 처참하게 우그러진 얼굴 너머엔 형언키 힘든 절망과 좌절감이 뿌리 깊이 박혀 있었다.

"정리되면 연락하세요. 전화번호는 여기 두고 갈게요. 하지만 너무 늦진 않길 바랄게요."

자존심만 앞세워, 백승혜가 해온 제안을 거부하기엔 지불해야 할 대가가 너무 컸다. 두 번, 세 번, 반복해 약점만을 중점적으로 공략해 오는 백승혜와 맞서 버틴다는 건 사실상 불가능한 일이었다.

세상이 무너진 얼굴을 한 이문태가 두 눈을 질끈 감았다. 그러나 까마득하게 피어오르는 노기를 주체하기에는 노여움이 너무 컸다. 잔뜩 경직된 이문태의 어깨는 어느덧 격한 떨림에 휩싸여 있었다.

"흑. 이게 다 뭐야……."

상황을 견디다 못한 이해서가 더는 참을 수 없었던지 와락 눈물을 터뜨렸다. 그사이를 틈타 옆을 스쳐 지나치던 백승혜가 자경의 손에 쪽지 하나를 쥐어주었다. 워낙 순식간에 벌어진 일이라 다행히 눈치를 챈 사람은 아무도 없었다.

백승혜가 사라지고 난 뒤로 대화는 한동안 단절됐다. 싸늘하게 바뀐 공기층만큼이나 분위기는 전에 없이 무거웠다. 하지만 이제와 신지수가 어떤 변명을 늘어놓는다 하더라도 결과가 바뀌는 일은 없을 것이다.

제때 반박의 말을 입에 담지 못하게 된 시점에서부터, 백승혜가 해오는 얘기들은 모두 사실로써 받아들여졌다. 이 점이 이문태를 더욱더 못 견디게 만들었다.

"여, 여보."

"건드리지 마! 내게, 손대지 마."

조심스러운 신지수의 부름은 사나운 고함이 되어 부메랑처럼 되돌아왔다. 감고 있던 눈을 번뜩이며 치켜떴을 땐, 눈자위 밑으로 푸른빛이 돌 정도로 이문태의 안광은 흉흉해져 있었다.

이문태의 기세에 눌린 신지수가 무의식중에 걸음을 뒤로 물렸다. 그러자 그가 입술 끝을 사납게 비틀었다. 수가 틀린 이문태에게 이성은 남아 있지 않았다.

"이신후! 이신후! 이신후 어디 갔어!"

"부, 부르셨어요?"

떠밀리듯 제 방으로 돌아간 이후로도 내내 불안에 떨고 있던 이신후가, 이문태의 고함 소리에 놀라 달음박질치며 거실로 뛰어나왔다.

"이리 와."

"왜, 왜 이래, 아빠. 아빠, 나 아파."

막무가내로 손목부터 잡아 붙드는 이문태의 손에는 항거할 수 없는 강한 악력이 실려 있었다. 어린아이가 견뎌내기에는 가혹할 정도로 거센 힘이었다.

대번에 새파랗게 질린 이신후의 입에서 고통스러운 신음이 토해졌다. 그러나 여느 때와는 다르게 이문태는 조금도 사정을 봐주지 않았다.

"가만있지 못해!"

"아빠……."

"앞장서. 그리고 해서 너도 따라 나와!"

돌아가는 상황이 심상치 않음을 본능적으로 느낀 이신후가 잔뜩 위축된 상태로 불안에 떨었다. 붙들린 손목은 이미 피가 통하지 않아 피부색이 하얗게 변색돼 있었다. 사태를 진정시키려고 나선 건 이번 일의 원흉인 신지수였다.

"그만두지 못해요! 지금 애들 데리고 뭐 하자는 거예요. 화가 났으면 저한테 화풀이를 해요. 아무 상관도 없는 애들을 왜 잡고 그래요!"

"아무 상관이 없다고? 그 말, 후회 안 하지?"

"……문태 씨."

"난 당신한테 더 들을 말 없어. 그러니까 당신은 여기서 기다려."

"문태 씨, 제발요……. 제발 흥분부터 가라앉히고 말해요."

"이 길로 병원에 갈 거야."

차갑게 내뱉은 이문태의 말에 신지수의 몸이 휘청했다. 더 이상 비밀을 숨길 수 없음을 예감한 탓이다. 신지수에게서 심경에 변화가 감지된 건 바로 그때였다.

한사코 매달리며 절절매던 신지수가 태도를 달리해 쏘아보는 시선으로 이문태를 응시했다. 이어 잔뜩 뒤틀린 음성이 그 뒤를 따랐다.

"그래서 절 버리기라도 할 건가요? 겨우 이런 일로요? 아뇨, 당신은 그렇게 못 해요."

"겨우? 당신한텐 이게 겨우야? 이게…… 겨우라고?"

이즈음 자경은 잠시간 뒤로 빠져 자리를 비웠다. 방에서 필요한 걸 챙겨 다시 거실로 나왔을 땐 흥분 상태에서 서로 간 헐뜯느라 바빠 보였다.

"절 비난해 오기 전에 문태 씨 당신 행동부터 돌아봐요. 결혼을 제가 하자고 매달렸나요? 그렇지 않잖아요. 이혼을 할 테니까 기다려 달라고 사정한 건 당신이 먼저였어요."

"그건!"

"생각해 봐요. 애들 때문에 날 붙잡은 건 아니었잖아요. 그러니까 이번 한 번만 눈 딱 감고 넘어가 줘요. 제가 더 잘할게요. 당신한테도, 또 애들한테도요."

철썩.

"엄마!"

붙들고 있던 이신후의 손목을 팽개침과 동시에 이문태의 거친 손이 신지수에게로 날아들었다. 순간 주변에서는 비명이 솟구쳤고, 떠밀리듯 신지수가 바닥 위로 쓰러졌다. 추악한 진실 폭로전은 결국 폭력으로 이어졌다.

위화감이 아닌 기시감을 느꼈던 건 자경에게도 이 같은 상황이 낯설지 않게 다가왔기 때문이었다. 끝까지 성인군자 노릇을 하고 있기엔, 이문태가 지닌 습성은 이기적이고 천박하기 이를 데가 없었다.

"어떻게 이래. 아빠가 어떻게 우리한테 이래요!"

"버르장머리 없이! 어디서 어른들 하는 일에 참견하고 나서!"

"아빠!"

"아빠? 누가 네 아빠야?"

단칼에 자른 문태의 말은 돌이킬 수 없는 사태를 예고하고 있었다.

관계의 단절.

가족을 구분 짓던 경계선은 어느새 철책 선이 되어 소중하다고 믿었던 이들을 상처 입히기 시작했다. 지금의 이문태는 스스로의 괴로움을 돌보는 것에만 급급할 뿐, 주변을 돌아볼 여력 같은 건 조금도 없는 사람처럼 굴고 있었다.

"왜, 왜 이래…… 아빤…… 아빤 이런 사람 아니었잖아. 내가 아는 아빤 이런 사람 아니었잖아."

백승혜가 판을 벌려놓고 떠난 무대는 완벽하게 절정을 향해 치닫고 있었다. 충격과 경악을 넘어, 혼비백산한 이해서가 마치 혼절이라도 할 것 같은 얼굴로 또다시 울음을 터뜨렸다.

일을 도모하기에 가장 적당한 때. 시기가 왔음을 감지한 자경이 마침내 준비해 두었던 마지막 카드를 꺼냈다. 자경의 시선이 향한 곳은 망부석처럼 굳어 있던 윤인숙이었다.

행여 불똥이라도 튈까 봐 몸을 사린 윤인숙은 줄곧 침묵으로써 사태를 일관하고 있었다. 어쩌면 지금의 이문태를 있게 만든 장본인은 윤인숙일지도. 문득 그런 생각을 해봤다.

"할머니는 왜 아무 말씀이 없으신가요?"

갑작스럽게 말을 붙여오는 자경의 질문에 화들짝 놀란 모습을 보였던 윤인숙이 이내 껄끄러운 눈길을 보내왔다. 함께한 세월이 길어서일까. 이해서와 이문태뿐만 아니라, 윤인숙과 이문태 역시 피 한 방울 섞이지 않는 남이라고 보기엔 여러모로 성향 자체가 닮아 있었다. 일전에 느꼈던 기분 나쁜 감정이 되살아났다. 그래서 더 심술궂게 중얼거리고 말았다.

"대답해 보세요. 할머니 친딸이 저렇게 힘들어하고 있는데, 왜 아버지 뒤에 숨어 자리만 지키고 있는 건지, 제가 지금 묻고 있잖아요."

"허억!"

대경실색한 윤인숙이 반사적으로 스스로의 입을 틀어막았다. 그렇지 않음 금방이라도 새된 비명이 터져 나올까 봐 두려웠던 탓이다.

창졸간, 소모적인 언쟁으로 목소리를 높이고 있던 이문태의 고개가 빠른 속도로 자경을 향했다.

"대체 그게 무슨 소리야!"

자경은 일부러 뜸을 들여가며 시간을 지체했다. 그러자 성급함이 가미된 이문태의 높다란 음성이 또 한 번 뒤를 이었다.

"무슨 소린지 어서 얘길 해보라니까!"

"화를 낼 게 아니라 부탁을 하세요. 저한텐 그러셔야 해요."

"……그, 그래, 미안하다. 내가 너무 흥분해서."

속았다는 것에 분개해 길길이 날뛰는 것은 다른 사람 앞에서 하는 것만으로도 충분했다. 결국에는 그의 어리석음이 오늘의 사태를 있게 만드는 데 크게 일조한 셈이었으니까. 그러니 이문태가 피해자 역할을 자처하고 나서는 것은 여러모로 이치에 맞지 않는 일이기도 했다.

서로의 위치가 다름을 상기시킨 자경이 적정선의 예의를 갖춰 달라 요구하자, 그제야 이문태가 목소리를 낮췄다. 승기를 잡았다고 여긴 순간, 자경의 입에서 이번 일과 관련한 좀 더 자세한 설명이 흘러나왔다.

"들은 그대로예요. 신지수 씨는, 아니, 새어머니는, 할머니가 할아버지와 재혼하기 전 미혼모 상태에서 낳은 딸이에요. 이게 그 증거고요. 유전자검사, 하는 김에 할머니와 새어머니 것까지 해보세요. 재미있는 결과가 나올 테니까요."

자경이 신지수를 부를 때의 호칭은 대부분 늘 한정돼 있었다.

저기요.

사실상 자경이 먼저 말을 거는 경우도 드물어서 이조차 생략될 때가 많았다. 간혹가다 주고받는 얘기들도 대체적으로 네, 아니요, 수준의 짤막한 단답형의 대답이 전부였다.

한집에 살면서도 투명인간처럼 서로가 서로를 없는 사람 취급했다. 그런데도 굳이 이 자리에서 새어머니 운운했던 건, 사실관계를 확실히 해둠으로써 논점을 부각시키고 이로 말미암아 이문태가 받게 될 충격의 폭을 넓히고자 함이었다.

자경이 내민 상자를 받아 든 뒤에도 이문태는 한참 동안 정상적인 사고를 하지 못했다. 그런 후에야 문태의 시선이 자경을 벗어나 천천히 윤인숙에게로 옮겨갔다.

"어머니……?"

"……."

"아니죠? 이거 사실 아니죠?"

"……"

"그러지 말고 대답 좀 해보세요. 아니라고, 거짓말이라고, 한 말씀만 해주세요! 어려운 거 아니잖아요. 어머니, 네? 어머니, 어머니! 제발요. 제발 말씀을 해보란 말입니다!"

입술을 달싹이던 윤인숙은 끝내 말을 잇지 못했다. 대신 시선을 발끝으로 떨구는 것으로써 입장 표명을 대신했다. 그때서야 자경은 오랜 세월 가슴에 품어오기만 했던 말을 바깥으로 끄집어낼 수 있었다.

"아버지가 속았어요."

"……!"

"다시 말해줘요? 아버지가 속으신 거예요. 검사엔 처음부터 제 머리카락이 사용됐어요. 이해서의 것이 아닌 제 것이요. 중간에서 할머니가 도움을 준 거죠."

"그, 그럴 수가……"

"어떤가요. 믿었던 사람에게 철저하게 배신당한 기분이요. 화가 나는가요? 아님 고통스럽기라도 한가요?"

자경의 입가로 떠오른 건 작은 미소였다. 흐리멍덩하게 초점이 풀린 이문태의 눈은 내도록 자경의 입가에서 떠날 줄을 몰랐다. 뒤늦게 정신을 차린 이문태가 풀리지 않은 의문 하나를 캐물어올 때까지도 자경은 미소를 지우지 않고 있었다.

"하나만, 하나만 더 물으마. 너는. 자경이 너는, 이 엄청난 사실들을 사전에 미리 알고 있으면서도, 지금껏 모른 체해왔던 게냐? 그런 거라면…… 그런 거라면……"

"어떨 것 같아요? 아버지 생각을 먼저 한 번 말해보세요."

"자경아……."

"애초에 남 탓할 거 없어요. 자승자박이라고, 아버지의 욕심이 모든 걸 망쳐 놨어요. 눈을 감고 귀를 막고, 제 말은 들으려고도 하지 않으셨잖아요. 정말이지 아무것도."

"난……."

"사랑에 눈이 멀어 거짓 놀음에 동참한 건 아버지 선택이었어요. 시작도 끝도 아버지가 자초한 거예요. 그래서 이제는 물을 수 있을 것 같아요. 어때요. 지금이라면 엄마한테 사과할 마음이 조금쯤은 드나요?"

차오르기 시작한 숨을 바깥으로 내보냈을 무렵, 감전이라도 된 것처럼 온몸이 짜릿짜릿하게 변해 있었다.

열두 살. 사실을 알았을 때만 하더라도 이 순간이 오기까지의 기다림이 너무 멀게만 느껴졌었다. 한없이 더디고 지루해, 가끔은 오지 않을까 걱정이 되기도 했었다. 지친 마음을 끝끝내 다독이지 못해 주어진 현실에 안주하게 될까 봐 두렵기도 했고, 이문태보다 더 상처 입은 스스로를 발견하게 될까 봐 무섭기도 했다.

그러나 이 모든 걸 극복해 냈을 때 자경은 그토록 바라 마지않았던 결과를 직접 눈으로 확인해 볼 수 있는 기회를 얻게 되었다. 시선의 끝엔 철저하게 무너지고 있는 이문태가 자리해 있었다.

"아파해서 다행이에요. 어쩌면 아파하지 않을 수도 있을 거라고 생각했거든요."

때때로 당신은 후회란 걸 알지 못하는 괴물처럼 행동하기도 했으니까.

지닌 감정을 숨기지도 않고, 기쁜 내색을 감추지도 않았다. 속으로 칼을 갈며 때를 기다려 온 만큼, 보답의 순간을 충분히 즐기기로 했다.

"복수를…… 하는 거로구나."

"포기해야 할 것에 욕심을 낸 대가로 분에 넘칠 정도로 많은 걸 가져봤잖아요. 그럼 이제 내려놓으셨을 때도 됐어요. 원래 아버지가 누려야 할 것들이 아니었어요."

한껏 위로 끌어 올려진 입술과 반달처럼 휘어진 눈은 투명하고 균질해, 마치 유기질처럼 반들거리기까지 했다. 거기에 이문태에 대한 염려나 걱정은 조금도 들어 있지 않았다.

이제 아버지도 불행해져 봐요. 자경의 찬 시선이 이렇게 외치고 있었다. 정임의 희생과 눈물 위에 쌓아 올린 이문태의 행복이 허물어지듯 붕괴되는 순간이었다.

가슴을 움켜쥔 채로 거친 호흡을 내뱉던 이문태가 심한 어지럼증을 이기지 못해 다리를 비틀댔다. 근처에 위치해 있던 소파로 체중을 옮겨 싣지 않았다면 제대로 서 있기조차 어려웠을 테다. 그 순간 바닥에 쓰러져 있던 신지수가 악에 받친 악다구니를 쓰며 자경에게로 달려들었다.

"은혜를 원수로 갚아도 유분수지! 기껏 먹여주고 재워줬더니 뒤로는 이런 짓을 벌여? 감히, 감히 네까짓 게!"

빠르게 날아드는 신지수의 손을 자경이 공중에서 낚아챘다.

"언제까지 당하고만 있을 거라고 생각하면 오산이에요."

"너!"

"이게 끝인 것 같죠?"

"이 손 놓지 못해!"

예기치 못한 자경의 반격에 당황한 신지수가 길길이 날뛰며 잡힌 손을 빼내려고 안간힘을 썼다. 그럴수록 자경은 더 악착같이 손에 힘을 주었다. 이 이상 신지수의 악행과 부당함을 참아줄 생각이 없었다.

"끝 아니에요."

"……!"

"그러니까 지켜보세요. 제가 어디까지 할 수 있는지는 저도 모르니까요."

때맞춰 신지수의 몸을 밀치는 손길이 있었다. 보호하듯 자경의 앞을 가로막아 온 사람은 우습게도 이문태였다.

"그만두지 못 해! 뭘 잘했다고 애한테 손찌검을 하려 들어! 사과해. 당장 사과하지 못해!"

"당신 정말……."

"자경인 당신이 함부로 대해도 되는 사람이 아냐!"

희비가 교차하는 순간, 시간이 멈춘 것처럼 장면이 느릿하게 흘러가기 시작했다.

"지금…… 당신 말 다 했어요? 그럼 해서는요? 우리 신후는요!"

"알게 뭐야. 그딴 자식들. 내 씨도 아니라는데 내가 왜 신경을 써야 해."

한 귀로 듣기에도 이문태의 음성은 싸늘했다. 있던 정마저 떨어져 나갈 만큼 냉랭했다. 결국 신지수의 비난이 빗발치듯이 이문태를 향했다.

"지긋지긋해요. 이런 문태 씨 태도. 이제 와 당신 혼자 깨끗한 척하면 다예요? 일이 이렇게 된 건 당신 책임이 더 커요."

"그 입 다물지 못해! 당신이야말로 이런 말을 입에 올릴 자격이나 있는 사람이야?"

이문태의 다그침에 신지수가 힐난 어린 시선으로 맞대응했다.

"해서가 언제 생겼는지 아나요? 문태 씨가 말을 바꿔 아직은 때가 아니니 더 참고 기다려 달란 얘길 해왔을 때였어요. 아내가 임신을 했다고, 저와 자고 난 다음 날 아침에 당신이 그 말을 해왔어요. 위로를 받을 데가 필요했어요."

"그걸 말이라고……. 해서는 그렇다 쳐. 그럼 신후는. 당신이란 사람에게 신의란 게 있긴 해?"

"절 놓지 못한다던 당신, 그러면서도 여정임 그 여자에 대한 책임감도 저버리지 못했어요. 조금만 더 기다려 달라고. 언제부터인가 늘 그 말뿐이었어요. 그래서예요. 적어도 그 사람은 제가 원하기만 한다면 당장에라도 이혼을 하고 달려와 준다고 했으니까요."

"그건 이유가 안 돼."

파국을 향해 치닫기 시작한 관계는 곧 끝을 내다보고 있었다. 걷잡을 수 없이 악화된 관계를 예전처럼 이어 붙인다는 건 적어도 지금 당장은 불가능한 일이었다. 신지수라 하여 이 같은 사실을 모를 리 없었다.

마지막을 각오하고 있어서일까. 신지수로부터 예상치 못한 발언이 이어진 건 바로 그때였다.

"……사실을 알고 싶나요? 그전에, 우리가 처음 만났던 게 정말로 우연이라고 생각하나요?"

자경조차 처음 듣는 얘기에 이문태는 물론 윤인숙의 얼굴까지 핼쑥하게 변했다. 두통에 시달리고 있던 윤인숙이 기어코 정신을 놓고 쓰러졌다.

뜻밖이라고 느낀 건 이다음에 보인 신지수의 행보 때문이었다. 지체 없이 달려가 쓰러진 윤인숙의 안위를 살피고도 남음 직한 상황 속에서 왜인지 그쪽은 본체만체한 신지수가 내처 했던 말을 빠른 속도로 번복해 나가기 시작했다. 당장은 의외란 생각밖에 들지 않았다.

하지만 이발지시(已發之矢) 복배지수(覆杯之水)라고, 한 번 쏜 화살은 중도에 거둬들이기 어렵고 엎지른 물은 주워 담기 힘든 법이다. 이처럼 말이란 건 쉽게 뱉을 수 있는 것과는 달리, 일단 한 번 입 밖으로 내보내고 나면 수습하기가 대단히 어렵고 난해했다. 만약 이 말이 거짓이었다면, 신지수는 최악의 선택을 한 셈이다.

"아니, 아니에요. 전부 거짓말이에요. 그냥 말이 헛나왔을 뿐이에요. 못 들은 걸로 해줘요."

"가까이 오지 마. 당신이란 여자 끔찍하고 역겨우니까. 대체 얼마나 날 우롱해야 당신 직성이 풀리겠어."

"제발 오해하지 말아줘요. 날 함부로 대하는 당신이 너무 미워서, 그래서 그런 거예요. 사실, 아니에요. 아니에요, 문태 씨."

진실 여부는 가려지지 않았지만 그래도 한 가지만은 확실했다. 방금 이문태는 쉽사리 회복하기 힘든 충격을 받았다. 이 순간 이문태는 완벽하게 혼자였다.

그리고…… 모든 것을 잃어버린 뒤에야 남자는 죄의식 가득한 눈으로 자경을 바라봐 왔다. 매달릴 곳은 이제 하나밖에 남아 있지 않다는 듯, 안타까움이 맺힌 망막 너머엔 짙은 후회가 들어 있었다.

"자경아."

자경은 이문태의 부름에 대답하지 않았다. 무슨 말을 해올지 아는 까닭이다.

자책과 좌절감이 뒤범벅된 이문태의 눈은 소중한 것을 상처 입힌데 따른 죄책감을 안고 있었다. 돌이킬 수 없음을 알기에 더 미칠 것같고, 바로잡을 기회조차 남아 있지 않음을 모르지 않았기에 더없이 간절해지는 시간. 이제 와 절실히 원한다 해도 가질 수 없는 그런것들에 대한 통한과 회한이 이문태의 어깨를 무겁게 짓눌렀다.

초상집을 방불케 할 만큼 집안의 분위기는 어두웠다. 내내 울고있던 이해서와 간헐적으로 딸꾹질을 할 만큼 두려움에 휩싸여 있던 이신후. 기절한 윤인숙을 흔들어 깨우는 손길은 비탄에 젖어있었다.

다만, 모두가 불행한 가운데서 자경만은 웃고 있었다. 시고 맵고 떫었던 과일은 마지막 한입을 남겨두고서야 슈거파우더보다도달콤하게 느껴졌다.

그래서 이자경은 행복한가?

대답은 불행하지 않다였다. 그렇지만 곧 행복해질 수도 있을 것이다. 그런 믿음을 얻기 위해 오늘을 기다린 거니까.

다행이다.

그 사람들이 울고, '내'가 웃고 있어서.

제16장

Stand Alone 2

—우리 만나야 하잖아요. 적힌 번호로 연락 줘요.

백승혜로부터 넘겨받았던 쪽지를 펼쳐 본 건 사건이 있고 난 지 나흘이 지나서였다. 정신이 없었단 핑계로 잊고 지냈던 건 아니었 고, 계속 망설여졌기 때문이다.

어떤 변명을 댄다 하더라도, 혹은 어떤 이유를 갖다 붙인다 하 더라도, 백승혜의 일상을 깨부수고 조각내는 데 일조했단 사실은 사라지지 않는다.

따지자면 이번 일에 백승혜를 끌어들임으로써 가장 많은 이득 을 본 사람이 있다면 그건 단연코 자경이었다. 그래서 생각 끝에 더 이상 비겁해져선 안 된다는 결론에 이르렀고, 늦었지만 쪽지를 펴보게 된 것이다.

시선을 아래로 내리자, 본문에 해당되는 짧고 간략한 내용 밑으로 백승혜의 휴대번호로 추정되는 숫자 열한 자리가 적혀 있었다. 만남을 제안해 오는 백승혜의 요구를 거절한다는 건 사실상 불가능한 일이었다.

피하지 말고, 얼굴을 보고 사과하자. 어렵고 힘들어도 그게 맞는 거니까. 이건 자경이 백승혜를 위해 할 수 있는 최소한의 예의이자 도리이기도 했다. 결심이 서자 행동으로 옮기는 건 쉬웠다.

카페 슈가론.

늦지 않게 도착해 백승혜를 기다리고 있던 자경이, 입구 쪽에서 걸어 들어오던 낯익은 인영을 발견한 직후 벌떡 자리에서 일어났다. 무의식중에 말아 쥔 손 안쪽으로 눅눅한 땀의 흔적이 묻어났다. 다행히 백승혜의 얼굴은 비교적 홀가분해 보였다.

"앉아요."

백승혜를 처음 봤을 땐 화장기를 찾아볼 수 없는 맨 얼굴을 하고 있었다. 반면에 가장 최근에 만났을 땐 다소 짙어 보일 정도의 두꺼운 화장을 하고 있었다. 그래서 감정이나 표정 변화를 읽어내기가 어려웠고, 무슨 생각을 하고 있는지 또 어떤 기분을 느끼고 있는지에 대한 총괄적인 평을 내리기도 쉽지 않았다.

당시 백승혜는 마치 가면을 뒤집어쓰고 있는 것처럼, 주변의 말이나 행동에 일체 반응하지 않고 뜻한 바를 펼쳐 나갔다. 약간의 흔들림조차 감지해 내지 못했을 정도로 내도록 평정심을 유지하고 있었다.

때문에 내심 생각하기로, 자경은 오늘 이 자리에도 백승혜가 그

때처럼 화장을 하고 나오지 않을까 예상했었다. 그러나 자경의 예상은 보기 좋게 빗나갔다.

스킨과 로션이 전부일 게 분명한 백승혜의 민낯은 그 어느 때보다 화사하고 편해 보였다. 그래서인지 긴장감이 한결 누그러들었다.

일상의 여느 때처럼 아무렇지 않게 의자에 착석한 백승혜가 곧 커피를 시켰고, 따로 자경의 몫으로 따뜻한 홍차를 주문했다. 잔잔한 음악이 깔리는 가운데 서로가 서로의 눈을 바로 보았다.

"고마워요."

"미안해요."

동시에 나온 말이었다. 하지만 두 사람의 얘기는 같은 듯 다른 맥락을 띠고 있었다. 놀라움에 두 눈을 홉뜬 자경이 잠시 잠깐 말문을 잊은 사이, 백승혜로부터 쐐기를 박는 발언이 또 한 번 흘러나왔다.

"진심으로 하는 말이에요. 고마워요, 자경 양."

처음엔 의심을 했다가, 나중엔 의문에 사로잡혔다. 드러난 결과를 떠나 결심에 이르기까지의 과정에서 백승혜는 분명 심한 내적 갈등과 정신적인 고통을 겪어야 했을 테다.

그런데도 원망의 기색은 단 한 자락도 비추지 않고 단호한 목소리로 고맙다고 해오는 백승혜의 말은, 선뜻 이해하고 받아들이기 힘든 범주에 놓여 있었다. 원치 않은 일이었다고 변명하기엔, 분명 자경은 하나의 의도를 가지고서 백승혜에게 접근했었다.

"……제가 밉지 않으신가요?"

"아니었다면 거짓말이고…… 아주 잠깐은 그랬어요."

"그런데 왜……."

숨기려 했지만 그럼에도 막을 수 없었던 날카로운 아픔이 백승혜의 눈앞을 스치고 지나갔다. 웃는데, 우는 것 같아 보였다. 그러나 이때도 백승혜에게선 후회의 흔적은 찾아볼 수 없었다. 이어진 말도 무척이나 담담한 투였다.

"사실을 알았을 땐 심적으로 너무 괴로워 견딜 수가 없었어요. 여태 해왔던 노력들이 일순간에 부정당하는 기분이었으니까요. 임창완이란 남자, 도박을 좋아하긴 했지만 그래도 나쁜 사람은 아니었거든요. 바보처럼…… 스스로를 속이면서까지 그렇게 믿고 싶었어요. 사실은 아닌데. 그 사람이 참 나쁜 사람이란 걸 아는데, 애 아빠니까, 그래도 내 남편이니까 좋은 점만 보자고 수차례 다짐했어요."

"왜…… 마음을 바꿨는지 이유를 물어봐도 되나요."

한 번 정한 결정을 중도에서 바꾼다는 게 결코 쉽지 않단 걸 일찍이 경험해 보았기에 할 수 있는 질문이었다.

받아들이기에 따라 다소 맹랑하게 들릴 수도 있었던 자경의 말에 백승혜가 긍정을 담아 짧게 고개를 끄덕여 왔다. 백승혜는 한참은 어른인 입장에 위치해 있으면서도 대화 내내 자경을 동등한 한 사람의 인격체로서 대우해 주고 있었다.

"처음엔 미칠 것 같이 화도 났고 잠도 오지 않았어요. 하지만 막상 이혼을 떠올렸을 땐 아이가 걸렸어요. 참자고 했어요. 나만 참으면 된다고. 그런데 시간이 지날수록 참아지지가 않았어요. 이렇게는 못살겠다. 나중엔 그 생각뿐이더라고요. 그때 내 아이가, 석운이가 다가와서 그러더라고요. 또 아빠 때문이야? 엄만 왜 그렇게 살아. 이 말을 듣는 순간, 나도 모르게 속에 담아둔 말들을 꺼내놓기 시작했어요. 하나도 남김 없이 전부 다요."

부단히 애를 쓴 보람도 없이 무던하게 이끌어오던 이야기는 대화 중반부에 이르러 조금씩 목소리가 갈라지고 격앙되기 시작했다. 그러나 백승혜의 말속엔 남의 탓은 조금도 들어 있지 않았다. 잠자코 백승혜가 해오던 얘길 전해 듣고 있던 자경의 심장도 어느덧 쿵쾅거리고 있었다.

"자경 양이 준 편지를 아들에게 보여줬어요. 그땐 누구라도 좋으니 기댈 만한 의지처가 필요했어요. 못나게도 젊어진 짐이 너무 무거워 그 짐을 아이와 나누고자 했어요. 그런데…… 편지를 보고 난 뒤 그 애가 결심에 찬 목소리로 말해오더군요. 이건 기회라고. 엄마와 내가 행복해질 수 있는 마지막 기회. 그때서야 내가 석운이에게 무슨 짓을 해왔는지 알게 됐어요. 아이를 위한다고 했지만 사실은 절 위하고 있었던 거예요. 내 불행을 모른 척하는 사이 내 아이가 불행해지고 있었어요. 그 앤 고작 열일곱이었어요. 그런데도 나보다 더 어른스러운 눈을 하고 있었어요. 내가, 내가 그렇게 만든 거였어요."

속에 담아두었던 말을 모두 꺼내놓은 백승혜가 두 손으로 얼굴을 가렸다. 아마도 흘러내리기 시작한 눈물을 보이기 싫었던 것 같다.

백승혜는 먹고사는 게 힘들어 결혼을 하고서도 몇 년간은 아이를 가질 생각조차 하지 못했다고 한다. 또 연애를 할 당시에는 보이지 않았던 단점들이 결혼을 하고 보니 속았다는 생각이 들 정도로 사람이 달라 보였다고도 했다.

호탕한 성격만큼이나 사람들과 어울리길 좋아했던 임창완은 한탕주의에 젖어 생계는 나 몰라라 뒷전이었고, 손에 푼돈만 쥐었다 하면 하우스가 차려진 도박장을 기웃거리기 일쑤였다. 단칸방이라도 벗어나자는 생각에 아끼고 아꼈지만 백승혜 혼자서 아등바등한다고 해서 나아질 형편이 아니었다.

그리고 그 기간에 임창완은 신지수와 관계해 둘 사이에서 혼외 자식인 이해서를 두게 되었다. 하지만 일탈은 거기서 그치지 않았고, 임석운이 세상의 빛을 본 뒤에도 몰염치하게 불륜 행각을 지속해 오다 결국에는 이신후까지 태어나게 만들었다.

잘못 끼운 첫 단추처럼 처음부터 잘못된 선택이었다. 이기적인 천성에서 비롯된 안일함이 화를 자초했다.

사람들의 눈을 피해 세상을 속였을는지는 모르겠지만, 단속하지 못했던 입방정이 결국 일을 그르치게 만들었다. 모두에게 상처만 남긴 채 얼기설기 엮어 있던 관계는 마침내 파국으로 끝이 났다.

불같이 타올랐던 사랑은 한시적이었다. 그 기억을 잊지 못해 잘못된 길인 줄 알면서도 계속 걸어왔다며, 이제라도 바로잡을 수 있어 다행이라며 백승혜는 흐느낌을 멈추지 못했다. 백승혜에 대한 자경의 미안함이 진짜였듯, 자경을 향한 백승혜의 고마움 또한 거짓이 아니었다.

"못난 모습 보여서 미안해요. 이런 말을 하려고 자경 양을 부른 건 아니었는데……."

"못난 모습이라뇨. 절대로 그렇지 않아요. 저, 그런 생각 조금도 안 해봤어요."

서툰 자경의 위로에 한참을 울먹이던 백승혜가 그제야 작게 웃어 보였다. 다른 말 없이 테이블 위에 놓여 있던 티슈를 몇 장 빼내 백승혜에게로 내밀었다. 백승혜는 거절하지 않고 자경이 내민 호의를 받아들였다.

이 사람은, 참 강한 사람이구나.

짠 물기로 엉망이 된 얼굴을 닦아내는 백승혜의 손은 가느다랗게 떨리고 있었다. 유약해 보일 정도로 여린 몸은 안쓰러워 보여야 정상인데도, 왜인지 이상하리만치 이런 백승혜가 강해 보였다.

돌연 스치듯 백승혜의 얼굴 위로 정임의 모습이 떠올랐다 사라졌다.

이문태가 아니라, 딸인 자경이나 그녀 스스로를 위해 살 수는 없었을까. 부질없는 생각인 줄 알면서도 잠시 잠깐 그런 생각을 해봤다. 그래서 자경은 백승혜 씨가 더 이상 울지 않았으면 했다.

한 번 안아볼 수 있을까. 그랬으면 좋겠다. 문득 이러한 마음을 품게 됐을 때, 감정을 추스른 백승혜가 잔뜩 가라앉은 목소리로 본론을 꺼내왔다.

"내가 자경 양을 왜 보자고 했는지 짐작 가는 거라도 있나요?"

"사실은 잘 모르겠어요."

좌우로 고개를 젓자, 반대로 백승혜의 고개는 위아래로 끄덕여졌다. 이미 자경이 해올 대답을 예상하고 있었단 의미였다.

"실은 한 가지 마음에 걸리는 게 있어서 자경 양을 보자고 한 거예요. 일전에 석운이에게 자경 양 편지를 보여줬을 때, 석운이가 이상한 말을 해오더군요."

"이상한 말이라면…… 어떤 거 말인가요?"

조심스러운 투로 되묻는 동안 신경은 잔뜩 곤두서 있었다. 숨겨진 진실을 꿰뚫기라도 하듯, 정면에서 바라봐 오는 백승혜의 시선은 시간이 지날수록 자경의 마음을 초조하게 만들었다. 그럼에도 아니겠지 했던 건, 그렇지 않아도 심경이 복잡했을 백승혜가 설마 하니 여기까지 신경을 써오리라고는 미처 예상치 못해서였다. 그러나 뒤이은 백승혜의 말에 자경은 입을 꾹 다물어야만 했다.

"석운인 자경 양이 알려준 방법들이 지나치게 세세하다는 지적을 해왔어요. 마치 오래전부터 계획해 두었던 것처럼 말이에요. 아닌가요?"

"……."

"돌려 말하지 않을게요. 전에 이문태 씨에게 제 요구가 받아들여지지 않을 경우를 대비해 자경 양이 편지로 알려줬던 대처법들, 그거 아직 유효한 게 맞죠? 단순한 협박용이 아니라 이대로 모든 걸 폭로해 버릴 생각을 하고 있는 거죠?"

예상치 못한 부분에서 허를 찔린 뒤론 단숨에 머릿속이 엉망으로 헝클어져 버렸다. 그러나 두서없이 뒤엉킨 정보들 중에서도, 또렷하게 떠오르는 구절이 있었다.

─거절을 입에 담으면, 고발이나 고소를 한다고 하시면 됩니다.

교육청보다는 인터넷에 올린다고 하는 게 여러모로 더 효과적일 겁니다.

토씨하나 틀리지 않고 편지의 내용을 기억하고 있던 자경은 이 순간 차마 아니라고 부정하지 못했다. 왜냐하면 그건 명백한 거짓말이니까. 백승혜의 말처럼 인터넷 운운했던 건 이미 예전부터 염두에 두고 있던 사안이 맞았다.

삶이 고단해 가끔은 주저앉고 싶을 때도 있었지만, 이따금 이런저런 상상들을 해가며 힘든 시기를 버텼다. 더러는 어떻게 하면 가장 효과적인 방법으로 이문태를 몰락시킬 수 있을지에 대해 고심하는 것으로 하룻밤을 지새운 적도 있었다. 당시 자경의 마음은 오래된 유리창처럼, 닦아도 닦아도 깨끗해지지 않는 유막이 잔뜩 껴 있었으니까.

그래서 모든 것이 끝났다고 믿는 이때, 자경은 더 철저하게 이문태의 모든 것을 빼앗을 계획을 세우고 있었다. 일을 공론화시키는 건 백승혜의 말처럼 클릭 한 번이면 가능한 일이었다.

지금의 이문태는 자그마한 충격에도 와르르 무너져 내릴 정도로 약해질 대로 약해져 있었다. 때문에 이 시기를 놓쳐서는 안 된다는 위기의식이 팽배해져 있었다.

하지만 이 같은 속마음을 백승혜에게, 아니, 임석운에게 들킬 거라고는 생각지 않았었다. 그랬기에 당황한 기색을 숨기지 못했다. 하지만 시간이 조금 더 흐른 후에는 내부에서부터 치열한 반발심이 생겨났다. 그래서 묻지 않을 수 없었다.

"……그럼 안 되는 건가요?"

"상황을 눈감아주기로 한 대신 이문태 씨에게 돈을 받기로 했지만, 사실 그 돈 꼭 받지 않아도 돼요."

"그게, 무슨 말인가요……?"

"자경 양이 원한다면, 정말로 그러길 바란다면, 어른인 내가 대신해 줄게요."

"아!"

부지불식간에 옅은 탄식이 입 밖으로 새어 나왔다. 백승혜의 말은, 그녀가 받아야 합당한 대가를 포기하면서까지 자경을 돕겠단 뜻을 내포하고 있었다. 가만히 귀를 기울이고 있자면 심장의 울림이 너무 커 귓가가 따가울 정도였다.

"하지만 그전에 한 번 더 선택에 대한 생각을 재고해 줬으면 해요."

"어째서인가요."

"자경 양, 자경 양은 최고의 복수가 뭐라고 생각하나요?"

"최고의 복수……."

"그래요. 최고의 복수요. 그건 죄를 지은 당사자에게 평생 씻을 수 없는 죄책감을 남겨주는 거예요. 용서하지 않을 거란 걸, 용서받을 수 없을 거란 걸 지속적으로 상기시켜 주는 거예요. 하지만 자경 양. 그보다 중요한 건 스스로를 망가뜨리지 않고 지켜내는 거예요. 자경 양이 행복해지지 않으면 복수는 완성될 수 없어요."

모든 걸 제 손으로 끝낼 필요는 없다, 원망할 대상을 남겨두는 것도 나쁘지 않다, 말해오는 백승혜의 얘기엔 지난 세월에 대한 연륜이 묻어 있었다. 그건 자경에게 하는 제안임과 동시에 백승혜 본인에게 하는 맹세이기도 했다.

"생각해 봐요. 이문태 씨가 완벽하게 폐인이 돼서 자경 양이 얻는 게 뭔가요? 잊은 것 같아 하는 말이지만, 우리나라엔 부모에 대한 부양의무란 게 있어요. 때론 완벽하게 끝을 보는 것보다 적당한 선에서 멈추고 거리를 두고 지켜보는 게 더 나은 복수일 수도 있어요. 형벌이란 건, 시간이 지날수록 더 깊게 새겨지는 법이니까요."

그저 그런 충고와는 다른, 형식적인 것과도 거리가 먼, 진심이었기에 더 값지게 들리는 얘기들은 자경에게 와 하나의 의미가 되었다. 백승혜의 말처럼 괜찮아졌다고 믿다가도, 문득문득 그렇지 않을 때가 있을 것이다.

분명한 건 자경은 십 년, 이십 년이 지난다 하더라도 이문태를 용서하지 못할 거란 사실이었다.

하지만 이문태는 어떨까.

모든 걸 잃은 다음, 그것으로 전부 용서를 받았다고 믿게 되는 상황이 온다면, 그것만큼 소름 끼치고 끔찍한 게 또 있을까. 순간 근원을 알 수 없는 통증이 가슴께를 짓누르듯 압박해 왔다.

"숨 쉬어요. 숨 쉬어요, 자경 양!"

다급하게 이어진 백승혜의 목소리를 듣고서야 자경은 자신이 호흡을 멈추고 있다는 사실을 겨우 깨달았다. 곧이어 자리에서 일어난 백승혜가 빠르게 걸어와 자경이 앉아 있던 방향 쪽으로 접근했다.

이내 가만히 와 닿는 등 뒤의 감촉. 진정하라며 토닥여 오는 백승혜의 손길은 몹시도 따사로웠다.

"괜찮아요. 다 괜찮아질 거예요."

타오르는 것처럼 눈시울이 뜨겁게 붉어졌다. 이윽고 참지 못한 눈물이 봇물 터지듯 흘러나왔다. 그제야 여기가 끝임을 인정하고 받아들일 수 있었다.

더하면 자경이 다친다. 숨겨진 이문태의 이야기를 낱낱이 공개한다는 건 자경 역시도 감수해야 할 것이 많음을 의미했다.

흐르는 눈물을 감출 길이 없던 자경이 연신 손등으로 눈가를 닦아냈다. 그러나 아무리 노력해도 흐릿하게 변한 시야는 그대로였다.

결국 파고들다시피 백승혜의 품에 안착한 자경이 어깨를 들썩이기 시작했다. 오래 참아왔던 만큼 눈물은 쉽게 그치지 않았다.

그러나 충분히 울고 난 다음에는 신기하리만큼 머릿속이 깨끗하게 비워져 있었다. 비로소 자경은 가슴 한 켠에 묵직하게 쌓아 두었던 미련의 대부분을 내려놓을 수가 있었다.

❖

졸업식 이틀 전 날까지도 집안 분위기는 어수선했다. 밤늦은 시간까지 고성이 오갔고, 사나운 말들로 서로를 할퀴고 비난하기 바빴다.

최근은 압류 건으로 의견이 분분했다. 사전에 압류 예고장이 날아왔을 텐데도 끝까지 입을 닫아걸고 있었던 신지수의 행태를 비꼬아 이문태가 이죽거리면, 신지수가 길길이 날뛰며 절대로 그런 적이 없다며 항변하는 식이었다.

하지만 그래 봤자 이미 유체동산은 압류가 끝나 경매에까지 붙여진 뒤였다. 사실 경매에 참가해 낙찰을 받을지도 모르겠단 예상을 하기도 했었는데, 의외로 이문태는 그 일에서 손을 놓고 있었다. 그 탓에 가전이며 가구 할 것 없이 세간이 빠져 버린 집 안은 썰렁할 정도로 한기가 돌고 있었다. 아마 집도 포기할 생각인 듯했다.

엊그제 한참을 주저하던 이문태가 얘기해 오길, 퇴직금을 담보로 대출받은 돈의 절반 정도는 백승혜에게 건네고, 나머지 여윳돈으로는 전세든 반전세든 따로 집을 얻어 나갈 거라고 했다.

직접적으로 말해오진 않았지만 내심 자경도 그때 함께 나갔으면 하는 뉘앙스를 풍기고 있었다. 성격상 당장 짐을 싸고도 남았을 이문태가 여태 이 집에서 버티고 있는 것도 모두 이 때문이었다. 하지만 자경이 문태의 바람을 들어주는 일은 결코 일어나지 않을 것이다.

스무 살.

이문태는 잊고 있는 것 같았지만, 자경은 더 이상 보살핌을 필요로 할 정도로 어리지 않았다. 실상 원하던 대학의 합격 통지서를 받은 뒤로는 내도록 느긋한 마음이었다. 이는 백승혜와의 만남을 통해 깨달은 바가 컸기 때문일 수도 있었다.

반면에 일찌감치 재수를 결정했던 이해서는 오늘도 방 안에 틀어박혀 방문을 걸어 잠근 채 두문분출하고 있었다. 값비싼 학원비를 자랑하던 대치동 학원가의 스타 강사 밑에서 공부하길 바랐던 이해서의 바람도 기약 없이 미뤄진 상태였다. 그간 부족함 없이 생활해 왔던 이해서의 삶은 완전히 뒤집어진 뒤였다.

이문태는 함께 밥을 먹는 자리에서조차 이해서를 바라보지 않았다. 그저 자경의 눈치만 살피며 반찬 하나라도 더 챙겨주지 못해 전전긍긍해했다. 알게 모르게 이해서는 이런 이문태의 태도에 안팎으로 상처를 받는 눈치였다.

죽고 못 살 정도 살가웠던 부녀 사이가 한순간에 철천지원수보다도 못하게 변했다. 다정히 아끼며 키워온 정을 쉽게 무시하기 힘들 텐데도 한결같이 싸늘한 시선을 거두지 않았단 건, 아마도 애정이 아니라 마음이 식은 탓이 가장 컸을 테다.

거의 막바지에 접어들던 식사 시간이 엉망이 된 건, 불현듯 자리를 박차고 일어난 이문태 때문이었다.

거센 힘의 압력을 이기지 못하고 떠밀린 의자가 뒤로 넘어가자 곧 듣기 싫은 마찰음을 냈다. 때 아닌 소란에 젓가락질을 멈춘 자경이 시선을 문태 쪽으로 옮겼다.

"그 남자지. 그 남자가 맞지!"

경악에 찬 눈. 삿대질을 하며 신지수를 가리킨 이문태의 손이 덜덜 떨리고 있었다. 하지만 상황 설명을 제대로 해오지 않은 탓에 남은 사람들은 어리둥절한 마음을 감추지 못했다. 그간의 반복된 말싸움에서 지쳐 있던 신지수에게서 이내 신경질적인 반응이 날아들었다.

"왜 이래요. 그 남자라니. 또 무슨 꼬투리를 잡으려고 이래요."

"처음 식당에서 우리가 만난 날, 당신과 말다툼을 벌이고 있던 남자. 그 남자가 사실은 애들 친부였던 거 아냐? 술에 취한 취객이 아니라 사실은 다 알고서 접근을 한 거고, 그래서 지난번에 우연 운운하며 날 떠봤던 거잖아! 그렇지? 내 말이 맞지?"

"……!"

"말해! 지금 내가 묻고 있잖아."

끓어오른 흥분을 주체하지 못한 이문태가 거세게 식탁을 내려쳤다. 달그락거린 식기들 틈에서 기어코 반찬 국물이 쏟아졌다. 콩가루도 이런 콩가루 집안이 또 있을까. 다들 어찌나 하나같이 이기적인지, 지켜보고 있자면 정신이 다 피폐해지는 기분이었다. 정신 건강을 위해서도 이 집에 오래 머무르는 건 못 할 짓 같았다.

"새, 생사람 잡지 말아요!"

"그래? 좋아. 그럼 백승혜란 여자를 통해 임창완이란 남자를 한 번 만나보지. 내가 기억하는 그 남자는 손등에 뚜렷한 흉터를 가지고 있었으니까."

"그, 그렇게까지 할 필요가 뭐가 있어요. 당사자인 제가 아니라잖아요."

"맞구나."

다급하게 만류하는 신지수의 행동은 보다 많은 것들을 설명해 오고 있었다.

어쩌면 긍정의 말로써 해오는 직접적인 확인 사살보다 이 편이 이문태에게는 정신적인 충격으로 다가왔을는지도 모른다. 이를 갈며 신지수를 쏘아보는 형상이 마치 야차를 닮아 있었다.

"여보……."

"으…… 으흑. 으허억. 용서 못 해! 당신이란 여자 절대로 용서 못 해!"

사나운 이문태의 울부짖음이 주방을 가득 채웠다.

우습게도 이문태에 대한 신지수의 시작점은 호의가 아니었나 보다. 아니, 어쩌면 악의에 가까운 감정이었을는지도.

임창완까지 동원해 작정하고 이문태에게 접근했을 당시엔 낳자마자 버리고 간 윤인숙에 대한 미움이 더 컸던 것 같다. 후에 헤어짐의 대가로 이중익이 제시해 온 5천만 원을 거리낌 없이 건네받을 수 있었던 것도 다 이러한 감정의 연장선상이었을 확률이 높았다.

그리고 이로써 한 가지는 명확해졌다. 살을 오래 섞고 산 지금은 다를지 몰라도, 적어도 이신후를 임신했을 당시만 하더라도 신지수의 마음은 이문태에게로 완전히 기울어져 있지 않았다.

아이러니하게도 이신후를 낳은 직후 신지수는 자궁에 문제가 생겨 아이를 가질 수 없는 몸이 됐다. 이기심이 불러온 어리석음의 말로는 이처럼 비참했다.

실체가 없는 감정에 눈이 멀어 헤맬 동안 정작 사랑받아야 할 사람은 병들어갔다.

이별이 점점 더 가까워져 오고 있음을 느꼈다.

이 이상 버티며 타개책을 찾기에는 무리란 판단을 내려서일까. 졸업식을 하루 앞두고서야 신지수가 자취를 감췄다. 사라진 인원은 총 세 명으로 신지수를 포함한 이해서와 이신후였다.

이 사실을 알았을 때 윤인숙은 가장 먼저 현실을 부정했다. 아닐 거라고, 그럴 리 없을 거라고, 신지수가 그녀만 버려두고 떠났을 리 없을 거라며 연신 몸을 떨어댔다. 하지만 신지수에 이어 이해서의 휴대폰까지 꺼져 있단 걸 확인한 이후엔 마치 넋이 나간 사람처럼 바닥에 주저앉아 모진 눈물을 퍼내기만 했다.

늙고 힘없는 윤인숙까지 책임지기에는 아무래도 심적인 부담이 됐던 모양이었다. 한 번 버렸던 딸을 윤리에 위배하면서까지 품안으로 거뒀지만, 결국엔 버림받는 것으로써 관계는 끝이 났다. 이혼을 강행하려던 이문태에게 있어서도 이번 일은 비보나 다름없는 소식이었다.

그리고 신기하게도 이 순간, 자경의 머릿속엔 지난 시간 백승혜가 해왔던 말들이 떠올랐다.

"우리나라엔 부모에 대한 부양의무란 게 있어요."

피를 나누진 않았지만 서류상으로 이문태와 윤인숙은 분명 가족 관계로 명시돼 있었다. 드러난 결과야 윤인숙이 남고 신지수가 떠났단 거지만, 이로 인해 이문태의 입장은 더없이 곤란해지고 말았다. 하지만 두 사람이 어떤 선택을 할지에 대해서는 별로 궁금하지 않았다. 어떤 길을 택하든지 마음은 지옥일 테니까.

❖

겨울의 한가운데, 2월의 추위는 그 어느 때보다 사납게 기승을 부렸다. 그러더니 기어코 졸업식이 행해지는 날은 세찬 눈발이 날렸다.

삼 년 내도록 입었던 지겨운 교복 대신, 두툼한 외투로 단단하게 앞을 여민 학생들이 강당에 섰다. 성인으로 첫발을 내딛는 시작점이라 다들 한껏 멋을 낼 시기이긴 했지만, 그럼에도 시린 겨울바람의 위세를 이기기엔 역부족이었던 것 같다.

졸업식이 진행되는 동안에도 강당 안은 제법 시끌벅적했다. 훌쩍이며 눈물을 보이는 이가 있는가 하면, 반대로 해실거리며 웃는 아이들도 부지기수였다. 하지만 그곳에서 자경이 보고 싶었던 건 단 한 사람뿐이었다. 그러나 볼 수 없게 돼버린 사람. 오지 않을 걸 알면서도 눈은 내도록 계승서의 그림자를 좇았다.

그래도 언젠가는 꼭 다시 만날 테니까. 어디에 있든지 찾아와

준다고 했으니까. 그런 믿음을 재확인하는 것으로써 자경이 뒤돌아섰다.

졸업식을 끝내고 나와 자경이 향한 곳은 집이 아니었다. 이문태는 알지 못하는, 대학가 쪽에 위치해 있던 작지만 깨끗한 원룸이 자경을 반겼다. 혼자 발품을 팔고, 혼자 계약까지 한, 마침내 혼자서 살게 될 집.

문을 여는 순간 새로운 홀로서기가 시작되었다.

제7장

늄과 빛

일상은 유속 없는 강처럼 잔잔하게 흘러갔다. 적당하게 주변과 어울리고, 별거 아닌 주제로 말을 섞고, 이따금씩 아무렇지 않게 웃기도 했다.

혼자 겉돌던 게 언제였냐는 듯 평범한 시간의 연속이었다. 이렇게 편했던 때가 또 있었을까. 새삼 의문이 들었을 만큼 모든 것이 제자리를 잡아가고 있었다.

하지만 처음 대학에 입학했을 당시만 하더라도 자경은 잔뜩 가시를 세운 고슴도치마냥 주변을 경계하기에 바빴다. 몸에 밴 습관처럼, 떨쳐 버리지 못한 버릇처럼, 일정한 선을 그어둔 채 스스로를 드러내 보이길 꺼려했다.

때때로 기감이 발달한 사람들은 이런 자경을 향해, 눈에 보이지 않는 벽과 마주하고 있는 것 같단 얘기를 해오기도 했다. 나름의 완곡한 표현이었지만, 다가갈 여지를 주지 않는 것에 대한 불평이자 투정이었다.

아니라 했지만, 자경은 상처받을 것에 대비해 만남에서부터 미리 한발을 빼고 있었다. 사적인 일에는 의식적으로 깊게 관여하지 않으려 했고, 일정 범위 내에서만 교류를 이어가려고 했다.

우습게도 자경을 머뭇거리게 하고, 멈칫거리게 만든 건 가져보지 못한 것에 대한 두려움이었다. 켜켜이 쌓여 적재된 기억 속을 한참 동안 헤집어봐도 이처럼 많은 관심을 받아본 건 일찍이 없던 일이었다. 그래서 조금은 무서웠던 것 같다. 그런데 그때마다 포기하지 않고 자경을 무리로 이끄는 손길이 있었다.

"가보고 분위기가 영 아니다 싶으면 그땐 빠져도 터치 안 할 테니까, 일단 참석만 해. 불편하게 안 해. 약속한다니까. 동기 좋다는 게 뭐야. 알았지? 이자경?"

투박했지만 다정했고, 막무가내였지만 그 안에는 분명한 배려가 들어 있었다. 괜한 참견과는 다른, 오히려 순수한 호의에 가까웠기에 닫아걸고 있던 마음의 문고리도 차츰 헐겁게 풀어졌다.

시간은 참 신기하게도 평생 아물 것 같지 않았던 상처의 흔적을 조금씩 지워내 갔다. 포화를 이룰 만큼 가득 들어차 있던 원한의 대부분을 덜어낸 뒤론 협소했던 마음에도 어느덧 다른 걸 받아들일 만한 여유 공간이 생겨났다. 그러자 놀랍게도 생활은 다채로운 색을 띠기 시작했다.

그간엔 강박관념처럼 줄곧 모든 걸 혼자서 해결해야 한다는 생각이 은연중에 의식 밑바탕으로 짙게 깔려 있었다면, 세상과의 소통에 주안점을 둔 이후엔 사고하는 방식에서부터 많은 변화가 생겼다.

생각해 보면 인간관계란 건 지극히 상호작용적이어서, 기본적으로 주고받는 것에 있어 인색하게 굴면 결국에는 발전이 없게 마련이었다. 대상은 하나로 획일화돼 있지 않고, 수많은 관계 역시 유동적이었다. 모두가 이문태나 신지수 같지 않단 결론에 이르렀을 무렵, 문득 눈앞으로는 계승서의 얼굴이 그려졌다.

여정임에 앞서 계승서가 먼저 생각난 건, 단순하게 이분법적인 논리로 설명할 수 있는 부분은 아니었다. 그럼에도 빗대 말하자면, 정임을 떠올리면 아직까지 슬픔이 컸지만, 계승서는 그렇지가 않았다.

자경이 추억하는 계승서는 늘 그녀 자신의 행복과 맞닿아 있었다. 나직하게 이름을 불러보는 것조차 숨이 막히고 가슴이 떨린다. 정체된 것에서부터 벗어나 앞으로 나아갈 수 있는 원동력이 되고 지표가 되어준 건 계승서와 함께했던 지난 시간들이었다.

날이 갈수록 편견은 곧 조각난 편린처럼 변해 유실되었다. 할 수 있는 것만큼 도움을 주고, 도움을 받을 일이 생길 땐 굳이 거절하지 않았다. 스스로를 한계까지 내모는 데에는 이미 이력이 나 있었지만, 지금에 와 그럴 필요가 없어졌음을 스스로가 납득했기 때문이었다.

모난 데 없이 구니 자연스럽게 대인 관계도 돈독해졌다. 쌓여가는 친분만큼 주변에 아는 사람도 늘어났다. 어렵기만 했던 선배님 소리도 한결 수월하게 입 밖으로 나왔고, 친근감을 담아 이자경하고 불러오는 부름에도 더 이상 흠칫거리지 않게 됐다.

그즈음 자경은 계승서가 없는 하루하루에도 익숙해져 가고 있었다. 유일한 안식처이자 일탈의 경계점이기도 했던 계승서의 빈자리를 메운 건 의외로 바빠진 나날이었다.

얽히듯 팔짱을 낀 채로, 무리 지어 여기저기를 돌아다니다 보면 더러는 하루해가 짧게 느껴질 때도 있었다. 주변에 폐를 끼치지 않는 선에서 웃고 떠들기를 반복하며, 가끔은 커피숍에 앉아 타인의 고민을 들어주는 역할을 하기도 했다.

사실 익숙지 않은 일에 어떻게 맞장구를 쳐줘야 할지 몰라 쩔쩔맨 적도 여러 차례나 됐다. 그러다 보니 낮 시간대는 혼자 있는 것보다 혼자가 아닐 때가 더 많았다.

오래전에 누렸어야 했던 것들을 뒤늦게 누리는 동안, 그간에 잊고 지냈던 감정들이 하나둘 되살아나기 시작했다. 실상 혼자서 속으로만 삭인 기간이 너무 길어서일까. 신중함을 넘어 때때로 자경은 나이에 걸맞지 않게 세상을 다 산 노인의 눈을 하고 있을 때가 있었다.

부득불 어린 티를 감추고서 억지로라도 어른이 되어야 했던 자경. 건너뛴 단계를 하나둘 되밟아가면 마치 미지의 세계에 발을 들인 것처럼 신기한 기분에 젖어들기도 했다.

연락하기 불편하단 주변의 서툰 투정에 휴대폰을 사기로 결정하고, 짤막하게 주고받던 메시지는 뒤로 갈수록 길이가 길어졌다. 더 시간이 흘러 시시때때 울려대는 휴대폰의 벨소리마저 낯설지 않은 일상으로 받아들이기까지 자경은 보통의 또래처럼 주어진 환경에 적응해 나갔다.

거부감이 들 정도로 모든 것이 설면설면했던 것은 입학 후 얼마간뿐이었다. 한 해, 두 해 날짜가 지날수록 결여돼 있던 사회성은 점차로 평균에 가깝게 회복되었다. 장난치듯 뒤쪽에서 어깨를 툭 건드려 올라 쳐도 놀라는 일이 드물 정도였다.

때로는 여럿이 어울려 도서관에서 밤을 지새우기도 하고, 그러다 시험이 끝나는 날에 맞춰 기분이랍시고 술을 진탕 마셔보기도 했다. 입술이 얼얼할 정도로 썼던 술이 적당하게 취기에 오르면 가끔은 달게 느껴질 때도 있었다.

그럴 때면 감정은 마치 커다란 너울처럼 변해, 잠재돼 있던 의식의 끈을 삽시간에 풀어헤치곤 했다.

미처 막을 새도 없이, 제멋대로 휘둘린단 생각을 가질 틈도 없이, 스스로도 인지하지 못하는 사이 익숙한 이름 하나를 노랫말처럼 흥얼거리기에 바빴다. 입에 단 안주보다 계승서의 이름 하나가 흥취를 돋게 만들었다.

'어디 있어. 언제 와. 보고 싶어, 계승서. 계승서, 진짜 보고 싶다, 계승서, 계승서……'

처음에는 곤혹스러워하다, 나중에는 다들 그러려니 하는 분위기였다. 아마도 실패한 첫사랑을 잊지 못한 자경이 술기운을 빌려 주정이라도 한다고 생각한 모양이었다. 이런 까닭에 다음 날 술이 깼을 땐 심심찮게 핀잔 어린 구박의 말을 전해 듣기도 했다.

사정이 이렇다 보니 간혹 가다 계승서를 여자나 울리는 나쁜 놈으로 오해해 올 때가 있었다. 화들짝 놀라며 그렇지 않다고 손사래를 쳐도 믿어주는 건 그때뿐이었다. 왜인지 술만 먹었다 하면 입버릇처럼 계승서를 찾곤 했으니까. 그래서 그 후로는 되도록 술은 입에 대지 않게 됐다.

생각해 보면 자경은 단 한 번도 계승서를 향해 다정하게 '승서야'라고 불러본 적이 없었다. 늘 딱딱하게 성을 붙여 부르곤 했다. 하지만 그건 계승서라고 해서 입장이 다르지 않았다.

참 요령이 없었구나, 우리 둘은.

이제 와 이런 것들이 섭섭하게 다가올 정도로 자경은 때때로 계승서가 미칠 듯이 그리웠다. 괜찮아졌다고, 더 참을 수 있다고 자신하다가도 어느 한순간 기억은 진폭되어 과거의 빛났던 시간으로 자경을 인도했다.

계승서, 승서야.

낯간지러운 단어를 입에 담은 것도 아닌데, 평범하게 속으로 한 번 되뇌어봤을 뿐인데도 문득 쑥스러움에 열기가 목덜미를 타고 올랐다. 이대로 둬도 괜찮을까 싶을 정도로 좋아하는 마음이 점점 더 커지기만 해서 곤란해지는 요즘이었지만, 그렇다고 해서 흘러가는 마음을 억지로 붙들어둘 생각은 없었다.

더 좋아해 달라고 했으니까. 지금도, 앞으로도 계속 좋아해 달라고 했으니까. 기다림이 괴롭지 않은 건 언젠가는 분명 만난다는 확신이 있어서였다. 그래서 오늘은 무너졌지만, 내일이면 또 참고 견뎌질 것이다.

승서야.

소리 내 부르기도 아까운 이름. 반응하듯 심장의 떨림이 조금씩 거세지고 있었다.

✥

전경련 대표였던 계호균이 미국으로 출국한 건 표면적으로 뉴욕에서 개최되는 국제 경제인 포럼에 참석하기 위해서였다. 그러나 드러난 것 이면으로, 정해진 일정을 소화해 내는 데 있어 가장 크게 비중을 둔 건 계승서와의 만남이었다.

마지막으로 독대했을 당시에 보였던 계승서의 태도가 줄곧 마음에 걸린 탓도 있었지만, 의외의 부탁을 전해 받아서이기도 했다.

그 어린 녀석이, 거래를 하자 했었지.

배경만 믿고 천지 분간 못 하고 날뛰는 망둥이 같은 손자들에 비해 계승서는 나이답지 않게 한결 어른스러운 면모를 갖추고 있었다.

뜻하지 않는 일로 말미암아 의외의 곳에서 숨기고 있던 일면을 엿보았다고나 할까. 첫째에 비해 그릇이 크질 않았던 계정문과는 다르게, 손자인 계승서는 꽤나 기질이 대범했다. 놀랍게도 대화가 이어지는 내내 계승서는 단 한 번도 호균의 눈빛을 피하지 않았었다.

처음부터 끝까지, 계승서의 시선은 줄곧 호균이 자리해 있던 정면을 향하고 있었다. 시종일관 흔들림 없는 담담한 눈빛이었다. 흡사 정치계의 닳고 닳은 이들을 마주 대하고 있는 느낌이 이러할까. 사업가적인 시각에서 봐도 탐이 나는 눈빛이었다. 지난 일을 회상하는 호균의 얼굴 위로 약간의 균열이 생겼다.

"고얀 놈."

언뜻 듣기에 따라 노기가 깃든 음성처럼 들렸지만, 계호균의 입매는 한껏 위로 끌어당겨져 있었다. 나무라기보다는 오히려 대견해하는 기색에 가까웠다. 다만 그럴수록 기대치에 못 미쳤던 둘째 계정문에 대한 아쉬움이 짙게 배어났다.

"아버지 일, 이미 들어 알고 계신다고 들었습니다."

단둘이 대면한 자리에서 계승서가 가장 먼저 입에 담은 말은 계정문의 부도덕함이었다. 예기치 못했던 상황에서 당한 일격인지라, 당시엔 천하의 계호균도 제때 표정 관리를 하지 못해 인상을 일그러뜨려야만 했다.

"윤효석의 일을 눈감아주셨다고요."

피하지도 않고 똑바로 마주 본 상태에서 해온 말. 계승서의 이 한마디가 계정문과 호균을 공범으로 묶는 데 상당 부분 일조했다. 굴곡 없이 고요하게 흘러나오는 계승서의 말에 결국 호균이 낮은 침음을 삼켰다. 그러나 제대로 호균을 기함시킨 건 그다음으로 이어진 말이었다.

"한 가지만 묻겠습니다. 만약 이 사실이 언론에 퍼지거나 공론화가 된다면 어떨 것 같습니까. 모르긴 몰라도 대한 그룹 도덕성에 흠집을 낼 정도는 되지 않을까 하는데…… 할아버지 생각은 어떤가요?"

"그게…… 무슨 소리냐."

"물론 저라고 해서 그런 상황을 만들고 싶은 건 아닙니다. 지금껏 그래 왔던 것처럼 좋은 게 좋은 거니까요. 그래서 드리는 말씀입니다. 미국으로 돌아갈 생각이니, 할아버지께서 수속을 좀 밟아주셔야겠습니다."

"……정문이나 네 어미가 쉽게 허락하지 않을 게다. 승혁이 녀석 그렇게 가고, 며늘애가 승서 너에게 얼마나 의지하고 있는지 몰라 이러는 건 아니겠지?"

"역시나. 할아버지께선 모르는 게 없으시군요. 뭐, 어찌 됐건 얘기는 더 쉬워지겠지만요."

"이 녀석, 승서야."

싸늘하게 식은 눈동자에 깃든 건 한기였다. 주변의 온도가 급격하게 내려갔다. 그제야 실수를 통감한 호균이 끌끌 혀를 찼다.

비상식적으로 느껴질 만큼 계승혁에 대한 홍주란의 집착이 과도했음을 호균 역시 모르고 있지 않았다. 이로 말미암아 계승서가 감수해야 했던 고충 또한 적지 않았음을 일찍이 인지하고 있기도 했다.

그러나 그 일과 관련하여 부러 손을 쓴다거나 일정선 이상으로 개입하는 일은 하지 않았다. 대신 부모인 계정문과 홍주란의 손에 온전히 맡겨두는 방법을 택했다. 그 탓에 결과적으로 알고도 학대를 방기한 꼴이 됐다. 계승서는 바로 이러한 점을 지적해 오고 있었다.

사실대로 말하자면 호균에게 있어 계승서는, 자식들이 낳아놓은 여럿 손자들 중에서도 딱히 특출한 것이 없던 혈육 중 하나였다. 별다른 호재나 악재가 작용하지 않는 이상, 이대로 자라 현재 계정문이 대표로 있는 대한 전자 계열사를 물려받는 것으로써 주어진 도리를 다 했다 여겼을 것이다.

다시 말해 후계 구도에 있어 크게 영향을 미치지 않는 인물로 낙점해 놓고 있었단 의미였다. 더 정확히는 딱히 눈여겨본 적이 없었단 게 맞는 표현일지도.

어느 한 분야에 있어 특별하게 뛰어나거나 발군의 역량을 선보인 것도 아니었다. 그랬기에 군상은 될지언정 제왕은 되지 못할 상이라고 믿었다. 그랬던 계승서에 대한 평가가 완전히 뒤집혀진 건 나란히 앉아 심도 깊은 대화를 나눠본 이후의 일이었다.

교만하지도 않지만 겸손하지도 않다. 흔히 다 자라지 못한 사내애들 사이에서 찾아볼 수 있는 특유의 오만함도 눈에 띄지 않았다. 그렇다 하여 비굴한 것과는 더더욱 거리가 멀었다.

천하의 호균을 눈앞에 두고서도 계승서는 시종일관 여유를 잃지 않았다. 호균으로부터 뿜어져 나오는, 어깨를 짓누를 정도의 강한 기세에도 불구하고 지닌 위세가 조금도 죽지 않았다. 사업가로서 갖춰야 할 가장 기본적인 자질을 선천적으로 타고난 셈이었다. 호균은 자신의 성향을 가장 닮은 이가 첫째 아들에게서 본 장손 계승진이라고 여기고 있었지만, 이 순간 평가를 달리해야만 했다.

다만 드러난 정황 하나만으로 나머지 결과를 결정짓기엔 아직 호균에게는 주판알을 튕길 수 있는 경우의 수가 여럿 남아 있었다. 쉽게 계승서의 제안을 받아들이지 않았던 것도 이 점이 주요하게 작용했다.

"네 의중은 알겠다만, 조금 더 생각이란 걸 해보자꾸나. 나 혼자 결정할 사안도 아니거니와, 일단 네 아비와도 상의를 해봐야 할 게 아니냐."

"그렇담 어쩔 수 없고요. 다른 방법을 찾을 수밖에요."

"게 앉지 못하겠느냐! 생각해 보겠다 하지 않았더냐!"

협상의 여지를 두지 않은 채, 미련 없이 몸을 일으켜 세우는 계승서를 눌러 앉힌 건 성급한 호균의 호통이었다. 우습게도 이 순간 호균은 계승서와의 기싸움에서 밀린 걸 인정해야만 했다.

단순하게 강짜를 부리는 수준이었다면, 그래, 가당치도 않은 일이라며 버럭 고함을 지르는 것으로써 보기 좋게 상대의 기세를 찍어 눌렀을 테다.

그러나 암만 따져 봐도 손자 녀석의 태도가 지나치게 태연자약했다. 마치 이 모든 것들을 예상하고 있었다는 듯이. 설마하니 그랬으려고. 다분히 회의적인 생각에, 짐짓 헛기침까지 해가며 대화의 흐름을 조율하려 들었으나 되돌아오는 반응이 미진하기 짝이 없었다.

시간이 경과할수록 풀어내지 못한 의아함이 머릿속에서 똬리를 틀었고 의구심은 켜켜이 쌓여갔다. 그에 비례해 쓸데없는 생각들은 잡다하게 많아졌다. 그래서 평소라면 하지 않았을 구태의연한 말까지 기어코 입에 담고야 말았다.

"설마하니 승서 네가 이 할아비를 상대로 협박이란 걸 하려 드는 건 아닐 테지?"

"협박이라. 설령 사실이 그렇다 한들 호락호락하게 상황을 두고 보실 분도 아니지 않습니까."

"아니라는 게냐?"

"물론 아닙니다. 전 협박이 아니라 거래를 하자는 거니까요."

"거래?"

"네, 거래요."

혹은 교섭이라고도 하지요. 의도했든 그렇지 않든 간에 이 말을 끝으로 호균은 자연스럽게 협상 테이블로 걸어 나와야만 했다.

지지부진하게 시간을 끌지 않은 상태에서 단도직입적으로 말하길, 쓸 만한 사람이 돼 보일 테니 투자를 하라 했다.

맹랑한 놈 같으니라고.

홀로 기업체를 독식하겠다는 욕심 같은 건 가지고 있지 않다 단언하면서도, 만에 하나 후계자로 지목되면 어찌하겠느냐는 호균의 물음에는 즉답을 피했다. 다만 한마디 덧붙여 오기는 했다.

주면 거절은 하지 않는다고.

"고얀 놈. 정말이지 고얀 놈. 어찌해 한마디도 지지 않을꼬."

격세유전이라더니. 계정문에게는 전해지지 못했던 기개가 다음 대인 계승서에게로 온전히 이양됐다. 타고난 성향 자체는 가르친다 하여 학습될 수 없음을 이미 겪어본 호균이었다.

문득 호균의 입가에서 너털웃음이 터져 나왔다. 노구의 몸을 이끌고 장시간 비행길에 올랐지만, 의아하리만큼 피곤한 생각은 들지 않았다.

「관심 없어.」

일말의 고민도 없이 딱 자른 거절의 말에, 호기롭게 데이트를 신청했던 헤일리의 얼굴이 삽시간에 붉게 달아올랐다. 그러나 곧 언제 그랬냐는 듯, 짙은 아이라이너가 그려진 눈매가 한층 표독스럽게 변했다. 바라본 파란 눈동자는 강한 반발심을 띠고 있었다.

귀찮은 건 딱 질색인데.

무감각한 승서의 눈이 감흥 없이 헤일리를 내려다봤다. 굽실굽실한 머리카락을 허리 근처까지 늘어뜨린 블론드의 서구적인 미인이었지만 단지 그뿐이었다. 승서의 심장을 뛰게 만들고, 머릿속을 진탕으로 헤집어놓는 건 언제나 이자경이 유일했다. 떠올리는 것만으로도 목이 타는 기분이었다.

다른 데 눈 돌릴 여유란 걸 가지고 있지 못했던 승서는 성가시고 번거로운 일 같은 건 사양하고 싶었다. 그러나 헤일리의 생각은 승서와 많이 달랐던 듯, 연이어 논점을 흐리며 했던 말을 반복해 왔다.

「그러지 말고, 다시 한 번만 더 생각해 줘.」

「관심이 없다고 이미 말한 걸로 아는데.」

「하지만…….」

「같은 얘기라면 더 듣고 있을 마음 없어. 바빠서 이만.」

일방적으로 대화를 종결 지은 승서가 헤일리로부터 등을 돌렸다. 결론이 난 주제를 가지고 더 이상 왈가왈부하고 싶지 않단 완곡한 표현이었다. 몰인정할 정도의 철저한 안면 몰수는, 무시하는 수준을 넘어 아예 없는 사람 취급이었다.

「기가 막혀.」

자라오면서 헤일리가 이 정도로까지 하찮은 대접을 받아본 건 단연코 이번이 처음이었다. 무안한 마음을 감출 길이 없었던 헤일리가 때마침 지나가던 안나를 붙든 채 하소연 섞인 비난을 쏟아냈다.

「쟨 틀림없이 게이거나 무성애자일 거야. 아니라면 말이 안 되는 상황이잖아. 분명 내 생각이 맞을 거야!」

「누구? 아아……. 하지만 별로 그렇지도 않다던걸.」

눈짓으로 계승서를 가리키며 해오는 헤일리의 독기 서린 말에 왜 인지 안나가 고개를 갸웃거렸다.

「그게 무슨 소리야?」

「들리는 말로는 애인이 있다던데?」

「뭐?」

「애인이 있대, 한국에.」

「거짓말. 그럴 리가 없어.」

핼쑥한 얼굴을 한 헤일리가 불신에 찬 반응을 보이자 안나가 가볍게 어깨를 으쓱였다.

「일단 들리는 소문은 그래. 뭐, 사실이 아닐 수도 있겠지만. 헤일리, 네 말대로 저 남자는 여자에게 심하게 냉정한 구석이 있으니까.」

미간을 찌푸리고 있던 헤일리가 안나의 말에 뒤늦게 동조하며 고개를 끄덕였다. 그간 겪어본 계승서는 기본적으로 성정 자체가 매우 찼고, 어느 때든지 쉽게 곁을 내주는 타입이 아니었다. 그래서 더 탐이 난 것도 사실이었다.

빼어난 몸매에, 할리우드 스타와 견주어도 빠지는 곳이 없다 자부했던 헤일리의 외모라면 어느 정도 승산이 있다고 믿었다. 그러나 그녀의 예상은 보기 좋게 빗나갔다.

「……혹시 애인이란 게 남자인 건 아닐까?」

「거기까진 모르지. 그보다, 헤일리. 자존심 상해할 거 없어. 알다시피 저 남잔, 단 한 번도 데이트 신청에 응한 적이 없으니까.」

「그건 그렇긴 해.」

아쉬운 헤일리의 눈길이 승서를 향했다. 무엇보다 지금의 승서는 한국을 떠나올 당시와 비교해 외적인 부분에서 많은 변화가 있었다.

한동안 살에 파묻혀 보이지 않던 이목구비가 드러나자, 그제야 남달리 준수했던 본바탕이 빛을 발했다. 다만 더 근본적인 측면에서 접근하자면 생김새보다는 분위기의 문제를 빼놓을 수가 없었다.

일견 같은 사람이라고는 믿기 어려울 만큼 승서는 진한 수컷의 향기를 드러내 놓고 있었다. 단순하게 잘생겼다는 말로는 설명이 불가능하고, 특유의 위험스러운 매력이 자연스럽게 발산되는 느낌이었다. 물론 거기엔 섹슈얼한 성적 호감도도 내포돼 있었다. 동물로 따지자면 포식자에 위치한 사자나 재규어쯤 될까.

홍주란의 앞에서 더 이상 계승혁의 흔적을 지워내지 않겠다고 공언했던 이래로, 억지로 찌웠던 살은 대부분 빠진 뒤였다. 사실 온전히 빠졌다고 하기엔 어폐가 있었던 게, 스무 살이 넘어서까지도 성장이 멈추지 않았던 까닭에, 그간 축적돼 있던 지방들이 전부 키로 옮겨간 케이스였기 때문이다.

그래서일까. 다소 유약해 보였던 계승혁과 지금의 승서는 오히려 닮은 듯 닮지 않게 느껴졌다. 구태여 낮잡아 보지 않아도 충분히 견고하고 강고하다. 세 치 혀끝에서 쏟아져 나오는 날카로운 질타쯤은 아무렇지 않게 받아넘길 만큼 승서는 스스로를 단단하게 탈바꿈시키고 있었다.

"쯧. 이러다 늦을지도 모르겠군."

손목에 찬 시계를 흘깃거린 승서가 나지막하게 혀를 찼다. 잠시 후면 계호균이 공항에 도착할 시각이었다. 더 정확히 말해 승서가 이처럼 이 시간을 고대하고 있던 것은, 계호균과의 만남이 아닌 계호균의 손에 들려올 물건에 관심이 있어서였다.

"오랜만에 얼굴 볼 수 있겠네."

일순 가면처럼 덧씌워져 있던 딱딱한 껍질이 벗겨지며, 그 안에 잠들어 있던 진심 하나가 바깥으로 흘러나왔다. 진실로 기뻐하는 얼굴.

승서가 계호균에게 따로 부탁한 것은 미처 챙겨오지 못한 고등학교 졸업앨범이었다. 물론 실제로 관심을 두었던 것은 딱 하나뿐으로 앨범에 들어 있을 이자경의 사진이었다.

"좋다. 진짜 좋아 죽겠다, 이자경."

몸은 떨어져 있지만, 마음은 여전히 한 길로 이어지고 있었다. 해야 할 일이 남은 지금은 그걸로 충분했다. 불필요한 논쟁으로 소모된 시간을 보충할 목적으로 승서가 걸음의 속도를 올렸다.

✢

대학에 재학 중인 기간 동안, 수소문 끝에 자경의 소식을 접한 이문태가 몇 차례 학교로 찾아왔었다. 하지만 대개는 특별한 말 없이 잠시간 일별한 뒤 헤어짐을 갖는 게 전부였다.

등을 보이며 돌아서는 순간까지도 무거운 한숨을 내쉬던 이문태가 끝끝내 함께 살자는 말을 꺼내지 못했던 건, 일찍이 거절당할 걸 알고 있던 까닭이다.

반면에 대학가 근처에서 자그마한 커피숍을 열었다던 백승혜와 우연찮게 재회한 뒤로는 이따금 가게 근처로 걸음을 하곤 했었다. 따지자면 한없이 불편한 관계였음에도 불구하고 멀찍이 떨어져 그 모습을 지켜봤던 건, 왜인지 백승혜가 정임을 연상케 했기 때문이었다.

한 번은 눈치 빠른 백승혜가 먼저 문을 열고 나와 편히 앉았다 가라며 가게 안으로 자경을 이끌기도 했었다. 염치없이 대접을 받으면서도 줄곧 시선은 백승혜의 얼굴을 떠나지 못했었다.

선해 보일 정도로 활짝 웃는 얼굴은 고단함보다는 활기에 차 있었다. 정성스럽게 내린 커피를 대접하는 손길에서는 기대감과 자부심이 동시에 묻어 나왔다. 자경은 반짝반짝 빛이 나는 백승혜의 모습을 직접 눈으로 확인한 후에야 마지막일 사과의 말을 입에 담았다.

"행복해져서 다행이에요. 정말로 다행이에요."

"아직도 지난 일을 마음에 담아두고 있는 거라면 이젠 그러지 말아요. 전에도 말했지만 이젠 그럴 필요 없어요."

더는 마음 쓰지 말라며 토닥여 오는 손길이 너무 따뜻해 면목이 없게도 눈물 바람을 하고 말았다. 이상하게도 백승혜의 앞에서는 매번 무너지는 모습만 보여주게 된다.

사실은 싫어할지도 모른다고 생각했다. 자경의 등장 자체가 지난 상처를 헤집는 일이 될 게 분명했으니까. 그런데도 종종 백승혜는 자경이 알려준 번호로 먼저 연락을 해와 반찬이며 이것저것 필요한 것들을 바리바리 챙겨주기도 했다. 이러한 까닭에 대학을 졸업한 후에도 자경은 간혹 이곳을 찾곤 했다.

❖

번듯한 스펙과는 별개로, 새롭게 발을 들이게 된 초년의 사회생활이라는 건 생각했던 것만큼 만만하지가 않았다. 입사 이후엔 이것저것 일을 배우느라 한동안은 밤잠을 설치기가 일쑤였다. 핼쑥해진 얼굴색을 걱정한 직장 상사가 무리하지 말라며 따로 격려를 해올 만큼 정신없는 나날의 반복이었다.

문제는 어느 정도 일이 손에 익고 난 다음에도 업무적인 부분에서의 부담감이 줄지 않고 남아 있다는 데 있었다. 여전히 정시 퇴근은 꿈도 못 꿀 상황이었고, 밀려드는 일 처리에 눈코 뜰 새 없이 바빴다.

그래서인지 의도치 않게 거의 매일이 야근이었다. 하지만 사정이 이런데도 그만둬야 되겠단 생각을 하지 않았던 건, 기획실 근무 자체가 적성에 맞은 이유가 제일 컸다.

과중된 업무에 치여 이따금 앓는 소리가 나왔지만, 일을 배우는 재미가 바쁜 일상을 상쇄했다. 그렇게 지내다 보니 어느덧 대리라는 직함도 달게 되었다.

"이 대리, 그쯤 해두고 커피 한잔하자고. 다 먹고살자고 하는 일 아냐."

"먼저들 드세요. 위염이 도진 것 같아서 전 조금 자제하려고요."

집중해 모니터를 응시하고 있던 자경이, 가벼운 어조로 건네온 박영도 과장의 권유에 사양의 말을 덧붙였다. 피로해진 눈을 깜빡이자 건조해진 안구에서 다소간 이물감이 느껴졌다. 틈틈이 잠깐씩이라도 눈을 쉬게 해주는 게 좋다는 걸 알면서도 업무를 처리하다 보면 매번 이렇게 잊어버리고 눈을 혹사시키고 만다.

"지난번에도 속이 안 좋다더니. 그거 병원 가봐야 되는 거 아니야?"

"이러다 또 괜찮아질 거예요."

"하여간에 건강 먼저 챙겨가면서 해. 젊어서 고생 사서 한다는 말도 다 옛말이야. 병들면 본인만 고달픈 법이야."

"명심할게요."

걱정 서린 타박의 말에 말갛게 웃어 보인 자경이 그제야 기지개를 켜며 뻐근하게 굳어 있던 어깨를 부드럽게 이완시켰다. 영도의 말처럼 건강을 해쳐 가면서까지 지나치게 일에 매진하는 것도 좋지 못한 습관이었다.

"휴!"

쉴 땐 쉬자며 목을 좌우로 까딱거린 자경이 잠시간 휴식을 즐겼다. 그리고 난 후, 우연히 열어본 메일함 속에서 계승서의 이름을 발견했을 땐 마치 심장이 멎는 기분이었다.

일순간에 피곤이 싹 가셨다. 떨리는 손으로 메일을 클릭하자, 그 속에는 그토록 그리워하던 계승서의 흔적이 들어 있었다.

―나는 여전히 이자경만 좋아해.

간결한 문장 하나는 풀어 설명해 놓은 열 마디의 말보다 더 큰 위력을 지니고 있었다. 많은 말을 필요로 하지 않아도 이미 계승서의 마음은 충분히 자경에게로 전해진 뒤였다.

더없이 행복하다. 이 순간 왜인지 문득 레너더 코헨의 말이 떠올랐다.

—모든 것엔 금이 가 있다. 빛은 그곳으로 들어온다.

불행해 봤기에 안다. 이 시간이, 이 순간이 얼마나 소중한지를.

아마 영원히 잊을 수 없을 테지. 계승서로 인해 행복할 수 있었던 지난 시간들과 지금의 감사함을 마음 깊이 새기고 있겠노라 자경은 다짐했다.

그러나 삶이란 건 늘 그렇듯 예측 불가능성의 성질을 내재하고 있었고, 안타깝게도 이때의 다짐은 지켜지지 못한 채로 금세 깨지게 된다. 예정돼 있던 운명이 자경을 찾아온 건 그로부터 몇 시간 지나지 않아서였다.

야근을 끝낸 자경이 회사를 나선 시각은 밤 9시 무렵이었다. 평소보다 몸이 무겁고 찌뿌둥한 느낌이 드는 걸로 봐선 아무래도 몸살이 날 모양이었다.

무심코 올려다본 밤하늘엔 별이 총총 박혀 있었다. 최근 며칠간 이어진 폭염에도 불구하고 비가 흩뿌릴 기색은 여전히 보이지 않았다.

"더워도 너무 덥지."

퇴근이 다소 늦은 것에 비해 거리는 낮 시간 때의 소란스러움을 고스란히 간직하고 있었다.

이십사절기 중 열두 번째 절기.

소서(小暑)와 입추(立秋) 사이에 들며, 일 년 중 가장 무덥던 대서(大暑).

열대야가 기승인, 불야성을 이룬 곳곳마다 부모의 손을 붙들고 나온 자그마한 아이들이 눈에 띄었다. 잠깐의 구경 끝에 시선을 돌린 자경이 이내 인파 속으로 섞여들었다.

예기치 못했던 상황과 맞닥뜨리게 된 건, 사거리 횡단보도 앞에 멈춰 서 신호를 기다리고 있을 때였다.

"아!"

예고도 없이 떠밀린 갑작스러운 손길에, 미처 중심을 잡지 못한 몸이 앞쪽을 향해 빠른 속도로 기울어졌다. 짧은 단말마의 비명이 채 입 밖으로 흘러나오기도 전에, 밀쳐진 자경의 몸이 대로변 위로 힘없이 나뒹굴었다. 순간 기다렸다는 듯이 둔탁한 충격이 온몸을 덮쳤다.

끼기긱 마찰음을 내며 멈춰 선 차, 곧이어 코끝으로 거북하기 짝이 없는 타이어 타는 냄새가 닿았다. 급브레이크를 밟았음을 증명이라도 하듯 아스팔트 위로 진한 스키드 마크가 그려졌다. 때맞춰 원색적인 비난이 귓바퀴를 타고 들어왔다.

"내, 내 잘못이 아니야. 다, 다 너 때문에! 이자경 네가 모든 걸 망쳐 놔서 이런 일이 벌어진 거야!"

책임을 전가하는 말투는 신랄했다. 그러나 강한 어조와는 어울리지 않게 상대의 목소리는 형편없이 떨리고 있었다.

느릿하게 깜빡이던 자경의 눈이, 비난의 진원지를 찾아 조금 더 왼쪽으로 이동했다. 진득하게 흘러내린 피가 시야를 절반쯤 가렸지만, 그럼에도 한눈에 알아볼 수 있었다. 마지막으로 자경의 시야에 잡힌 건 적개심과 두려움으로 범벅된 이해서였다.

'결국 망가지고 말았구나. 어리석은 이해서. 그나저나…… 걱

정시키고 싶지는 않았는데······.'

생각이 이어진 건 여기까지였다. 차체에 부딪칠 때 머리를 다친 것인지 한순간 의식이 사라졌다. 다시 눈을 떴을 땐 과거의 일은 더 이상 생각나지 않았다.

스물일곱. 가장 소중한 사람을 머릿속에서 지웠다.

스물여덟. 또 다른 일상이 시작되었다.

스물아홉. 펴보지 않은 앨범에 먼지가 잔뜩 쌓인 걸 발견했다.

서른. 매일 카페를 찾는 남자가 이상하게 신경 쓰이기 시작했다.

제8장

상냥한 시간

"어서 오세요."

친절한 표정으로 승서를 맞이하는 백승혜의 뒤편으로 얼핏 이자경의 얼굴이 보였다. 커피머신 앞에서 원두를 내리고 있는 모습이 일견 진지해 보이기까지 했다. 아쉽게도 이자경이 이쪽을 향해 시선은 둔 건 아주 잠깐뿐이었다.

녹죽(綠竹)을 닮아 생기 넘치던 눈이 스치듯 승서를 지나쳐 자연스럽게 백승혜 쪽으로 옮겨갔다. 설핏 입가로 떠오른 미소가 눈부시다고 느낄 즈음, 승서의 마음은 온통 이자경에게 **빼앗긴** 뒤였다.

"손님?"

주변의 관심을 독식하다시피 하며 카페로 들어선 이래로 승서는 한동안 말을 아꼈다. 사실 아닌 척 다들 얌전을 떨고 있었지만,

카페 내부에 자리해 있던 대다수의 사람들은 승서의 얼굴을 흘깃 거리기 바빴다.

백팔십 대 후반부를 아우르는 큰 키. 빈틈없이 갖춰 입은 옷은 한눈에 보기에도 재질이 좋아 보였다. 하지만 그중에서도 단연코 군중의 이목을 잡아끈 건 전시회의 조형물만큼이나 모난 데 없이 조각된 얼굴이었다.

실로 훤칠하다. 모델이나 배우로 나선다 하더라도 모름지기 크게 대성할 타입. 주변의 평가는 칭찬 일색이라 해도 좋을 만큼 후했다.

장인의 손에 의해 잘 벼려놓은 칼날처럼, 고고한 예기에 휘감겨 있는 듯한 착각을 불러일으키게 만드는 묘한 분위기가 승서의 자태를 더욱 돋보이게 했다. 경박스럽지 않고 무게가 있다. 마치 승서 혼자만 다른 세계에 살고 있는 것 같은 뚜렷한 존재감을 과시했다.

그러나 넋 놓듯 모두의 이목이 집중된 가운데서도 백승혜만은 경계 태세를 게을리하지 않았다.

주문할 생각도 없이 내내 자경을 바라보고 있던 승서에게서 모종의 불안감을 느낀 백승혜가 옆쪽으로 몸을 틀어 시야를 가렸다.

공기의 흐름이 삽시간에 바뀌었다. 의도적으로 시야를 차단했음을 승서 역시 모르지 않았다. 애착에 가까울 만큼 집요하게 쳐다보고 있었으니 백승혜라하여 눈치채지 못했을 리 없다.

사랑받고 있구나.

방금 전에 보인 백승혜의 행동이 마치 제 자식을 보호하려 드는 어미 새같이 느껴지기도 해, 마음 한쪽이 따뜻하게 변했다.

백승혜가 짧게 눈짓하자, 곧 하던 일을 멈춘 이자경이 카운터 앞을 돌아 주방 뒤쪽으로 사라졌다. 곁을 지나칠 땐 무심코 두 손을 잡아챌 뻔했다. 그제야 아쉬운 눈길을 떼 낸 승서가 이곳을 찾은 용건을 밝혔다.

"예전 일을 기억하지 못한다고 들었습니다."

"네?"

"이자경에 대한 얘기입니다."

"어머. 우리 애하고 알고 지내던 사이였나 봐요. 전 그런 줄도 모르고……."

미리 알아본 바에 의하면 백승혜와는 좋은 일로 얽힌 관계는 아니라지. 그런데도 지금처럼 이자경이 믿고 따르는 건 백승혜의 됨됨이가 나쁘지 않았음을 증명하는 일이기도 했다.

우리 애라…….

자연스럽게 친분을 과시하는 백승혜의 태도가 못내 승서의 입맛을 쓰게 만들었다.

"다시 불러 드릴게요. 얘, 자경아. 잠깐 나와 보렴."

"부르셨어요, 이모?"

백승혜에겐 솔직했던 눈빛이, 승서에게 닿았을 땐 지극히 의례적으로 바뀌었다.

승서는 인정했다. 이 순간 자신이 상처받았음을.

승서를 빼놓은 이자경의 일상은 몹시도 편해 보였다. 그러지 말아야 했음에도 이상하게 속이 제멋대로 뒤틀렸다.

한때는 승서의 앞에서만 빛났던 아이. 까만 두 눈이 신뢰를 담고 올려다볼 때면 한없이 우쭐해지는 기분이 들면서, 마치 대단한 사람이 된 것 같은 착각을 불러일으켰었다. 지금처럼 무채색에 가까운 눈빛으로 승서를 바라보는 이자경은 정말이지 별로였다.

헤어짐을 얘기했을 땐 보다 많은 걸 가져볼 생각이었다. 한 사람을 온전히 지켜낼 수 있을 만큼의 많은 것들을. 믿음을 끝까지 이어 나갈 자신이 있었기에 어렵지만 결단을 내릴 수도 있었다. 마음 가는 걸 막으면서까지 필사적으로 연락을 자제했던 것도 최대한 빠르게 목표한 바를 이루기 위해서였지, 결코 이자경을 향한 애정이 부족해서가 아니었다.

승서는 행복해지고 싶었다. 하지만 그 안에 이자경이 없었던 적은 맹세코 단 한 번도 없었다.

"이자경."

"절, 아시는 분인가요?"

승서의 눈 안으로 날카로운 아픔이 스쳐 지나갔다. 떨어져 있는 기간 자체가 짧지 않았으니 멀어질 수도 있겠다는 생각을 아예 해 보지 않은 것은 아니었다. 하지만 지금처럼 완벽하게 승서의 흔적을 지워내리라곤 정말이지 예상치 못했었다.

"죄송해요. 제가 사고 이전 일은 아무것도 기억하는 게 없어서요."

삽시간에 승서의 입가로 진득한 고소가 배어났다. 그러지 말고 더 자세히 봐달라며 애원에 가까운 부탁이라도 해볼까. 이자경이 기억하던 계승서의 모습과 지금의 자신은 분명 많은 부분에서 차이를 보일 테니까. 하지만 기억을 잃은 이자경에게 있어 이 모든 건 들어주기 힘든 억지에 지나지 않을 것이다.

형식적으로 주고받는 대화만으로도 불편해하는 기색이 역력하다. 자만의 결과는 이토록이나 승서를 아프게 했다.

후회, 라는 거겠지. 아무것도 할 수 없어 느끼는 이 참담한 기분은. 승서가 아닌 다른 사람을 의지하는 이자경을 바라보는 건 그가 바라던 결과가 아니었다. 끔찍하리만치 낯설고 싫은 경험이었다.

우습게도 마음을 나눴다는 사실은 확실한 데 반해 증명할 수 있는 방법은 남아 있지 않았다. 감정이 무르익는 동안 다른 쪽으로도 진도를 뺐다면 지금과 같은 막막함은 느끼지 않아도 됐을까. 답이 없는 상황에서도 줄곧 그 생각뿐이었다.

사실 부족한 욕심을 채우자면, 이제라도 아예 불가능한 일은 아니었다.

상황을 타개할 수 있는 가장 손쉬운 방법은 과거의 시간을 들먹이며 관계의 회복을 강요하는 것일 테다.

데이트를 하자고 해볼까? 단박에 거절의 말을 입에 담지 않으면 다행이려나. 어쩌면 불한당 취급을 해올지도.

그래도 하려고 든다면 못 할 것도 없었다.

하지만…… 겨우 편해졌다고 했다. 사고 전후로는 바깥출입조차 두려워했던 이자경이 겨우 일상생활을 되찾았다고 했다. 간신히 이뤄놓은 행복을 무너뜨리기에는, 승서에게 이자경은 너무 소중한 존재였다. 괴롭지만 머릿속을 점령한 단어는 기다림이었다.

"저기…… 하나만 물을게요. 혹시 우리가 어떤 사이였나요? 친구…… 였나요?"

"어떨 것 같습니까?"

그렇기도 하고, 아니기도 했다고나 할까. 한마디로는 정의 내리기 힘든, 그보다는 훨씬 더 복잡한 관계였다. 당연하게도 이 말은 생략되었다.

뜻을 헤아리기 힘든 승서의 대답에, 이자경이 살짝 이맛살을 찌푸렸다. 그사이 승서가 잠시간 끊긴 대화를 이어갔다.

"친한 사이였습니다, 우리 둘."

"……그랬나요?"

"따로 목적이 있어서 찾아온 건 아닙니다. 얼굴 봤으니 됐습니다. 대신 커피 한 잔 부탁드려도 될까요? 이자경 씨가 직접 만든 커피로요."

"저기, 그게……"

"맛은 아무래도 상관없습니다."

거절의 말을 입에 담기 전 승서가 먼저 선수를 치며 쐐기를 박았다.

"아직 손님 앞에 내놓기에는 부족한 솜씨예요. 그래도 괜찮다면 해드릴게요."

손님.

야박하다, 이자경. 어떻게 끝까지 이름 한 번 물어오지 않을 수가 있지?

조심스럽게 말을 높여 부르는 이자경의 행태가 야속해 보란 듯 일부러 같이 존대를 했다. 고의로 심술을 부린 것이다. 그런데도 위화감 없이 받아들이는 이자경의 태도가 끝내 승서의 마음을 할퀴고 지나갔다.

계속해 평정을 유지한다는 게 쉽지 않았다. 정신이 확 깨일 만큼의 단맛이 간질해지는 순간이었다. 쓰린 속을 달래기에도 더없이 적합한 종류의 커피. 승서가 어렵지 않게 메뉴 선정을 끝냈다.

"카페모카."

"카페모카요?"

"네, 카페모카가 좋을 것 같습니다."

승서가 주문한 카페모카는 일반적으로 카페라떼에 초콜릿 시럽을 추가해 만든 형태의 커피였다. 단맛이 강해 남성이 마시는 경우는 드물었고, 카라멜마키아또와 더불어 여성이 선호하는 종류 중 하나였다. 그래서인지 주문을 받아 든 직후 이자경의 표정이 약간 의아스럽게 변했다. 그러나 승서가 주문을 번복하는 일은 없었다.

얼마 지나지 않아 따뜻한 열기를 간직한 카페모카가 승서의 앞으로 놓여졌다. 무심코 한 모금 넘기는데 혀끝이 아릴 정도의 단맛이 입안 가득 퍼졌다. 기다렸다는 듯 인상이 찌푸려졌다. 역시나 자신의 취향은 아니었다. 그런데도 반복해 마시길 그만두지 않았다.

'미리 말해두겠는데, 나는 제법 끈질기다고.'

타인의 체온이 닿아본 적 없던 순결한 계승서의 입술은 누가 뭐래도 이자경의 것이었다. 그뿐인가. 다른 곳에다 한눈을 판 적도 없고 여지를 준 적도 없다. 줄곧 승서의 연애세포는 이자경을 향해 뛰고 있었다.

두고 보라지.

사정을 봐주는 건 봐주는 거고, 이대로 가만히 앉아 손 놓고 사태를 방관할 생각은 가지고 있지 않았다.

기어코 입에 맞지도 않은 커피 한 잔을 남김없이 비워낸 승서가 그제야 아쉬운 이별을 고했다. 그 후 혼자 따로 나와 거주하고 있던 오피스텔에 도착한 승서가 망설임 없이 달력을 펼쳐 들었다. 곧 특정 날짜에 붉은 동그라미가 쳐졌다.

이자경을 상대로 사귀는 개념의 연애를 시작한 첫날. 오늘부터 1일이었다. 시작은 혼자였지만 곧 둘이 될 것이다.

❖

언제부터인가 승서의 저녁은 거의 매일이 질리다 싶을 정도의 달달한 커피 한 잔으로 한정되고 있었다. 이자경을 바라보며 마시는 커피.

아. 방금 이쪽으로 고개를 돌렸지?

위치적으로 커피머신과 가까운 곳을 찾아 앉은 보람이 이럴 때 느껴진다. 다른 건 몰라도 카페 내에 비어 있던 자리를 고를 때만큼은 지금처럼 확고한 기준을 가지고 있었다.

매일 정해진 시각에 백승혜의 카페에 들러 커피를 마시는 시간은 한 시간 남짓 됐다. 그러고 나면 다시 회사로 돌아가 남은 업무를 처리하곤 했다.

정식으로 본부장 발령이 나기 전까지 일선 실무에 투입돼 일을 배우고 있는 입장이어서 개인적으로 많은 시간을 빼기가 쉽지 않았다. 이자경을 제외한 나머지 시간은 회사를 위주로 돌아가고 있었다. 그리고 이 같은 승서의 결정이 퍽 마음에 들었던지 최근 들어 계호균의 연락이 잦았다. 다만 귀국 후에도 계정문과 홍주란과의 교류는 여전히 뜸했다.

하루 일과를 소화해 내는 데 있어 승서가 가장 중요하게 여기는 부분은 지금처럼 백승혜의 카페로 이자경을 보러 오는 일이었다. 단지 평소와 다르게 눈에 거슬리는 점이라 함은, 오늘따라 이자경의 옆을 꿰차고 있는 군복 차림을 한 임석운의 존재였다. 여운을 만끽할 틈도 없이 승서의 이마 위에 금이 생겼다.

백승혜의 유일한 자식이기도 한 임석운은 나이로 치자면 이자경보다 두 해 아래였다. 영장을 받고 군대에 입대했다가 적성에 맞아 그대로 직업이 된 케이스로 이번에 정기 휴가를 나온 모양이었다. 오랜만에 만나 할 얘기가 많은지 도란도란 나누는 대화가 끝날 줄을 몰랐다.

햇볕을 받아 까맣게 그을린 얼굴. 그래 봤자 군바리잖아. 비하에 가까운 치졸한 감정은 명백히 질투였다.

"마음에 안 들어."

백승혜는 예외로 남겨둔다 쳐도, 그 핏줄인 임석운까지 덩달아 가깝게 지내는 걸 마냥 두고 볼 수는 없는 노릇이었다. 적당한 관대함은 미덕이라지만, 이 정도로까지 너그러워질 마음은 처음부터 가지고 있지 않았다.

감히 누구 머리에 손을 대?

가벼운 손짓으로 이자경의 머리카락을 헝클어뜨리는 임석운의 손길이 승서의 질투심을 키웠다.

쨍그랑.

손끝을 벗어난 커피잔이 곧이어 바닥과 마찰해 시끄러운 파열음을 냈다. 실수나 과실은 아니었고, 뭐 적당히 고의라고 해두어도 나쁘진 않았다. 승서의 의도대로 이자경의 시선이 임석운을 벗어나 그에게로 향했다.

"잠시만."

갑작스러운 사태에 놀란 이자경이 빠른 걸음을 이용해 승서에게로 다가섰다. 그전에 굳이 임석운을 향해 양해의 말을 구한 건 별로 마음에 들지 않았지만, 온전히 승서 하나만 담긴 이자경의 눈동자를 바라보고 있자면 다른 건 아무래도 좋을 것 같단 무책임한 생각이 들기도 했다.

"다치지 않으셨어요?"

"괜찮습니다. 깨뜨린 건 따로 변상하겠습니다."

"신경 쓰지 않으셔도 돼요. 비싼 것도 아닌걸요. 그보다 옷은 젖지 않으셨어요?"

"약간."

"기다려 봐요."

테이블 위에 놓여 있던 티슈를 서너 겹 뽑아 든 이자경이 옷자락에 묻은 물기를 대신해 털어내기 시작했다. 이자경과 재회한 이후로 가장 가까운 거리에서 마주 선 순간이었다.

익숙하고 그리웠던 체취.

이자경의 냄새다.

미친 척 이대로 꽉 안아버릴까도 생각해 봤으나, 그러다 놀라서 달아나기라도 하면 승서 자신만 손해였다. 참은 김에 더 참아보자. 그렇게 결론을 내리고 나서도 줄곧 조바심 어린 마음을 감추지 못했다. 혼자서 하는 연애란 건 이토록 고달픈 일이었다.

'좀 봐줘라.'

이자경에게만 욕정하고 욕망하는 마음을 언제까지 억눌러 둘 수 있을지 스스로도 판단 내리기가 어려웠다. 속된 말로 요즘은 꿈속에서조차 발정하고 있는 실정이었다.

유일하게 이자경의 앞에서만 서분서분하게 구는 얼굴 이면으로, 여전히 사나운 마음이 자리를 잡고 있었다.

연신 물기를 닦아내고 있던 이자경을 지나친 승서의 눈길이 임석운에게 닿았다. 임석운을 향한 승서의 눈빛이 흡사 방해꾼 보듯 바뀌었다. 뜻밖으로 받게 된 적개심에 임석운이 어리둥절해하는 사이, 때맞춰 보란 듯 승서의 손이 이자경의 머리카락을 부드럽게 헤집었다.

"저기……?"

"머리에 불필요한 게 묻어 있더군요."

정작 하고 싶었던 말은.

'다른 남자가 네게 손대는 거 싫어.'

다분히 소독의 의미가 담긴 승서의 손길은, 임석운을 향한 경고 이기도 했다. 동시에 임석운의 어깨가 움찔 떨렸다.

"정말요? 어디서 묻었지? 신경 써줘서 고마워요."

옷에 묻은 물기를 닦아내는 데 한 차례 도움을 준 이자경이 이 번엔 깨진 유리 파편을 치우기 위해 플라스틱제의 빗자루를 가지 고 돌아왔다. 그걸 대신해 받아 든 사람이 승서였다.

"두세요. 제가 합니다."

"괜찮아요. 제가 치우면 돼요."

"이리 주세요."

"안 그러셔도 되는데……."

손수 주변의 흩어진 잔해를 치우는 동안 이자경은 내내 걱정스러운 표정을 지우지 못했다. 그러나 자신이 저지른 일의 뒷수습까지 유야무야 이자경에게 떠넘겨 버릴 정도로 승서는 몰지각하지 않았다. 그 정도의 양심은 승서도 가지고 있었다.

당연하다시피 주변의 시선은 승서가 지나다니는 동선을 따라 움직이곤 했다.

으레 남자가 자리를 뜨고 나면 뒤따라 카페를 나서는 인영이 있었다. 그러나 매번 빨간 물감을 흩뿌려 놓은 것처럼 발갛게 달아오른 얼굴을 한 채, 카페에 남아 소식을 기다리고 있던 일행의 품으로 돌아오곤 했다.

소문으로만 들려오는 남자의 거절은 한겨울의 북풍한설만큼이나 맵고 시렸다. 딱 자른 말로, 두말할 여지도 주지 않은 채 돌아서면 그걸로 끝이었다. 하지만 그다음 날이 되면 남자는 어김없이 또 카페를 찾곤 했다.

이런 표현이 적당할지 모르겠지만, 평상시 때의 남자는 상냥하면서 또한 상냥하지 않기도 했다.

상냥하다는 건 대체적으로 자경에게 한정돼 있었고, 자경이 아닌 대상과의 관계에는 그다지 협조적이지 못했다. 처음엔 몰랐지만 시간이 지날수록 자연스럽게 눈에 보였다.

기억을 잃기 전의 자경을 알고 있다고 말했던 남자. 그러나 이와 관련한 주제로 대화를 나눠본 건 첫 만남 이후로는 없었다.

친했던 사이라더니. 그게 정말이긴 한 걸까?

확신이 서지 않는 일로 고민해 봐야 결론이 나오는 것도 아니었다. 상념을 지우는 사이, 평소처럼 한 시간 남짓한 시간을 채운 남자가 짧은 눈인사를 끝으로 카페를 벗어났다. 그러자 곁에 있던 석운이 자연스럽게 남자에 대한 얘기로 대화의 물꼬를 터왔다.

"방금 전에 나간 남자, 카페에 자주 와?"

"응. 그런데 그건 왜?"

"아니, 그냥. 분위기가 묘하다 싶어서."

"뭐가 말이야?"

궁금증 섞인 자경의 질문이 임석운을 향했다.

"느낌이란 게 있잖아. 하고 있는 행색도 그렇고, 딱 봐도 평소 땐 호텔 커피숍만 찾아다닐 것 같은 타입이잖아. 그런 사람이 자주 온다니까 이상해서 하는 말이야."

"단순히 커피가 입에 맞아서 그럴 수도 있지."

"에이. 그렇다고 퇴근 무렵에 남자 혼자서, 그것도 양복 차림으로 카페에 들러? 보니까 커피만 마시고 바로 일어서는 것도 아니던데 뭘."

"그거야 사람 나름 아니겠어?"

"내가 이래서 걱정이라니까. 누난 남자를 너무 몰라."

기억이 틀리지 않은 거라면, 임석운이 남자를 본 건 오늘이 처음이었다. 지난번에 휴가를 받아 나왔을 땐 서로 간에 시간이 맞지 않아 만나지 못했었다. 그런데도 평가를 하는 것에 있어 거침이 없었다.

"장담하는데, 저 사람 누나한테 관심 있어. 아니, 확실히 그랬어."

노려보던 시선이 장난 아니게 살벌했다고 주장해 봤자 익히 남자의 소문에 대해 알고 있던 자경에겐 크게 설득력 있게 다가오진 않았다. 분명 임석운이 착각한 것일 테다.

"석운이 너, 그 사람 얼굴 제대로 보긴 한 거 맞아?"

"여기서 얼굴 얘기가 왜 나와?"

"계속 엉뚱한 소릴 해대니 그렇지. 얼굴 봤으면 알 거 아냐. 이런 말 하는 거 그 사람한테 실례야. 일없어, 얘."

"누나가 어디가 어때서?"

"까분다. 농담 그만하고 이모한테나 가봐. 너 온다고 아침부터 허리가 휘게 음식 만들고 계시니까, 가서 어깨라도 주물러 드리고 그래."

혹시라도 지금 나누고 있는 두 사람의 대화가, 근처 다른 손님들 귀로 전해질 세라 한껏 목소리를 낮춘 자경이 타박의 말을 입에 담았다. 그런데도 임석운의 태도는 좀처럼 바뀌지 않았다.

"글쎄, 농담이 아니래도 그러네. 그러지 말고 내 말 좀 들어봐, 누나."

"임석운, 계속 두말하게 만들면 누나 화낸다?"

"그래도."

"임석운."

"알았어. 그만할게. 그만하면 될 거 아냐. 난 누나가 화내는 게 제일 무섭더라."

"하여간에 능청은."

상황을 일축한 자경이 곧 테이블 정리를 위해 자리를 떴다. 그제야 딴청을 피우고 있던 석운이 슬그머니 혼잣말처럼 못다 한 이야기를 중얼거렸다.

"순진한 우리 자경이 누나, 세상엔 취향이 다양한 사람이 얼마나 많은데 이렇게나 위기의식이 없을까."

단순히 확대 해석하자는 게 아니라, 시선이 마주쳤을 땐 마치 영역을 침범당한 사나운 짐승처럼 그를 경계했었다.

삽시간에 머리털이 곤두설 만큼 적개심을 띠고 있던 남자의 눈. 그런데도 맹탕 같은 이자경은 내내 태평한 소리만 하고 있다.

대체 어떤 남자가 관심도 없는 여자를 그렇게나 열심히 쳐다본 대? 웬걸. 나갈 때까지도 눈을 떼지 못한 채 줄곧 따라다니기 바쁘 던데, 정작 당사자만 아무것도 모르고 있다.

"대체 목적이 뭘까."

되짚어봐도 남자가 보인 감정은 소유욕을 닮아 있었다. 아니, 그보다 더 본질적인 측면에서 접근해 보자면, 온전한 소유욕 이전 에 싫은 티를 냈다고나 할까. 자경의 관심이 석운에게로 옮겨갈 때마다 남자의 시선은 더없이 서늘하게 변했다.

그러니까 가령…… 질투라거나?

평상시 절제된 생활에 익숙해져야 하는 군인의 연애 레이더란 건 생각보다 날카로웠다. 걸그룹 정보를 괜히 전부 꿰차고 있는 게 아니었다. 불현듯 오싹한 기분이 느껴져 석운이 팔뚝을 북북 긁었다. 이상하게도 온몸이 간질거리는 느낌이 들어서였다.

며칠 뒤 석운이 부대로 복귀하자, 카페를 찾은 계승서의 표정도 한결 부드럽게 변했다.

✢

승서가 저녁으로 커피 이외의 것을 먹는 건 횟수로 따져 한 달에 고작 두 번이 전부였다. 백승혜가 운영하는 카페가 정기적으로 문을 닫는 단 이틀간, 승서는 이 시간을 그간 미뤄둔 약속을 해치우는 데 사용하고 있었다.

"얼굴 보기 어렵구나."

"그렇게 됐습니다."

"녀석, 무뚝뚝하기는."

과거 요정으로 사용되어지다 몇 년 전 상류층을 대상으로 한 고급 요리점으로 업종을 바꾼 영문각의 문을 열고 들어서자, 먼저와 기다리고 있던 계호균이 옅은 헛기침을 하며 불편해진 심기를 드러냈다. 본부장으로 발령받고 난 이후 처음 갖는 식사 자리였다.

잠시 후 미닫이문이 열리며, 한복을 입은 종업원이 음식을 내왔다. 곧 눈앞으로 정갈한 음식이 한 상 차려졌다.

"참. 권태하 실장은 안에 있는가?"

"일 관계로 잠시 자리를 비우셨습니다. 찾으셨다 말씀 올릴까요?"

"허허, 바쁜데 일부러 그럴 것까진 없네. 소개를 시키는 거야 꼭 오늘이 아니어도 되니, 조만간에 기회가 또 있겠지. 그만 나가보게나."

"네, 회장님."

허리를 굽혀 예를 다한 종업원이 뒷걸음질로 방을 빠져나갔다.

"권태하 실장이라면, 영문각 실소유자를 말씀하시는 거군요."

"잘 알고 있구나."

"정보를 다루는 쪽에서는 꽤 유명하니까요."

"알아둬 손해 날 것 없으니 조만간 자리 한번 만드마. 젊은 사람들끼리 통하는 것도 많을 게야."

"생각해 보겠습니다."

딱히 시시콜콜하게 할 말이 있던 것도 아니어서, 식사는 차분한 분위기 속에서 진행되었다. 하던 식사가 중반을 넘어서자 그때서야 계호균이 슬며시 운을 뗐다.

"논현동에는 아니 가볼 생각이더냐?"

"때 되면 알아서 적당히 가볼 테니 신경 쓰지 않으셔도 됩니다."

"귀국한 지가 언젠데 여태 그 소리야. 엊그제 며늘애가 다녀갔다. 마음고생이 이만저만 심했던 게 아닌지 얼굴색이 말이 아니지 무어냐."

승서가 들고 있던 젓가락을 천천히 내려놓았다. 짜 맞춰진 가족이란 틀에 홍주란과 계정문은 더 이상 들어 있지 않았다. 아예 얼굴을 안 보고 살 수는 없겠지만, 그렇다고 해서 마음에도 없는 의무를 억지로 이행할 생각 또한 가지고 있지 않았다.

적당한 거리감 유지. 떨어져 있는 동안 승서는 홍주란과 계정문에 대한 마음 정리를 끝낸 뒤였다. 그랬기에 지금과 같은 계호균의 간섭이 달갑지 않게 다가왔다.

"왜, 더 먹지 않고서? 잔소리 같은 할아비 말이 듣기 싫어 시위라도 하는 게냐?"

"바쁩니다. 더 할 말 없으신 거라면 이만 일어나 보겠습니다."

"허허. 회사 일을 승서 네 녀석 혼자서 처리하는 것도 아닌데 무어 그리 바빠. 바쁘기로서니 아무렴 나보다 더 바쁘기야 할까. 그러지 말고 게 앉거라."

"회장님."

"사석에서까지 회장님 소리 듣기 싫다. 단, 정히 네 뜻이 그러하
다면 주란이 그 아이 얘긴 내 오늘 더는 하지 않으마."

적당한 타협안을 제시한 계호균이 이어 준비해 온 진짜 목적을
조심스럽게 입에 올렸다.

"그보다 신영 이 회장 측에서 들어온 혼담 말이다."

"그 얘긴 이미 거절했던 걸로 압니다만?"

"그랬지. 한데 이 회장 생각은 또 그게 그렇지가 않은가 보더구
나."

계호균이 중매 자리를 들고 온 건 이번이 처음이 아니었다. 하
지만 구태여 지금처럼 홍주란과 계정문의 일을 들먹이지 않더라
도 그때마다 승서의 답변은 늘 일관되게 같았다.

조건에 따라 사람을 만나는 것은 회사 일로 얽히는 거미줄 같은
관계만으로도 충분하다. 멋대로 손에 쥐고 휘두를 수 있을 거라고
생각한 거라면 계호균의 계산 착오였다.

"할아버지 선에서 정리하세요."

"그냥 한 번 나가 만나보는 것도 싫으냐? 부담을 가지란 얘기가
아니야."

"못 들은 걸로 하겠습니다."

여지를 두지 않고 딱 자른 말에 계호균의 얼굴 위로 근심이 드
리웠다. 이번 일과 관련해 승서의 생각이 이처럼 확고하게 굳어
진 데 따른 이유가 계정문과 홍주란에게서 기인된 다사다난한 가
정사 때문이라고 여긴 탓이다.

"쯧. 결혼에는 아직도 영 뜻이 없는 게냐?"

"그렇지는 않습니다."

"그렇지는 않다?"

시름에 잠겨 있던 계호균이 눈에 이채가 서렸다.

"마음에 두고 있는 사람이 있습니다."

"방금 한 얘기가 전부 사실이렷다?"

"결혼을 하게 된다면, 그 사람과 할 겁니다."

때맞춰 승서의 머릿속에서 이자경의 얼굴이 떠올랐다 사라졌다.

"허허."

"계속 입 다물고 있을 수도 있었지만 그러지 않고 말씀드린 건, 이 이상 쓸데없는 일에 힘 빼지 말란 뜻입니다."

계호균의 시각에서 바라본 승서는, 성별과 지위의 고하를 떠나 기본적으로 사람에 대한 불신이 팽배했다. 그래서 방금 해온 승서의 이야기가 계호균의 입장에서는 뜻밖일 수밖에 없었다.

현재에 이르러 손자들 중에서도 승서를 가장 각별하게 생각하고 있던 계호균으로서는, 결정적으로 가족에 대해 유하지 못한 승서의 성정을 다소간 염려하고 있었다.

집안과 집안과의 결합을 내세워 등을 떠밀지 않은 한, 승서가 제 의지로 여자를 만날 일은 없다고 여겼다. 그래서 더 작심하고 중매 자리를 들이민 경향도 없잖아 있었다. 그런데 의외의 곳에서 일격을 맞고 말았다. 승서를 바라보는 계호균의 눈빛은 일견 의미심장해 보였다.

조건에 따라 사람을 만나지 않겠다, 공언했으니 필시 연애를 걸었단 얘기렷다? 하나의 결론에 이른 계호균이 약간은 성마른 투로 말을 이었다.

"바쁘다더니 그래도 할 건 다 하고 다니는구나. 네 말인즉, 연애를 하고 있긴 하단 얘기로구나."

"비슷합니다."

"답답하기로서니, 대답이 어찌 이리 두루뭉술해."

"확답을 드릴 수 있는 단계가 아니란 얘깁니다."

"하면…… 지금 너 혼자 애가 달아 이러고 있단 거로구나. 천하의 독불장군 같던 네 녀석이 말이야."

승서는 침묵했고, 호균에겐 그 자체로 대답이 되었다. 목이 탄 계호균이 상 한쪽 귀퉁이에 놓여 있던 숭늉을 집어 들어 벌컥 들이켰다. 그런 후에야 한차례 끊어졌던 대화가 다시금 재개되었다.

"딱히 내 귀로 들려오는 소리 소문이 없는 걸 보면 평범한 집안의 여식 같구나. 내 말이 틀렸느냐?"

"회사가 탐이 나 지금 이 자리에 앉아 있는 게 아닙니다."

"……."

"건드리지 마세요. 하지 않으려다 이 얘길 꺼낸 건 당부를 드리기 위해서이기도 하니까요. 나중에라도 알게 되더라도 모른 척 눈 감고 계세요."

"당부가 아니라, 할아비 귀엔 경고로 들린다만?"

승서는 굳이 그 말을 부정하지 않았다.

"하면 이건 어떠하냐. 격에 맞지 않단 이유로 내가 그 아일 반대라도 하면 그땐 어찌할 게냐."

"말씀드렸지 않습니까. 회사가 탐이나 이 자리에 앉아 있는 게 아닙니다."

"네 부모에게 그랬던 것처럼, 아예 인연을 끊고 살겠단 말이로구나."

"제게도 마음 붙일 곳 하나쯤은 남겨두어야 하니까요."

"……여하튼 사정 될 때 얼굴이나 한 번 뵈이거라. 그 시간이 너무 늦지 않았으면 좋겠구나."

저녁 식사 자리는 그 말을 끝으로 파했다. 그러나 다소 경직되게 흘러간 대화의 내용과는 달리 의외로 계호균은 기분 좋은 기색을 띠고 있었다.

영문각을 빠져나와 얼마간 차를 몬 승서가 신호를 받고 섰을 때, 때마침 거리의 음반 가게에서는 쇼팽의 피아노협주곡 1번 E단조가 흘러나오고 있었다.

쇼팽의 첫사랑 콘스탄체 글라드코브카에 대한 운명적 사랑이 담긴 피아노 선율은 이내 잊을 수 없던 과거의 시간으로 승서를 인도했다.

음악실에서 KFC 상자에 담긴 치킨을 뜯고 있을 때, 돌연 이자경이 그 문을 열고 들어섰다. 승서에게서 계승혁의 흔적을 찾기에만 급급해하던 홍주란에 대한 반감이 한참 깊어지던 때였다.

신경이 날카롭게 곤두선 가운데서도, 겨울의 앙상한 나뭇가지처럼 말라 있던 손이 안쓰러워 그만 말을 붙이고 말았다. 아무렇지 않게 치킨을 권유하고 말을 섞기까지에 따른 일련의 과정들은 지금에 와 생각해 봐도 신기할 정도로 승서답지 않은 일이었다.

약간의 기름기가 묻어 있어 더 탐스럽게 보였던 입술. 적당하게 배를 채운 뒤였음에도 문득 입맛이 돌았다.

데이트하고 싶다.

손잡고 함께 거리를 걷는 기분은 또 어떨까.

달콤해 보였던 입술을 훔치고, 더 진한 행위도 멈추지 않고 하고 싶다. 그땐 아무리 울어도 봐주지 말아야지. 망상과도 같은 결론에 이르렀을 무렵 승서의 입가로 한 자락 미소가 떠올렸다.

기억을 되찾지 못한 이자경은 그래도 여전히 승서를 설레게 만들었다. 그런데도 때때로 추억이 된 시간을 떠올릴 때면 쓸쓸한 기분이 들곤 했다.

잠시 후 신호가 바뀌고 정지해 있던 차도 다시금 움직이기 시작했다.

❖

남자가 카페에 들어선 순간, 언제나처럼 시선이 한 방향으로 쏠렸다. 소란스러움이 확연할 정도로 커졌다. 낮게 속삭이는 이야기의 거지반은 남자에 대한 품평을 입에 담고 있었다.

정말이지 죄 많은 남자 같으니라고.

눈길을 돌려 한 차례 내부를 둘러본 자경이 작게 숨을 몰아쉬었다. 언뜻 보기에도 성비는 한쪽으로 치우쳐 있었고, 현격하게 높은 비율로 손님의 대다수는 여성이었다.

풍성하게 말아 올린 마스카라와 정돈된 손톱. 벌꿀을 머금은 것 같은 촉촉한 입술은 매양 남자의 움직임을 따라 반응하기 바빴다. 하고 있던 차림들로 봐서는 학생보다는 한결 직장인에 가까운 모습들이었다.

오픈 당시부터 시작해 매출의 대부분을 차지한 게 학생들을 상대로 한 테이크아웃이었다면, 남자가 등장한 이래로 매출의 판도가 판이하게 바뀌었다. 덩달아 매장 내의 수익도 증가했다. 덕분에 백승혜는 연일 싱글벙글이었다.

"카페모카."

나직한 울림을 간직한 남자의 목소리는 언제 들어도 길게 늘어뜨려 말하는 법이 없다. 그래서인지 자경은 눈길을 사로잡는 화려한 남자의 외모보다는 햇볕에 잘 말린 풀처럼 건조함이 느껴지는 목소리에 더 신경이 쓰였다. 왜인지 남자의 음성을 듣고 있자면 때때로 이유를 알 수 없는 그리움에 휩싸이곤 했다. 평소와는 다르게 먼저 말을 붙인 건 지극히 이례적인 결정이었다.

"단걸 좋아하시나 봐요."

물끄러미 바라봐 오는 남자의 눈이 더 많은 설명을 요구했다.

"올 때마다 매번 같은 것만 드셔서요."

"좋아합니다."

대답은 그것으로 끝이었다.

흐트러짐 없는 슈트 차림이 서늘한 인상과 어우러져 위압감을 조성했다. 부담스러울 만큼 똑바로 바라봐 오는 시선을 피한 건 자경이 먼저였다. 이따금 생각하길, 자의식 과잉이라고 해도 좋을 정도로 남자는 빤히 이쪽을 쳐다보곤 했다.

"누나한테 관심 있는 것 같아."

한 차례 듣고 흘려버렸던 석운의 이야기가 불쑥 떠오른 건 바로 그때였다. 그러자 심장의 울림이 조금씩 커지기 시작했다.

관심이라니. 그럴 리 없잖아.

당혹감에 평소처럼 시선을 마주 대하기 껄끄러워진 자경이 결국 자리를 피하기로 했다. 그러다 채 몇 걸음 떼기도 전에 변덕을 부려 고개를 뒤쪽으로 돌렸다.

닿았다.

놀랍게도 흔들림 없는 남자의 시선 끝에는 여전히 자경이 위치해 있었다. 달아오르기 시작한 얼굴색을 들킬 세라 서둘러 걷는 속도를 높였다.

"홀린 거야. 귀신에 홀린 게 분명해."

남자를 보기 위해 카페를 찾는 인원은 늘어난 데 반해, 상대적으로 다가가 말을 붙이는 사람은 줄어들고 있었다. 암암리에 카페 내에서 떠도는 남자의 별명은 그림의 떡이었다.

일언지하에 거절당한 대다수의 여성들은 자경보다 화려한 외모를 하고 있었다. 착각할 수 있는 여지는 처음부터 없었다. 그럼에도 다문다문 다른 생각들이 자경의 머릿속을 헝클어뜨리곤 했다.

"이름…… 또 못 물어봤네."

강박증이 의심이 될 만큼 매번 같은 시각에 카페를 찾아, 카페 모카를 주문하는 남자. 자경이 아는 남자의 대한 정보는 지극히 제한적이었다. 그럼에도 단조롭고 규칙적인 남자의 시간은 어느새 자경의 일상과 교차하고 있었다.

✥

이해서의 범행으로 인해 발생한 사고는 단순하게 기억을 잃은 선에서 그치지 않고, 상당한 후유증을 남기며 외상후 스트레스 형태로 발전했다. 때문에 일정 수준까지 몸이 회복되고 난 뒤로도 자경은 한동안 바깥출입을 극도로 꺼려했었다. 이 같은 증상이 길어지자 다니던 직장은 자연스럽게 사직 처리하는 것으로써 정리되었다.

가장 뚜렷하게 나타난 증상은 대인기피증이었다. 주변에서 작은 관심이라도 보일라 치면 심각할 정도의 경계심을 드러내며 내도록 방어적인 태도를 취하곤 했다.

이랬던 자경을 다시 세상 밖으로 이끈 사람이 유일하게 그녀에게서 우호적인 반응을 이끌어냈던 백승혜였다. 백승혜의 권유에 따라 카페에 나가 일을 배우기 시작했던 건, 사고 이후 꼭 일 년 만의 일이었다.

계승서를 제외한 자경의 일상은 무척이나 평이하게 흘러갔다. 정해진 하루 일과를 소화하고 나면 적당하게 피로해진 몸이 알아서 수면을 독촉했다. 그러고 나서 일어나면 안개에 휩싸인 듯 답답했던 머릿속도 한결 개운하게 변해 있곤 했다.

보고 있기 위태로울 만큼 불안정했던 게 언제였냐는 듯, 백승혜와 함께 살기 시작하면서부터 자경은 부쩍 안정을 되찾았다. 그즈음 자경은 더 이상 잃어버린 기억에 대해 연연해하지 않게 됐다. 억지로 떠올리려는 노력도 그만두었다. 그저 주어진 현재에 충실하게 적응해 갔다.

이따금 심장 근처가 찌르르 울리며 이유 없이 가슴이 먹먹해질 때도 있었지만 그 역시 곧 괜찮아졌다. 얼마 안 가 사소한 농담에도 곧잘 웃게 되었다. 계승서가 곁에 없어도, 계승서를 기억하지 못해도, 자경은 나름 괜찮은 날들을 보냈다.

영원을 기약하던 다짐은 채 희미해지기도 전에 힘없이 스러졌다. 자경이 사랑했던, 여전히 자경을 사랑한다던 계승서의 부재를 당연하게 받아들이게 됐을 무렵, 함께했던 시간도 추억도 그렇게 묻히는 듯했다.

그러나 갑작스러웠던 사고만큼이나 급작스럽게, 어느 날 문득 유실되고 소실되었던 기억이 제자리를 찾았다. 전조 현상이라고는 잠들기 직전에 느꼈던 약간의 두통밖에 없었다.

"헉!"

튕기듯 침대 위로 상체를 일으킨 자경이 다급히 헛바람을 집어삼켰다. 고열에 시달린 것처럼 물기에 젖은 몸이 축축 늘어지고 무거웠다. 그러나 미처 정신을 차릴 사이도 없이, 지끈대기 시작한 머리 쪽에서 금방이라도 깨질 것 같은 사나운 두통이 날아들었다. 흡사 날카로운 바늘이 연신 뇌혈관을 찔러대는 것 같은 섬뜩한 느낌이었다. 털끝이 쭈뼛하게 서며 또다시 식은땀이 흘러내리기 시작했다.

"으읏!"

악문 잇새 사이로 끙끙대며 앓는 신음이 흘러나왔다. 대체 지금 무슨 일이 일어나고 있는 걸까.

"그만…… 제발 그만하란 말이야."

폭격을 맞은 것처럼 정리되지 않은 정보들이 활개 치듯 한꺼번에 쏟아져 들어왔다. 결국 충격을 견디다 못한 자경이 까무룩 정신을 잃었다.

"애, 자경아. 눈 좀 떠 봐. 얘가 오늘따라 왜 이렇게 맥을 못 춰."

조심스럽게 흔들어 깨우던 백승혜의 손길이 뒤늦게 자경의 이마를 짚어왔다.

차갑다.

딱 기분 좋을 만큼의 서늘한 기운이 기절에 가깝게 잠들어 있던 자경의 의식을 깨웠다. 잠시 후 빈틈없이 맞물려 있던 눈꺼풀이 차츰 위쪽으로 떠졌다.

"이런. 열이 있네. 얼른 일어나서 아침 먹고 해열제부터 복용하자."

눈을 떴을 때 가장 먼저 시야에 들어온 건 백승혜의 얼굴이었다.

"백승혜 씨가 왜 여길……."

"얘가 점점? 백승혜 씨라니. 여태 잠이 덜 깨기라도 했어?"

"지금…… 여기가 어딘가요?"

"어디라니 그야…… 혹시 자경이, 너!"

놀라움이 스며든 백승혜의 높다란 외침이 한껏 까라져 있던 정신을 일깨웠다. 그러자 상황을 조금 더 객관적인 상태에서 바라볼 수 있게 되었다. 맞다. 백승혜 씨가 아니라 이모라고 불러야지. 그런데 왜 방금 전엔 그런 말이 튀어나왔던 거지? 의문을 제기하고 다시 납득하기까지에 따른 간극이 쉽사리 좁혀지지 않았다.

혼선을 빚은 것마냥 기억이 뒤죽박죽으로 섞여 있다. 정돈되지 않은 혼란함에 자경의 눈동자가 세차게 흔들렸다.

해서! 그래, 마지막으로 이해서를 본 기억이 남아 있다. 불현듯 목덜미 쪽으로 소름이 돋으며 악에 받친 이해서의 얼굴이 떠올랐다.

"사고, 사고가 났었어요. 이해서예요. 이해서가 제 뒤에 서 있었어요."

"세상에!"

"이상해요. 왜인지 그때 일이 계속해서 떠올라요."

백승혜의 입에서부터 나온 짧은 감탄사가 높다랗게 소리를 키웠다.

"예전 일들이 어디까지 기억나는 거니?"

"모르겠어요. 지금은 그냥 머릿속이 터져 나갈 것처럼 복잡하기만 해요."

"차차 생각이 나겠지만 자경이 네가 그 일로 기억을 잃었었어."

"기억을 잃었다면…… 얼마나 오래요?"

"너 지금 서른이야. 자경아."

"서른."

사고 이후로부터 벌써 삼 년이 지났단 의미였다. 쉽게 소리 내 말할 수 있었던 것과는 달리 왠지 모르게 그 세월이 까마득하게만 여겨졌다. 그러면서도 처한 현실을 외면하지 못하고 받아들일 수밖에 없었던 이유는 따로 있었다.

설명하자면 무척이나 이율배반적인 기분이었다. 이제 막 사고 이전의 기억들이 하나둘 떠오르기 시작한 것과는 별개로, 사고 이후의 일들 역시 머릿속 한 켠에 자리를 잡고 있었다. 한데로 융합되지 못한 정보의 취합이 오히려 판단력을 흐리게 만드는 격이었다.

"죄송해요……. 지금 당장은 무슨 말씀을 드려야 할지 모르겠어요."

애를 쓰며 생각에 몰두할수록 지끈거림이 심해졌다. 뭔가 더 중요한 것을 잊고 있는 것 같은데, 그게 뭔지 떠오르지가 않아서 더 괴로운 심정이었다.

"죄송하긴. 여기서 이러고 있을 게 아니라 얼른 병원부터 가보자꾸나."

"조금 있다가요. 병원 진료가 시작되려면 아직 이른 시각이에요."

"그렇지, 참."

허둥대며 서두르던 백승혜가 아침 7시를 가리키고 있던 시곗바늘을 확인하고선 다소 허탈한 한숨을 내쉬었다.

"이해서, 그 몹쓸 것 때문에 대체 이게 무슨 고생이라니. 괜찮겠어? 그러지 말고 응급실이라도 다녀오는 게 어떻겠니. 차라리 그러는 게 더 마음은 편할 것 같아."

"저기 그보다, 생각을 정리할 시간이 필요한 것 같아요. 잠시 혼자 있고 싶어요."

"그래도……."

"부탁드릴게요."

잠시간 생각에 잠긴 백승혜가 이어 느릿하게 고개를 끄덕였다.

"네 생각이 정 그렇다면 하는 수 없지. 대신에 거실에 나가 있을 테니까 불편하거나 필요한 게 있음 꼭 불러야 해. 알겠지?"

"네. 알겠어요, 이모."

"어쩜. 이번에는 백승혜 씨가 아니구나. 다행이야. 혹시라도 또 잘못됐을까 봐 걱정했거든."

자경의 어깨를 토닥인 백승혜가 안도의 웃음을 지어 보였다. 잠시 뒤 백승혜가 문을 닫고 방을 나섰다. 혼자가 된 자경은 곧 사색에 빠져들었다.

"사고가 났고, 그다음은 어떻게 됐더라? 아니, 아니야. 그전에 무슨 일이 있었는지부터가 먼저야."

자경이 가장 먼저 한 일은 일의 순서를 명확히 가리는 일이었다. 흩어진 기억을 모조리 긁어모아, 시간의 흐름에 맞게 재배열하는 과정이 이어졌다.

얼굴색이 파랗게 질릴 정도로 머리가 아팠지만, 극한의 상태에 내몰리면서도 자경은 하던 생각을 멈추지 않았다. 의식하지 못한 사이 말아진 손 안쪽으로 다듬어진 손톱 끝이 살갗을 파고들었다. 그러더니 기어코 피를 봤다.

"아!"

아픔을 느낄 새도 없이 순간적으로 이름 하나가 뇌리를 스쳐 지나쳤다.

맙소사!

내내 그늘져 있던 얼굴 위로 한줄기 빛이 내려앉았다. 쉽사리 해소되지 않던 의문에 휩싸여, 체증처럼 더부룩하게 얹혀 있던 감각이 마치 거짓인 듯 사라져 버렸다. 대신 엉망으로 뛰기 시작한 심장의 울림이 따가울 정도로 귓가를 때렸다.

"계승서."

토해내듯 입 밖으로 계승서의 이름을 뱉어낸 직후 섬광이 터지듯 일순간 시야가 암전됐다. 때맞춰 자경의 표정이 와락 일그러졌다.

어떻게 잊고 살 수가 있었을까. 다른 사람도 아닌 계승서 너를.

유일하게 마음을 나누었고, 그로 인해 행복할 수 있었던 그때의 감정을, 그 떨림을.

어떻게, 정말이지 어떻게.

목울대에서부터 왈칵 뜨거운 기운이 치밀어 올랐다. 그리움은 곧 눈물이 되어 볼을 적시며 아래로 타고 흘렀다. 기다렸다는 듯이 서서히 시간이 과거로 역행하기 시작했다.

——나는 여전히 이자경만 좋아해.

계승서로부터 이 같은 내용의 메일을 받았을 땐 행복해서 죽을 것만 같았다. 밥을 먹지 않아도 배가 부르고, 가만히 있어도 슬그머니 웃음이 났다. 짧은 문장에 불과했지만 반복해 읽어도 지루한 줄 몰랐다. 오래도록 여운을 간직하고 싶어, 당장에 답장을 쓰는 것도 미뤘었다.

"보고 싶어. 보고 싶어, 계승서."

아까워 보내지 못했던 그때의 답신이, 늦었지만 오늘에서야 자경의 입술 끝에서 흘러나왔다. 비로소 어긋나 있던 것들이 모두 제자리를 찾았다. 사납던 두통이 조금씩 잦아들고 있었다.

잠재의식 아래로 가라앉았던 기억이 다시금 수면 위로 떠오른 것은 겨울을 앞둔 서른 살의 늦가을 날이었다.

사고 당시 보호자로서 수술 동의서에 사인을 한 사람은 이문태였다. 형편이 여의치 않은데도 청구된 병원비를 도맡아 수납하고, 기력을 회복할 때까지 지극정성으로 돌본 사람도 이문태였다. 그런데도 자경은 왜인지 이문태의 앞에서 만큼은 경계심을 풀지 않았다. 오히려 몇 번 문병을 다니러 간 적밖에 없었던 백승혜를 더 따랐다고 했다.

"무슨 수로 집을 알아냈는지, 두 손 가득 통장을 꼭 쥔 채로 날 찾아왔어. 비가 내리고 있었는데, 아무것도 신지 않은 맨발이었어. 아마도 몰래 빠져나오느라 그랬던 것 같아. 놀란 마음에 서둘러 들어오라며 손짓을 하는데도 글쎄, 한사코 고개만 저으며 손에 든 통장을 내밀지 뭐야. 대신해 맡아달라고 했어. 이유는 말하지 않았지만 빼앗길까 봐 두려워하는 눈치였어."

자경의 기억에도 선명하게 남아 있는 일이었다. 그럼에도 백승혜의 입을 통해 전날의 일을 전해 듣는 건 또 다른 느낌을 받게 만들었다. 당시 맡아 보관해 두고 있던 통장을 자경의 앞으로 내밀며 백승혜가 조금 더 얘기를 이어갔다.

"끝까지 마음을 열지 않았어. 그 사람이, 이문태 씨가 아무리 잘해줘도 눈길 한 번 주는 법이 없었어. 눈길이 다 뭐야. 한 공간에 있는 동안은 내내 물 한 모금도 입에 대지 않았어. 이러다 애 잡겠다 싶었던지, 그 대단한 자존심에 제발 부탁한다고 무릎까지 꿇으며 사정을 해오더라. 이문태 씨 나름으로는 잘해보려고 했지만, 그게 잘 안 됐어."

모든 걸 잊었지만, 뼛속 깊이 새겼던 이문태에 대한 반감만은 고스란히 간직하고 있었던 모양이다. 간혹 인간이 발휘할 수 있는 미지의 힘이란 건, 과학적으로는 설명이 불가능한 범주에 놓여 있을 때가 있었다.

가만히 눈을 감자, 상심에 들어찬 채 망연자실한 표정을 짓고 있던 이문태의 얼굴이 떠올랐다. 낙담에 젖은 이문태의 어깨가 어딘지 모르게 작고 왜소해 보였다. 그러나 그 이상의 감정은 들지 않았다. 대신 마음은 전에 없어 차분하게 가라앉았다.

기억을 잃은 상태에서도 끊임없이 존재를 부정당했을 때, 이문태는 어떤 심정이었을까. 조금쯤은 궁금하기도 했다.

"······그 사람도 괴로워했을까요?"

"그래. 그래 보였어."

"그렇구나. 그럼 됐어요."

"아직도 그렇게 이문태 씨가 미우니?"

"밉지 않아요."

자경이 내놓은 답변이 다소 의외였던지, 백승혜가 눈을 동그랗게 뜨며 놀란 기색을 내비쳤다.

"왜냐면 이미 끝난 인연이니까요. 미움도, 애정도 이제 더는 남겨두지 않으려고요. 그러는 게 맞는 것 같아요."

잃었던 기억을 되찾았을 때, 가장 최고의 복수도 완성되었다.

❖

먼지가 내려앉은 앨범을 찾아 그 안을 열어봤다. 몇 장 넘기니 가나다순으로 정렬된 사진들 틈에서 그리운 얼굴이 모습을 드러냈다.

기억을 잃은 후 앨범을 열어본 건 딱 한 번뿐이었다. 그리고 아무엇도 기억하지 못했던 그때도, 이상하단 생각을 품었던 적이 있었다.

물에 희석된 표백제를 잘못해 떨어뜨리기라도 한 것처럼 하얗게 들뜬 종이. 다른 것은 새것처럼 깨끗한 데 반해 유일하게 계승서의 사진만은 오래된 필름처럼 색이 바래져 있었다. 수없이 자경의 손길이 머물렀던 장소. 애정의 근거이자 연정의 증거이기도 했다.

"아직, 미국에 있는 걸까?"

한국에 있다면 수소문해 찾아볼 수도 있겠지만 아니라면 당장은 방법이 없었다. 유일하게 연락이 가능했던 메일에 기대를 걸어봤지만, 삼 년 넘게 열어보지 않았던 메일 계정은 한동안 휴면 상태로 잠들어 있다 사이트 정책에 따라 폐기된 뒤였다.

하지만 만날 수 있다는 희망이 전부 사라진 건 아니었다. 당장에 시선을 돌려 주변을 둘러봐도 대한 그룹의 로고가 찍힌 제품들이 여럿 눈에 들어왔다. 계승서가 대한 그룹의 회장인 계호균의 손자인 이상 어떻게든 연관성을 찾을 수 있을 것이다.

그런데도 참 이상하지. 계승서에 대한 생각이 깊어질수록, 문득문득 카페를 찾던 남자의 얼굴이 교차해 떠올랐다. 계승서와 관련해 딱히 접점이 있던 것도 아닌데 줄곧 그와 관련한 생각을 떨쳐버리지 못했다.

없애지 못한 의문점은 하나둘이 아니었다. 백승혜의 카페에서 처음으로 대면했을 당시 남자는 분명 기억을 잃기 전의 자경을 알고 있다고 말했다. 바로잡자면 무려 친하다고까지 했었다.

하지만 되찾은 기억 중에 남자에 관한 정보는 어디에도 들어 있지 않았다. 원체 눈에 띄는 타입인지라 잠깐이라도 일면식이 있었다면 적어도 기억 한 켠에는 남아 있을 텐데, 그렇지 않다는 건 섣불리 이해하기 힘든 범주에 놓여 있었다.

그러나 단순한 장난쯤으로 치부하기엔 그간 남자가 보인 행보가 마음에 걸렸다. 하루 이틀도 아니고, 남자는 오랜 시간에 걸쳐 꾸준히 카페를 찾고 있었다.

이유가 뭘까.

못 박힌 듯 계승서의 사진을 바라보면서도 한쪽으로는 남자에 대한 생각을 놓지 못했다. 완전히 다른 두 사람인데, 왜인지 따로 떼놓고 생각해지지가 않았다.

놓치고 지나쳤던 사실을 깨닫게 된 건, 외국 출장으로 인해 며칠간 걸음이 뜸했던 남자가 오랜만에 카페에 모습을 드러낸 직후의 일이었다.

"카페모카."

잔잔한 일상에 돌을 던진 건 늘 들어 익숙해질 대로 익숙해진 남자의 말 한마디였다.

어딘지 기시감이 느껴지는 말투.

평소와 다름없이 주문을 끝낸 남자가, 뜻밖으로 상자에 담겨 포장된 과자류의 쿠키 세트를 카운터 위로 올려놓았다.

"출장 다녀오는 길에 생각나 사봤습니다. 커피와 함께 곁들여 먹으면 괜찮을 것 같더군요."

또다.

친숙하게 귓가를 파고드는 나직한 목소리에 자경의 몸이 전율에 휩싸인 듯 잘게 떨렸다.

그때가 처음이 아니었다. 자경은 분명 이 목소리를 기억하고 있었다.

남자가 카페에 나타나기 훨씬 이전부터!

벼락같이 깨닫게 된 사실 하나에 '흡!' 숨을 집어삼키는 순간, 뒤늦게 남자의 목소리가 누구와 닮았는지를 떠올릴 수 있게 되었다.

계승서야! 계승서와 닮았어.

자각과 동시에 다급한 목소리가 남자를 향했다.

"부탁, 부탁이 있어요."

"……?"

"이름이 뭔가요? 제게, 이름을 말해줄 수 있나요? 아니, 말해줘요."

"……"

"다른 뜻이 있어서 그러는 거 아니에요. 단지, 단지……."

"단지?"

"제가 아는 사람 같아서요. 제가, 알고 있는 사람 같아서요."

정면을 향해 있던 남자의 눈빛이 더없이 다정한 빛을 띠기 시작했을 때, 시간이 멈춘 듯 주변은 아무것도 보이지가 않게 됐다.

"계승서."

"아!"

"이자경이 궁금해하는 이름이 이게 맞아?"

빈틈없이 말끝을 올리던 남자의 말투가 자연스럽게 친근한 기색으로 돌아섰다. 눈앞이 아득해지면서 일시에 현실감이 사라졌다.

이렇게나 가까이에 있었구나.

몰라볼 정도로 달라진 얼굴. 체형도 체격도 기억과는 많은 차이를 보였지만, 익숙하게 파고드는 목소리만큼은 변함없이 그대로였다. 무엇보다 피하지 않고 마주 본 계승서의 두 눈은 줄곧 같은 얘길 해오고 있었다. 이자경의 계승서가 분명하다고!

차오르기 시작한 눈물을 막지 못했다. 부러질 것처럼 고개를 끄덕이면서도, 잔뜩 잠긴 목은 마음에 위배해 뜻대로 움직여 주질 않았다. 바보처럼, 북받쳐 오른 감정을 이기지 못해 먼저 다가서는 것조차 하지 못했다.

"영원히 묻지 않을까 봐 이따금 겁이 나기도 했어. 내 이름, 겨우 물어봐 주는구나."

"나는, 그러니까 나는……."

"좋아해, 이자경."

"……!"

"이 말이 하고 싶어서 매일같이 널 보러 카페에 들렀어."

참을 수 없이 기쁘면서도, 보답해 줄 수 없었던 시간이 너무 길어 슬픈 기분이기도 했다. 강한 힘에 이끌려 계승서의 품에 안긴 이후에도 줄곧 눈물을 그치지 못했다.

"혼자서 하는 연애는 이미 실컷 해봤어. 그러니까 이젠 둘이서 해. 이자경하고 나하고, 둘이서 해."

주변의 수군거림 같은 건 하나도 귀에 들어오지 않았다. 쫑긋 세운 자경의 귓가를 촉촉하게 물들이는 건 오로지 상냥한 승서의 울림뿐이었다.

"기억 찾아줘서 고마워. 고맙고 감사하게 생각해."

눈물로 엉망이 된 자경의 얼굴을 양손으로 조심스럽게 감싼 계승서가, 자경의 시선을 조금 위쪽으로 끌어 올렸다. 이윽고 부드럽게 와 닿는 이마의 감촉. 말랑하게 눌리는 생경한 느낌이 계승서의 입술이란 걸 깨달았을 땐, 이미 자경의 입술은 온전히 점거당한 뒤였다.

흡사 점령지의 지배자처럼 저돌적이었고 거침이 없었다. 다만 맞물린 입술을 열어달라 천천히 두드려 오는 동작만큼은 커피 크림처럼 유완(柔婉)했다.

매달리듯 계승서의 목 뒤로 감겨든 팔이 제멋대로 떨렸다. 첫 키스의 기억은 매우 단 카페모카의 맛이 났다. 계승서가 주문했던 카페모카가 채 만들어지기 전이었음에도 이상하게 그랬다.

제9장

되돌아온 길

계승서가 카페에 모습을 드러낸 건 꽤 오래전부터였다. 얼핏 계산해 봐도 적지 않은 기간 카페를 오갔다. 그사이 계승서는 많은 고백을 받았고, 그때마다 거절을 입에 담는 위치에 서 있었다.

하지만 상황이 이렇다 해서 계승서를 목적으로 카페를 찾는 다수의 손님들이, 모두 이성적인 관점에서의 호기심을 가지고 있던 것은 아니었다.

말하자면 카페 내에서 차지하고 있는 계승서의 위치란 건, 지닌 분위기와는 어울리지 않게도 일종의 얼굴마담 역할을 하고 있었다.

현실을 감안해, 늘어난 손님의 상당수가 미혼의 여성인 점은 부정할 수 없는 사실이었다. 그러나 그중에는 아이를 품에 안은 아이 엄마도, 나란히 손을 붙잡은 채 애정을 과시하는 커플도 포함돼 있었다.

주된 관심사가 계승서라고는 하나 연애 대상으로써의 관심과는 분명하게 달랐단 의미였다. 그러나 자경과 계승서의 키스가 시작된 이래로 카페 안의 분위기는 딱히 부류를 나눠 구분할 것도 없이 전부 하나같이 놀람과 경악에 휩싸여 있었다.

"읏!"

옅은 신음이 채 바깥으로 흘러나오기도 전에 소잔되었다. 꾹 눌려져 맞닿은 입술이 아플 정도로 짓이겨진 상태에서도 빈틈없이 안쪽을 파고든 계승서가, 그간 참아왔던 시간에 대한 보상을 요구하듯 욕심껏 자경의 여기저기를 맛보기 바빴다.

일방적으로 단절돼 있던 관계가 이제 막 양방향으로 흐르기 시작한 이래로, 감정은 점차로 고조되고 있었다. 격랑에 휩쓸린 것처럼 정신을 차리고 있기가 힘들었다. 그러함에 지금 느끼고 있는 기분 역시 한 가지로 특정 지을 수가 없었다.

이대로 멈춰줬음 하다가도 더해주길 바라게 되고, 그만둬 줬음 싶다가도 좀 더 많은 걸 원하게 된다. 단둘뿐이 아니란 사실이 아쉬운 건지, 아님 안도감에 가까운 감정인지 섣불리 판단을 내리기가 어려웠다.

다만 계승서는 여전히 타인의 시선을 의식하지 않은 채였다. 의식하는 게 다 뭔가. 키스가 이어지는 내내 치켜뜬 계승서의 눈은 줄곧 자경의 얼굴을 확인하기에 여념이 없었다. 다른 방향으로는 잠시도 관심을 두거나 거들떠보지 않았다. 그랬기에 임의로 시선을 피하거나 눈을 감을 수도 없었다.

맞닿은 입술과 눈길이 일시에 체온을 상승시켰다. 기분 좋게 휘어지기 시작한 계승서의 눈꼬리는 눈물이 날 만큼 친밀했다. 그에 반해 제멋대로 입안을 헤집고 있던 혀의 움직임은 난폭한 야만의 군주만큼이나 거칠었고, 열사의 태양보다도 뜨거웠다.

흡사 모래사막에 서 있는 것처럼 발밑이 계속해 무너져 내리는 느낌이었다. 계승서의 목을 휘감고 있던 팔이 아니었더라면 일찌 감치 주저앉고 말았을 테다.

위치를 확인하듯 혀끝을 톡톡 건드려 오는 건 그나마 약과였다. 끈질기게 쫓아와 낚아챈 혀를 양껏 빨아들일 땐 한없이 낯선 느낌 에 무심코 몸을 흠칫 떨며 어깨를 움츠리기도 했다. 그럴 때면 계 승서가 긴장하지 말라며 자경의 등을 천천히 쓸어오기도 했다. 그 러자 놀랍게도 경직됐던 몸이 차츰 풀어지기 시작했다.

이자경이 좋아하는 계승서. 이자경을 좋아하는 계승서.

감정을 전달하는 방법은 생각보다 많고 다양했다. 작은 손짓으 로도, 마주 보는 눈빛만으로도 가능했다. 어떤 땐 말로 하는 직접 적인 의사 표현보다 별거 아닌 행동이 더 많은 것들을 말해오기도 한다. 그래서였다. 좋아한다고밖에 말해보지 못했음에도, 그 안에 든 사랑을 의심해 본 적이 없었던 것은.

잠깐의 주저함은 금방 자취를 감췄다. 살며시 얼굴을 기울이자 기다렸다는 듯 입맞춤의 깊이가 깊어졌다.

눈에 띄게 차이 나는 신장의 열세 같은 건 조금도 문제가 되지 않았다. 한껏 뒤쪽으로 젖혀진 자경의 고개는 명백하게도 계승서 를 배려하고 있었다.

더 가까워지고 싶다. 이 같은 생각을 머릿속에 떠올렸을 즈음, 허리 쪽에 머물러 있던 계승서의 손이 속박하듯 자경의 몸을 얽어

맸다. 도망갈 틈을 남겨두지 않으려는 의도가 행위 밑바탕에 짙게 깔려 있었다. 그러나 가빠오는 호흡만큼은 도저히 혼자 힘으로 어쩌질 못했다.

숨이 차오르기 시작할수록 시야가 어그러지기 시작했다. 이대로 기절이라도 하면 어쩌나 걱정이 들기도 했다. 불규칙한 호흡이 턱밑까지 차올랐을 무렵 간신히 두 손으로 계승서의 몸을 밀어내며 얼마간 둘 사이의 간격을 벌릴 수 있었다.

"그, 그만. 그만해, 계승서."

"왜……?"

한결 투정에 가까운 얼굴. 불만을 숨기지 않고, 있는 그대로의 감정을 드러내는 계승서를 보는 건 정말이지 오래간만의 일이었다.

기억을 잃기 전과 잃고 난 후.

현재 자경의 머릿속에 존재하는 계승서는 하나이되 또한 둘이기도 했다. 분위기도 외모도 모든 것이 달라졌다. 그렇지만 본질만큼은 여전히 그대로였다.

모두 계승서야.

변함없는 명제 앞에서 자경이 그제야 반달처럼 웃어 보였다. 그 사이 주변의 웅성거림은 확연하게 커져 있었다.

시간이 지배할 수 있는 것들은 생각보다 범위가 넓었다. 닿았던 입술이 떨어졌을 때 혼란에 휩싸인 카페 내부의 분위기는 그야말로 무질서한 교착 상태에 빠져 있었다.

체감으론 한없이 길게 느껴지던 시간이었지만, 사실상 두 사람 모두가 처음인 상황에서 기교를 기대하기 힘든, 정직하고 서툰 키스가 오래 지속될 리 없었다.

객관적으로 수치화하자면 아주 잠깐에 불과했지만 그에 비해 사람들이 받은 충격의 강도는 결코 적지 않았다. 의외로 둘 중 피부가 따끔거릴 정도의 강한 눈총을 받게 된 건 계승서가 아니었다. 해명을 요구하는 눈길이 일제히 자경을 향해 있었다.

"어딜 봐."

"아냐, 아무것도."

"계속 이런 식이면 후회할 텐데?"

한눈을 판 건 아주 잠깐뿐이었다. 그러나 그 잠깐의 딴짓조차 계승서는 불만스러워했다. 불쾌감이 깃든 나직한 경고의 말속에는 은밀한 뉘앙스가 함께 포함돼 있었다. 뒷걸음질치듯 자경이 조금 뒤로 물러섰다. 왜냐하면 이제야 여기가 어딘지 생각이 났기 때문이다.

"누굴 신경 써? 지금 여기서 이자경이 신경 써야 할 사람이 나 말고 더 있기라도 해?"

"그렇긴 해. 그렇긴 하지만, 그래도 여긴 내 직장이기도 하니까."

작게 까라지는 자경의 목소리는 별다른 설득력을 얻지 못했다. 우선순위에게 밀린 게 못마땅하다는 듯이 계승서의 입매가 삐뚜름하게 변했다.

"그 말을 하기엔 조금 늦었다는 생각이 드는데, 이자경 생각은 어때?"

계승서의 말에 가장 빠르게 반응한 건 자경이 아니었다. 대놓고 구경을 일삼던 주변의 시선이 계승서의 말을 의식이라도 한 듯 슬그머니 피해 사라졌다. 물론 얼마 안 가 다시 제자리를 찾았지만.

"난 이런 것도 나쁘지 않아."

"……!"

"이 말을 하는 건, 미리 알아두란 얘기야. 매번 신경 쓰는 거 난 못 해."

선언하듯 해온 계승서의 말은 '못 해'였지만, 듣기에 따라 자발적인 '안 해'에 더 가까웠다.

부끄럼 없는 계승서의 말에 자경의 얼굴이 새빨갛게 달아올랐다. 돌려 말해 단단히 각오를 하란 얘기였다.

말투는 다분히 평이했지만, 마냥 아무렇지 않게 받아들일 수 없었던 이유에는 한껏 기대감을 불러일으키는 계승서의 진지한 눈빛 때문이었다.

눈을 가느다랗게 좁혀 뜬 계승서가 의미심장한 미소를 지었다. 심장이 제멋대로 쿵쾅거리기 바빠 당장엔 상황을 수습해야 한다는 생각도 들지 않았다. 때맞춰 개인 용무를 마치고 돌아온 백승혜와 교대하듯 카페를 빠져나오지 않았더라면 일은 걷잡을 수 없이 커졌을 테다.

영문도 모른 채 시달림을 감당해야 할 백승혜에겐 미안한 마음이 들었지만, 지금은 계승서의 손을 놓고 싶지 않았다. 카페를 나온 이래로 자경의 손목은 계승서에 의해 붙들린 채였다.

"가자."

"가다니. 어디를?"

"방해받지 않고 얘기할 수 있는 곳."

"그러니까 그게 어딘데."

"가보면 알아."

생각해 두고 있는 장소가 있음을 대놓고 암시하면서도, 계승서는 목적지에 대한 직접적인 언급은 꺼렸다. 다만 걸어서 갈 수 있는 정도의 짧은 거리가 아니란 것만은 알 수 있었다. 주차돼 있던 계승서의 벤츠에 올라탄 직후에 내린 자경 나름의 결론이었다. 얼마간 차를 달려 도착한 곳은 강남 한복판에 위치해 있던 고급 오피스텔 앞이었다.

"이쪽이야."

지하주차장 한쪽에 위치한 엘리베이터 안으로 걸어 들어가 닫힘 버튼을 눌렀을 때만 하더라도 설마 하는 마음을 버리지 않고 있었다. 그러나 십팔 층에서 멈춰 선 엘리베이터의 문이 열리고 난 뒤 얼마 지나지 않은 시점에서 의문은 하나의 확신이 되어 실체를 드러냈다.

지문인식시스템을 이용해 현관문을 연 계승서가 한쪽으로 비켜섰다. 따로 공간을 내준 건 먼저 들어가란 의미였다.

"집이네?"

"집이지. 딱 나 혼자만 사는 집."

간결한 질문에 대한 대답은 딱 그만큼 간단했다.

자경이 성마른 침을 꼴깍 삼켰다. 계승서의 말처럼 이곳이라면 다른 사람의 방해를 받지 않고 대화를 이어갈 수 있었다. 그러나 그럴수록 머릿속에서는 위험신호가 울렸다. 계승서가 정말로 대화 '만' 하기 위해 이곳을 찾은 건지에 대한 확신이 서지 않아서였다.

떨림이 두드러졌다.

"들어오지 않고 왜 그러고 섰어?"

느긋한 동작으로 팔짱을 교차해 낀 계승서가 자경을 향해 턱짓했다. 바라보는 시선이 마치 어린애 재롱 보듯 한다. 풍기는 낌새가 이미 눈치껏 자경이 하고 있던 생각을 읽어낸 것 같았다. 이어진 계승서의 얘기가 이 같은 자경의 예상을 뒷받침했다.

"왜 그렇게 몸을 사려? 내가 잡아먹기라도 할까 봐서 그래?"

"누, 누가 그렇대."

"그럼 다행이고. 근데 말은 왜 그렇게 더듬어?"

짙고 숱 많은 계승서의 눈썹이 위쪽을 향해 치우쳤다. 포만감 깃든 웃음이, 이미 다 들켰으니 어서 빨리 진실을 말하라는 태도였다. 계승서의 성화에 결국 고집을 부리던 걸 포기한 자경이 그가 이끄는 대로 문 안쪽으로 들어섰다.

"못됐어, 정말."

"미치겠다, 이자경. 왜 자꾸 이렇게 귀엽게 굴어."

그런 말투로 귀엽게 군다고 말해봤자 별로 귀염성 있는 성격이 아니란 건 본인인 자경이 가장 잘 알고 있었다. 그런데도 애가 단 계승서의 발언을 듣고 있자면 괜스레 어깨가 우쭐해지고, 기분이 고양되는 느낌이었다.

"더 가까이 좀 와봐. 지금 이자경이랑 이러고 얼굴 보고 있는 거 너무 좋다."

카페 의자에 앉아 카페모카를 즐겨 마시던 남자는 주변의 접근을 막아서는 철벽을 치고 있었다. 남자가 계승서란 걸 몰랐을 땐 굉장히 서느렇단 평을 내렸었다. 그래서일까. 두 사람이 동일인물이란 걸 알게 된 다음부터는 문득문득 차이점을 찾게 된다.

미국 물은 괜히 그냥 먹은 게 아닌가 보다. 낯간지러운 말을 잘도 아무렇지 않게 입에 담는다. 쑥스러움에 볼을 긁적인 자경이 그제야 주변 사정에도 관심을 가졌다. 둘러본 오피스텔 내부는 지나치게 삭막했다.

"별거 없지?"

"응."

예의상 빈말로라도 아니라고 해야 하는데 그럴 수가 없었다. 생활감이 느껴지지 않는 공간은, 언뜻 철거돼 비워진 모델하우스를 연상케 했다.

꽤 넓은 평수에 비해 그 안을 채운 건 생활 전반에 필요한 집기 몇 가지뿐이었다. 너무 황량한 느낌이라 조만간 거처라도 옮길 목적에 따로 짐을 들이지 않은 것인지 의문이 들었을 정도였다.

"이사 계획 있어?"

"이자경은 어디가 마음에 드는데?"

"질문에 답은 안 하고, 뜬금없이 그게 무슨 소리야."

"못 알아들었으면 하는 수 없고. 마실 거라도 줘?"

하던 얘길 얼버무린 계승서가 이윽고 커다란 손을 이용해 자경의 머리 위를 쓰다듬었다. 이때까지도 자경은 계승서가 어느 정도 여유를 가지고서 대화에 임하고 있다고 생각했다. 그러나 자경의 생각은 보기 좋게 빗나갔다.

태연함을 가장하고 있던 계승서의 손은 자경의 머리카락을 어루만져 올 때마다 형편없이 떨리고 있었다. 일부러 아는 척을 하지 않았던 건 자경의 사정 역시 별반 다르지 않아서였다.

좀 더운 것 같아.

계절감을 잊은 투정이 입 밖으로 새어 나올 뻔했던 걸 간신히 참아낸 자경이 잠자코 이 시간이 가져다주는 여운을 즐겼다.

우리는 한동안 말을 아꼈다. 마냥 가만히 있었던 것은 아니었고, 시선만은 뚫어져라 서로를 쳐다보기에 바빴다. 변해 버린 걸 찾는 건 의외로 쉬웠다. 그리고 그건 계승서도 마찬가지였나 보다. 잠시간 잦아들었던 대화의 물꼬를 튼 건 계승서가 먼저였다.

"많이 컸네."

"큰 건 내가 아니라 계승서 너지."

전에도 크단 느낌은 있었지만, 지금은 올려다보는 것만으로도 목이 아플 정도였다. 그에 비해 자경은 대학에 입학한 뒤로 거의 자라질 않았다. 미묘하게 주제가 어긋나 있다는 걸 알게 된 건 이어진 계승서의 말 때문이었다.

"아니, 그런 의미가 아니라."

뒷말을 의도적으로 삼킨 계승서가 천천히 눈길을 아래로 내렸다. 자경의 눈도 계승서가 움직이는 방향을 따라 이동했다. 계승서의 시선이 최종적으로 멈춰 선 곳은 목 아래쪽에 자리 잡은 동그랗게 솟아오른 볼록한 가슴이었다.

"지금…… 어딜 봐?"

대답 없이 계승서가 어깨를 으쓱였다.

"너무 그렇게 쳐다보지 마."

"그렇게 말해도 이건 내 의지 밖이야. 더 참는 거, 나 못 해. 그리고 내게도 이 정도 권리쯤은 가지고 있어."

"권리라니. 어떤 권리……?"

"이자경을 마음껏 볼 수 있는 권리. 덕분에 욕구불만이란 것만 알아둬."

"윽!"

일시에 헛바람을 집어삼키자, 계승서의 웃음이 조금 더 짙어졌다.

"안심해. 당장에 어떻게 하겠단 건 아니니까. 뭐, 언제까지 참아줄 수 있을지는 장담 못 하겠지만."

예외 조항을 두듯, 단서를 덧붙이며 해온 계승서의 마지막 이야기는 선전포고나 다름이 없었다.

진득하게 녹아내린 정염 어린 눈빛. 가슴께로 통증이 전해질 만큼 또다시 심장이 제멋대로 뛰기 바빴다. 입술이 바짝바짝 마르며 목이 타는 기분이었다. 그때서야 자경은 잊고 있던 제안 하나를 머릿속에 떠올릴 수 있었다.

"마실 거 준다며? 그거 지금 줘."

"지금?"

"응, 지금. 부탁할게."

"이런 식으로 나온다 이거지? 근데 어쩌지? 이럴수록 더 곤란해지는 건 이자경 너야."

전부터 느꼈던 거지만, 계승서는 의외로 김첨지 같은 구석이 있었다. 말로는 싫다 하면서 행동은 그렇지 않을 때가 더 많았다. 지나와 생각해 보면 작은 것 하나라도 자경의 요구를 허투루 들어넘긴 적이 없었다. 그건 지금도 마찬가지였다.

투덜거림을 입에 담으면서도, 주방으로 향하는 계승서의 발걸음이 가벼워 보인 건 비단 기분 탓만은 아니었다. 그러자 자연스럽게 시선은 탄탄한 계승서의 뒤태로 옮겨갔다.

"운동했나?"

무심코 입에 올린 말에 화들짝 놀란 자경이 서둘러 눈길을 돌렸다. 도발에 넘어가지 않기 위해 안간힘을 쓴 보람도 없이 마음이 계속해 흐물흐물해지는 느낌이었다. 잠시 후 고개를 가볍게 흔든 자경이 생각을 다잡았다. 그전에 자경은 계승서와 좀 더 많은 대화를 나눌 필요가 있었다.

바라본 계승서의 모습은 흠잡을 데 없이 완벽하다. 이 정도로까지 변해 버린 건 사기 캐릭터나 다름없었다. 안 그래야지 하면서도 때때로 느껴지는 낯선 감정에 어쩔 수 없이 마음이 들썩거렸다.

홍주란에 대한 반감으로 살을 찌웠던 계승서는 토실토실하게 살이 올라 큰 키에도 불구하고 꽤 귀염성이 있었다. 물론 이러한 것은 전적으로 자경의 의사가 반영된 주관적 평가로써 주변의 평판과는 사뭇 동떨어져 있었다.

그러나 남들 눈엔 어떻게 비춰졌을지 몰라도, 어린 이자경을 설레게 하고 떨리게 만들었던 건 분명 그때의 계승서이기도 했다. 떨어져 있던 기간이 길었음이 이제야 실감이 났다.

❖

이자경은 알지 못했지만 승서는 스물일곱의 이자경을 본 적이 있었다. 이해서의 범행으로 인해 자경이 기억을 잃기 불과 얼마 전의 일이었다. 그때 당시 이자경은 백승혜의 카페가 아닌 영진 그룹 산하의 기획실에서 근무하고 있었다.

하던 업무를 마무리 지은 이자경이 회사를 빠져나온 건 밤 9시 무렵. 야근에 지쳐 까칠해진 얼굴을 봤을 땐 눈에서 불똥이 튀었었다. 당장에 떠오른 말은.

누굴 고생시키려고 업무 구조가 이따위야!

영진 그룹 본사를 힐끔거린 승서가 사납게 입술 끝을 비틀었다. 그러나 불쾌감이 스며든 표정은 얼마 안 가 바르게 펴졌다. 다시금 시선이 이자경에게로 옮겨간 직후에 생긴 변화였다.

한동안은 멀찌감치 떨어진 상태에서 이자경의 뒤를 따라 걷기만 했다. 전에도 느낀 거지만 이자경의 걸음걸이는 여자치고는 제법 빨랐다. 헤어짐의 시간이 점점 더 가까워 오고 있었다.

닿고 싶어 미칠 것 같다. 얼굴을 마주 보고 체온을 나누고 싶다. 뒷모습을 바라보며 걷는 내내 그 생각뿐이었다.

이자경.

열화와 같이 타오른 욕망이 내부에서 첨예한 대립을 이뤘다. 그러함에도 잔뜩 잠긴 목이 끝끝내 침묵을 지켰던 까닭은, 이때의 승서는 이자경의 앞에 모습을 드러낼 생각을 가지고 있지 않아서였다. 집으로 들어가는 이자경의 뒷모습을 마지막으로 지켜본 승서가 아쉬운 발길을 돌렸다.

변명하자면, 이자경의 일상을 흔들어놓고 싶지 않았다. 더 솔직해지자면 잠깐의 만남 끝에 겪게 될 또 한 번의 이별을 감당할 자신이 없어서란 게 맞을지도.

백승혜의 카페를 찾아 이자경과 다시 마주하기까지에 걸린 시간은 이 년. 공백으로 남은 이 시기에 승서는 아프가니스탄 재건 지원팀 보호를 목적으로 파병된 오쉬노 부대에 소속돼 있었다.

당시 대한 그룹은 건설과 정유를 포함한 하이 테크놀로지 분야의 아랍권 진출에 심혈을 기울이고 있던 때였다. 다만 대한 그룹 직계 혈통 중에 아랍권에 정통한 소식통이 없다는 게 하나의 고심거리로 남아 있었다.

하필이면 믿고 중책을 맡긴 계승진이 아랍 문물에 대한 이해도가 떨어지는 바람에 번번이 협력사 간의 관계가 틀어지는 일이 발생했다. 어떻게든 결단을 내려야 하는 상황에서 계호균에게 하나의 선택지를 내민 게 승서였다.

사실 왜 군이 승서가 아프가니스탄을 택했느냐에 대해서는 내부적으로 좀 더 복잡한 이해관계가 얽혀 있었다. 때문에 이 같은 결정을 처음으로 계호균에게 털어놓았을 때, 계호균은 단칼에 잘라 반대 의사를 분명히 했었다. 내전 상황이 종식되지 않았단 점에서 감수할 위험이 너무 크단 게 그 이유였다.

더군다나 계호균은 이중국적자였던 승서가 한국 국적을 포기하지 않음으로 해서 발생된 병역 의무에 대해서도 내심 못마땅하게 여기고 있던 차였다.

상황이 이런데도 하나의 합의점에 도달할 수 있었던 것은, MBA 과정을 이수할 당시 성향이 비슷해 가깝게 지냈던 모하마드 자히르 아지미의 영향이 컸다.

언론에는 노출되지 않은 극비 정보로, 모하마드 자히르 아지미는 탈레반 정권이 축출된 뒤 첫 집권한 자히르 칼리드 아지미 대통령의 장남이기도 했다. 하지만 사업적인 부분에서의 관심을 끈 건 모하마드의 모계 쪽이었다.

현 사우디아라비아 국왕의 둘째 딸이며, 다음 대 사우디아라비아의 국왕으로 내정된 압바스 왕세자의 유일한 동복형제. 비호를 등에 업을 수 있단 전제하에서 모하마드의 친모인 자와헤라 공주가 갖는 가치란 건 천문학적인 금액으로도 산정할 수 없을 만큼 컸다.

서방에서의 아랍이란 결국 사우디아라비아를 통할 수밖에 없는 입장이었고, 그건 대한 그룹이라 하여 크게 다르지 않았다.

위험을 감수해도 좋을 만큼의 충분한 투자가치.

틀에 박힌 정보로 배울 수 있는 건 한정적이다. 가령 상대의 행동을 분석하는 건 단편적인 지식만으로도 가능하지만, 의식은 그렇지가 않다.

웃고 있어도 속으로는 칼을 갈 수 있는 게 사람이다. 하물며 서로 다른 문화권에 이권이 개입된 일. 민감해질 수밖에 없는 상황 속에서 실패를 줄이면서 그 사람이 가진 가치관이나 사고방식을 빠르고 정확하게 읽어낼 수 있는 방법은 직접 겪어보는 것 외엔 다른 지름길이 없었다.

십 년. 어쩌면 그보다 일찍. 승서의 결정이 옳았음은 시간이 증명해 줄 것이다. 장기적으로 봤을 때 아프가니스탄에서 보낸 시간은 분명 남는 장사였다.

회사가 탐이 나지 않는다고 말했지만, 그건 이자경과 맞바꿀 정도가 아니란 거지 관심이 없단 말이 아니었다. 계호균과 계정문의 앞에서 공언한 것과는 다르게, 그간 승서가 보인 행보가 한층 권력에 가깝게 움직이고 있단 것도 이 같은 사실을 뒷받침했다.

그즈음 모하마드도 아프가니스탄으로의 귀국을 구체적화하고 있었다. 이때가 아니라면 안 된다는 의식이 팽배했고, 결론은 어렵지 않게 하나로 모아졌다. 이자경을 눈앞에 두고도 돌아설 수밖에 없었던 결정적인 이유이기도 했다.

쓸데없는 걱정을 끼치고 싶지 않았다. 사실을 안다면 분명 마음 편하게 있지는 못할 테니까. 어쩌면 눈물을 보일지도 모르겠다. 그 생각만으로 가슴이 서늘해지는 기분이었다.

하지만 그런데도 태생이 이기적이어서일까. 승서는 떨어져 있는 시간 동안 지금보다 더 큰 확신을 얻길 원했다.

'나는 여전히 이자경만 좋아해.'

파병을 앞두고 보낸 메일이 수신 확인된걸 발견했을 땐 문득 얼굴 위로 저열한 웃음이 떠올랐다.

하지만 비겁하다고 말해봤자, 승서는 이자경을 놔줄 마음이 조금도 없었다. 승서가 보낸 메일은 마음이 변하지 않았음을 증명하는 것임과 동시에, 이자경 역시 변하지 말 것을 종용하는 경고의 메시지를 담고 있기도 했다.

곁에 있어주지도 못할 거면서, 이자경의 마음이 변하는 것도 묵인하지 못했다. 그래서 사고로 인해 이자경이 기억을 잃었단 사실을 뒤늦게 전해 들었을 땐 마치 벌을 받는 심정이었다.

어서 오세요.

차분하게 가라앉은 말 하나에 마음이 상하고.

주문 도와드릴게요.

틀에 박힌 의례적인 매뉴얼에 매번 기대가 꺾이고.

안녕히 가세요.

일상적으로 반복되는 인사에 화가 나고, 그 기간이 길어질수록 초조해졌다. 두 번 다시 겪고 싶지 않은 지옥 같은 시간이었다. 그

래서 이만 가봐야겠다며 일어서는 이자경을 향해 선뜻 그러라고
하지 못했다.

"보내기 싫어."

"벌써 밤 11시야. 이모 걱정하실 거야."

"늦는다고 전화해. 아니면 내가 대신 해줘도 상관없어."

"뭐라고 하려고?"

"그건 내가 알아서 해."

백승혜가 승낙하지 않을 걸 알면서도 자신만만하게 휴대폰을
집어 든 건, 처음부터 허락을 구할 마음이 없었기 때문이다. 승서
가 하려던 건 일방적인 통보였다. 그러자 이자경이 가만히 고개를
저었다.

설득이 들어 먹히지 않는 상대를 상대하는 건 의외로 간단하다.
적당하게 구슬리거나 협잡꾼처럼 협박을 하면 된다. 하지만 그 대
상이 이자경이라면 앞선 방법들은 모두 무용지물이 될 수밖에 없
었다. 결국 승서가 선택할 수 있는 건 정공법밖에 남아 있지 않았
다.

"밤이 늦었어."

"네가 바래다주면 되잖아. 하지 말라고 해도 그럴 거잖아."

정곡을 찔러오는 이자경의 발언에 시위하듯 입을 다물었다. 기
어코 지금 가겠단 얘기였다.

"계승서."

"……말해."

"나 아무 데도 도망 안 가."

"이거 알아? 날 무섭게 하는 건 세상에서 이자경이 유일해."

이대로 보내고 난 뒤 다음 날 눈을 떴을 때, 다시 승서를 기억하지 못하게 된 이자경과 조우하게 된다면, 지금껏 그래 왔던 것처럼 그 시간을 참아낼 수 있을까. 그 사실이 승서를 두렵게 만들었다.

근처로 다가선 승서가 이자경의 어깨 위에 턱을 올려놓으며 힘없이 숨을 내쉬었다. 축 처진 어깨가 이자경의 마음을 쓰이게 만들 거란 걸 알면서도, 지금 당장은 실망스러운 마음을 감출 수가 없었다.

책임져 버릴 일, 해버릴까?

아슬아슬하게 참아온 저지선을 이대로 무너뜨릴 마음은 아직 없었다. 하지만 백승혜의 뒤에 이어 후순위로 밀린다는 게 불합리하단 생각이 들수록 더 보내기가 싫어졌다.

"승서야."

성을 따로 떼놓은 채 온전히 이름만으로 불러준 건, 승서가 기억하는 한 처음 있는 일이었다. 이자경의 어깨에 얹어놓았던 턱을 슬며시 들어 올리자 시선 아래에 있던 이자경이 똑바로 눈을 마주해 왔다. 순간 승서가 작게 혀를 찼다.

아무리 생각해 봐도 첫 단추가 잘못 꿰어졌다. 다른 사람들한테는 안 그런데 유독 이자경 앞에서는 마음이 약해지고 만다.

이런 목소리로 얘길 해오면 이길 수가 없잖아.

서투른 투정조차 막아서는 부드러운 울림이 결국 승서의 고집을 한풀 꺾어놓았다. 다만 전부 양보해 줄 마음이 들었냐고 한다면 그건 또 그렇지가 않았다.

"데려다줄게."

서울의 대로는 거미줄만큼이나 복잡하게 엉켜 있다. 교통체증이 없어도 돌아가면 그만이다.

곧이곧대로 데려다줄까 봐서?

운전대를 잡는 건 승서의 몫이었다. 자의든 타의든 적어도 두 시간 안에 백승혜의 집 앞에 도착하는 일은 일어나지 않을 거란 의미였다. 차 키를 집어 드는 승서의 손길이 한껏 여유를 되찾았다.

나머지 한 손으로는 당연한 권리를 주장하듯 이자경을 손을 붙들었다. 부드럽게 맞잡아오는 감촉에 뒷목이 오싹해졌다. 체질적으로 땀이 잘 나지 않는데도 불구하고 문득 손끝으로 진득한 땀의 흔적이 배어 나왔다.

못 말리겠군. 이 정도로까지 자기 절제가 안 되는 건 이쪽도 곤란하다고.

목덜미에 얼굴을 묻고 욕심껏 체취를 맡고 싶다. 반듯한 이마가, 적당하게 솟아오른 콧잔등이 허기진 갈증을 유발했다. 이제껏 잘 참아왔다는 게 무색할 정도로 승서의 모든 것이 이자경을 원했다.

역시 이대로 보내주는 건 안 될 말이다.

차에 올라탄 이자경이 목적지의 주소를 불러주는 순간까지도 승서는 내비게이션을 켜지 않았다. 걸림돌이 될 만한 걸 미연에 제거하기 위해서였다.

"고장 났어."

"그래?"

"조만간 고쳐야지."

태연하게 말했지만 이 말은 사실이 아니다. 순순히 고개를 끄덕이는 이자경을 보면서도 승서는 이 점을 정정해 주지 않았다.

양심의 가책과 맞바꿔 시간을 얻어내는 대가로 승서는 번거로운 수고를 감수해야 했다. 내비게이션을 켰다면 음성 지원으로 다음 블록에서 좌회전을 하라고 했을 테지. 그러나 왼쪽으로는 눈길 한 번 주지 않은 채 승서는 아주 자연스럽게 직진을 했다. 마치 원래 가려 했던 방향과 맞아떨어졌다는 듯이.

이따금 정지 신호가 떨어지면 승서의 눈은 기다렸다는 듯이 이자경을 향했다. 기분 좋게 휘어진 승서의 눈꼬리가 가느다랗게 좁혀질 땐 이자경도 따라 웃곤 했다. 그리고 이 같은 일이 꽤 많은 횟수로 반복되었을 무렵 기어코 자경이 의문을 제기해 왔다.

"잠시만. 이 길이 아닌 것 같아."

"착각이겠지."

즉답에 가까운 승서의 대답에 의심의 눈초리가 깊어졌다. 때맞춰 이자경의 휴대폰이 울렸다. 발신인은 백승혜로, 귀가가 늦어지는 데에 따른 걱정이 통화의 주를 이뤘다.

"거의 다 왔어요."

그럴 리가. 속마음과는 달리 승서는 이 말을 입에 올리지 않았다. 하지만 왜 익숙지 않은 지리에도 불구하고 이자경의 입에서 이 같은 긍정의 대답이 나왔는지에 대해서는 어느 정도 짐작 가는 바가 있었다.

승서의 집을 나선 지도 어느덧 한 시간이 넘어가고 있었다. 계산상 이쯤 달렸으면 도착할 때가 됐을 거란 게 이자경의 생각이었던 것 같다. 하지만 지금부터 제대로 운전해 간다 하더라도 넉넉

잡아 사십 분은 더 가야 할 거리다.

신호등 앞에서 우회전. 그나마 그 시간을 더 늘리지 않으려면 이쯤에서 핸들을 꺾어야 했다.

"곧 들어갈게요."

갈등을 종식시킨 건 이어진 이자경의 말 때문이었다. 거짓말까지 시키고 싶진 않았으니 이정도 선에서 양보할 수밖에. 부드럽게 핸들을 꺾은 승서가 오른쪽으로 돌아 들어갔다. 잠시 후 통화를 끝낸 이자경이 아까 하다 만 주제를 화두에 올렸다.

"아무래도 이 방향이 아닌 것 같아. 정말로 이 길이 맞아?"

"그런 줄 알았는데, 길을 잘못 들었더라고."

삽시간에 태도를 바꾼 승서가 흔쾌히 실수를 인정했다.

"걱정 마. 지금은 제대로 가고 있으니까."

"언제부터 헤맨 거야?"

"글쎄."

불성실한 승서의 답변에도 불구하고, 눈썰미 좋은 이자경으로 인해 범행 일체는 빠르게 속을 드러냈다. 주변 광경을 한차례 둘러본 자경이 작게 고개를 끄덕였다. 내심 짐작하고 있던 게 맞다는 의미의 끄덕임이었다.

"이상하단 생각은 하고 있었어."

"무슨 말을 하는 건지 잘 모르겠어."

"저기 사거리에 보이는 오 층 건물 아까도 지나왔어."

승서의 어깨가 움찔 떨렸다.

"……그랬나?"

"몰랐다고 말해와도, 믿어줄 수 없다는 건 알지?"

"꼭 일부러 그런 것만은 아냐."

미리 의도하지 않았어도 손이 이끄는 방향대로 달렸다면 결과는 지금과 달라지지 않았을 테다. 문제는 이제 와 고의성 없음을 피력해 봤자 이자경에게는 통하지 않는다는 점이다. 하지만 석연찮은 승서의 해명에도 이자경은 그냥 웃기만 했다.

"알았어. 우연이라고 해둘게. 멀쩡해 보이던 기계가 고장이 난 것도, 길을 잃고 헤맨 것도 전부 다, 우연이라고 해둘게."

두메산골 청학동에서나 볼 법한 근엄하고 인자한 훈장님 같은 얼굴.

아무리 아니라고 우겨봐야 진실이 될 수 없고, 무조건 버티는 게 능사가 아니란 사실을 재확인받게 되는 순간, 야단을 맞는 아이처럼 눈치를 보게 되는 걸 막을 수가 없었다.

승서는 예전부터 표정을 읽기 힘든 얼굴을 한 이자경을 대면할 때가 가장 무서웠다. 학습효과를 무시할 수 없었던 게, 화를 내는 게 아닌 걸 알면서도 이 시간이 몹시도 떨렸다.

"인정하게. 내가 지나쳤어."

"사과받으려고 꺼낸 말 아냐. 시간관념이 없었던 건 나도 마찬가지였으니까. 이렇게까지 오래 차를 타고 있으면서도 시간 가는 줄 모르고 있었어."

끝까지 잡아떼지 않고 뒤늦게나마 이실직고하길 잘했다. 웃음기 서린 이자경의 목소리를 들으면서 한 생각이었다.

"대신 속는 기분이 들게는 만들지 마."

"무슨 말인지 이해했어."

속닥거리듯 덧붙여 온 이자경의 설명에 승서가 가만히 고개를 끄덕였다.

얼마간 차를 달려 목적지 앞에 도착했을 땐, 늦은 시각임에도 불구하고 백승혜가 대문 바깥까지 마중 나와 있었다. 곧 온다던 이자경이 늦도록 모습을 드러내지 않아서였다.

걱정을 끼쳤단 생각에 마음이 좋지 않았던지 이자경의 얼굴 위로 근심이 내려앉았다. 관심이 백승혜로 옮겨가자 그 대상이 남자가 아님에도 질투가 났다. 그때서야 승서는 아까부터 미묘하게 신경을 거슬리게 만들던 게 무엇인지 깨닫게 됐다.

비어 있던 이자경의 손.

맨손의 약지.

가난과는 생활 자체가 동떨어진, 오히려 차고 넘치게 많은 걸 가지고 있으면서도 주고받은 선물이란 게 빈약하다 못해 아무것도 없다.

무책임의 끝을 보여줬구나.

이제 와 챙기지 못한 부분을 후회해 봤자 지나간 시간을 되돌릴 수 있는 방법은 없다. 그런데도 한 번 의식이 되자 눈길이 이자경의 네 번째 손가락에 달라붙어 떨어질 줄 몰랐다. 저 손에 반지를 끼워주면 어떤 기분이 들까. 내내 이런 생각뿐이었다.

백화점 황 실장을 들어오라고 해야겠군.

보석 보는 안목과는 별개로 최근 트렌드나 디자인까지 고려하자면 황 실장만 한 적임자가 없다. 빈틈없이 조율된 **빡빡한** 스케줄 최상위에 개인적 용무를 추가해 넣은 승서가 뒤따라 차에서 내렸다.

"추운데 왜 나와 계세요."

"어떻게 된 일이야. 두 사람 여태 같이 있었던 거니?"

"얘기하자면 길어요."

눈에 익은 벤츠의 엠블럼. 신형의 값비쌀 게 분명한 외제차에서 이자경이 내리고 뒤이어 승서가 모습을 드러내자, 가까이로 다가서던 백승혜가 멈칫하며 제자리에 멈춰 섰다. 그러나 장사를 하는 사람답게 놀란 기색을 노련하게 지워낸 백승혜가 곧 보호하듯 이자경의 앞을 가로막고 섰다. 이자경을 향해 있던 승서의 시야가 의도적으로 차단됐다.

'마음에 안 들지만 하는 수 없지.'

백승혜는 기억을 잃은 이자경이 유일하게 마음을 붙였던 상대다. 하지만 예의 바르게 굴어야 한다는 걸 알면서도 이 순간 마치 눈앞에서 소중한 걸 강탈당한 기분이 들었다.

"그보다 두 사람. 인사부터 나눠요. 이미 얼굴은 알고 있을 테지만."

"계승서라고 합니다."

"백승혜예요."

차분하게 내리깔리는 승서의 음성에 비해 백승혜의 목소리는 다소 딱딱하게 굳어 나왔다. 아니나 다를까. 이어진 말도 날이 서 있다.

"지난번 일도 그렇고, 우리 애 기억 찾은 거랑 관련이 있는 것 같으니 긴말은 하지 않을게요. 하지만 적어도 집에서 애타게 기다리고 있는 사람이 있다는 것도 생각해 줘요. 늦은 시각이니, 인사는 다음에 받을게요."

가게 매출에 있어 막대한 지분을 자랑했던 승서를 백승혜는 그간 알게 모르게 반겨했다. 가끔은 서비스를 주지 못해 안달하는 게 눈에 보일 정도였다. 그래서 오늘처럼 잔뜩 가시를 세운 모습을 보는 건 극히 이례적인 일이었다.

떠올려보면 백승혜의 카페를 처음 찾았던 날, 그때도 백승혜는 지금처럼 승서를 경계했었다.

사실 백승혜의 방어적인 태도도 조금은 이해가 갔던 게, 카페를 나설 당시만 하더라도 이자경의 손목은 승서에 의해 단단히 붙들려 있었다. 자칫 잘못 억지로 끌려가는 것처럼 오인할 수도 있는 분위기였다.

거기에 카페 안에서 벌어졌던 소란에 구설 같은 소문까지 보태져 백승혜의 귀로 고스란히 전해졌을 게 뻔했으니, 이러니저러니 해도 백승혜의 염려가 꼭 과한 것만은 아니었다.

"이모도 참, 사람 앞에 세워놓고 무안하게."

이자경의 걱정은 괜한 기우다. 말로써 승서를 상처 입힐 수 있는 사람이 있다면 그 대상은 명백히 이자경뿐이다. 이자경의 입에서 나오는 말이 아니라면 승서는 그 어떤 말에도 상처 입지 않을 자신이 있었다.

싫다는 말도, 좋다는 말도 이자경의 입에서 나오기에 특별한 거다. 그나마 백승혜가 이자경의 신임을 얻고 있단 걸 알기 때문에 귀담아듣는 척이라도 하는 거지, 아니었다면 당장에 정떨어지는 말로 상대의 기세를 꺾으려 들었을 테다.

하지만 그럴 수 없으니 아쉬운 쪽이 고개를 숙이고 들어가는 수밖에. 이어 승서가 평탄한 어조로 부탁의 말을 입에 담았다.

"오늘 말고, 다음번엔 차 한 잔 부탁드려도 되겠습니까."

"차를 마시고 싶다면 카페로 와요. 우리 애하고 무슨 일로, 어떤 관계로 얽힌 건지는 들어봐야 자초지종을 알 수 있겠지만, 여기 이 집 여자 둘밖에 살지 않아요. 대답, 됐을 거라고 생각할게요."

백승혜의 태도는 단호했다. 흡사 무뢰배 취급이다. 문제는 이대로 물러설 마음이 생기지 않는다는 게 문제라면 문제랄까. 승서는 백승혜의 마음을 흔들어놓을 수 있는 방법을 이미 알고 있었다.

"서로 좋아하고 있는 사이입니다. 저도 이자경도, 같은 마음입니다."

"그게 무슨……?"

"이성으로서의 감정입니다."

"그러니까 그 말은, 지금 두 사람이 연애 감정을 가진 채로 만나오고 있단 얘길 하는 건가요? 하지만 어떻게 그래요. 듣는 제 입장에서는 너무 갑작스럽군요."

"애인이 맞느냐고 묻는 거라면, 맞습니다. 카페에서의 일도 그렇고, 이미 어느 정도 짐작하고 계실 거란 걸 알기 때문에 드리는 말씀입니다."

휘둥그레진 백승혜의 눈과 다르게 말을 끝낸 승서의 입매는 다부졌다. 문제는 이자경의 태도였다.

예기치 못한 상황에서 허를 찔린 백승혜가 쉽게 말문을 잇지 못하는 건 그렇다 쳐도, 이자경까지 놀란 표정을 지어오는 건 여러모로 기분이 묘했다.

설마하니 백승혜의 앞에서 단순히 '친구'라든가 그런 말도 안 되는 얘길 꺼내려고 했던 건 아니었을 테지? 승서의 눈가가 희미하게 찌푸려졌다. 우습게도 놀란 이자경의 얼굴을 확인했을 때 든 감정은 섭섭함이었다.

불평을 입에 담을 수 있는 입장이 아니는 걸 알면서도, 감정적으로 채워지지 않은 부분을 발견할 때마다 더 깊은 결속을 바라게 된다.

관계를 규정지을 더 확실한 무언가가 필요하다. 흘러넘치는 마음을 수치화할 수 있는 보다 명확하고, 보다 정확한 잣대. 모든 것이 제자리를 찾았다고 믿다가도, 때때로 맞닥뜨리게 되는 거리감에 승서는 그답지 않게 조급해지는 마음을 감출 길이 없었다.

플로토닉 같은 사랑, 개나 주라지.

인류가 존립하는 이유는 에로스 때문이다. 로마 그리스 신화의 결정판 역시 에로스다.

좋잖아. 나쁠 것 없잖아.

심술을 부리고 싶은 마음이 든 건, 일찍이 비틀려 있던 습성 때문일지도.

현 상황을 백승혜가 예의 주시하고 있단 걸 알면서도, 모르는 척 이자경을 몸 가까이로 끌어당긴 승서가 입술로 이마를 꾹 찍어 눌렀다.

이자경을 혼자 독점하고 독식하고 싶다. 짧고 간결한 행위의 의미는 하나로 귀결되었다.

"계승서. 승서야, 난 이 자리에서 이모를 기절시키고 싶은 마음 없어."

웃는 듯 곤란한 얼굴.

낮게 목소리를 낮춰 속닥거리듯 해온 얘기는 혼란스러워할 백승혜의 상태를 염려해서이기도 했지만, 그전에 승서의 기분을 상하게 만들고 싶지 않단 의중이 더 컸다.

결국 어쩔 수 없는 건가. 두 사람 사이에 다른 사람을 끼워 넣을 마음은 여전히 없었지만, 다른 의미에서 백승혜가 소중하다면 최대한 친해져 볼 수밖에. 어쨌거나 어려울 때 이자경의 곁을 지켜주고 의지가 되어준 건 분명 감사할 일이었다. 할 말이 많아 보이는 백승혜를 건너다보며 승서가 입을 열었다.

"차보다는 닭이 좋을 것 같군요."

"이, 이봐요."

"어머니 같은 분이라고 들었습니다. 딸처럼 대해주셨다고요."

승서의 말에는 쉽게 항거할 수 없는 강력한 힘이 실려 있었다.

"……그래서 하고 싶은 얘기가 뭔가요."

"정식으로 찾아뵙고 인사드리겠습니다."

뒤늦게 닭 운운해 온 승서의 의도를 이해한 백승혜가 기가 막힌 표정을 지어 보였다. 하지만 백승혜에게 있어 이자경이 딸과 다름없는 위치라면, 승서의 요구는 결코 과한 게 아니었다.

속내를 살피듯 백승혜가 빤히 눈을 맞춰왔다. 그 시선을 피하지 않고 담담히 받아들였다.

이자경을 두고 돌아서는 발걸음이 전에 없이 묵직했다. 사고가 없었더라면 지금의 백승혜 자리는 승서의 차지가 됐을 것이다.

이해서.

직접적으로 부딪친 횟수에 비해, 쌓인 악감정의 골은 생각 이상으로 깊었다. 이렇게까지 사람을 질리게 만들다니, 그것도 재주라면 재주일는지도. 처음부터 마음에 들지 않았던 상대, 끝까지 이

미지가 최악으로 남았다.

철이 없었다는 이유로 봐주고 선처하는 것, 승서는 안 한다. 시답지 않은 궤변에 면죄부를 줄 생각은 애초에 없었다. 잘못을 저지르면 대가를 치러야 한다. 그게 세상 사는 이치였다.

씹어 먹어도 시원치 않을 이름 하나가 거센 반발력을 불러일으키며 신경을 자극했다. 손끝을 타고 오르기 시작한 미미한 열기가 어느덧 화로 변했다. 다만 인내심이 바닥을 드러낼수록 반대로 복잡했던 머릿속은 단순하게 정리되고 있었다.

요는 대응 방식의 차이였다.

일의 원흉인 이해서를 그대로 두고만 봤냐 하면, 그건 아니었다. 어울리지도 않는 도덕군자 흉내 따위 누가 내줄까 봐서. 딱히 배려해 줘야 하는 상대도 아닌데, 뭣 하러 그런 수고를 감수하겠는가. 성격상 내키지 않는 일은 하지 않는 주의다.

대신 미끼를 끼워 재주껏 낚시를 했다. 덥석 물지 않고서는 배기지 못할 정도의 먹음직스러운 미끼를 이용해.

물밑작업으로 낚시에 걸려든 물고기는 어떤 식으로든지 상처를 입게 돼 있다. 크든 작든, 발버둥을 치면 칠수록 피해의 흔적은 고스란히 이해서의 차지가 될 테지. 단언컨대 지금의 이해서는 불행의 늪에 깊숙이 발을 담그고 있을 것이다. 왜냐하면 승서 자신이 그렇게 되도록 의도했으니까.

❖

"대한 그룹이라니……? 우리가 아는 그 대한 그룹 말이니?"

"이모가 아는 그 대한 그룹 맞아요."

"세상에⋯⋯. 하고 다니는 입성도 그렇고 분위기 하며 뭐 하나 평범해 보이는 게 없긴 했지만, 그래도 재벌가 자제라니."

"편하게 생각해 주세요. 까다로워 보여도 속은 그렇지가 않거든요."

"저기, 자경아. 내 말 고깝다 말고 들어줘. 혹시, 사기꾼이나 그런 건 아니겠지?"

밤늦은 시간대임에도 백승혜는 자초지종을 듣고자 했다. 평소라면 얼른 들어가 씻고 자라며 등을 떠밀었을 텐데도, 어지간히도 속을 태웠는지 물러날 기색이 아니었다.

사실 오늘만큼은 쉽사리 잠이 오지 않을 것 같기도 했고, 자경에게도 속마음을 털어놓을 상대가 필요했다. 이해관계가 맞아떨어지자 시간은 문제가 되지 않았다.

대화는 주로 자경이 해묵은 이야기를 풀어내면, 백승혜가 들어주는 식이었다. 시작은 계승서와의 만남에서부터였다. 접점이 없던 계승서와 우연히 만나 친구가 되고, 서로 마음을 나누는 관계로 발전하고, 헤어져 다시 재회하기까지의 과정을 나열하는 동안, 백승혜의 얼굴은 놀라움과 우려 근심과 걱정으로 물들어갔다. 다만 잠자코 이야기를 듣기만 하던 백승혜도 대한 그룹에 관한 얘기가 나왔을 땐 불신부터 하고 봤다.

하지만 정체를 숨기고 말고 할 것도 없었던 게, 고등학교 재학 당시엔 교사들이 먼저 계승서의 눈치를 봐올 정도로 공공연하게 퍼진 사실이었다. 계승서가 미국으로 떠나기 얼마 전엔 계호균이 직접 학교를 찾기도 했었다. 대한 그룹과 관련해서는 애당초 의심할 여지가 없었다.

"이모가 뭘 걱정하는지는 알겠는데, 그런 거 아니에요."

"휴우. 아니라서 다행인 건지, 사실은 그것조차 잘 모르겠어. 자경아, 이대로 둬도 되는 거 맞지? 이모가 아무 말 안 하고 있어도 되는 거 맞지?"

"이모, 계승서가 미국 있을 때 별명이 뭔 줄 알아요? 에이섹슈얼이었대요."

Asexual. 사전적 의미로는 섹스와 무관한, 섹스에 관심이 없는. 무성애자.

"그렇지만 날 바라볼 때만은 달라져요."

"자경아."

기억을 잃고도 그런대로 살아지긴 했다. 백승혜의 품 안에서 보호를 받으며 가끔은 웃기도 하면서. 하지만 곧 그게 전부가 아니었단 걸 깨닫게 됐다. 더 늦지 않아 다행이다. 기억을 되찾고 계승서를 만났을 땐 줄곧 이 생각뿐이었다.

"조건 따져서 지레 겁먹고 하는 거, 저 안 할 거예요."

"사람 마음이 모두 내 마음 같지는 않는 법이야. 사실을 안다면 그쪽에서 반기진 않을 거야."

"알고 있어요. 그리고 그걸 감당해도 좋을 만큼 제가 계승서를 좋아해요."

"……그렇게나 좋아?"

"걔가 잘못해도 전 용서해 줄 거예요. 그게 용서하기 힘들 만큼 큰 잘못이어도 그렇게 할 수 있어요. 왜냐면 그러지 않을 거란 걸 아니까요. 그 사람들과는 다르니까."

지옥 같던 순간도 계승서가 있어 버틸 수 있었다.

"혼란스럽진 않니?"

"혼란스러워요. 그래도 전, 계승서가 좋아요. 사실 고백한 것도 제가 먼저였어요."

그전까진 다른 누군가를 온전히 믿을 수 있게 될 거라곤 생각해 본 적이 없다.

"……그랬니?"

심각했던 백승혜의 목소리가 조금 누그러졌다. 이문태의 일을 모르지 않던 백승혜가 자경이 해오는 말의 의미를 능숙하게 캐 치해 냈다.

"다 잘할 거라고 믿어. 믿는데도 이모가 걱정인 건, 너무 많은 걸 가진 사람 옆에 있다 보면 의도하지 않은 일에 휩쓸리고 다칠 수가 있어. 그건 알지?"

"당장 뭘 어떻게 하겠단 게 아니에요. 단지 말해두고 싶었어요. 내가 좋아하는 사람이 계승서란 걸. 그럼 내가 알지 못해도, 다시 기억을 잃게 되더라도 이모가 잊지 않고 알려줄 거 아니에요."

자경이 좋아하고 사랑했던 사람이 누구인지를.

말갛게 웃는 자경의 얼굴이 햇살처럼 빛이 났다.

"네가 좋다면 이모는 못 말려."

"걱정 끼치지 않게 잘 할게요."

인자한 미소가 입가로 번지고, 따뜻한 온기를 간직한 백승혜의 손이 자경의 손을 맞잡아왔다.

"얼마나 눈이 높아 매번 그렇게 차갑게 딱 잘라내나 했어. 마음 을 차지하고 있는 사람이 눈앞에 버티고 있었으니 다른 곳에다 관심 둘 여유가 없었겠지. 누가 짝이 될지 궁금했었는데, 그게 바로 자경이 너였구나."

"오늘 많이 곤란하셨죠?"

"말도 마. 정신없어 혼났어."

곁눈질하듯 백승혜가 자경의 입술을 슬쩍 쳐다보았다.

"그러고 보니 입술이 좀 부운 것도 같은데?"

"이모도 참. 그 정도는 아니에요."

처음이고, 첫 키스였다. 쑥스러워하며 발뺌을 할 거라고 생각했던 차에 오히려 자경이 웃어 넘기자 백승혜가 자못 흥미로운 표정을 지어 보였다.

"어디서 그런 용기가 나왔어? 말 들어보니 야단도 그런 야단이 없었다던데. 그래서 하는 말인데, 당분간 카페는 쉬는 게 좋을 것 같아. 겸사겸사 바람도 좀 쐬러 다니고 그래. 말은 안 했지만 젊은 애가 너무 가게에만 붙어 있는 거 보기 안쓰러웠어."

"이모 혼자 어떻게 다 해요."

"내가 왜 혼자야. 아르바이트생은 공으로 부리는 줄 아니? 신경 쓸 거 없어."

"그러지 말고 이모."

"이모 말 들어. 괜히 나와 뒷말 들을 필요 뭐 있어. 장사 하루 이틀 하고 말 것도 아니고, 뜨내기손님 빠지고 나면 언제 그랬냐는 듯 잠잠해질 거야. 게다가 너도 언제까지 카페 일에만 얽매여 있을 수도 없는 노릇이고. 늘 아깝다고 생각했어. 그때 그 일이 아니었으면 지금도 번듯한 직장에서 손에 물 묻히는 일 없이 일하고 있었을 거 아냐."

"저 예전에도 뭐든 열심히 하고 잘했어요. 지금부터 다시 시작해도 늦지 않아요."

"믿어. 뭘 시키든 늘 똑 부러지게 해낸 건 내가 더 잘 알아."

계승서에 대한 호기심이 어느 정도 충족이 되자, 대화는 자연스럽게 이문태와 신지수에 관한 과거 일로 흘러갔다.

재활용도 못 할 인사들. 몰염치하고 몰지각한 작자들.

백승혜의 평은 가차 없이 냉정했다.

기탄없이 내뱉은 백승혜의 말을 듣고 있는 동안, 문득 놓치고 지나쳤던 사실 하나가 머릿속으로 떠올랐다.

이해서는 어떻게 됐지?

사고의 직접적인 원흉이자 가해자.

이해서의 동향을 알아봐야겠단 생각이 든 건 그때였다.

밖에서 보잔 이자경의 말에 긴장했다가, 전후 사정을 전해 들은 뒤로는 한결 마음에 여유를 되찾았다.

사실 이자경과 만나서 하는 일은 별거 없었다. 대부분 얼굴을 마주 보고 앉아 얘길 나누거나, 찹쌀떡처럼 달라붙어 손끝을 만지작거리며 서로의 체온을 느끼는 게 전부였다.

마음이 준비된 짐승인 데 반해 행동이 지극히 건전했던 것은 단계를 밟아 나가자는 이자경의 말 때문이었다.

"데이트해."

평범한 연애.

이자경이 그걸 하고 싶다는데, 들어주지 못할 것도 없다. 물론 집으로 돌려보낼 땐 꼭 훔치듯 키스를 했지만.

괄목할 만한 점은 역시나 키스의 시간이 늘어났다는 데 있는 거겠지. 은근슬쩍 손이 가슴 근처까지 가본 건 두 차례. 화내지 않았으니까 반쯤은 허락을 받은 것이나 다름없다. 제멋대로 해석을 끝낸 승서가 흐뭇한 미소를 지었다.

✥

대화 도중에 알아낸 사실이지만, 이자경은 집에서 싼 김밥을 먹어본 기억이 거의 없다고 했다. 그나마도 여정임이 곁을 떠났던 열 살 이후로는 단 한 차례도 기회가 없었다고 했다.

가을 소풍이나 수련회 같은 행사가 있을 때면 이해서의 도시락은 굉장히 호화로웠다. 반면 이자경 몫의 도시락은 맨밥에 절임류의 반찬이 전부였다고 한다.

"괜찮다고, 아무렇지 않다고 늘 그렇게 다독였어. 어린 마음에도 아쉬운 소릴 하면 지는 것 같았거든."

기억에 근거해 말해오는 이자경의 어투는 평탄했지만, 그래서 한편으로는 더 괴로운 마음이 들기도 했다.

당시 승서가 줄 수 있었던 건, 모두 돈으로 살 수 있는 것들뿐이었다. 이자경이 맛있다고 했던 초밥도, 냠냠 소리를 내며 집어 먹던 치킨도, 피자도 가정식과는 거리가 멀었다. 홍주란이 직접 요리를 하는 것도 아니었으니 더 그랬다.

이자경을 데려다주고 돌아오는 길에 마트에 들른 건 살 게 있어서였다. 최근 만남의 대부분이 집 안에서 이뤄졌다면, 이번 주말에는 교외로 나가볼 계획을 세우고 있었다. 그렇게 비어 있던 냉장고를 가득 채워 넣었던 게 금요일 저녁의 일이었다.

"누구 허락 맡고 거기에 손대시는 겁니까."

오피스텔 비밀번호를 알려준 건 이자경이 유일했다. 그런데도 새벽 운동을 끝내고 돌아왔을 때, 집 안엔 초대하지 않은 손님이 기다리고 있었다.

승서의 등장에 소파에 앉아 있던 홍주란이 자리에서 벌떡 일어섰다. 우습게도 세상 물정 모르고 귀하게만 취급당해 온 홍주란이 가장 잘하는 일은 돈을 써 사람을 부리는 일이었다. 마지막으로 승서의 눈길이 멈춰 선 곳은 홍주란이 서 있던 방향이 아니었다.

"그게, 사모님께서 시키신 일이라……."

날카롭게 날아든 승서의 불호령에 홍주란과 함께 이곳을 찾은 양미령이 말끝을 흐렸다. 오랜 기간 본가의 살림을 도맡아 처리하고 있던 양미령은 대기업 부장급에 해당하는 월급을 받으며 집안에서는 양 집사로 통하는 인물이었다. 함께 지내온 시간이 긴 만큼 홍주란의 수족처럼 여겨지기도 했다.

"내가 그러라고 했어. 양 집사는 잘못 없어. 그보다 얘기 좀 해, 승서야."

기껏 고심해서 사다 놓은 김밥 재료들이 한낱 하잘것없는 음식물 쓰레기로 분류되어 식탁 한쪽에 쌓여 있었다. 대신 그 자리를 차지한 게 양미령이 만든 것으로 추정되는 음식들이었다.

다소 편향된 메뉴들로 구성된 반찬의 대부분은 기름진 것과는 거리가 멀었다. 그 속에 담긴 의도를 읽어내는 건 그다지 어렵지 않았다.

"원래 있던 자리로 돌려놓으세요. 교양 없이 이게 뭐 하자는 겁니까."

"난 단지, 승서 네가 걱정돼서……. 혼자 살수록 잘 챙겨 먹어야지. 그러다 몸 버려. 그러니까, 승서야."

이 사람은 늘 이렇다. 매번 이렇게 자기감정만 소중하고 제 생각이 우선이어야 직성이 풀린다. 그게 너무나도 당연해, 주변에 피해를 끼친다는 자각조차 없다.

하지만 누군가에겐 하찮게 취급될 수 있는 것도 다른 이에겐 특별할 수 있었다. 손수 재료를 준비하고 직접 검색까지 해가며 만드는 방법을 찾고 메모할 때 느꼈던 소소한 일상의 행복을, 그 가치를 홍주란은 영원히 알지 못할 테다. 평생 그렇게 살아온 사람이고, 또 그렇게 살아갈 사람이니까.

"나가세요."

"승서야."

"아님 경비를 불러야 나가실 겁니까."

매달리는 투의 애절한 목소리도 승서의 마음을 흔들어놓지 못했다. 싸늘히 식은 승서의 발언에 홍주란의 얼굴이 파리하게 질렸다.

"왜 이렇게 모질어. 나는, 나는 그냥 위로를 받고 싶었던 거야. 네겐 형이지만 내겐 자식이었어. 자식이 죽은 일인걸. 널 챙길 여유가 없었어."

"그런가요."

무감각한 승서의 음성이 홍주란의 마음을 조급하게 만들었다.

"날 조금만 이해해 줄 수는 없겠니? 나도 힘들었어. 승혁이 그

아일 돌보는 것만으로도 내겐 충분히 벅찬 일이었어. 부족한 아이라도 내 자식이었어. 내버려 둘 수가 없었어."

"그렇담 전 어머니 자식이 아닌가 보군요."

"그게 무슨……."

"때에 따라 버렸다 거뒀다 하는 게, 절 대하는 어머니 방식이었지 않습니까."

옅은 탄식을 끝으로 홍주란의 몸이 무너지듯 비틀거렸다.

부축할 생각도 없이 가만히 홍주란을 건너다보는 승서.

"앞으로는 걸음하지 마세요. 어머니 마음대로 오실 만한 곳이 아닙니다."

열아홉 가을. 홍주란의 앞에서 했던 맹세처럼, 승서는 불필요하다고 생각했던 많은 것을 버림으로써 그 대가로 그 누구도 허물 수 없는 견고한 벽을 쌓았다. 승서가 세워놓은 벽 안쪽에 존재하는 건 이자경뿐이었다.

승서의 세계에서 온전한 건 이자경 하나다. 물론 청혼을 하고 결혼을 해, 두 사람 사이에 아이가 태어나고, 그 아이가 자라 또 다른 자식을 낳을 때쯤이 되면 승서의 세계 역시 그 영역이 넓어져 있을는지도 모른다. 하지만 넓어진 세계에 홍주란과 계정문의 자리는 준비해 놓지 않았다. 적어도 아직은.

보통의 가정.

다른 누군가는 당연했던 것이 승서와 이자경에겐 그렇지가 못했다.

'제가 버린 건 어머니에 대한 마음과 기대예요.'

홍주란을 향해 있던 승서의 눈은 줄곧 이 같은 사실을 말해오고 있었다.

　부족한 사랑을 채워주기에 홍주란은 적합한 대상이 아니었다. 그 사실을 알게 된 뒤로 승서는 더 이상 홍주란에게 너그러워질 마음이 없었다. 시간은 홍주란과 승서 사이에 커다란 강을 만들었다.

제10장

Be Lovely

평소 때의 자경은 주관이 뚜렷하게 서 있어 쉽게 남의 말에 흔들리지 않았다. 주위에서 물건을 강권(强勸)할라 쳐도 거기에 휩쓸리는 일도 없었다. 귀가 얇지도 않았고 불필요한 소비에 지갑을 여는 일도 드물었다. 그러함에도 엊그제 백화점에 들렀을 때만큼은 사정이 달랐다.

어울린다는 점원의 말에 구매를 결정하고, 그 말이 상술이란 걸 알면서도 선뜻 카드를 내밀었다. 쇼핑을 하는 내내, 미풍에 하느작거리는 갈대처럼 중심을 잡지 못했다.

잘 보이고 싶다. 가능한 더 예쁜 모습으로 계승서의 옆에 서고 싶다. 이 같은 바람이 간절해질수록 손에 든 쇼핑백의 무게도 차곡차곡 늘어났다.

그러나 사치를 하자는 게 아니었다. 스스로를 위해 이렇게까지 많은 돈을 써본 건 이번이 처음이었다. 배가 고파 굶어야 했을 때가 있었다. 그래서 아끼는 게 습관이 돼버렸지만, 단 하루쯤은 자신을 위한 선물을 준비해도 괜찮지 않을까 하는 생각을 하니 작은 주저함은 곧 눈 녹듯 사라졌다. 의외로 자경이 구입한 것 중 가장 비싼 금액대의 물건은 백승혜의 것으로 준비한 캐시미어 카디건이었지만.

자경이 입고 있던 외출용의 두꺼운 겨울 외투는 한눈에 봐도 색이 칙칙하다. 즐겨 입던 옷들 대부분이 단색 계열의 어두운색인 데 반해, 이번에 골라든 코트는 제법 색이 화사했다. 코트에 맞춰 함께 구매한 나머지 옷가지들도 사정은 비슷했는데, 맹신까진 아니더라도 점원의 안목을 믿은 이유가 가장 컸다. 그럼에도 취향 차란 걸 무시할 수 없었던 게, 막상 외출하려고 입어보니 어딘지 모르게 위화감이 들었다.

익숙지 않은 화장과 입어본 적 없는 스타일의 원피스. 거울 앞에 비친 모습이 어색하게 느껴져 자꾸만 옷태를 뒤돌아보게 되었다.

"바꿔 입는 게 나을까."

출근을 위해 먼저 집을 나서던 백승혜는 꼭 이 옷을 입고 가라며 신신당부를 했지만 여전히 확신이 서지 않았다. 객관적인 잣대보다 잘 보이고 싶단 욕심이 판단력을 흐리고 있었다.

약속 시각이 임박할 때까지도 같은 고민을 반복하고 있던 자경이 작게 숨을 몰아쉬었다. 애써 아닌 척했지만 사실은 그보다 더 신경 쓰이는 것이 있었다.

원피스 안쪽으로 차려입은, 속옷이란 말보단 란제리란 표현이 더 잘 어울리는 단의(單衣).

걸음을 옮길 때마다 하늘하늘한 소재의 레이스가 살갗을 건드리면, 그간에 느껴보지 못했던 낯선 감각에 흠칫거리며 놀란 게 한두 번이 아니었다.

고백하자면 엊그제 쇼핑에 백승혜를 동반하지 않은 것도 이처럼 따로 구입할 게 있어서였다.

본래의 목적을 벗어나 누군가에게 보이기 위해 산 속옷. 얇은 재질의 소재는 정숙한 것과는 한참이나 거리가 멀었다.

단지 경기도 근교에 위치한 별장에 들러 한나절 쉬다 오는 게 일정의 전부인데도 마음은 벌써 저만큼 앞서 나가고 있었다.

혹시나 있게 될, 만약의 경우를 대비해 속옷까지 위아래로 면밀히 갖춰 입은 걸 계승서가 알게 된다면 어떤 표정을 지어올까.

좋아할까? 아마도 좋아하겠지.

추측성이 더해진 상상만으로도 쑥스러운 마음이 밀려들었다. 그리고 그 마음 한쪽으로 살며시 피어오르기 시작한 작은 기대감 하나가 자경을 설레게 만들었다.

단계를 밟아 나가자고 했던 건 자경이었다. 지닌 마음이 부족해서가 아니라 상황에 적응할 시간이 필요해서였다. 달라진 계승서의 모습에도, 또 혼란을 정리하지 못한 스스로에게도. 그러나 함께하는 시간이 길어질수록 닿고 싶다는 생각을 떨쳐 버릴 수가 없었다. 계승서의 손끝에도, 입술에도, 나아가 더 깊은 곳까지도.

잰걸음으로 같은 자리를 오가던 자경이 이내 결심을 굳힌 얼굴로 방을 나섰다. 상황이 어떻게 변할지 지금 당장은 알 수 없었지만, 고민을 거듭할수록 결심은 풍랑에 깎인 모래알처럼 변해 이윽고 흔적도 없이 자취를 감춰 버릴 것이다. 그전에 자경은 스스로가 가진 마음을 돌아보았다.

"물러서고 싶지 않아."

안고 싶고, 안기고 싶다. 깊은 교감을 원할수록 간절해지는 마음. 분명한 것 하나는 자경이 지키고 싶은 건 순결이 아닌 계승서를 향한 마음이었다.

마음을 넘어 몸을 나누는 행위가 사랑의 일부분이라면 그것 역시 받아들일 수 있다. 아파도 좋다. 계승서가 주는 아픔이라면 싫지 않고 기쁠 것 같았다.

"……미리 준비해 둬서 나쁠 건 없으니까."

복잡했던 머릿속이 정리되자 나머진 문제가 안 됐다. 채비를 끝내고 집을 나선 시각은 오전 10시 무렵. 약속 시각보다 먼저 와 대문 앞에서 기다리고 있던 계승서가 반색하며 자경을 반겼다.

"왔으면 왔다고 연락을 하지, 추운데 왜 그러고 있어."

"도착한 지 얼마 안 됐어."

"얼마 안 되긴. 손이 얼음장처럼 차가운데."

계승서가 내밀어온 손을 습관처럼 맞잡자 찬 기운이 그대로 전해졌다. 일이십 분 서 있는 걸로는 이 정도로까지 차가워지진 않는다. 하지만 눈을 흘기며 타박을 해도, 어째서인지 오늘따라 대화에 집중을 못 하며 부산한 느낌을 풍겼다. 게다가 시선도 미묘하게 정면을 비껴나 있었다.

훑듯 자경의 몸을 살펴보는 계승서의 눈길을 받으며, 자경이 애써 아무렇지 않은 척 담담하게 운을 뗐다.

"그렇게나 이상해?"

"그건 아냐. 아니지만 좀 곤란하달까."

"곤란하다니, 뭐가 곤란해?"

"이렇게까지 어울리면 이쪽도 참아줄 수가 없을 것 같거든."

막을 새도 없이 계승서가 원피스 자락을 슬쩍 들춰 보였다. 관심을 끌지 못해 안달이 난, 흡사 사춘기 또래의 짓궂은 장난과도 닮아 있던 행위였다. 지나가는 사람이 없기에 망정이지 들려진 치맛자락 때문에 허벅지 일부분이 고스란히 시야로 노출됐다.

"깜짝이야."

"누굴 미치게 하려고 이런 차림이야."

예고 없이 닥친 일에 자경이 당황해하며 반사적으로 계승서의 못된 손을 찰싹 쳐냈다. 그런데도 흡족하게 웃고 있는 걸 보면 다행히 나쁜 반응은 아니었다.

"좋다는 거지?"

"그걸 말이라고 해. 대신 아무 때나 입는 건 반대야."

"어째서?"

"내보이고 싶지 않거든. 내 눈에만 예뻐 보이는 건 상관없지만, 다른 사람들 눈에도 그러는 건 싫으니까. 간섭처럼 느껴진대도 어쩔 수 없어."

농담이나 우스갯소리가 아니라 계승서는 진담을 담아 이 같은 말을 해오고 있었다. 하지만 아무리 열심히 차려입어 봐야 계승서의 화려한 외모에 비할 바는 아니었다.

겉으로 드러난 계승서의 외모는 타인의 시선을 잡아끄는 힘을 가지고 있었다. 그 탓에 곁에 있다 보면 원치 않게 눈총을 받게 되는 경우도 종종 있었다. 그래서 하는 말이지만, 계승서의 우려는 괜한 기우에 가까웠다.

"그 얼굴로 그런 말 하면 나한테 미안하지도 않아? 그건 내가 할 말이야."

"그 말은, 이자경의 눈에도 내 얼굴이 썩 괜찮게 보인단 거지?"

"당연하지."

"뭐야, 그런 거였어? 괜히 걱정했잖아."

한결 후련해 보이는 계승서의 표정이 의아함을 자아내게 만들었다. 쉽사리 뜻을 헤아리기 힘든 내용에 의문을 제기할 찰나 계승서가 하던 말을 이어 말했다.

"살을 찌워야 하나 고민했어. 아무리 봐도 이자경은 과거의 계승서를 더 좋아하는 것처럼 보였으니까."

"아!"

"가끔은 날 보면서도, 내가 아닌 다른 누군가를 겹쳐 보고 있는 것 같은 느낌을 받을 때가 있었어. 탓을 하자는 게 아니라, 그래도 한 번은 짚고 넘어가야 할 부분이라고 생각했으니까. 그냥 못 본 척 넘길까 하다가 말한 거야."

마음을 양분할 생각이 없음을 분명히 해둠으로써, 계승서가 지닌 마음에 대해 솔직해지는 시간을 가졌다. 비록 질투의 대상이 과거의 계승서였을지라도.

"그게 널 섭섭하게 만든 거구나."

"조금."

"그렇지만 다 같은 계승서인걸."

"알아. 그래서 한편으로는 더 무기력한 기분이 들었어. 나를 상대로 질투라니. 이길 방법이 없잖아."

티를 내지 않는다고 믿었지만 전부를 속일 수는 없는 법이다. 은연중에 드러낸 미세한 감정 변화조차 놓치지 않고 반응해 올 정도로 계승서는 자경에게 집중하고 있었다. 그 마음이 너무 커, 빚을 지는 기분이 들기도 했다.

하지만 계승서의 마음에 불안감을 심어준 게 자신이라면, 그 해결책도 자경이 제시해 줄 수 있었다.

당연히 알고 있는 사실도 때론 입 밖으로 끄집어내 확인시켜 주지 않으면 모를 때가 있다. 흔들림 없는 시선이 계승서를 향했다.

"사랑해, 계승서."

"너!"

"한 이불을 덮고 자고 싶단 생각을 처음으로 들게 한 것도, 밤잠을 설치게 만드는 이유도 지금의 계승서 너야. 그것만으로는 부족해?"

한 번도 말해보지 않았지만, 그래도 알고 있을 거라고 생각하지만, 자경은 계승서를 남자로서 좋아하고 또한 사랑한다.

육욕과 육정을 포함한, 남자 대 여자의 사랑. 이성적이며 동시에 감정적이기도 한 그런 사랑. 줄곧 자경의 마음을 독차지한 사람은 계승서뿐이었다.

"왜 이렇게 예쁜 말만 골라 해. 부족할 리가 있겠어. 충분해. 충분히 차고도 넘쳐."

와락 끌어안는 계승서의 품에 얌전히 안겨 못다 한 말을 이어 나갔다.

"있지, 승서야. 나는 과거를 추억할 때마다 네게 미안함을 느끼고 싶지 않아. 그건 내게 있어 과거를, 너를 지우란 것과 같은 거니까."

"무슨 말인지 이해해. 지금은 그래."

"나는 그냥 너여서 좋았던 거야."

어린 자경을 행복하게 해줬던 것도 계승서였고, 오늘처럼 사랑을 속삭이게 만든 것도 다 같은 계승서였다. 따로 떼놓고 분리해 생각한다는 건 처음부터 불가능한 일이었다.

"다른 사람을 좋아할 자신도, 그럴 마음도 없어. 그래서 뭐든 욕심이 나고, 네게 관한 거라면 아무것도 버리고 싶지 않아."

이자경과 계승서가, 우리가 함께 공유했던 시간과 앞으로 공유할 모든 것들을.

실상 환경적인 요인으로 인해 자경은 기본적으로 인간에 대한 불신을 가지고 있었다. 그래서 계승서가 아니라면 사랑한다는 말 같은 거 죽을 때까지도 해보지 못했을 것이다.

"늘 생각하는 거지만, 내가 널 당해내는 일은 없을 거 같아."

"대신 앞으로의 내 시간은 승서 널 위해 비워둘게."

얼굴을 보여달라고 말해오면 거절도 거부도 입에 담지 말아야지. 바쁜 일이 있으면 그 바쁜 일을 미루고, 피치 못할 사정이 생기면 뒤늦게라도 계승서를 찾아가야지. 계승서의 앞에서 비싸게 구는 건 하지 않을 생각이었다. 그게 현재 자경이 가진 마음가짐이었다.

"……만약 경쟁해야 하는 대상이 백승혜 씨라면? 그래도 대답은 변함없는 거지?"

"두 사람 중에서 선택이란 걸 해야 한다면, 난 너야. 이모에겐 미안하지만 난 그래. 그렇지만 무리한 요구는 하지 않을 거잖아."

"어쨌든 약속한 거야."

"약속해."

버릴 수도 놓을 수도 없는 시간을 지나오며, 무채색에 가까웠던 감정에 색이 덧씌워지고 지루하게 반복되던 일상이 의미를 지니게 됐을 때, 아무것도 아니었던 이자경도 특별해질 수 있다는 걸 알게 해주었다.

불행을 짊어진 채로 서로의 밑바닥을 들여다봤지만, 우리는 상대의 처지를 동정하지도 거기서 위안을 찾으려고도 하지 않았다. 대신 철저하게 서로의 편이 되어줌으로써 동등한 입장에서 같은 곳을 바라볼 수 있게 되었다. 그리고 시간이 더 흐른 지금, 관계는 자연스럽게 하나로 묶이고 있었다. 너와 내가 아닌, 우리라는 이름이 익숙해졌을 때 그 시간이 몹시도 따사롭단 생각을 해보았다.

경기도 가평에 위치한 개인 소유의 별장에 도착했을 땐 막 정오를 지나고 있었다.

"빈손으로 와. 아무것도 준비할 거 없어."

어젯밤 전화를 끊을 당시만 하더라도 계승서는 재차 이 같은 당부를 아끼지 않았다. 그래서 생각하길, 주변에 괜찮은 음식점이 있지 않을까 하고 혼자 결론을 내렸었다. 그런데 막상 도착해 별장 근처를 둘러봐도 보이는 건 첩첩산중의 우거진 숲뿐으로, 정작 점심을 해결할 만한 곳은 어디에도 보이지가 않았다.

"편히 쉬시다 가세요. 필요한 게 있거나 부를 일이 생기면, 오시기 전에 연락 주신 번호로 전화 주시면 됩니다."

별장을 도맡아 관리한다던 초로의 노인이 허리를 굽히자 계승서가 짧은 목례로 감사함을 대신했다. 계승서의 동행이 자경인 걸 알았을 땐 약간 놀란 표정을 지어 보였지만, 이내 열쇠를 넘겨주는 것으로써 맡은바 소임을 다했다는 듯 자리를 떴다.

"추워. 감기 걸릴라 먼저 들어가 있어."

"같이 들어가지 않고서 왜?"

"잠시면 돼."

미리부터 난방을 해두었던지 별장 안으로 들어서자 따뜻하게 데워진 훈기가 자경을 맞았다.

"대체 뭘 하느라 먼저 들어가란 거지?"

창문 너머로 바라본 계승서는 뭔가 굉장히 분주해 보였다. 사실 계승서가 트렁크 리드(Trunk Lid)를 열고 제법 묵직한 것을 꺼냈을 때만 하더라도, 그것이 어떤 용도로 쓰일지에 대해 쉽사리 짐작 가는 바가 없었다. 그래서 정체를 알게 됐을 때 받은 놀라움은 전에 없이 컸다.

"이게 다 뭐야?"

"열어봐."

재촉에 못 이겨 찬합을 덮고 있던 뚜껑을 열었을 무렵, 때맞춰 입 밖으로 작은 경탄이 터져 나왔다. 아무 걱정 말고 몸만 챙겨오라던 계승서의 말이 이런 의미인 줄은 미처 예상치 못했었다.

"모양은 이래도 맛은 나쁘지 않을 거야. 하라는 대로 했으니까 아마 그럴 거야."

서툰 솜씨로 만들었다는 걸 증명하듯, 부서지고 어그러진 김밥은 더러는 형체를 알아볼 수 없을 정도로 망가진 것도 있었다. 그래서 알 수 있었다. 눈앞에 있는 음식을 만든 사람이 누구인지를.

"이거, 승서 네가 만든 거구나."

"비싸고 좋은 것만 먹여주고 싶지만, 그래도 성의를 보이는 건 다른 차원의 문제니까."

"내가 이걸 먹을 자격이 있는 건지는 모르겠지만, 그래도 잘 먹을게."

바깥의 찬 기운을 이기지 못해 딱딱하게 굳어버린 밥알과 제대로 섞이지 않아 결정이 돼버린 짠 소금기가 입안 가득히 번졌지만, 씹는 횟수가 늘어날수록 혀끝에서 달콤하게 녹아들었다. 거짓말이 아니라 진짜 그랬다.

"맛있어."

"그래? 의외로 나 이런 데 소질 있나 봐. 어디 봐. 나도 하나 먹어보게."

호의적인 반응을 이끌어낸 데 따른 상승효과로 계승서가 득의양양한 표정을 지어 보였다. 하지만 얼마 못 가 계승서의 미간이 단박에 구겨졌다. 그사이 자경이 세 번째 김밥을 집어 들었다.

"그만 먹어."

"왜 그래."

"간이 이렇게까지 엉망인 건 처음 해본 거라 그래. 다음엔 더 잘할 수 있어."

"지금도 충분히 먹을 만해."

"어디가 괜찮다는 거야. 고집 피우지 말고 이리 내."

"싫어. 줬다 뺏는 법이 어디 있어. 그게 제일 치사한 거야."

"이자경."

"그런 목소리로 말해봤자 내 대답은 변함없어."

수능 당일. 아무것도 밝혀진 것이 없고, 아무런 문제도 없다고 여겼던 그날. 신지수가 정성 들여 싼 도시락을 손에 든 이해서가 이문태의 차에 올라탔다. 그렇게 혼자 남게 된 자경은 이른 아침 가게에 들러 산 김밥을 가방에 넣어 수능시험장으로 향했다.

당시에 괜찮았다고 여겼던 것들이, 사실은 그렇지 않았다는 걸 알게 된 뒤로 한동안은 김밥을 입에 대지 못했다. 질긴 고무처럼 느껴졌던, 어쩔 수 없이 배를 채워야 해서 먹었던 그때의 김밥에 비하면 계승서가 만든 건 슈거파우더만큼이나 달았다. 누군가의 손을 거치지 않고 직접 싼 김밥은 맛과 모양을 떠나 서툰 게 눈에 보여서 더 감동을 받았다.

자경이 고집을 꺾지 않자 계승서가 낭패감 서린 표정을 감추지 못했다.

"따뜻할 때 맛봤을 땐 이 정도까지 최악은 아니었어. 지금처럼 못 먹어줄 정도로 형편없지도 않았어. 하지만 그건 그때 얘기야."

"입맛에 맞는다고 말했잖아. 아까워서 못 먹을 정도로 내 입에 맞아. 그럼 된 거잖아."

"그러다 괜히 속 버리면 너만 손해야. 그러지 말고."

말하는 도중 네 번째에 이어 다섯 번째 김밥까지 자경의 입속으로 사라졌다. 세상엔 양보해 줄 수 있는 게 있는가 하면 그렇지 못한 것도 있다. 자경이 먹지 않으면 고스란히 쓰레기통에 버려질 거란 걸 아는 상황에서, 곧이곧대로 계승서의 말을 따라줄 수가 없었다.

"됐어. 애초에 이자경을 이겨먹으려고 했던 게 잘못이지."

그럴 바에야 대신 먹어치우고 마는 게 낫지.

들릴 듯 말 듯 까라진, 혼잣말처럼 끝낸 마지막 얘긴 선전포고나 다름없었다. 계승서가 노린 건 자경의 손에 들려 있던 김밥이었다.

"앗!"

놀라움 섞여든 짧은 단말마가 채 잦아들기도 전에, 자경의 손끝으로 계승서의 입술이 와 닿았다. 이어 숨겨져 있던 붉은 혀가 시야 너머로 드러나며, 간질이듯 뭉텅한 혀끝이 잇따라 손가락을 핥아왔다. 놀라 굳어 있는 틈에 계승서가 중간에서 김밥을 가로챘다.

"이렇게 먹는 것도 나쁘진 않네. 아까보다는 훨씬 괜찮아졌어."

"……손가락까지 먹으려던 건 아니지?"

"싫어?"

"싫지 않으니 문제인 거지."

"그렇게 말해올 줄 알았어. 착하다, 이자경."

입가에 떠오른 웃음이 심장을 두근거리게 만들었다. 도발에 응한 결과는 머지않아 직접 눈으로 확인할 수 있었다.

정량 이상으로 먹은 점심도 소화시킬 겸, 별장 주변을 따라 조성된 산책로를 걷던 도중에 예상치 못한 여우비를 만났다.

볕이 있는데도 잠깐 흩뿌리고 지나간 비.

긴 시간에 걸쳐 내린 비는 아니었지만 별장으로 돌아가는 길목 중간쯤에 이르러 입고 있던 겉옷이 대부분 젖어버렸다. 그래서 나중에는 아예 일부러 걸음을 늦춰 걸었다.

녹음이 사라진 겨울산은 절간의 고즈넉함을 연상시키는 고요한 기운을 품고 있었다. 아무런 방해도 받지 않고, 온전히 서로의 호흡을 느낄 수 있었던 시간. 어깨를 감싸 안은 계승서의 팔에 기대어 살며시 고개를 기울이자, 따뜻한 체온이 자경에게로 전해졌다.

"나오길 잘한 것 같아."

"마음에 든다니 다행이야."

불어온 바람이 얼굴에 부딪혀 저만치 뒤쪽으로 멀어지면 뼛속까지 시원해지는 기분이 들었다.

당장엔 지저귀는 새소리도 소나무를 타고 오르는 청솔모도 없었지만, 잘 마른 낙엽이 발치 밑에서 바스락거리며 밟힐 때면 한시의 율격을 닮은 규칙적인 음이 만들어지곤 했다.

행복하다.

시간이 조금 더 느리게 흘렀으면 좋겠다. 이 같은 마음이 간절해졌을 무렵, 줄곧 궁금해했던 질문 하나를 입 밖으로 꺼내놓을 수 있게 됐다.

"너는 내가 왜 좋았어."

동족 혐오라고, 사람은 간혹 닮은 사람끼리 끌리기도 하지만 반대로 싫을 정도로 꺼려지기도 하는 법이었다.

"좋은데도 이유가 필요해?"

"그래도 계기는 있을 거 아냐."

"계기라. 없진 않지."

잠깐의 회상 끝에 계승서가 짧은 답문을 덧붙였다.

"강해 보여서. 사실은 그래서 좋았어."

"내가…… 강해 보였다고?"

"한 번쯤은 도와달라고 할 줄 알았거든. 내겐 상황을 역전시킬 수 있는 패가 있었으니까, 그리고 그 사실을 누구보다 잘 알고 있던 사람이 이자경이었으니까. 그런데도 끝까지 그러지 않았어. 뭐든 혼자서 해냈고, 섭섭할 정도로 뭐든 잘했어."

"그건 그렇지 않아."

마음이 지옥이어도 계승서가 있어 웃을 수 있었다. 굳이 입 밖으로 소리 내 말하지 않아도, 가장 먼저 자경의 사정을 헤아려 준 게 계승서란 것 역시 모르지 않았다.

같은 반이 된 게 단순한 우연의 일치가 아니란 것도 알고, 귀찮은 걸 싫어하는 계승서가 반장이란 직책을 거절하지 않았던 까닭도 모르지 않는다.

계승서의 그늘 아래서 더 이상 바랄 수 없을 만큼 많은 것을 받는데, 무언가를 따로 요구할 수 있을 리 없었다. 자경이 강해 보였다면 그건 명백히 계승서가 곁에 있었기에 받을 수 있었던 평가였다.

"아니, 이자경이어서 가능했던 거야. 그 상황에서 이렇게까지 바르게 클 수 있었던 건, 다른 누구 때문도 아닌 그냥 이자경이 강해서야. 이자경이 강해서, 그래서 눈을 뗄 수가 없었어."

"……고마워, 그렇게 말해줘서."

"사실이 그런 걸. 어쨌든 그 후로 계속 네 얼굴이 머릿속에서 떠나질 않았어. 눈에 안 보이면 보고 싶고, 막상 얼굴을 보고 있으면 어떤 생각을 하는지가 궁금해졌어. 하다하다 어느 날엔 꿈에서까지, 아…… 이건 못 들은 걸로 해."

"꿈에서 뭐?"

"그런 게 있어."

"왜, 내가 벗고 나오기라도 했어?"

농담으로 흘려 넘길 거란 예상을 뒤엎고, 머쓱한 표정을 지은 계승서가 숨기려고 했던 진실을 실토했다.

"눈치 하고는. 돗자리 깔고 점쟁이 해도 되겠어."

"진짜?"

"되게 섹시했어. 야해 빠진 얼굴로 막 내 이름을 부르는데, 놀라 일어나 보니 등이 흠뻑 젖었더라고. 그러고 나선 막 아쉬운 마음이 드는 거야. 그래서 얼른 이불 덮고 다시 누웠지."

"……대체 혼자서 어디까지 진도를 뺀 거야."

"사실을 말하면 기겁할 테니까 노코멘트. 적당하게 상상에 맡겨둘게."

부드러운 계승서의 시선 아래 자경은 가느다랗게 몸을 떨었다. 젖은 옷이 신경 쓰이기 시작하자 문득 갈증이 느껴졌다. 예상보다 길어진 산책을 끝냈을 땐 얼굴이 상기된 것처럼 달아올라 있었다. 공기의 흐름이 바뀐 건 별장 문을 연 직후의 일이었다.

물기가 축적된 겉옷을 벗자 계승서가 욕실 수납장에 비치돼 있던 수건을 꺼내와 내밀었다. 다행히 빗물이 안쪽까지 완전히 스며들지는 않아 큰 문제는 없었지만, 직접적으로 비를 맞은 머리카락은 사정이 달랐다.

받아 든 수건으로 머리카락을 감싼 자경이 수분을 제거하듯 꾹꾹 눌러 짜냈다. 뒤이어 목덜미를 톡톡 두드려 닦았다.

"날로 먹어도 비리지 않을 것 같아."

"……!"

"아. 실수. 방금 건 그냥 속마음이었어. 흘려들어."

계승서의 말은 성적인 암시를 내포하고 있었다. 흘려들으라고 했으나, 계승서는 자경이 그렇게 하지 못할 거란 것 또한 이미 알고 있었다. 장난처럼 건네온 말은 장난이 아니기도 했다. 분명한 의도가 있었고, 어렵지 않게 그 의도를 읽어낼 수 있었다.

응해주고 싶다. 거기까지 생각이 미쳤을 때 물기를 닦던 손길을 멈추고서 계승서를 올려다봤다.

"그냥 샤워해야겠어."

"어?"

"샤워해야겠다고. 씻고 나올게. 너도 그러는 게 좋을 것 같아."

뜻하지 않은 선언에 굳어버린 계승서를 그대로 지나친 자경이 욕실 안으로 들어섰다. 하지만 금세 문틈으로 얼굴을 내밀며 깜빡 잊고 전하지 못한 말을 마저 했다.

"아님, 같이 씻을래?"

"이자경!"

"아냐. 나도 말이 잘못 나왔어."

문이 닫히고, 문 잠그는 소리가 안쪽에서 달카거렸다. 아무렇지 않게 받아쳤지만, 사실은 그렇지 않았다. 그 자리에서 주저앉고 싶을 정도로 떨리고 겁이 났다. 곧이어 문 밖에서 문 두드리는 소리가 들렸다.

"열어봐. 잠깐이면 돼. 잠깐이면 되니까 문 좀 열어봐."

"얌전히 기다리고 있어."

목소리가 제멋대로 떨려 나올까 봐 걱정했었는데, 다행히 괜한 기우였다.

"내 멋대로 해석해도 되는 거지? 말해봐, 이자경."

"내가, 널 원해."

단단한 욕실 문으로 가로막혀 있는 상황에서도, 건너편에서 숨을 집어삼키는 소리가 들렸다.

"그게 내 대답이야."

계승서는 더 이상 문을 두드리지도 말을 붙여오지도 않았다. 잠시 후 발소리가 멀어졌다.

자경은 계승서가 움직이는 방향을, 동선을 어렵지 않게 추측할 수 있었다.

반대편에 위치한 샤워부스를 갖춘 또 하나의 욕실. 그 문을 통과해 들어간 계승서가 다시 바깥으로 걸어 나올 즈음엔 상황은 지금보다 훨씬 더 긴박해져 있을 것이다.

온수 버튼을 누르자 얼마 안 가 샤워꼭지에서 따뜻한 물이 쏟아져 내렸다. 정성 들여 몸을 씻으면서 든 생각은, 의외로 스스로의 몸이 낯설단 거였다. 늘 봐 익숙한 가슴의 모양도, 그 아래로 이어지는 둔덕도 치부도 전부 다. 심지어 만져지는 피부의 감촉도 어딘지 모르게 생소한 느낌이 들었다.

"그러니까 이 몸을 계승서에게 보인다는 거지……."

사라져 가던 자신감을 회복시켜 준 것은 계승서에 대한 믿음이었다. 늘 계승서는 주변의 이목을 배제한 채 자경만 탐이 난다는 눈빛으로 바라봐 오곤 했다.

계승서가 사랑하는 이자경은 말라깽이에 볼품없는 몸매를 가진 지금의 자경이었다. 그렇게 생각하자 더 이상 두렵지가 않았다.

긴 시간 공을 들인 샤워가 끝이 나고 고개를 들어 거울을 봤을 때, 수증기 너머로 계승서가 사랑한 이자경의 얼굴이 보였다.

아름다운 이자경.

주문을 외우는 순간 마법은 거짓말같이 현실이 되었다. 스스로 의 눈에 비친 거울 속 이자경이 몹시도 사랑스러워 보였던 탓이 다.

벗어두었던 옷을 입으려다 근처에 있던 욕의(Bath Gown)를 발견한 자경이 눈빛을 반짝였다. 욕의를 집어 들기까지에 망설임은 없었다.

욕실에 들어간 시간대는 비슷했지만 샤워를 끝내고 나온 건 계 승서가 먼저였다. 뒤늦게 자경이 문을 열고 나오자 낚아채듯 계승 서가 손목을 단단히 붙들어왔다.

"심장이 아픈 것 같아."

시선을 아래로 내리며 입에 담은 짧은 품평은, 자경에게 하는 말임과 동시에 기대감을 드러내기 위한 하나의 방편이기도 했다.

"너무 그렇게 빤히 쳐다보지 마."

"불가능한 주문은 처음부터 하는 게 아니지. 미안하지만 그건 내 의지대로 되는 게 아니라서."

"하긴…… 그것도 그렇겠지?"

"성인 남성의 성욕을 우습게 보면 곤란해. 쓸데없이 크고, 쓸데 없이 끈질기거든."

계승서는 이 이상 시간을 지체하지 않았다. 손목이 붙들린 채 이끄는 방향대로 걸음을 옮기자 곧 정돈된 침실이 시야 너머로 들어왔다. 그러나 자경이 주목한 건 방 안의 절반에 해당하는 크고 넓은 침대가 아니었다. 침대 옆으로 나란히 놓여 있던 협탁. 그리고 그 협탁 위에 올려놓은 작은 박스 하나. 자경의 가방 안에 들어 있던 것과 같은 용도의 콘돔이었다.

'괜한 걱정을 했잖아.'

고민 끝에 간신히 사놓고도, 백승혜의 눈에 띄지 않게 보관하느라 한껏 마음을 졸였었다. 그래도 둘 중 한 사람은 챙겨야 하는 물건이었고, 자경은 그 대상이 자신이라고 생각했다. 미리 오늘이라고 언질을 준 것도 아니었고, 꿰어낼 생각에 마음이 들떠 있었던 것도 그녀였으니까.

의뭉스러운 계승서.

근처에 편의점이 있어 이용할 수 있는 상황도 못 되니 사전에 미리 준비를 해왔다는 얘긴데, 잠자코 데이트만 즐기고 갈 것처럼 굴던 것치고는 꽤나 용의주도하다. 덕분에 마음은 한결 가벼워졌지만. 계승서 외에 자경이 신경을 써야 할 건 이제 아무것도 없었다.

준비된 두 사람과 단장을 끝낸 마음.

잦아든 두려움만큼이나 설렘이 너무 커져서 신기한 시간. 짧은 심호흡 끝에 나온 속삭임은 계승서를 기쁘게 할 것들로만 채워져 있었다.

"안아줘. 안기고 싶어."

"한 번 더 잘 생각해 봐. 지금이라면 힘들어도 참아줄 수 있을 것 같거든."

"거짓말."

"맞아. 거짓말이야."

관계의 시작은 입술을 맞대는 버드키스부터였다. 곧 입안을 파고든 계승서의 혀가 진득하게 자경의 혀를 감아올렸다. 처음은 가벼웠지만 나중엔 아니었다.

"읍!"

여러 차례 각도를 바꾼 키스가 깊이를 더했다. 질척한 타액이 움직임을 부드럽게 만들수록 반대로 숨은 가빠졌다.

혀뿌리가 통째로 뽑혀 나갈 것 같은 강한 흡착에 기어코 생리적인 눈물이 한쪽 눈꼬리를 타고 흘러내렸다. 한데 엉킨 몸이 중심을 잃는 순간, 침대가 거칠게 출렁거렸다. 잠시 후 닿았던 입술이 떨어지고, 흐트러진 욕의 위로 계승서의 시선이 닿았다.

"Damn it!"

혼잣말에 가까운 옅은 욕설.

눈물자국이 남은 자경의 볼을 길게 핥아 올린 계승서가 뒤늦은 고백 하나를 속삭여왔다.

"내가 미친 것 같아. 왜 이렇게 가학적인 마음이 생기는 걸까. 내 앞에서만큼은 더 울고, 더 애원해 줬으면 좋겠어. 다치게 하고 싶지 않은데 이대로라면 그것도 자신할 수 없을 것 같아. 자제가 안 되는 기분이야."

"아프게 해도 좋아."

"그런 말은 함부로 하는 게 아니야."

말은 그렇게 했지만, 기뻐 보이는 얼굴은 전혀 다른 얘길 해오고 있었다.

겹치고 있던 자세를 고쳐 안은 계승서가 온전히 두 다리를 침대 위로 끌어 올렸다. 넓어 보였던 침대가 지나치게 좁게 느껴졌다. 물러설 곳은 없었다.

"오늘 자고 간다고 전화해."

욕망에 충실한 얼굴과는 대비되는 나직한 말투가 찌르르 몸을 울리게 만들었다. 이내 헐겁게 벌어진 욕의 틈으로 커다란 손이 침범해 들어왔다.

미국에서는 수도승처럼 지냈다면서 은근히 손이 빠르다. 심장이 고장 난 것처럼 쿵쾅거렸다. 하지만 그것만으로는 충족이 되지 않았던지, 기어코 묶여 있던 매듭 끝을 잡아당겨 자경의 욕의를 풀어헤쳤다.

"읏!"

수치심과 다른, 어쩔 수 없이 부끄러워지는 마음이 짧은 신음이 되어 돌아왔다. 무의식중에 다리를 모으자 그 사이를 계승서가 파고들었다. 뜻밖의 혀 차는 소리가 들린 건 그때였다.

거칠 것 없던 계승서를 곤혹스럽게 만든 건, 자경의 가슴을 가리고 있던 브래지어였다. 수동적인 자세를 벗어나 앞여밈의 후크를 끌러 성가신 일을 대신 해결해 준 건 자경이었다. 서툴기 짝이 없는 모습에 감명을 받았다는 건 비밀이었다. 성적인 의미에서 여자를 알지 못한다 했던 계승서의 말은 사실이었다.

"착하지."

동그랗게 솟아오른 가슴을 살짝 쥐었다 놓은 계승서가 짓궂어 보이는 눈웃음을 쳤다.

"읏!"

한차례 목덜미를 강하게 빨아들인 것을 기점으로 해서 계승서의 입술이 슬금슬금 아래를 향했다.

"거긴!"

맨살에 와 닿은 생경한 감촉이, 한꺼번에 호흡을 흐트러뜨리며 숨을 헐떡이게 만들었다. 허리가 튕겨져 오르는 것을 한 손으로 가만히 내리누른 계승서가 자경의 가슴을 탐스럽게 베어 물었다.

"으흣…… 계승서, 승서야."

타오르기 시작한 불길에 기름을 쏟아부은 건 간절함이 녹아든 신음이었다.

가슴 선을 따라 혀를 굴리던 계승서가, 재차 이를 세워 뾰족하게 솟아오른 정점을 아프지 않을 정도로 깨물었다.

"아앗!"

침대와 맞닿아 있던 등이 활처럼 휘면서 둥근 아치를 그렸다. 오싹할 정도로 찌릿찌릿한 느낌에, 잠시간 불꽃이 터지는 것처럼 눈앞이 암전됐다. 그사이 계승서의 손이 좀 더 은밀한 곳을 파고들었다. 너울지듯 눈꺼풀이 파르르 떨렸다.

"긴장 풀어. 아직은 아니니까."

감고 있던 눈을 천천히 떴을 땐, 눈앞으로 터질 것처럼 부풀어 오른 계승서의 하반신이 시야에 잡혔다. 어느 틈엔가 계승서도 걸치고 있던 옷을 전부 벗어버린 뒤였다. 그랬기에 위쪽을 향해 우람하게 솟아 있던 남성의 형태도 낱낱이 확인해 볼 수가 있었다.

맙소사.

길이가 긴 걸 떠나 지나치게 굵었다. 처음부터 저런 걸 몸에 넣는다면, 멀쩡하게 침대에서 걸어 나갈 수 있을 리 없다.

흉기. 거대한 흉기였다.

그러나 더 이상의 생각은 뒤로 이어지지 못했다. 계승서가 긴장을 풀라며 할애한 시간은 극히 짧은 찰나에 불과했다.

"하웃…… 웃!"

은밀한 부위를 자극해 올 때마다, 미처 막지 못한 신음성이 입밖으로 새어 나왔다. 때맞춰 아까부터 입구를 톡톡 두드려 대던 손이 밀지를 파고들었다.

"아. 젖었다. 다행이네."

"일일이, 하앗, 설명해 줄 거 없어."

겉모습만 봐서는 과묵하게 제 할 일만 할 것 같았던 계승서는 의외로 관계 중에 나누는 대화를 즐겼다. 아마 그렇게라도 템포를 늦추지 않으면 자경을 상처 입히게 될 거라고 여겼던 것 같다.

음탕한 요부가 되고 싶다. 저걸 온전히 품을 수 있는 요부. 유일하게 계승서의 앞에서만큼은 음탕한 요부가 되어도 좋을 것 같다.

부드럽게 안을 파고드는 손가락의 숫자가 늘어날수록 얼굴이 새빨갛게 달아올랐다. 점막과 마찰돼 생성되는 소리가 야하기 짝이 없다. 저절로 발끝이 오므려지고, 손은 아래에 깔린 시트를 움켜잡기 바빴다.

"힘들어?"

"조금."

"어쩌지. 지금부턴 조금이 아닐 텐데."

이 말을 끝으로 계승서가 협탁 위에 놓인 콘돔 박스를 집어 들었다. 가만히 누워서 계승서가 주는 열락에 빠져 있던 자경이 땀에 젖어 달궈진 몸을 살며시 일으켜 세웠다.

"하아…… 하아……. 내가, 내가 해줄게."

"다음에. 다음에 해줘. 지금은 내가 좀 급해."

유연한 거절을 끝으로 계승서가 준비를 모두 마쳤다.

"아앗!"

오래 길들여 부드러워진 입구를 따라, 천천히 계승서의 남성이 밀려들었다. 하지만 그럼에도 감당하기 벅찬 크기에 날카로운 아픔이 날아들었다. 하지만 힘든 건 자경 혼자만이 아니었다.

"후우."

낮고 무겁게 까라지는 숨기가 계승서의 인내심을 대변했다. 느릿하고 더딘, 렌토 아사이(Lento Assai)의 완서한 템포로 전진하는 동안 계승서의 몸도 온통 땀으로 젖어들었다.

"뇌가 완전히 녹아버릴 것 같아."

다행히 절반쯤 집어넣자, 진입하는 속도가 조금씩 빨라졌다. 속을 꽉 채운 묵직한 느낌. 몸서리쳐질 정도의 낯선 감각에 한편으로는 겁이 나기도 했지만, 그러함에도 가까워지고 싶단 열망을 앞서진 못했다. 매달리듯 자경의 두 손이 그의 목을 감쌌다.

끊어질 것처럼 조여와.

귓가로 내려앉는 속삭임은 사냥의 시작을 알리는 맹수의 경고를 닮아 있었다. 경직된 자경의 몸을 느른한 손길로 쓸어 올린 계승서가 느릿하게 상하운동을 하기 시작했다. 그러나 한두 번은 참아줄 수 있었지만, 그 이상은 계승서도 어려웠다. 어느덧 탄력이 붙은 허리의 움직임이 급격히 빨라지고 있었다. 이후부터는 거칠 것이 없었다.

"하읏!"

엉덩이 골반 쪽을 강하게 치고 빠질 때면 머릿속이 새하얗게 변해 버려, 눈앞이 포말처럼 부서져 내렸다.

"승서야, 승서야."

흔들림이 커져 갈수록 목에 걸쳐 있던 손도 계속해 등 아래로 미끄러져 내렸다. 그러더니 기어코 정돈된 손톱 끝이 계승서의 몸에 파고들어 상처를 남겼다.

"하아, 하앗……."

아프다. 몸이 부서질 것처럼, 아프다. 하지만 아픈데도 그만두고 싶지 않다.

미세하게 타고 오르는 열기조차 제대로 반응하지 못할 정도로 서툴고, 아직은 아픔이 전부인데도 더 깊은 결합을 원하게 되고, 더 많은 시간 몸을 맞대고 있길 소원했다.

"이자경, 나 버리면 삼대가 빌어먹게 해줄 거야. 삼대가 뭐야. 대대손손 거지꼴 못 면하게 해줄 테니까, 다른 사람 따윈 쳐다볼 생각조차 하지 마. 끝까지 나만 책임져."

"하아, 사랑 고백이, 하아, 너무 살벌하잖아."

"나는 어떻게 돼도 좋을 만큼, 그만큼 네가 좋아."

"나도, 나도 그래."

몸의 아픔에 비할 바 없는, 정신을 충족시키는 충만함. 그 충만함을 놓치고 싶지 않았다. 시간이 지날수록 조금씩 자경도 계승서의 움직임에 박자를 맞춰가기 시작했다. 그러나 온전히 행위의 속도를 따라가기에는 역시나 역부족이었다. 소란스럽게 삐걱대는 침대의 마찰음이 점점 더 커지고 있었다.

"……너무 집요한 거 아냐?"

관계가 끝났을 땐 손가락 하나도 까딱하기 힘들 정도로 이자경은 기진맥진한 상태였다. 반대로 승서는 행위 전보다 행위 후의 얼굴에 더 생기가 돌았다.

따뜻한 물을 적셔 짜낸 타월로 이자경의 몸을 닦아주고 있던 승서가 들려온 질문에 다소간 억울함을 담아 양쪽 어깨를 으쓱여 보였다.

"욕심을 채우자면 아직 한참은 더 부족해. 이래 봬도 처음이라 참고 적당히 한 거야."

"안 참았으면, 대체 얼마나 해댈 생각이었어."

"것보다, 한약 한 재 먹자. 한약 먹고 운동하면 체력은 금방 늘 거야. 그럼 적어도 이정도로 나가떨어지는 일은 없을 거 아냐."

"네가 심했단 생각은 안 들어?"

"전혀."

단답형의 간단명료한 대답에 이자경이 기가 막힌 표정을 지어 보였다. 하지만 관계를 가질 때만큼은 이자경의 앞에서 초식동물로 남아 있을 마음이 조금도 없었다.

온기가 가시지 않은 타월을 다시금 집어 든 승서가 잠시간 멈춰 뒀던 일을 재개했다. 손길이 지나칠 때마다 무의식중에 이자경이 몸을 움찔움찔 떨었다. 여자, 아니, 사람의 몸에 이토록 정신없이 빠져들며 흥분할 수 있다는 게 정말로 가능한 일일까, 하는 의문에 사로잡혔을 만큼 이자경의 모든 것이 승서의 흥미를 자극했다.

부드럽게 달라붙던 피부의 감촉도, 홈처럼 패인 배꼽도, 적당하게 풍성했던 체모도 전부 그의 성욕을 불러일으켰다. 그중 단연코 좋았던 건 손에 딱 들어맞던 자그마한 가슴이었다. 말랑말랑해서 한시도 손에서 떼어놓고 싶지 않았을 정도로 취향 그 자체였다. 자연스럽게 손이 움직이는 곳도 한 방향으로 치중됐다.

"……거긴, 그만 닦아도 될 것 같은데."

"야박하게 굴 거 없잖아. 어차피 이젠 내 건데 좀 더 만지게 해 줘."

"아직은 아냐."

"한 번 더 하면 그런 말은 안 나올 텐데? 난, 지금이라도 상관없 어."

협탁 위를 가리키는 승서의 손길에 이자경의 얼굴이 핼쑥하게 변했다. 물론 더 하는 게 욕심이란 건 알지만, 회가 동하는 것도 사실이었다. 이자경이 승낙한다면 이차전도 문제없었으나 표정을 보아하니 그럴 일은 없을 것 같았다.

"날 죽일 작정이야?"

"농담이었어."

불신에 찬 눈.

"정말로 농담이었다니까."

"그러시겠지."

이자경이 이불을 끌어 당겨 가슴 위까지 덮자, 보기 좋던 절경 이 눈앞에서 사라졌다. 아쉬움이 커질수록, 방금 전까지 했던 행 위가 머릿속에서 되살아났다.

오늘만 날은 아니니까. 아쉽지만 하는 수 없지.

설득력을 얻기엔 다소 부족했던 해명을 끝으로 승서가 자경의 옆을 파고들었다. 나란히 누워 천장을 바라보는데, 그렇게 마음이 평온할 수가 없었다. 사랑하는 사람 옆에 누울 수 있다는 건 이렇게나 행복한 거였구나. 떨어져 있던 기간이 길었음이 아쉬워지는 순간이었다.

대신 오래 걸려 찾은 만큼 손에 쥔 안식을 영원히 놓지 않을 생각이다. 한차례 눈을 감았다 뜨는 것으로써 결심을 다졌다.

"저기, 승서야."

"응?"

이불 속에 가려 보이지 않았던 이자경의 손이 복부 쪽을 살며시 건드려 온 건 바로 그때였다.

"배에 남아 있던 흉터, 전에 말했던 자상이지?"

"아아. 그렇지, 뭐."

"많이 아팠을 것 같아."

"다 지난 일이야."

홍주란에 대한 기대를 내려놓을 때 함께 지워 버린 계승혁에 대한 기억들. 승서는 이제 상처의 흔적을 봐도 아무렇지가 않았다. 하지만 이자경의 생각은 달랐던 모양이다.

"있지. 내가 돈 많이 벌면 흉터재건수술부터 시켜줄게. 꼭 그렇게 할게."

"그래."

이자경은 승서가 돈이 없어 수술을 받지 못한 게 아니란 걸 이미 알고 있었다. 그런데도 굳이 이 말을 입 밖으로 꺼냈던 건, 위로받지 못했던 지난 과거에 대한 위안의 의미가 컸다.

모든 걸 혼자서 삭여야 했던, 그리하여 외로울 수밖에 없었던 어린 승서의 시간에 보내는 위로.

우리는 덜 자란 아이였다. 주변의, 부모의 보살핌을 필요했던 그런 아이. 하지만 그렇지 못했기에 늘 결핍된 상태로 방치될 수밖에 없었고, 특유의 삐뚤어진 성정 역시 버리지 못했다.

그렇지만 시간이 지나 우리는 곧 또 다른 어른이 되었다. 가능하지 않을 거라고 믿었던, 불가능에 가깝다고 여겼던 제대로 된 어른이. 서로에게 의지가 되고, 되어주기도 하는 사람다운 사람이.

망가진 인형처럼 버려질 수도 있었다.

처치 곤란한 쓰레기처럼 아무렇게나 되는대로 살아갈 수도 있었다.

이자경을 만나지 않았더라면, 이자경이 없었더라면 분명 그렇게 됐을 테다.

고립된 승서의 세계에 문을 열고 들어와 작게 노크를 하고.

내 일이 아니어도 같이 화를 내주고.

때론 입바른 말도 아끼지 않고.

좋아한다, 사랑한다, 속삭여 줬을 때, 승서는 더 이상 불행하지 않았고, 세상에서 가장 행복한 사람으로 남을 수 있었다.

이자경.

소리 내 불러보는 것조차 아까운 이름.

나는, 이 사람을 사랑한다.

"오피스텔로 바로 갈 거지?"

"그랬으면 좋겠는데, 회사에 잠시 들어가 봐야 해."

"일이 남았어?"

"유능할수록 몸이 고달픈 법이니까. 하는 수 없지 뭐. 많이 벌어서, 번 만큼 많이 쓰면서 살아야지 별수 있겠어. 딱히 돈 쓰는 데 재미를 느껴본 적은 없지만, 그래도 이자경하고라면 다를 것 같아. 근데 왜 그런 표정으로 봐? 얼굴에 뭐 묻기라도 했어?"

"응. 뻔뻔함. 그것도 잔뜩."

"사실을 사실이 아니라고 하는 건 거짓말이잖아. 안 그래?"

"못 말려 정말."

시답지 않은 돈 자랑을 하고 싶어서 이자경 앞에서 이런 얘길 꺼낸 건 아니었다. 그까짓 돈, 이자경이 직접 벌어 흉터재건수술

시켜 준다 했던 그 돈의 가치보다 클까. 때문에 진짜 하고 싶었던 말은.

'네가 곁에 있으면 내가 특별해지는 것 같아.'

그래서 자신이 나눌 수 있는 것 중 가장 큰 게 돈이라면, 그러고 싶단 우회적인 의사 표현의 일환이었다. 지닌 감정을 숨기고 싶지 않았다.

"좋아해. 좋아해, 이자경."

"나도."

이따금 사랑한단 말보다 좋아한단 말이 앞섰던 건 단순히 이성적인 관심에서 비롯된 애정 이상으로, 그냥 이자경이어서 가지는 정애(情愛)의 크기도 못지않게 컸기 때문이다.

"회사 들어가 봐야 한다면서. 운전 조심해서 가."

마지막으로 손을 흔들어 보인 이자경이 마침내 뒤돌아섰다. 곧 대문이 닫히며 시야에서 이자경의 모습이 사라졌다.

그전에 거칠게 돌려세우려고 했다.

결국 그러지 못했지만.

대체로 평온해 보이는 겉모습과는 달리, 열화에 잠식된 내부는 금방이라도 재가 될 것처럼 맹렬히 불타오르고 있었다.

다 좋은데, 헤어질 때마다 빼앗기는 기분이 드는 건 정말이지 별로였다. 연적도 아닌, 하물며 경쟁 관계와도 거리가 먼 백승혜를 상대로 질투란 걸 해봤자 바뀌는 건 아무것도 없었다. 그런데도 시시때때 치졸해지는 마음을 막지 못했다.

시선이, 심장이 이자경의 모든 것을 원했다.

십 분, 아니, 오 분만이라도 더 얼굴 보여주고 들어가면 어디가 어때서 칼같이 사라져 버리나. 지난번에도 그러더니 이번에도 차한 잔 마시고 가란 말이 없다. 의도치 않게 백승혜에게 밉보인 이후로 승서는 늘 저 담장 안이 탐났다.

야박한 이자경.

일전에 백승혜에게 건넨, 닭이 좋을 것 같단 승서의 말은 그냥해본 빈말이 아니었다. 정식으로 초대해 달란 말을 돌려 말한 것이다. 그리고 백승혜는 이런 승서의 의도를 정확하게 이해했었다. 당장에 당황하는 기색이 된 채 말을 더듬기도 했으니까.

일찌감치 백승혜를 위한 선물을 준비해 뒀던 승서는 하루빨리그때가 오기를 고대하고 있었다.

궁금한 것이 많을 텐데도 백승혜는 귀가한 자경의 어깨를 말없이 가만히 안아주기만 했다. 바라본 백승혜의 얼굴에선 고단함이묻어 나왔다. 한결 까칠해 보이는 낯빛이, 밤새 잠 한숨 이루지 못했음을 말해오고 있었다.

"다행이야. 우리 자경이 표정이 밝아 보여서 정말로 다행이야."

어젯밤, 떨리는 마음으로 자고 가겠단 의사를 전했을 때, 휴대폰 너머로는 한동안 침묵이 이어졌었다. 선뜻 그러라는 허락도, 또한 그러지 말라는 만류도 해오지 못하는 백승혜의 마음을 모르지 않았기 때문에 지금의 배려가 더 뜻있게 다가왔다.

미안하단 말, 고맙다는 말. 하고 싶은 말은 많았지만 자경은 좀더 자신의 선택에 대해 당당해지는 것으로써 백승혜가 가진 우려를 덜고자 했다.

곧게 뻗어 나간 시선이 이윽고 백승혜의 눈동자와 마주했다.

"후회하고 싶지 않았어요. 그래서 선택했고, 지금도 이 생각은 변함없어요. 이모가 걱정할 거란 걸 아는데도 마음 가는 걸 막고 싶지 않았어요."

"다 줘도 아깝지 않을 만큼 그 사람이 좋다는 거지?"

"네."

"그거면 됐어. 이모는 다른 거 바라는 거 없어."

자경의 결정을 의심하지 않는다며, 믿고 따른다며, 작게 토닥여 오는 백승혜의 손길이 따사로운 햇살처럼 변해 그녀의 선택을 존중했다.

가족.

백승혜의 품에 안겨 이 같은 단어를 떠올렸을 무렵, 자경의 입가로 진한 미소가 덧그려졌다. 모든 두려움이 종식된 지금, 복잡했던 머릿속도 점차로 정리되고 있었다. 미뤄두었던 일을 끝내야 하는 시간이 다가오고 있었다.

"실형을 선고받았어."

이해서의 거취에 대해 묻는 자경의 질문에 대한 백승혜의 답은 짧고 간결했다.

"얼마나요?"

"이문태 씨 말로는 삼 년이라고 했어."

집행유예 판결이 내려졌으면 어쩌나 하고 내심 걱정이었는데, 다행히 아주 나쁜 소식은 아니었다. 그러나 살인미수 혐의로 기소됐던 것치고는 이리저리 따져 봐도 형량이 낮은 감이 있었다.

더군다나 항소 없이 원심 판결이 그대로 확정된 사례.

백승혜의 말이 사실이라고 가정할 시 재판 과정에 있어 감경 사유가 존재했단 얘기가 성립되는데, 판결문을 조회해 봐야 자세한 내막을 알 수 있겠지만 어느 정도는 짐작 가는 부분이 있었다.

　"합의를 해준 거군요."

　"그렇지는 않다고 들었어."

　"그 사람이 그러던가요?"

　불신을 지워내지 못한 자경의 되물음이 회의적인 시각에서 이문태를 평가하고 나섰다.

　"있지, 자경아. 이문태 씨가 불편한 건 이모도 마찬가지야. 그렇지만 그 사람, 사고 수습에 있어서만큼은 누구보다 적극적이었어. 괜한 참견처럼 들릴 수도 있겠지만, 그래도 그 모습까지 나쁘다고 보진 말자. 이모 말 무슨 얘긴지 알지?"

　설득에 가까운 어조가 동의를 구했다. 나직이 고개를 끄덕이면서도, 정작 딱딱하게 굳어 있던 마음은 백승혜의 말에 반응해 오지 않았다.

　'미안하지만 이모, 이모가 착각한 걸 거예요. 그 사람은, 이문태란 사람은 아무렇지 않은 얼굴로 상대를 기만할 수 있는 기질을 타고났거든요.'

　드러난 사실관계만으로 모든 걸 판단하고 결론 내리기엔 그간에 겪어온 시간들이 다른 이야길 해오고 있었다. 일찍이 신뢰가 바닥난 관계에는 더 이상 저버릴 믿음조차 남아 있지 않았다.

　그러면서도 한편으로는 자신의 예감이 틀렸길 바라는 모순적인 생각을 떨쳐 내지 못했다. 어리석음을 탓하듯, 얕팍한 기대 심리는 곧 흔적도 없이 부서져 그 실체를 드러냈다.

❖

　―가족이었던 피고인의 범행이 반인륜적인 성격을 띠고 있어 엄중 처벌할 필요성이 있으나, 복잡한 가족사가 빚어낸 우발적 범행이란 점, 다른 범죄 전력이 없다는 점, 가해자의 의부이자 피해자의 친부이기도 한 보호자가 강력한 처벌을 원하지 않는다는 점을 감안해 징역 삼 년 형을 선고한다.

　까마득한 어둠이 눈앞으로 내려앉았다. 판결문 열람을 끝내고 약속 장소인 계승서의 오피스텔에 도착했을 땐 하나의 목표 의식이 뚜렷하게 서 있었다.

　합의도 선처도 해주지 않았다고?

　위선자!

　한때 어린 자경마저 철저히 속였던, 도덕군자와도 같은 가면을 뒤집어쓴 그 얼굴로 그 파렴치한 언변으로 잘도 백승혜를 기만하고 우롱했다.

　양심에 위배돼 이문태는 정말 아무렇지 않았던 것일까.

　거짓된 태도로 일관하며, 입바른 말로 백승혜를 현혹했던 이문태의 속내가 이 순간 조금쯤은 궁금해졌다. 겉으로는 자경을 위한단 명분을 앞세웠지만, 결국 마지막에 가서는 이해서의 손을 들어주었다.

　그럼 그렇지. 일평생 이중적인 잣대를 내세웠던 이문태의 이기적인 습성이 이렇게 쉽게 바뀌었을 리 없다.

당신이란 사람은 정말이지 한결같구나.

서슬 퍼런 낯빛으로, 배신의 증거였던 이해서의 손을 매몰차게 내치던 장면이 잠시 잠깐 눈앞으로 떠올랐다 사라졌다.

이래서 키운 정이 무섭다고들 하는 건가.

생면부지의 타인보다 못한, 일찍이 파탄 나버린 관계에 무엇을 바라고 이문태는 선처를 호소했던 것일까.

어리석은 사람.

시간이 지날수록 감정은 격해지기보다 오히려 차분하게 가라앉고 있었다.

"그래서 조금쯤은 확인해 보고 싶기도 해. 현재에 이르러 이해서가 당신을 어떤 식으로 대하는지, 여전히 아빠란 말을 입에 담는지, 아님 그 반대인지 궁금해져 버렸거든."

혼잣말처럼 내뱉은 자경의 말은 이문태와 이해서의 교류 가능성을 염두에 두고 있었다.

한동안 이문태에게 머물러 있던 생각이 이번에는 이해서에게로 초점이 옮겨갔다.

풀리지 않는 퍼즐의 시작점은, 어떻게 이해서가 사고 현장에 나타날 수 있었는지에 대한 근본적인 부분에 의문을 제기하면서부터였다.

거처가 드러나는 걸 방지할 목적에 일부러 전입신고조차 하지 않은, 단절에 가깝게 끊어냈던 관계의 어디에 있어 빈틈이 생겼던 것일까. 의아하게도 범행이 이뤄졌던 장소는 당시 자경이 근무 중이었던 영진 그룹 본사와 매우 인접한 거리에 위치해 있었다.

악에 받친 얼굴로 저주의 말을 퍼붓던, 마지막으로 목격됐던 이해서의 행적을 떠올리는 순간 원인 모를 답답함이 밀려들었다. 뒤엉킨 실타래처럼 이해서가 영진 그룹까지 걸음할 수 있었던 이유에 대해서는 여전히 오리무중에 있었다.

판결문의 내용이 시사하듯, 단순한 우연의 일치가 만들어낸 우발적인 범행인 걸까?

서늘한 웃음이 불필요한 감정선을 일체 배제시켰다. 작정한 듯 등을 밀치던 이해서의 손속엔 자비가 없었다. 범죄나 다름없던 이해서의 행동은 한층 계획적인 측면과 맞물려져 있었다.

적어도 한 번은 더 만나야겠지.

하나의 결론에 이르렀을 즈음, 생각은 더 이상 진전되지 못한 채 잠시간 중단됐다.

달칵.

바깥에서 들려온 잠금장치 해제음을 기점으로 곧 현관문이 열리며 계승서가 모습을 드러냈다. 계승서가 알려준 오피스텔 비밀번호를 이용해 먼저 들어와 기다리고 있던 자경도 이어 소파에서 일어났다.

"어서 와."

사소하게 건넨 말 한마디에 어쩐지 감개무량한 표정을 지어 보이는 남자. 와락 껴안아오는 계승서의 품 안에서는 건조한 풀 냄새가 났다.

"좋다. 이자경 냄새. 얼굴 보니까 살 것 같아."

"일하는 거 많이 힘들지?"

"바쁜 건 괜찮은데, 바쁜 만큼 만날 수 있는 시간이 줄어드는 건 싫은 기분이랄까. 이대로 돌려보내고 싶지 않은데 그럼 안 되는 거잖아. 이래서 다들 기를 쓰고 결혼이란 걸 하려는 건가 봐."

"가지 말까?"

충동적으로 내뱉은 말엔 진심이 담겨 있기도 했다. 이내 양손으로 자경의 어깨를 감싸 쥔 계승서가 맞닿아 있던 두 사람 사이의 간격을 조금 벌렸다.

"방금 한 말 다시 해봐."

"오늘, 여기서 자고 갈까?"

"……설마 지금 내 얼굴에, 하고 싶다, 하고 싶다, 하고 싶다, 뭐 이렇게 써져 있는 건 아니겠지?"

"어떨 것 같아?"

"뭐든 상관없어. 그래서 짐승은 싫어?"

"싫지 않아."

싫지 않아서, 그냥 좋기만 해서, 이대로 하나가 되길 바라게 됐다. 첫 관계의 날카로운 아픔이 지나간 자리엔 희미한 미열이 화인처럼 자리를 잡고 있었다.

벌써 이 주나 지난 건가. 몸이 아닌 마음을 나눴던 그때로부터.

머릿속이 음란한 행위들로 가득 채워진 건 비단 계승서만의 사정이 아니었다. 아무렇지 않은 표정으로 굉장한 얘길 해오는 자경의 솔직한 발언에, 반응하듯 입술 겉면을 야하게 핥아 올린 계승서가 이윽고 잇새를 비집으며 그 틈을 파고들었다.

"웃!"

신장의 열세로 인해 잔뜩 젖혀진 고개가 더 깊은 결합을 원했다. 때맞춰 습하게 감겨든 뜨거운 혀가 입안 여기저기를 꾹꾹 찍어 누르기 시작했다.

처음과 비교해 한결 집요해진 움직임. 행위에 망설임은 배제돼 있었다. 본능을 앞세운 움직임은 거침이 없었다.

"으응……."

혀뿌리가 저릿저릿할 정도로 강하게 빨아 당기길 수차례, 매달리듯 자경의 손이 슈트 상의를 움켜잡았다.

그사이 고르게 배열된 치열을 진득하게 훑은 계승서의 혀가 잇몸 안쪽을 자극했다. 입 천장을 느르하게 쓸어 올리는 동작을 포함해 행위 하나하나가 포만감에 차 있었다. 그럴수록 맞닿은 하반신 근처에서는 묵직한 기운이 고개를 치켜들기 시작했다.

적나라한 흥분의 증거.

빈틈없이 이어진 타액의 교환 행위는 지난 경험에 빗대어봐도 훨씬 더 야하고, 더 야릇했다.

얼굴을 기울이며 각도를 바꾸자, 익숙지 않은 자세에 잠시 잠깐 치아가 맞부딪쳤다. 그러나 곧 아무렇지 않게 두 개의 혀가 얽혀들었다. 자연스럽게 계승서의 손이 자경의 가슴을 향했다.

"아!"

아프지 않을 정도로 살며시 그러쥐는 손길에 심장이 가장 먼저 반응했다. 옅은 신음 소리를 잠재운 건 맹렬히 뛰기 시작한 심장의 울림이었다. 욱신거림이 곧 반향(反響)이 되어 돌아와 귓가를 간질였다.

감각이, 지각이 의지에 반해 제멋대로 통제가 되지 않았다.

부족해.

닿아 있는데도 더 닿지 못해 안달이 났다. 때맞춰 물기에 젖은 입술이 납작 압착되며, 차오르기 시작한 숨기가 더 깊은 호흡을 이끌어냈다.

"으읏!"

습기를 머금은 질척한 결합음.

가느다란 떨림에 휩싸인 몸.

"하아, 하아."

젖은 숨소리가 한데 얽히고 불규칙하게 변한 호흡이 서로의 얼굴을 간질일 때쯤, 욕심껏 이어오던 키스가 드디어 끝이 났다.

"이제야 겨우 실감이 나는 것 같아."

탐욕에 깃든 눈이 키스 이상의 관계를 원했다. 그런데도 왜인지 계승서는 좀처럼 진도를 뺄 생각이 없어 보였다.

왜지? 왜일까?

흐트러진 자경의 옷매무새를 단정히 정리하고, 늘어진 머리카락을 귀 뒤로 넘겨오는 사소한 배려들이 자연스럽게 행위를 지연시켰다. 적극적으로 의사를 타진해 오던 이전과는 묘하게 대비되는 행동이었다.

설마 이것으로 끝은 아니겠지?

한껏 문질러져 반질해진 입술이 불만스러운 기색을 띠었다. 이윽고 투명한 자경의 눈이 계승서를 올려다봤다.

"더 안 해?"

"하고 싶어. 하고 싶어 미치겠는데, 일단 지금은 참을게."

음심의 크기에 비례해 불룩하게 솟아오른 남자의 중심부가 전혀 다른 말을 해오고 있는 상황에서도, 어째서인지 계승서는 걷잡을 수 없이 번진 열락의 흔적을 외면하고 있었다.

괴롭지도 않나?

그야 이대로 가만히 놔둬도 언젠가는 가라앉긴 하겠지만, 그건 자경이 원하는 방향과는 다소간 거리가 멀었다.

"왜 그래야 하는데?"

당장은 납득이 불가능했던 계승서의 말은 곱씹어봐도 의도를 파악하기가 어려웠다. 때문에 의중을 캐묻는 자경의 음성엔 지우지 못한 궁금증이 서려 있었다.

"그전에 들어야 할 말이 있거든."

"들어야 할 말?"

"얘기해 줄 마음이 들 때까지 더 기다려 줘야 한다는 건 아는데, 계속 모른 척하고 있기가 쉽지가 않네. 다 좋은데, 그래도 난 이자경 마음이 어떤지가 가장 중요해."

반듯한 시선 끝을 피하고 싶었다. 또한 그러고 싶지 않기도 했다. 정체를 알 수 없는 기묘한 감정. 정면을 향해 있던 계승서의 눈은 다정한 빛을 띠고 있었다.

"그래서 하지 않으려다 꺼냈어. 줄곧 이자경이 고민하고 있던 문제, 이젠 나도 좀 알아야겠어."

"내가 고민하던 문제……. 그게 티가 났어?"

"관심이 있으니까 그냥 보였다는 게 더 맞는 거겠지."

세상을 알게 된, 세파를 견뎌낸 눈이 어느덧 두려움을 배웠다. 사람이어서 어쩔 수 없이 갖게 되는, 필사적이 될수록 더 간절해지는, 그로 인해 움츠러들고 만 감정이 또다시 불필요한 벽을 쌓았다.

이미 바닥까지 드러내 보인 상대.

걱정을 끼치고 싶지 않았다는 해명은 조악한 변명밖에 되지 못했다. 그런데도 무의식중에 좋은 모습만 보여주고 싶었나 보다. 정작 이런 자신의 행동이 계승서를 서운하게 만드는 줄도 모르고.

"신경 쓰이게 했다면 미안. 일부러 그런 건 아냐."

"그런 말이 아니잖아. 뭐든 말해주고 의논해 주길 바라는 건 너무 큰 욕심인 건가? 아님 내가 이자경에 대해 몰라야 하는 게 있어? 그건 좀 별론데."

"그렇지 않아."

"그럼 왜야. 요 며칠 표정이 어두운 데는 이유가 있을 거 아냐."

돌려 말하는 법이 없는 계승서의 직선적인 요구에 잠시간 눈을 감았다 떴다. 들어 좋을 말들, 그러니까 기쁜 일뿐만이 아니라 싫고 나쁜 것도 함께 나누자 말해오는 계승서의 마음이 너무 고마워 눈물이 나올 뻔한 걸 참아내느라 혼이 났다.

고백하자면 자경은 이해서와 얽힌 악연의 고리를 정리하는 일을 스스로 혼자서 해결해야 하는, 이를테면 계승서와는 상관없는 별개의 문제로 인식하고 있었다. 그러나 그럴 필요가 없었음에 공감을 하는 순간, 비로소 속에 있는 말들을 전부 끄집어낼 수가 있게 됐다.

"아버지, 아니, 이문태 씨를 만나볼 생각이야."

"이자경 혼자서 말이지."

"지금까지는 그랬어. 그런데 이젠 안 그래. 안 그러려고 해."

천천히 앞을 향해 내민 손이 계승서를 향했다.

"같이 가. 그래 줄 수 있지?"

"그걸 말이라고 해. 당연히 그래야지. 이자경 혼자서는 절대로 못 보내. 아니, 안 보내."

맞잡은 손이 이끄는 방향대로 움직이다 보니 어느덧 계승서의 무릎 위에 앉아 있는 스스로의 모습을 발견하게 됐다. 하지만 부끄럽단 생각은 조금도 들지 않았고, 오히려 당연히 있어야 할 자리를 차지하고 앉은 것처럼 이 시간이 편안했다.

"가벼워. 지금보다 더 쪄야 해."

"응. 주말에는 삼겹살 사서 구워 먹자."

"굽는 건 내가 할게."

"알았어. 그럼 난 먹기만 하지."

"설거지도 내가 해."

"그래, 그것도 네가 해."

반달처럼 휜 눈이 장난스러운 기색을 띠자, 계승서의 입매가 삐뚜름하게 위를 향했다. 맞장구치며 덧붙여 오는 자경의 당찬 대답이 꽤나 마음에 든 듯 만족스러운 기운이 입가로 번졌다.

"가만 보면 이자경도 은근히 여우과란 말이야. 뭐, 그것까지 포함해 다 좋긴 하지만."

맞닿은 부분의 체온이 상승했다. 불같이 타올랐던 흥분의 잔재는 슬그머니 자취를 감춘 뒤였지만, 대신해 그 자리를 채운 건 서로에 대한 애정이었다.

타성에 젖지 않아 다행이다. 한때는 가족으로 불린, 지금은 타인이 돼버린 그 사람들과 똑같아지지 않아 정말로 다행이다. 만약 그랬다면 지금의 안온함은 자경의 것이 되지 못했을 테니까.

때로는 하찮게 취급당하고, 이따금 비참한 기분에 사로잡히기도 했지만, 그랬기에 지금의 행복이 더 의미 있게 다가왔다. 시시덕거리는 사담을 끝으로 잠시 접어두었던 이야기가 다시금 재개

됐다.

"사실 만나봐야겠단 마음을 먹게 된 건 이해서 때문이야."

"재수 없는 그 계집애는 왜."

"그전에 궁금한 게 있어."

"뭐든 말해. 숨기는 거 없이 다 말해줄게. 그게 공평한 거니까."

"이미 알고 있겠지만, 기억을 잃은 동안에 내겐 많은 일들이 있었어. 나조차 몰라야 했던 일들 말이야. 그래서 때때로 신기하단 생각을 했었어. 승서 넌 내가 있는 곳을 어떻게 알고 찾아온 거야?"

"돈. 그게 가장 빠르고 쉬웠어."

군더더기 없는 답변은 그 자체로 답이 되었다.

"그럼 이해서는? 이해서는 어떻게 날 찾아 그 자리에 나타날 수 있었던 걸까?"

"뭐야. 그게 궁금한 거였어?"

답을 기대하고 한 질문은 아니었다. 굳이 따지자면 스스로에 건넨 의문 제기나 다름없었다. 때문에 생각지도 못했던 곳에서 의혹의 실마리를 발견했을 땐 놀라움이 가장 먼저 앞섰다.

일말의 주저함도 없이 나온 계승서의 얘기는 자경이 미처 알지 못했던 또 다른 사태를 예견하고 있었다.

"승서 너뿐만 아니라, 내가 들어야 할 얘기가 더 남아 있는 거구나. 그렇지?"

"그래, 맞아."

"그렇담 그게 뭔지 말해줘."

"윤인숙이라고 알지?"

"……그 이름 오랜만에 듣네."

신지수의 생물학적 친모이자 과거 자경에겐 할머니라고 불리었던 존재. 까마득하게 잊혀져 있던 기억들이 작은 계기 하나에 점화되듯 되살아났다.

"지금도 이문태 씨와 함께 살고 있다더군."

"아……."

"어느 면에서 보면 참 대단하기도 해. 그렇게나 속고 또 속아주고 싶은 마음이 생긴 걸 보면."

친딸인 신지수조차 외면한 여자, 하물며 가정 파탄의 원인 제공자를 계속해 어머니라 부르며 한집에서 얼굴 맞대고 산다는 건 웬만한 각오 없이는 하기 힘든 일이었다. 계승서는 바로 이 점을 지적하고 있었다.

"비슷하게 닮았으니까, 그 두 사람."

"잇속이 아주 없지는 않을 테고, 그치도 어지간히 세상 눈이 신경 쓰였나 보지."

"여러모로 평판에 민감한 사람이었으니까."

그래서 이해서가 친딸인 줄 알고 있었던 때조차 그 관계를 부정하며 주변의 이목을 속이고자 했었다. 그 탓에 자경은 거짓말쟁이가 돼야 했지만.

기억이 틀리지 않은 거라면, 한동안 이문태는 자경과 함께하는 생활을 꽤나 절박하게 소원했었다. 일찍이 닫혀 버린 자경의 마음이 한결같이 거부 의사를 내비치는 상황에서도, 줄곧 절실한 표정을 지우지 않았던 이문태의 얼굴이 이제 와 새삼 구차하게까지 느껴졌다.

최소한 그때의 마음이 조금이라도 남아 있었던 거라면 지금과 같은 상황을 만들지는 않았을 테니까.

다른 누구도 아닌 윤인숙을 집에 들였다니.

실망스러운 마음조차 들지 않았다. 어쩌면 그럴지도 모른단 생각을 하기도 했었으니까. 그렇게 생각하니 좀 더 상황을 객관적으로 바라볼 수 있는 여유를 찾게 됐다. 새롭게 알게 된 진실 앞에서 자경은 흔들림 없는 태도로 이어질 다음 말을 기다렸다.

"일이 중간에서 꼬였다고 하는 게 맞는 거겠지. 문제가 된 건 영진에서 보낸 회사 사보야."

"회사 사보?"

"그래. 사보가 든 우편물이 실수로 그쪽 주소지로 보내졌던 모양이야. 그걸 윤인숙이 받아 이해서에게 전했고, 나머진 네가 겪은 그대로야."

"……연락을 아주 끊고 살지는 않았었나 보네."

야반도주하듯 신지수 일당이 집을 나간 이후에도, 뒤에선 서로간 안부를 주고받고 있었단 얘기였다. 비탄에 잠긴 눈으로 참회의 눈물을 흘렸던 당시 윤인숙의 마음은 거짓이 아니었을지 몰라도, 이제 와 그런 걸 따지는 건 무의미해져 버렸다. 대개가 그렇듯 어리석은 사람은 한 번 했던 실수를 반복하게 마련이다.

어긋나 있던 부분들이 하나둘 아귀가 맞춰졌다. 숨겨진 전말에 대해 듣는 내내 자경은 이해서의 입장에서 생각이란 걸 해보았다.

아마 딴에는 인정하고 싶지 않았을 것이다. 당연하다시피 누려왔던 행복이 사실은 자경의 희생 아래 쌓아 올린 신기루에 불과했단 걸.

우습게도 이해서는 일상이 무너진 데에 따른 책임을 자경의 탓으로 돌리고 싶었던 것 같다. 그러나 삶이 짓밟히고 강탈당한 건 이해서가 아니라 그녀 자신이었다.

대다수의 사람들이 행복을 찾아갈 때, 자경은 불우해지지 않으려고 발버둥을 쳐야 했다. 이자경의 십대에 유일하게 가치 있던 일은 계승서를 만난 것뿐이었다. 그 차이를 이해서가 알았다면 원망에 앞서 미안함이 먼저 들었어야 했다. 적어도 사람이라면 그랬어야 했다.

"나, 이해서 눈엔 많이 아니꼬워 보였겠지?"

남들이 부러워할 만한 반듯한 직장에, 외할아버지께 물려받은 신탁도 그렇고, 원치 않게 받게 된 이문태의 관심까지 포함해 전부 이해서 입장에선 못마땅한 것투성이였을 것이다. 그렇지만 어느 것 하나 그냥 얻어진 건 없었다.

매시간 투쟁의 연속이었다.

"화내도 돼. 이자경은 그럴 자격 있어. 이 자리에 오기까지 얼마나 노력했는지 내가 알아. 내가 다 봤어."

이해서 눈엔 쉽게 보였을지 몰라도, 한 번도 필사적이지 않았던 적은 없었다.

"고마워, 그렇게 말해줘서."

"사실이 그런 걸. 단순히 이해서가 나빴던 것뿐이야. 그뿐이야."

사나운 생각을 품는 건 누구라도 할 수 있는 일이다. 거기까진 개인의 자유니까. 하지만 모두가 생각한 걸 행동으로 옮기지는 않는 법이다. 일을 최악으로 끌고 간 건 이해서의 의지였고 선택이었다. 타협도, 정당화할 수 있는 여지도 처음부터 없었다.

"그래서 하는 말인데, 이자경. 우리 이 이상 어렵게 생각하지 말자."

"무슨 뜻이야……?"

불현듯 긴장감에 휩싸였다. 고요하게 가라앉은 계승서의 눈을 확인한 직후에 생겨난 변화였다.

"결혼하고 나면 그냥 나하고만 가족 해. 피가 섞인 내 편이 필요한 거라면, 아이는 셋쯤 낳자. 좋은 아빠가 돼줄게. 이자경하고라면 그럴 수 있을 것 같아."

심장이 느리게 뛰기 시작했다. 참았던 호흡을 야트막하게 내뱉었을 무렵, 목 아래쪽에서 뜨거운 기운이 왈칵 치밀어 올랐다. 당장은 아무런 말도 할 수 없었다.

"뭐야, 그 표정은. 설마 책임질 생각을 아예 안 해본 건 아니겠지? 분명히 해두겠는데, 난 처음이었어."

장난기가 배제된 말 안엔 긴장한 기색이 서려 있었다.

"처음이라니……. 그건 내가 할 말이야."

"더 잘됐네."

"승서야."

"나중에 말고 지금 이 자리에서 확답을 듣고 싶어. 그게 아니라면 아직도 나에 대한 확신이 부족해서 그래?"

"그건 아냐."

곤란할 정도로 마음이 차고 넘쳐서, 눈앞에 있는 지금도 더 가까이 닿지 못해 안달이 날 정도로 그렇게 이 사람을 사랑한다. 헤프게 웃는 웃음도 전부 계승서를 위해서만 존재하고 있었다.

"감정이 문제가 아니라면, 그냥 두려운 거구나."

"……맞아. 그런 것 같아."

쉽게 결혼에 뜻을 가지기에 우리는, 계승서와 난, 가족의 안 좋은 면만을 보며 자라왔다. 그래서 가정을 이룬다는 것에 대해 막연한 두려움을 가지고 있었다.

결혼.

계승서와 결혼을 한단 말이지.

대놓고 기뻐할 수 없는 계승서의 청혼이 자경을 슬프게 만들었다.

"평생 이대로 연애만 하며 사는 것도 나쁘진 않아. 설마하니 이 자경이 듣고 싶었던 진짜 얘기가 이런 거야?"

"잘 모르겠어."

"정말 몰라? 왜 모를까? 나는 그냥 다 알겠던데."

설득을 구하기보다 한결 자조에 가까웠던 나직한 말 한마디가 날카로운 가시처럼 변해 심장에 박혀들었다. 자경이 틀리고, 계승서의 말이 정답이었음을 아는 까닭이었다.

"그냥 자신이 없는 것 같아."

깊게 내쉰 숨결 사이로 쓴웃음이 섞여 나왔다.

"바보구나."

"응. 나 바보 맞아."

"비꼰 거 아냐."

"그것도 알아."

상황을 회피하고 싶지 않았다. 그랬음에도 어느 순간부터 계승서의 눈을 똑바로 바라볼 수 없게 됐다.

"왜 나 안 보는 건데. 계속 이런 식이면 좀 화가 날 것 같아."

"승서야."

"분명히 말해두겠는데, 너 다른 남자 못 만나. 꼬부랑 할머니가 돼도 이자경은 여전히 내 거야. 밤엔 같은 침대를 쓸 거고, 아침에 일어나면 얼굴 보고 밥 먹을 거고, 나란히 손잡고 운동도 다니면서 늙을 거야. 이자경 인생에 있어 남자는 나뿐이란 거지."

"아……!"

"결혼을 해도, 하지 않아도 이 사실은 변하지 않아. 그런데도 망설일 게 더 있어?"

프러포즈의 연장선상이라고는 하나, 보통의 경우처럼 귓가를 간질이는 달콤한 속삭임과는 거리가 멀었다. 오히려 불안감이 녹아 있던 날카로운 어조는 흡사 날 선 추궁처럼 들리기도 했다. 그럼에도 이것 하나만은 확실히 알 것 같았다.

물러나고 싶지 않다.

물러나야 할 정당한 이유가 아무리 생각해 봐도 하나도 떠오르지 않았다.

"널 불행하게 만드는 일 같은 건 절대 없어. 다른 걸 떠나 내가 불행해질 일은 하지 않는 주의니까. 이기적인 이유지만, 사실이 그래."

계승서의 진심을 모두 들은 지금 이 순간, 자경은 스스로의 마음을 한 번 더 돌아보는 시간을 가졌다.

자경은 다른 누군가와 계승서를 공유할 마음이 없었다. 계승서와 함께하는 시간을 나눠 가질 생각도, 양보해 줄 마음도 가지고 있지 않았다.

전부 다 욕심이 났고, 어느 것 하나 손에서 놓치고 싶지 않았다.

들끓어 오르기 시작한 마음이 강한 목소리를 냈다. 그러더니 문득 아무래도 좋단 생각을 가지게 됐다.

겨우 행복해지게 되었는데, 또다시 불행했던 과거의 기억에 얽매여 가장 소중하게 여기는 것을 외면할 필요가 있을까 하는 근본적인 의문이 자경을 사로잡았다.

이문태가 심어준 불신의 늪에 빠져, 정작 중요한 것을 못 보고 지나친다면 그것만큼 바보 같은 일이 또 있을까.

가장 가까운 곳에서 계승서의 얼굴을 평생 보고 사는 일이다.

섣부른 두려움은 곧 하나의 목적 아래 소실되어 사라졌다. 한 번은 가능했지만, 끝까지 거절을 입에 담을 수 있을 리 없었다. 정해진 결과를 뒤엎을 만한 힘은 처음부터 존재하지 않았다.

"비겁한 나는 싫지?"

"비겁해질 생각이야? 그렇지 않잖아."

자경의 질문이 어리석었다면, 계승서의 대답은 현명했다. 마음이 한결 편안해졌다. 그러니까 스스로를 속이는 일은 이제 그만할 생각이다. 떨리는 입술이 양옆으로 벌어지는 순간 목울대가 잘게 울렸다.

"······그래도 아이 셋은 너무 많지 않아?"

"한다는 거지?"

"아니, 그러니까 셋은 많다니까."

"그래서 한다는 거지?"

"못 말려······. 해. 결혼 그거 승서 너랑 할게."

승낙의 말이 떨어짐과 동시에 계승서의 얼굴이 조금씩 천천히 일그러졌다. 당장에 반색하며 반길 거란 예상은 보기 좋게 빗나갔다. 그렇지만.

'나는 알아. 지금 네가 얼마나 기뻐하고 있는지, 얼마나 행복해하고 있는지 나는 알 수 있어.'

차오르기 시작한 감정을 가라앉히려는 듯 계승서는 한동안 말을 아꼈다. 그러나 짧으면서도 한편으론 길게 느껴지기도 했던 이 침묵이 자경은 꼭 싫지만은 않았다.

위로 치켜뜬 눈썹, 흔들림 없는 깊은 눈, 반듯한 코, 어느 것 하나 시선을 빼앗기지 않는 것이 없었다. 다만 꾹 다물린 입술만큼은 다른 때보다 완고해 보였다.

좋아할 줄 알았는데 표정이 왜 그래.

사소한 농담을 건네보려다 그만두었다. 대신 가만히 손을 뻗어 계승서의 눈가를 조심스럽게 매만졌다.

"그렇게나 좋아?"

"좋아."

긴 설명이 배제된 단답형에 가까운 짤막한 긍정 안엔 숨길 수 없는 소유욕이 녹아 있었다. 작게 까닥이는 끄덕임 하나에도 어김없이 가슴이 떨렸다.

삐뚤어져 있지 않은, 정의로운 관계란 건 이렇게나 대단한 거구나.

단둘이 함께하는 지금, 계승서와 함께라면 뭐든 할 수 있을 것 같고, 뭐든 해낼 수 있을 것 같았다. 슈퍼우먼, 원더우먼이 뭐 별건가. 까짓, 지구를 지키라면 지키지 뭐.

마음의 소리에 귀를 기울이는 순간, 계승서를 불안하게 만들었던 겁쟁이 이자경은 어느덧 자취를 감추고 없었다. 용기를 낸 순간 신기할 정도로 두려움은 사라졌다.

"있지, 계승서."

"왜."

"나 지금 되게 많이 행복한 것 같아."

"글쎄. 나는 내가 더 행복한 것 같은데?"

"아닐걸?"

"그런가? 뭐든 상관없어. 같이 행복한 거면 그걸로 난 됐어. 그보다 이자경."

"응?"

"사랑해."

"……!"

"낯간지럽지만, 그래도 사실은 사실이니까."

발갛게 달아오른 귓가를 쑥스럽다는 듯 매만지는 계승서의 손짓에 문득 코끝이 찡해졌다. 평이하게 흘러나온 한마디 한마디가 사실은 봄 햇살만큼이나 따뜻하다는 걸 안다. 아니까, 알려주지 않아도 마음이 먼저 아니까, 때 이르게 심장이 찌르르 울렸다.

눈가가 시큰거렸다. 그렇지만 울진 않았다. 좋은 날엔 웃는 게 맞는 거니까. 흐릿하게 번진 시야 너머로 둥근 호선이 그려졌다.

이해서.

나는, 너의 불행을 위해 돌을 던질 테다.

그러함에 이문태도, 윤인숙도 만나볼 생각이다.

내 존재가 너를 불우하게 만든다는 걸 알아버렸으니까.

마지막일 만남의 끝에서 나는 이번에도 웃고 있을 것이다.

혼자가 아닌, 둘이서.

❖

기억을 잃은 이자경 앞에서 승서는 한갓 무력하고 무기력한 존재였다.

완벽한 타인.

적당한 응대와 적당히 거리감이 느껴지는 말투는 손님을 대하는 것 이상의 의미를 지니고 있지 않았다.

새삼 선을 긋고 대하던 이자경의 모습을 떠올리자 사납던 감정이 되살아났다. 몹시 괴로워 다시는 생각하기조차 싫은 시간이었다. 매끄럽게 뻗어 있던 이마 위로 돌연 구김이 생겼다.

가증스러운 이해서.

그딴 말도 안 되는 짓거리로 이자경을 상처 입혔겠다. 순진해 빠진 얼굴 이면에 자리 잡은 추악한 본성이 기어코 감당하지 못할 일을 저질렀다.

으드득.

삽시간에 턱 관절이 뒤틀리며 이 갈리는 소리가 흘러나왔다.

"승서야?"

"확실히 해둘 게 있어."

"심각한 얼굴로 얘기할 만큼 중요한 거야?"

"어쩌면."

"알았어. 뭔지 말해."

내려다본 이자경의 눈빛은 맑고 투명했다. 들썩대던 감정이 마치 거짓말처럼 가라앉기 시작했다.

"이자경. 나는 사업가야. 그래서 손해 나는 일은 죽어도 안 해. 대신."

"대신?"

"받은 게 있다면 그 이상으로 되갚아. 그게 뭐든 상관없어."

누구 좋으라고 호구 짓 할까. 감정이든 악감정이든, 받은 것에 대한 이자 계산은 확실히 하는 게 승서의 방식이었다.

문제는 시기였다.

이해서가 저지른 범행 일체에 대해 알게 됐을 땐, 사건은 이미 어떤 식으로든지 결론이란 게 지어진 뒤였다. 하지만 확정된 형량이라고 해봤자 겨우 삼 년이었다.

겨우 삼 년.

죄의 대가를 치르기엔 턱없이 부족한 시간이었다. 이 같은 주장을 뒷받침하듯 이해서가 형량을 모두 채우고 나온 뒤에도 이자경은 여전히 승서를 기억하지 못했었다.

인정하고 싶지 않았지만 기억을 잃은 이자경에게 있어 그는 더이상 우선순위가 아니었다. 지극히 형식적으로 바뀌어 버린 이자경의 태도가 못 견디게 괴로워 가끔은 억지로라도 웃지 못할 때가 있었다. 아마도 봐주기 힘들 만큼 이상한 표정을 짓고 있었을 테지.

주체할 수 없을 만큼 화가 났고, 까마득하게 피어오른 분노를 쉽사리 다스리지 못했다. 그래서 일부러 덫을 놓았다.

"이해서하고 그치들, 그냥 그대로 두고 볼 수가 없었어. 아니,

그러기 싫었다는 게 더 맞는 거겠지. 그래서 엿 먹어봐라 하는 심정으로 중간에서 장난을 좀 쳤어."

"더 자세히 말해봐."

"별건 아니고, 돈을 조금 빌려줬다고나 할까."

정확히는 돈을 빌리게끔 상황을 만들었다.

선후 관계를 바로잡자면, 계획적으로 접근한 건 승서가 먼저였다. 물론 일 처리 과정에서 승서의 이름이 표면적으로 거론되는 일은 없었다. 대외적으로 내세운 건 대명 캐피탈이란 유령 대부업체였으니까.

"조금이라면…… 얼마나?"

"내 기준에서 조금."

"많단 거구나."

슬쩍 어깨를 으쓱이는 것으로써 대답을 대신했다. 그러자 대번에 이자경의 눈 안으로 의혹이 깃들었다.

"대체 왜?"

"필요해서. 족쇄를 채워두고 싶었거든. 어리석은 사람일수록 궁지에 몰리면 악수를 두게 마련이니까."

"그렇게 해서 네가 얻는 게 있었어?"

"벌써 잊어버리면 곤란해. 말했잖아, 난 손해 보는 짓 안 한다니까."

징그러울 정도로 번들대던 임창완의 눈빛은 흡사 구세주를 만나기라도 한 것처럼 환희에 젖어 있었다. 되는대로 여기저기서 사채를 끌어다 썼음에도 불구하고 불어난 도박 빚을 감당할 길이 없던 차에 받게 된 승서의 제안은 달콤한 유혹과도 같았을 것이다.

애써 탐욕을 잠재운, 다소 조급해 보이는 기색을 띤 임창완은 대출 당일 이해서와 신지수를 대동하고 나타났다. 도박중독자인 임창완에게 담보로 내세울 만한 그럴듯한 자산이 있을 리 없었고, 이를테면 이를 대신할 연대보증인인 셈이었다.

제도권 금융에서 연대보증제도가 사라졌다고는 하나, 제도권을 벗어난 대부업체는 여전히 보증인을 요구하는 사례가 빈번했다. 법보다 무서운 건 때론 무법 형태로 이루어지는 계약이었다.

돈을 빌린 사람은 임창완이지만, 돈을 갚을 사람은 임창완 혼자가 아니란 얘기였다.

승서에겐 고작 3억.

그러나 임창완에겐 자그마치 3억이었다.

따지자면 기존의 도박 빚을 모두 탕감하고도 남을 금액. 그러나 그러지 않았기에 더 깊은 나락으로 빠져들었다.

처음 목적과는 달리, 얼마 안 가 임창완의 수중에 있던 돈은 소리 소문 없이 바닥을 드러냈다. 이성적인 판단이 흐릿한 상태에서 임창완이 또다시 도박에 손을 댄 것이다. 주변을 매수해 일부러 부추길 필요도 없이, 스스로 혼자서 자멸해 버렸다.

정해진 절차를 밟듯, 위태롭던 관계는 미처 손써볼 틈도 없이 뒤틀리기 시작했다. 시간이 경과할수록 밀랍인형처럼 딱딱하게 굳어버린 얼굴이, 신경질적인 목소리가 서로를 헐뜯고 비난하기 바빴다. 오가는 고성 속에는 상대에 대한 원망밖에 남아 있지 않았다.

기존의 예상치를 조금도 벗어나지 않았던, 최초 승서가 원했던 결과의 전모이기도 했다.

승서가 돈을 지불하고 산 건 타인의 불행이었다.

임창완과 신지수와 이해서의 불행.

악당이 된 기분은 생각만큼 나쁘지 않았다. 과하다고, 지나쳤다고 비난할 수 있는 사람은 이자경뿐이었다. 나머진 아무래도 상관없었다.

더 솔직해지자면, 해선 안 될 짓을 했다고도 생각지 않았다. 대명 캐피탈을 내세워 자신이 임창완에게 제안했던 건 선택할 수 있는 것에 대한 폭 넓은 권리였다. 그에 따른 의무를 망각한 건 명백히 임창완의 불찰이었다.

나아가 돌아가는 상황이 우스웠다고나 할까.

대체 신지수와 이해서는 임창완의 어떤 면을 믿고 선뜻 보증이란 진창에 발을 담글 결심을 세웠나. 감언이설에 회유된 결과라 하더라도, 잘못된 결정이었단 건 변함없는 사실이었다.

무엇보다 이해득실을 따지는 데 있어 그 기준을 굳이 금전적 계산으로 한정 지을 필요는 없었다. 원래가 제대로 된 실속을 차리자면 뭐든 안목을 넓게 봐야 하는 법이었다. 원하는 걸 얻는 것으로써 목표했던 바를 달성했다면 그보다 좋은 결과는 다시없을 테니까.

"그 돈, 돌려받지 못할 거란 걸 알면서도 빌려준 거구나."

눈치 빠른 이자경이 금세 핵심을 짚어왔다. 설명할 수고를 던 승서가 아무렇지 않게 고개를 끄덕였다.

"받을 생각이 없었다기보단 늦게 받을 생각으로 장기투자를 한 것에 더 가깝다고나 할까. 적어도 그거 갚을 동안엔 제대로 발 뻗고 자기 힘들 거 아냐."

이자만 충당하기에도 빠듯한 금액일 테니 근시일 내에 변제받기란 사실상 불가능에 가까운 일이었다. 뭐, 그러는 동안에도 갚아야 할 원금의 액수는 차곡차곡 불어나 있을 테지만. 악덕 사채업자 흉내 내는 거야 대명 캐피탈의 전문이니 맡겨두라고 자신했겠다, 번잡하게 따로 신경 써서 처리해야 할 건 없었다.

"하루하루가 지옥이었겠네."

"동정은 금물이야."

"내가 왜. 동정이란 건 용서할 만한 가치가 있는 사람에게나 하는 거지, 적어도 그 사람들은 아니잖아. 아니었잖아. 게다가 아직도 난 이해서에게 미안하단 말조차 듣지 못했어. 그러니까 방금 그 말은 괜한 걱정이야."

물론 태도를 바꾼 이해서가 사과란 걸 해온다 하더라도 상황이 달라지는 일 같은 건 없을 테지만. 단호하게 맞물린 이자경의 입매가 줄곧 이 같은 얘길 해오고 있었다.

그래, 이렇게 나와야 내가 아는 이자경이지.

가난이 대문을 열고 들어오면 행복은 창밖으로 도망친다. 승서는 이 말이 가지는 진짜 힘을 잘 알고 있었다.

"쓸데없는 짓 했다고 화 안 낼 거란 거지?"

"그럴 리가 없잖아."

일을 처리하는 과정에 있어 승서의 방식은 악질적이었으나 악랄하진 않았다. 마음 내키는 대로 욕심을 부렸다면 더한 짓도 서슴지 않았을 것이다. 그러나 똑같이 괴물이 될 필요는 없었다.

해야 할 일을 하는 한편으로 정해진 선을 넘지 않았기에 이자경의 이해도 구할 수 있었다. 재기 불가능할 정도로 이해서의 삶을 아무렇게나 짓밟아 버렸다면 지금 이 순간 이자경은 또 다른 표정을 짓고 있었을지도 모른다. 그것이 비록 이해서에 대한 동정으로 이어지진 않았을지라도, 최소한 그 대가로 일찍이 본 적 없던 얼굴을 지켜봐야 했을는지도.

이자경이 아프면 승서 자신도 아프다. 언제부턴가 그냥 그렇게 돼버렸다.

타인의 감정에 동화되고 감화되는 기분은 때때로 이질적인 느낌을 들게 만들었다. 그러나 그 대상이 이자경이라고 생각하면 조금도 나쁘지 않았다.

딱 자른 명쾌한 이자경의 답변이 퍽이나 마음에 들었다. 의미심장해 보이는 웃음 뒤로 어느덧 위험한 빛이 서렸다.

"어디서 무슨 말을 듣고 왔는지는 모르겠지만, 최근 이해서가 대명 캐피탈로 직접 연락을 취해왔다더군. 룸에 나가고 싶으니 방법을 알려달란 게 핵심이었지."

궁지에 몰린 이해서에겐 상황을 반등시킬 타개책이 필요했다. 때문에 이해서의 요구는 부탁보다는 한결 애원과 맞닿아 있었다.

그러나 그 와중에도 저질 싸구려 술집 같은 곳은 질색이니, 단기간에 많은 돈을 벌 수 있는 곳으로 알아봐 달란 단서를 고집스럽게 덧붙여 왔다지. 술도 팔고, 술이 아닌 것도 팔 수 있단 이해서의 단언을 전해 들은 뒤론 한동안 실소를 금치 못했다.

기대를 저버리지 않았던, 지극히 이해서다웠던 선택이었다.

"그래서 그러라고 했어?"

"아니. 내가 바라는 건 이해서의 인생을 멋대로 휘두르는 게 아냐. 거기까지 관여하고 싶은 마음도, 신경 쓸 여유도 없어. 놔두면

목마른 사람이 알아서 우물을 파겠지."

권력과 가까운 곳에 이해서를 방치해 놓을 생각은 조금도 없었다.

누구 좋으라고.

재수 없게 상황이 꼬여 대신 빚을 갚아주겠단 머저리가 나오면 그건 그거대로 곤란했다. 그러니까 어디 한번 이 기회를 통해 신성한 노동의 힘을 보여보라고.

처한 여건상, 실형을 살고 나온 이해서가 쉽고 편하면서 보수 좋은 일자리를 구하긴 힘들 테니, 일의 강도에 비해 얻을 수 있는 대가란 건 대체적으로 약소한 수준을 벗어나기 어려울 것이다.

절망스럽겠지. 고통스럽고 괴로운 시간이 지나가고 나면 그다음엔 후회란 걸 하게 될까. 아님 그대로 망가지고 말까. 섣부른 결과를 점치는 대신 승서는 조금 더 기다림을 즐기기로 했다.

자업자득.

끝이 보이기 시작한 결과 앞에서 왜인지 홍주란과 계정문의 얼굴이 잠시 잠깐 눈앞으로 떠올랐다 사라졌다. 또 다른 시작에 앞서 지난 관계를 확실하게 마무리 지어야 할 때가 왔다는 거겠지. 그렇지만 어떤 경우든 이 손을 놓는 일은 없을 테다.

"난 죽을 때까지 이자경 남자로만 살 거야."

"미안한데 그건 좀 곤란해."

"곤란하다니⋯⋯ 그런 말을 해오면 이쪽이 더 곤란해."

"그야 넌 내 남자로도 살고, 내 아이 아빠로도 살아야 하니까. 아이, 셋은 낳고 싶다며."

새침하게 말을 끝낸 이자경의 볼은 다른 어느 때보다도 붉게 달아올라 있었다. 쑥스러움을 지워내지 못한 표정으로 지그시 눈썹을 내리까는 행위에 문득 웃음이 터져 나오는 걸 막지 못했다. 가만히 보고만 있어도 심장에 무리가 가는 기분이었다.

생각해 보면 늘 그랬던 것 같다. 웃음이 헤픈 타입도 아닌데, 이자경 앞에서만큼은 늘 자연스럽게 얼굴 근육이 풀어지곤 했다. 의식하지 못한 사이 시선을 빼앗긴 적도 한두 번이 아니었다. 특별한 계기 없이도 감정이 무르익고 있었단 증거였다.

그러나 그 과정은 당혹스러울 만큼 갑작스럽지도 않았고, 더딜 정도로 느리지도 않았다. 조금씩 천천히 자연스럽게 이자경과 같은 곳을 바라보게 됐다.

이 정도로까지 사람을 좋아해 본 적이 없어 때때로 이런 스스로가 낯설 때도 있었지만, 분명한 것 하나는 지금 이 시간이 미칠 듯이 행복하다는 거였다.

"그래도 내겐 이자경이 가장 우선이야."

맞닿은 이자경의 손을 부드럽게 움켜쥐었다. 마음이 더없이 평온해졌다.

제12장

나란히 걷기

이문태의 부정을 알기 이전에 찍은, 오래된 사진 속 여정임의 품 안에는 어린 자경이 안겨 있었다. 시간이 많이 흐른 지금, 얼핏 보기에 자매로 착각할 수 있을 만큼 사진 속 정임의 얼굴은 앳된 구석이 있었다.

"엄마는 이렇게나 어렸던 거구나."

어른이 된 자경의 눈에 비친 여정임은 몹시도 가냘파서, 자칫 웃고 있는 인상마저 흐릿해 보일 정도였다.

바보처럼 왜 죽을힘으로 살지 못했나. 여린 마음을 왜 독하게 먹지 못했나. 이제 와 이런 말들은 하지 않을 생각이다. 그렇지만 정임의 선택을 이해한다는 말은 결코 아니었다.

나는 죽을 때까지도 엄마 용서 안 해.

용서가 다 뭐야. 그렇게 나만 혼자 남겨두고 멀리 가버린 거 평생 두고두고 기억할 거야.

그렇지만 엄마.

화내고 골내고 심통 부리는 거, 이다음에 엄마 얼굴 보고 난 뒤에 할 테니까 이제 그만 편해졌으면 해. 그래야 내가 더 행복해질 것 같거든.

못 견디게 그리워도 그냥 견뎌. 인정머리 없다고 말해도, 내 얼굴 비싸. 그래서 자주자주 안 보여줄 거야. 농담 아니야. 다른 사람 말고, 그냥 내 행복만 바라보고 살 생각이니까.

내 생일 때 다녀가고, 엄마 기일 때 찾아와. 다른 땐 아무리 불러도 모른 척할 거야.

서운해도 어쩔 수 없어. 그러게 곁에 끼고 살면서 예뻐해 줬음 좀 좋아. 누가 뭐라고 해도 이건 엄마가 나쁜 거야.

로또 번호 안 알려줘도 되니까 죽던 날 얼굴로 악몽이 돼서 찾아오지도 마.

식은땀 흘려가며 간신히 잠에서 깨면 턱도 아프고 눈도 아프고 마음도 아프고 그냥 안 아픈 데 없이 다 아파. 엄마 나 아픈 거 싫어하잖아. 더 아프기 싫어. 그러니까 엄마가 양보해.

자경은 살아남은 자의 의무를 다할 생각이었다.

행복해지는 것.

실타래처럼 두서없이 뒤엉킨 생각들을 한바탕 비워낸 뒤로는 마음이 전에 없이 홀가분해졌다. 어쩌면 울지도 모른다고 생각했다. 그러나 정임에게 늦은 안녕을 고하는 내내 눈물은 나오지 않았다.

잘했어. 잘한 거야, 이자경.

차분한 모습으로 엄마를 떠나보낼 수 있어서, 그럴 수 있어서 행복한 시간이었다.

✣

윤리적이지 못했던 사생활과는 별개로 이문태는 교사란 직업에 상당한 자부심을 가지고 있었다. 그러나 적어도 자식을 가르치기에는 부적합한 사람이었다.

실력적인 부분에서의 능력? 그런 건 별로 중요한 게 아니었다.

사회통념상 교사란 직업은 단순하게 지식을 주입시키는 것에만 의의를 두고 있지 않았다. 타의 모범이 되는 자리였고, 도덕적 관념을 심어주는 위치에 서 있기도 했다.

그러나 그러지 못했기에 이문태는, 수업을 듣던 자경으로 하여금 늘 반감을 불러일으키는 존재로 남아 있어야만 했다.

지극히 당연한 결과랄까.

혈연으로서 바라보는 이문태와 제자의 입장에서 평가되는 이문태를 따로 분리해 대하기란 사실상 요원한 일이었다. 그 교차점에서 자경은 스스로를 속이고 싶지 않았다.

"내가 그 사람을 향해 선생님이라고 부를 수 있을 리 없잖아."

존경해 마지않는 눈빛으로 '선생님' 하고 속삭여 오는 주변의 목소리에, 당연한 듯 반응하던 이문태의 행태가 매번 눈살을 찌푸리게 만들었다.

낡은 습관에 젖어 있던 고루한 수업 방식은 그 나름으로 인기가 있었지만, 안타깝게도 이문태의 말은 자경의 귀로도 또 마음으로도 전해지지 않았다. 자격을 논할 기회가 있었다면 자경은 필히 낙제점을 줬을 것이다.

그럼에도 학교라는 특수한 공간 안에서 이문태는 충분한 권위를 가지고 있었다. 아이들의 허리가 아래로 굽실댈수록 반대로 이문태의 입지는 더욱더 견고해졌다.

차라리 말로써 교만했더라면 대놓고 여론을 조장하기라도 했을 테지만, 대외적으로 드러난 이문태는 자기 관리에 있어서만큼은 흠잡을 데 없이 철두철미했다. 비록 그 과정에서 다수의 거짓이 섞여들었을지라도, 그 결과 이문태는 꽤나 반듯한 성품을 가진 이로 평가되었다.

겸손과 겸양 이면에 감춰진 존경받는 교육자로서의 비도덕적인 양면성.

정치가의 권력욕만큼이나 내려놓기 어려웠던 교권에 대한 집착이 이문태를 버티게 만들었다.

일찍이 예상했던 것처럼, 숨겨진 비밀이 모두 수면 위로 떠오른 이후에도 이문태는 줄곧 교직을 떠나지 않았었다.

신지수를 대신해 위자료 명목의 돈을 백승혜에게 지불하면서까지 지키고자 했던 자리. 예상치 못한 부분에서 역풍을 맞기 전까지, 이문태는 존경받는 교사로서의 길을 걸어가고 있었다.

이랬던 이문태가 몇 년 전 임기도 채우지 못한 시점에서 사직서를 내게 된 건, 아이러니하게도 살인미수로 형을 살게 된 이해서와 깊은 연관이 있었다.

우습게도 재판 당시 이해서는 여전히 이문태의 딸로서 호적에 올라가 있었다.

길길이 날뛰며 불같이 화를 냈던 감정은 지나간 시간에 모두 섞어 흘려버렸나.

정말로 관계를 끊어낼 작정이었다면, 그럴 마음이 있었던 거라면, 말없이 자취를 감춰 버린 신지수로 인해 합의이혼이 불가능하게 된 시점에서 이문태는 일찌감치 재판을 생각해 봐야 했다.

의지만 확고했다면 주거지 불명 상태의 신지수를 대상으로 한 공시송달 방법으로 이혼 재판을 진행하는 것도 충분히 가능했을 테다. 지성인의 범주에 속해 있던 이문태가 이 사실을 모르고 지나쳤을 리 없다. 그러나 그러지 않았던 건 전적으로 이문태가 내린 판단이었다.

부메랑이 돼서 돌아온 이해서의 일이 교직 생활을 위태롭게 만들었다 한들, 그 책임 범위 안에서 이문태는 자유로울 수 없었다.

공립도 아닌 사립 재단.

뜬소문으로 치부해 버리기엔 명확히 판결이 난 사안이었다. 이문태의 자질 문제가 도마 위에 올랐고, 탄력적이지 못한 경직된 교직 사회에서 문책성 어린 지탄의 목소리가 터져 나왔다. 견디다 못한 이문태가 사직서를 쓴 건 그 이듬해 가을이었다.

결정적인 부분에서 늘 우유부단한 면모를 벗어나지 못했던 이기적인 습성에 기어코 발목을 붙잡혀 버리고 만 것인지, 아님 그조차 노림수였는지를 구분해 내는 건 무의미한 인력 낭비였다.

중요한 건, 이해서가 여전히 이문태의 딸로서 존재한다는 사실이었다.

판결문 열람 때 확인할 수 있었던 '의부'란 단어에 마음이 서늘해지는 것을 막지 못했다. 그 나름의 사정이란 건 듣지 않을 생각이었다.

이문태가 밉다. 여전히 이런 마음조차 생기지 않는 걸 보면 어지간히도 이문태에 대한 감정이 식었나 보다.

길게 이어왔던 생각이 모두 정리되었을 즈음, 가만히 손을 들어 올려 가슴 위를 지그시 눌러보았다. 손끝으로 전해지는 감각은 흐트러짐 없이 규칙적이었다. 빠르지도 급하지도 않은, 때에 따라 더디게 느껴질 만큼 심장은 천천히 뛰고 있었다.

섣부른 감흥조차 불러일으키지 못하는 이문태의 존재는 더 이상 자경에게 어떤 의미도 되지 못했다. 심장이 말해오는 무언의 암시가 자경을 더욱 단단하게 만들었다.

"기억을 잃어버려 아무것도 모르게 된 나와 모든 걸 알게 된 나, 둘 중 당신은 어느 누굴 더 반겨할까."

타인보다 못한 이문태를 만나러 간다.

가능하다면 안 보고 살았으면 했지만, 그럴 수가 없게 돼버렸으니 내친김에 원하는 걸 확인하고 올 생각이었다. 그러기 위해 자경은 행복한 표정으로 웃어 보일 것이다.

왜냐하면.

웃고 있는 자신의 얼굴이, 그 사람들을 더 불행하게 만든다는 걸 모르지 않았기에.

문득 자경의 입가로 미소가 떠올랐다. 인위적인 것과는 거리가 면, 한결 자연스러워 보이는 미소는 어느 것 하나 억지로 꾸며낸 것이 없었다.

거짓이 아닌 진심에서부터 기인된 감정.

지금, 자경은 행복했다.

❖

스쳐 지나가듯 보이는 창밖의 풍경은 초행길임을 말해주듯 한결같이 낯설었다. 그러나 애써 주변을 기억하려는 노력은 하지 않았다. 어차피 같은 목적으로 이곳을 찾을 일은 두 번 다시 없을 것이다.

얼마간 더 달리자, 차가 지나가기엔 협소해 보이는 골목이 눈앞으로 펼쳐졌다. 이 이상 차를 타고 움직인다는 건 불가능해 보였다.

그러니까 이 길을 따라 걸어가면 이문태를 만날 수 있단 거지?

유년 시절의 기억을 간직한, 한때 신지수의 명의로 바뀌기도 했던 옛집은 경매에 붙여진 뒤로 몇 번의 유찰 끝에 낙찰돼 타인의 소유가 된 지 이미 오래였다.

차라리 잘된 건가.

정임을 잃고, 마음에서 이문태를 지워내야 했던 그곳이 아니라면 오히려 마지막을 이야기하는 게 더 쉬울지도 모르겠다.

신지수에 의해 짓밟힌 정임의 공간은 이제 와 애착의 대상이 되지 못했다. 미련을 남기지 않으려면 이편이 더 좋을지도. 각오를 다지는 것으로써 평정을 유지할 수 있었다.

"가자."

차에서 내린 뒤론 줄곧 계승서의 손을 놓지 않은 채였다. 가파른 골목길을 따라 걷길 십여 분, 맞잡은 손안에서 땀의 흔적이 느껴졌다. 그러나 그때도 계승서의 손은 여전히 자경의 차지였다. 나란히 걷는 동안엔 힘든 줄도 모르고, 마치 산책을 나오기라도 한 것처럼 발걸음이 가벼웠다.

예상치 못했던 뜻밖의 소란과 맞닥뜨리게 된 건, 계승서의 안내를 받으며 목적지 부근에 거의 도착했을 무렵이었다.

낡아 보이는 주택 외벽을 지나치자 반쯤 열려진 대문 사이로 언짢음이 깃든 날 선 질책이 날아들었다.

잔뜩 화가 난 어투.

절제되지 못한 음성이 마치 고장 난 라디오처럼 제멋대로 커졌다 작아지길 반복했다. 특별히 귀를 기울이지 않았어도 대화는 자연스럽게 자경에게로 전해졌다.

"아빠라니. 누구 마음대로 아빠야! 내가 왜 네 아빠야. 네 아빤 임창완이란 작자잖아!"

기억에 선명하게 남은 목소리. 이문태였다.

"이러지 말아요, 문태 씨. 말은 그렇게 해도 마음은 아니란 거 알아요. 해서 봐줬잖아요. 누가 뭐래도 당신 도움이 아니었다면, 해서 이렇게 일찍 내 품 안으로 못 돌아왔어요. 안 그런 척해도 마음은 그렇지 않다는 거 알아요."

"그건…… 내가 아니라 당신 어머니 뜻이었어."

그냥 어머니가 아닌 당신 어머니. 이문태가 아닌 윤인숙의 뜻. 눈 가리기식의 조악한 해명이 자경을 조소하게 만들었다.

꼭두각시처럼 서 있던 이해서를 대신해 입장을 대변하던 신지수가 매달리듯 이문태의 옷자락을 붙들고 늘어졌다.

"우리가…… 어떻게 해야 당신 마음이 풀리겠어요. 무릎이라도 꿇고 빌라면 빌게요. 여기밖에 갈 데가 없어서 그래요. 이렇게 말해도 당신, 아직 나 사랑하잖아요."

"좋아. 그럼 나야, 애들이야. 그것 먼저 선택해."

"그런 말이 어디 있어요."

"아님 아직도 내가, 이 이문태가 속여 먹어도 좋을 어리숙한 머저리로 보이나 보지? 사람, 잘못 봤어."

"마음 풀기 어렵다는 거 알아요. 그래도…… 지금 어머니 모시고 사는 것처럼 해서도, 신후도 그렇게 봐줘요. 생각 안 나요? 예전에 우리 좋았잖아요. 그때로 돌아가서 다시 시작해요. 그렇게 해줘요."

"그만!"

핏발이 들어선 눈자위가 붉게 변했다. 그러나 한곳에 정지해 있지 못한 눈동자는 내도록 흔들리고 있었다.

혼란스러움을 간직한 이문태의 눈에서 파고들 여지를 발견해 낸 순간, 신지수의 행동이 더욱 필사적인 빛을 띠기 시작했다.

"그러지 말고 문태 씨."

"이 손 놔!"

떠밀리듯 이문태의 발치에 쓰러진 신지수가 가련한 표정으로 애원했다.

"여보……."

아직도 여보인가. 듣는 순간 비웃음부터 자아내게 만들던 그 여보란 소리, 이젠 지긋지긋할 때도 되지 않았나.

고된 세월의 흐름을 피해가지 못한 듯, 마지막에 봤을 때보다 신지수는 나이 든 얼굴을 하고 있었다. 짙은 화장으로도 가려지지 않은 잔주름이 현실의 팍팍함을 반영했다. 그리고 그 옆에서 이해서는 아플 정도로 세게 입술을 깨물고 있었다.

"더 들을 말도, 더 듣고 싶은 말도 없으니 여기서 당장 나가!"

비아냥거림을 지우지 못한 서릿발 같은 외침을 마지막으로 이문태가 손끝으로 대문을 가리켰다. 명백한 축객이었다.

그러자 못내 마주한 상황을 견디기 힘들었던지, 글썽이는 눈을 한 이해서가 두 손으로 얼굴을 감쌌다. 떨림에 휩싸인 연약한 어깨가 연신 바들거렸다. 그와 동시에 얼어붙은 낯빛이 된 이문태의 입에서 높다란 탄성이 터져 나왔다.

"자경아!"

반응하듯 젖은 이해서의 눈동자가 자경을 향했다.

"흡!"

파리하게 안색을 바꾼 이해서가 다급히 숨을 들이켰다. 그사이 분주한 걸음걸이를 이용해 이문태가 근접거리로까지 다가왔다.

자박.

활짝 열리기 시작한 대문 틈으로 이윽고 자경도 한 발을 내디뎠다. 가까워진 거리만큼 분위기는 눈에 띄게 경직되었다.

"여긴 어떻게 알고……. 올 거면 미리 연락을 하지 그랬어. 아니, 아니지. 내 정신 좀 봐. 추운 데서 이러고 있을 게 아니라 어서 안으로 들어가자꾸나."

한순간에 태도를 바꿔 다감하게 자경을 맞이하는 이문태의 행동이 이해서의 마음을 사납게 할퀴고 지나갔다.

여기서 보게 될 줄은 몰랐는데…… 어쩌면 예정된 운명이란 게 정말로 존재하는 건지도. 이해서의 얼굴을 보며 문득 그런 생각을 해봤다.

일그러지기 시작한 이해서의 눈동자 안으로 다양한 감정들이 뒤섞여들었다. 초조함과 긴장, 원망과 두려움의 경계 지점에서 이해서는 상처 입은 얼굴을 하고 있었다.

너는 왜 이렇게밖에 살지 못했던 걸까.

피해자 같은 얼굴로 왜 나를 바라보니?

그 심약함이 자경을 더욱 단단하게 만들었다.

이즈음 멀리서는 보이지 않았던 희미한 멍 자국이 이해서의 얼굴에서 발견됐다.

"당신이 손을 댄 건가요?"

"그게……."

"잘됐네요."

"자경아……?"

"왜 그러나요. 제 얼굴이 뭐가 묻기라도 했나요?"

다정함으로 위장된 이문태의 걱정 어린 목소리를 냉담하게 쳐냈다. 예상보다 서늘한 반응에 허둥지둥하며 갈피를 못 잡는 사이, 정작 이문태는 자경이 보낸 암시를 눈치채지 못하고 그냥 지나쳤다.

형식적인 아버지란 말 대신 '당신'이란 제3의 호칭을 사용함으로써, 자경은 남보다 못한 두 사람 간의 관계를 명확하게 규정지었다.

계산된 행위였고, 의심할 필요 없는 고의였다.

자경이 기억을 찾은 것과 관련한 일체의 정보들은 어느 것 하나 이문태에게로 전해진 것이 없었다. 일부러 백승혜에게 입단속을 시킨 결과였다. 때문에 어딘지 모르게 분위기가 바뀐 것 같은 자경의 모습에 이문태는 당혹감을 감추지 못하고 있었다.

잠깐 사이에 부쩍 생각이 많아진 이문태가 조심스러운 기색으로 동향을 살폈다. 자연스럽게 이문태의 관심은 함께 온 계승서에게로 옮겨갔다.

특유의 분위기를 간직한, 어딘지 모르게 평범해 보이지 않는 계승서의 조각 같은 얼굴에 멈칫한 것도 잠깐, 맞잡고 있던 두 손을 확인한 이후론 자못 신경이 쓰인다는 표정을 짓고 있었다. 대놓고 탐색하진 않았지만 누구인지 소개받고 싶어 하는 기색이 역력했다.

새삼 계승서가 어떤 식으로 대응해 올지가 궁금해졌다. 기대처럼 계승서는 상황을 복잡하게 접근하지 않았다.

계승서는 이문태를 향해 깊숙이 허리를 숙여 보이지도 않았고, 인사말을 먼저 건네지도 않았다. 짧게 고개를 까닥이는 정도의 예의만 차렸을 뿐, 그것으로 해야 할 도리는 다했다는 듯 불필요한 곳엔 관심을 두지 않았다. 그리고 이런 계승서의 행동에 무시를 받았다고 생각해서인지, 목덜미까지 벌겋게 달아오른 이문태가 작게 헛기침을 했다.

"흠흠. 같이 온 사람은 자경이 너하고 무슨 관계인 게냐."

"결혼할 사람이에요."

"겨, 결혼할 사람이라니…… 그 말이 사실이야?"

"네. 뭐가 잘못되기라도 했나요?"

긍정 끝에 나온 담담한 반문에 소스라치게 놀란 이문태의 동공이 눈에 띄게 커졌다. 일이 잘못 돌아가고 있다는 것을 깨닫게 된 건 찰나의 순간이었다.

건조하게 메말라 있던 이문태의 입술이 조바심 어린 빛을 띠기 시작했다.

"저기, 혹시……."

"따로 하실 말씀이라도 있으신 건가요."

"그게…… 아니, 아니다."

모종의 불안감을 느낀 이문태가 하려던 말을 중간에서 끊었다. 그러나 얼마 지나지 않아 이러한 이문태의 불안에 쐐기를 박는 일이 벌어졌다.

이문태를 지나친 눈길이 마침내 이해서에게 닿았다. 창백한 얼굴 위로 감출 수 없는 혼란함이 그늘처럼 내려앉아 있다. 벼랑 끝에 선 것처럼 위태로운 이해서의 얼굴을 바라보며 자경은 아무렇지 않게 웃어 보였다.

"표정이 왜 그래. 못 볼 걸 보기라도 한 것처럼 질려 있잖아."

"난, 그러니까 난……."

주춤거리며 뒷걸음질치기 시작한 이해서의 앞을 가로막았다. 숨죽인 듯 주변이 조용해진 가운데 자경만은 예외로 말을 잃지 않았다.

"얼굴 보고 물을 수 있어서 다행이야. 날 떠민 게 실수였다는 그말, 지금도 유효해?"

"너, 너 설마……."

"사실은 아니잖아. 진실은 따로 있잖아."

"그렇지 않아!"

"시간이 흘렀어도 비겁한 건 여전하구나."

그리고 그 비겁함이 지금의 이해서를 있게 만들었다. 무고를 주장하는 항의성 짙은 변명 뒤에도 이해서는 내도록 불안한 기운에 휩싸여 있었다.

"지금의 네가 가장 두려워하는 게 뭘까, 줄곧 생각해 봤어. 그래서 묻는 거야. 네 눈에 나는 어때 보여?"

행복을 등에 업은 얼굴로 그냥 웃었다. 그간 곰곰이 생각해 보고 내린 결과, 이해서가 가장 두려워하는 상황은 행복해진 자경의 모습을 지켜보는 게 아닐까 하는 결론에 이르렀기 때문이다.

반응은 즉각적으로 되돌아왔다. 일그러진 얼굴을 한 이해서가 아플 정도로 양손을 움켜쥐었다. 금세 손바닥 주변이 하얗게 물들었다.

"비웃고 싶으면 얼마든지 비웃어. 그렇지만…… 나도 피해자야."

"남 탓할 것 없어."

"틀려. 그런 게…… 아니야……."

"아니, 네 불행은 네가 자초한 거야."

설득력이 배제된, 흡사 혼잣말과도 닮아 있던 뭉개진 웅얼거림에 대번에 코웃음이 나왔다. 기억을 잃었던 건 자경인 데 반해 정작 기억에 혼선을 빚은 건 이해서 같다. 반박할 기회를 주지 않은 자경이 이어 말했다.

"네가 불행해져서 다행이야."

"……!"

"다시 말할게. 네가 불행해져서 정말로 다행이야."

일찍이 이문태가 그랬던 것처럼, 있는 힘껏 강한 힘으로 이해서의 뺨을 올려붙이려다 그만둔 이유는, 직접적인 방법을 사용해 위해를 가하는 것 이외에도 이해서를 상처 입힐 수 있는 방법이 얼마든지 있어서였다. 자경의 판단은 정확했다.

"해서야!"

충격을 이기지 못해 비틀거리던 이해서의 몸이 아래로 추락했다. 놀라 한걸음에 달려와 부축하던 신지수의 도움을 웬일인지 이해서가 단칼에 잘라 거절했다.

"됐어. 손대지 마."

"왜 그래, 해서야?"

"정말이지 구질구질해. 거지 같고 짜증 나. 그러게 내가 뭐랬어. 그냥 내 말 듣지 왜 고집을 피웠어. 겨우 이런 꼴이나 보게 하려고, 이런 모욕이나 당하게 하려고, 나 술집 나간다는 거 말린 거야?"

"너…… 그걸 지금 말이라고 해."

"틀린 말도 아니잖아. 대체 엄만 왜 그런 형편없는 남자를 만난 거야. 그냥 날 아빠 딸로 낳아줬음 아무런 문제도 없었을 거아냐. 내가 망가진 건 전부 엄마 때문이야. 차라리 마음 줄 일없게 처음부터 말해줬으면 더 좋았잖아. 대체 나더러 어쩌란 거야."

말로써 상처 입힐 수 있는 상대가 아니란 걸 직감해서일까. 자경을 공격하던, 악다구니에 가까웠던 비난의 화살이 이번엔 신지수를 겨냥했다. 적나라한 인신공격에 충격을 받은 신지수가 뻣뻣하게 굳어 있는 사이 이해서가 몸을 돌려 이문태를 바라봤다.

"사랑한다고 하지 말지 그랬어. 이자경보다 내가 좋다고도 말하지 말지. 내 딸 내 딸 불러가며, 내가 최고란 말도 안 했으면 좋았잖아. 처음부터 그러지 말지 이게 뭐야. 아빤 그냥 내 아빠였는데…… 몸 팔아 돈 벌어오겠단 말에 반색하던 그 사람이 어떻게 내 아빠야. 그 사람, 내 아빠 아냐. 아냐. 아니라고!"

이곳에 도착한 이후, 다른 사람은 몰라도 이문태의 앞에서만큼은 죄인처럼 고개를 숙이고 있던 이해서였다. 그러나 이성을 잃은 지금, 속에 담아두었던 말들을 남김없이 쏟아내고 있었다. 대부분은 책임전가였다.

때맞춰 이문태의 입에서 깊은 침음이 새어 나왔다. 한순간에 뒤바뀌어 버린 이해서의 태도가 이문태를 갈등에 휩싸이게 만들었다.

결국 이도 저도 못 하는 교착상태로 내몰린 이문태가 시름에 잠긴 얼굴로 사색에 빠져들었다. 그런 뒤에야 고개를 반대쪽으로 돌렸다.

지닌 입장을 번복하기보다 시선을 외면하는 것으로써 이문태는 이해서가 바란 도움의 손길을 거절했다. 그러나 표정은 개운하기보다 마치 벌을 받는 사람처럼 괴로워 보였다.

"아빠……."

왈칵 터져 나온 눈물이 턱 끝에 닿아 아래로 뚝뚝 떨어져 내렸다. 세차게 쏟아지는 비를 정면에서 맞기라도 한 것처럼 금세 얼굴이 엉망으로 변했다.

"나 정말로 안 보려는 거구나. 애원해도 안 되는 거구나."

"⋯⋯."

"차라리 내게 엄마를 미워하라고 시키지."

"해서야!"

비명을 닮아 있던 신지수의 외침에도 이해서는 무반응으로 일관했다.

"나는 엄마보다 아빠가 더 좋았는데. 그래서 이자경도 싫었던 건데. 관심을 나누는 것조차 싫을 만큼 아빠가 좋았는데⋯⋯."

금이 갔던 관계가 완벽하게 부서졌다. 억지로 이어붙일 수 없을 만큼 조각조각 깨져 버렸다.

뒤엉킨 스텝으로 뒤돌아 뛰기 시작한 이해서는 얼마 못 가 앞쪽으로 꼬꾸라졌다. 무릎에서 피가 흘렀고, 무의식중에 달려 나가려다 뒤늦게 실수를 깨달은 이문태가 제자리에 멈춰 섰다.

끝까지 당신다운 행동이구나.

자경은 이문태가 계속 이렇게 흔들렸으면 하고 바랐다. 그럴수록 고통은 가중될 테다. 혼란함을 지우지 못하고 있던 이문태를 대신해 이번에는 계승서가 나섰다.

"오랜만이야."

"오랜만이라니⋯⋯."

아는 체를 해오는 계승서의 발언에 이해서가 경계심을 드러냈다. 자경의 결혼 상대자로 이 자리에 왔다는 걸 바로 지척에서 전해 들었던 이해서로서는 당연한 반응이었다.

그러나 우호적이지 못했던 적대적 시선은 계승서의 왼팔에 자리해 있던 시계를 확인한 직후 탐욕스럽게 바뀌었다.

브레게 마린.

스위스를 대표하는 하이엔드 워치메이커.

기천만 원을 호가하는 명품 시계의 존재를 인지한 순간 이해서의 눈동자 안으로 이채가 서렸다. 헛된 망상을 깨뜨린 건 계승서의 말 한마디였다.

"서문 고등학교를 다닐 때 말이야. 돈 많고 재수 없던 인간 하나 알고 있을 텐데?"

"그게 무슨……."

"계승서라고, 왜 잘 알고 있지 않아?"

"……!"

"다행히 아주 잊고 살진 않았나 봐."

"자, 잠깐만. 그, 그러니까 네가 그 계승서라고? 마…… 말도 안 돼!"

살집에 파묻혀 윤곽을 찾기 어려웠던 과거 계승서의 얼굴은 지금과는 많은 차이를 보였다. 쉽게 매치를 시키기 어려웠던 만큼 이해서는 일단 부정부터 하고 봤다.

"말이 되는지 안 되는지를 판단하는 건 네가 아니라 나야."

"그럼 정말로 그 계승서가 맞단 말이야……? 그런 거라면, 아……!"

뒤늦게 간과하고 있던 사실 하나를 떠올린 이해서가 망연자실한 얼굴로 고개를 떨궜다.

계승서의 이름이 언급되기에 앞서 따라붙는 것들, 예컨대 대한 그룹의 자제라던가 서문 재단과의 관계를 연결 짓는 단어들이 자연스럽게 떠올랐기 때문이다.

세상엔 물질적인 잣대로 행복을 판단하는 부류가 있는가 하면 그렇지 않은 사람도 있었다. 이 중 이해서는 전자에 속했다.

따라잡을 수 없을 정도로 현격하게 벌어진 격차가 이해서를 절망하게 만들었다.

"잘 알고 있겠지만, 나는 여자라고 해서 사정 안 봐줘. 그러니까 이 정도로 끝낸 이자경에게 고마워하는 마음이나 가져."

"내가 왜!"

"필요하다면, 대명 캐피탈 따위와는 비교도 안 될 정도로 더 확실한 사전 장치를 해둘 수도 있었어."

"네가…… 대명 캐피탈을 어떻게 알아?"

"글쎄, 어떻게 알까."

감정 없는 계승서의 목소리는 차갑게 식어 있었다.

"두 번 다시 이자경을 건드릴 생각은 하지 않는 게 좋을 거야. 이건 경고야."

"말이 너무 심하잖아."

"미리 말해두겠는데, 나는 한다면 해. 그리고 일단 시작한 일은 끝을 보는 게 내 방식이야. 몇 년 더 교도소에서 썩고 싶은 게 아니라면 처신 잘해."

애당초 동의를 구할 목적은 없었다. 음산한 기운이 서린 협박성 멘트에 이해서의 목덜미 쪽 솜털이 바짝 솟아올랐다. 신랄하게 퍼부은 계승서의 말은 어느 것 하나 허투루 흘려 넘길 수 없는 무게를 지니고 있었다.

이해서를 두렵게 만든 건, 불가능도 가능하게 바꿀 수 있는 이른바 계승서가 가진 권력이었다.

계승서의 말에 진저리 날 정도로 싫은 지난 기억을 떠올린 탓일까. 바닥에 쓰러져 있던 이해서가 겁에 질린 얼굴로 헐레벌떡 자리에서 일어섰다.

"오해 마. 내, 내가, 그, 그럴 리 없잖아."

"그전에 사과가 먼저야."

"미안."

"사과할 대상이 틀렸어."

"……미안했어."

불현듯 아주 예전 일이 스치듯 눈앞으로 떠올랐다. 지갑을 훔쳐 간 범인으로 지목당해 도둑으로 몰린 상황에서, 당시 계승서는 증거 운운하며 이해서의 친구였던 박희령을 향해서도 이 같은 사과를 종용한 적이 있었다.

친구끼리는 닮는다더니, 박희령의 사과란 건 고작 짤막한 '미안'이 전부였다.

곧 죽어도 진심이 담긴 사과는 못 하겠다 이거지? 형식적인 것에 불과한 사과의 말은 대꾸할 가치조차 없었다.

물끄러미 건너다보기만 하자, 이해서가 먼저 시선을 피했다. 이어 절뚝거리는 다리로 이해서가 도망치듯 자리를 떴다. 갖은 모욕 끝에 아무것도 얻지 못한 신지수도 그 뒤를 쫓아 사라졌다.

그사이 황망한 눈길로 변한 이문태가 좌불안석인 표정으로 자경의 처분을 기다리고 있었다.

"기억을…… 찾은 거로구나……."

"이해서를 선처해 달라고 하셨더군요."

"몰랐으면 했는데…… 결국 다 알아버렸구나."

"언제까지 속일 생각이었나요."

"전부 내 죄가 커."

실수를 통감한 뒤에야 자책을 하는 패턴. 그래서 더는 믿지 못하게 돼버렸다. 되돌아가기엔 이미 너무 먼 길을 돌아왔다. 이 사실을 가장 잘 알고 있는 사람은 어쩌면 이문태일는지도.

"그런 불필요한 얘길 듣자고 꺼낸 말 아니에요. 그보다 엄마 제사는 지내셨나요?"

"자경아……."

"안 지냈단 얘기로군요. 그럼, 엄마 무덤에 찾아가 보기는 하셨나요?"

"경황이 없어서…… 미안하다."

"제게 미안할 게 뭐 있나요. 어차피 우린 남보다 못한 사이 아니었던가요. 지금까지 그래 왔던 것처럼 앞으로도 신경 쓰지 마세요. 엄마도 그걸 바랄 거예요."

할 말이 남은 것처럼 입술을 달싹이던 이문태를 무시하고 주변을 한 바퀴 둘러봤다. 어느 한 지점에 이르러 창가 너머로 쳐져 있던 커튼이 부산하게 흔들거렸다. 자세히 살펴보니 유독 한곳만 음영이 져 있었다.

보지 않아도 알 수 있었다. 커튼 뒤에 숨은 그림자의 정체가 누구인지, 무엇을 하고 있는지, 전부 다 쉽게 유추가 됐다.

"윤인숙 그 사람한테는 대신 인사 전해줘요. 지금 가면 장례식 때나 보게 될 테니까요. 그게 아님 오늘이 마지막일 수도 있고요."

"비난은 달게 받으마. 그렇지만 내게도 어쩔 수 없는 사정이란 게 있었어."

"누가 뭐라던가요."

"자경아."

"결혼식 땐 부르지 않을 거예요."

"그런……."

"아이를 낳으면 못 만나게 할 거예요. 좋은 것만 보여주며 키우고 싶거든요. 그러니까 여태껏 그래 왔던 것처럼 곁에 있는 사람이나 잘 건사하며 사세요."

"그러지 말고 자경아…… 일단은 안으로 들어가서 차근차근 얘길 나누자꾸나."

"말귀를 못 알아듣는 것 같으니 다시 얘기 할게요. 전 지금 당신을 버리겠단 말을 하고 있는 거예요. 이번엔, 제가 당신을 버릴 차례예요. 그게 공평한 계산이잖아요. 오늘 여기에 온 건 이 말을 하고 싶어서예요. 할 말 다 했으니 가볼게요."

해야 할 말도, 하고 싶은 말도 모두 끝냈다. 후련한 얼굴로 자경은 미련 없이 등을 돌렸다. 다급히 뻗어오기 시작한 이문태의 손길을 중간에서 멈추게 한 건 계승서였다.

"경우 없이 이게 뭐 하는 짓이야. 어서 이 손 놓지 못하겠나!"

어렵지 않게 이문태의 부탁을 들어준 계승서가 접근을 가로막으며 자경의 앞을 버티고 섰다.

"비켜서게나."

"그렇게는 못 합니다."

"자네, 정말이지 못쓰겠군. 누가 뭐래도 자경인 내 딸이야."

"이젠 아닐 겁니다. 앞으론 제 가족으로만 살 겁니다."

"내가 그런 일을 용납할 거라고 생각하는가?"

"이문태 씨 의견은 제게 별로 중요하지 않습니다. 중요한 건 제 사람 생각입니다. 그래서 아버님이라고도 불러 드리지 않을 겁니다."

"……!"

"이자경, 세상에 태어나게 해줘서 감사했습니다. 처음이자 마지막으로 드리는 인사입니다. 그리고 제 사람 몸에 함부로 손대는 건 제가 허락 못 합니다. 얼굴 뵌 걸로 도리는 한 셈치겠습니다."

독점욕을 앞세운 계승서가 명확하게 선을 그으며 서로 간에 지닌 입장 차이를 분명히 했다. 한 걸음 물러서 자경의 어깨를 감싸 안는 계승서의 팔 동작은 조금의 어색함도 없이 유려했다. 그 품에 안겨 가만히 머리를 기댔다.

"다시는 보지 말아요, 우리."

"자경아!"

"그러는 게 맞는 것 같아요."

온 마음을 다해 이문태를 밀어냈다. 그 결과 두 사람 사이에 이문태까 끼어들 여지는 조금도 남아 있지 않았다.

마지막을 예감한 이문태의 눈에서 이윽고 뜨거운 눈물이 툭 떨어져 내렸다.

안녕.

몹시도 차가웠던 지난 시간에 고하는 인사.

웃으며 그 시간과 작별했다.

거친 발길질에 걷어차인 화분이 힘없이 쓰러졌다. 쏟아져 나온 배양토들로 인해 거실은 금세 흙투성이가 됐다.

"어머니! 어머니, 어디 계세요! 나와서 저하고 얘기 좀 해요!"

쐐액, 쐐액. 들이마셨다 내뱉는 호흡이 쇳소리처럼 변해 신경을 사납게 긁었다.

"으흑, 으흑."

울분을 참지 못한 억눌린 숨소리가 무질서하게 터져 나왔다. 움켜쥔 주먹 위로 불뚝한 핏줄이 솟아올랐다. 단순한 위협용이 아닌, 그보다는 어떤 식으로든지 쌓인 화를 풀어내고자 하는 위험스러운 욕구가 깃들어 있었다.

파열 직전.

살얼음판을 걷듯 위태로운 느낌은, 언제든 상황이 최악으로 치닫게 될 소지가 있음을 말해왔다.

조용히 밀려든 잔물결 하나에도 중심을 잡기 어려울 정도로 문태의 심리 상태는 흐트러져 있었다. 사태의 양상은 작은 계기 하나에 급변했다.

쿵, 하고 주먹으로 벽을 내려치자 벽시계가 달그락 하고 흔들거렸다.

심상치 않게 돌아가는 분위기에, 한껏 몸을 사린 윤인숙이 저만치 물러선 구석에서 온몸을 벌벌 떨어댔다.

딱 미칠 것 같은 심정.

속이 타들어갈 것처럼 갑갑하다. 심한 갈증에 입술 끝이 바짝바짝 말랐다. 이대로라면 정상적인 대화 자체가 불가능할지도.

윤인숙과 마주한 지금 이성보다는 감정이 먼저 앞섰다. 도를 넘기 시작한 감정은 곧 들끓는 화로 변했다.

맨 정신으로는 주어진 현실의 무게를 견뎌내기가 어려웠다. 그래서 되는대로 걸음을 옮겨 도착한 냉장고 안에서 술을 꺼냈다. 아무렇게나 돌려 병뚜껑을 따자 알싸한 알코올 냄새가 코끝을 찔러왔다.

비교하자면, 윤인숙은 마치 이 알코올을 떠올리게 하는 존재였다.

의식하지 못하는 사이 문태 자신의 귀를 막고, 눈을 가리고, 종내엔 정신 빠진 바보 천치로 만들어놨다.

아버지가 아닌 당신.

미련 한 점 남겨두지 않은 채 등을 돌리던 자경의 행동이, 형편없이 추락해 버린 문태의 낮은 위상을 재확인시켰다.

"다 끝났어요. 애초에 그런 제의를 받아들이는 게 아니었어요."

"아범아."

"이제 좀 만족하셨어요?"

잔에 따르지도 않은 소주를 병째 들이마신 문태가 핏발이 들어선 눈으로 윤인숙을 노려보았다. 형형하게 변한 안광이 번뜩였다.

"대체 제게 뭘 하신 겁니까!"

뒤늦게 깨닫게 된 사실 하나가 문태를 지옥으로 밀어 넣었다.

기억을 잃었으니 아무런 문제가 없을 거라고, 나중에 잘하면 된다고, 일단은 급한 불부터 꺼야 하지 않겠느냐며 속살대던 윤인숙의 말들이 여전히 귓전에 남아 윙윙거리며 떠돌아다녔다.

일의 경중을 떠나 그래도 산 사람부터 살리고 보자니…….

모르긴 몰라도 윤인숙은, 이해서의 일로 말미암아 자경이 유명을 달리하게 되는 최악의 상황에 처해 있었더라도 뻔뻔스럽게 이같은 제안을 문태에게 해왔을 것이다. 억지 추측이나 가정이 아닌 하나의 확신이었다.

그런 엉터리 같은 회유책에 휘둘려 마지막 기회마저 떠나보내고 말았다.

시간을 되돌릴 수만 있다면, 그럴 수만 있다면……. 현실을 인지한 뒤로는 줄곧 이 같은 생각에 사로잡혀 헤어 나오질 못했다.

"왜 그랬어요. 왜 저한테 그러셨어요."

"당시엔…… 그게 최선이라고 여겼어. 일이 이렇게 될 줄은 나도 몰랐어. 정말이야."

"아뇨. 어머니가 절 진짜로 생각했던 거라면, 애초에 그런 부탁은 하지 말았어야 했어요. 결국 저 같은 가짜보다는 친딸인 신지수 그 여자가 더 중요했던 거군요. 어머니에게 전, 그 사람 다음 차례였을 뿐이었어요. 어리석게도 그걸 지금에서야 알았어요."

"그렇지 않아!"

"더는! 이제 더는 속아드리지 않을 겁니다!"

흐느낌처럼 변한 통곡이 원망으로 화해 윤인숙을 공격했다.

사실은 이용만 했을 뿐이란 건가요? 하고 되묻는 문태의 입술은 잔뜩 뒤틀려져 있었다. 비난 가득한 질책성 호통에 뜨끔한 윤인숙이 엉겁결에 목을 집어 넣으며 잔뜩 어깨를 움츠렸다.

"누가 뭐래도 내 자식은 아범뿐이야."

　인정에 호소해 온 윤인숙의 말에 의심을 안 해본 건 아니었지만, 그래도 믿고 싶은 마음이 더 컸다는 게 맞는 거겠지. 그 작은 믿음조차 송두리째 흔들려 버렸으니 이 이상 같이 산다는 건 불가능해져 버렸다.

　한번 삐딱선을 타기 시작하자 그다음은 더 쉬웠다.

　"이 집에서 나가세요. 어디든 상관없으니 내 눈앞에서 사라져 버리란 말입니다!"

　"내가 여기 아니면 갈 데가 어디 있다고…… 그렇게는 못 한다. 암, 못 하지."

　"어머니!"

　"말 한번 잘했다. 그래, 누가 뭐래도 난 아범 어미야. 그걸 잊은 건 아닌 게지?"

　세상 돌아가는 이치가 그렇듯 궁지에 몰리면 쥐도 고양이를 물게 마련이다. 삽시간에 저자세의 태도를 벗어난 윤인숙이 고압적인 목소리로 거부 의사를 분명히 했다.

　집을 나가란 말은 윤인숙에게 있어 빈 몸으로 거리에 나앉으란 말과 동일했다. 지금껏 기본적인 생활이라도 가능했던 건 전부 문태가 벌어다 주는 돈 덕분이었다. 그마저도 몰래 빼돌려 신지수에게 갖다 바치느라 수중에 남은 재산이라곤 늙고 노쇠한 몸밖에 없었다. 윤인숙으로선 양보할 수 없는 문제였고, 물러설 수 없는 입장이었다.

　때문에 어느 시점에 이르러 잘못을 이야기하던 윤인숙의 입은,

상황에 맞지 않은 불합리한 권리를 내세우기 시작했다.

"지나간 일에 집착해서 어따 써. 그냥 이렇게 살자. 살다 보면 또 좋은 날이 올 게야."

"그럴 수 없단 거 잘 아시지 않습니까."

"이렇게 부탁하마. 눈 딱 감고 이번 한 번만 모르는 척 넘어가 주면 내 더 잘하마. 내 마음 하나 편차고 이러는 거 절대 아냐. 어쩔 수 없었던 일이라고 그리 생각하고 넘기면 아범 마음도 덜 괴로울 게 아니냐."

"하하…… 하하하."

어딘지 모르게 기시감이 느껴지는 말과 행동에 실소가 터져 나오는 것을 막지 못했다.

어쩔 수 없었다, 라…….

그 말은, 지난 시간 문태가 자경에게 해왔던 맥락과 비교해 한 치의 어긋남도 없이 닮아 있었다. 대체 그동안 자신은 딸아이에게 무슨 짓을 한 것인가.

이런 하잘것없는 말들을 딴에는 최선이라고 지껄인 것일까. 이해받지 못할 일에 대한 변명치고는 들어주기 힘들 만큼 초라했다.

지금 이 순간 문태를 괴롭게 만드는 건, 윤인숙의 얼굴 위로 겹쳐 보이는 자신의 모습이었다.

벌이구나.

피하고 싶다고 해서 피해갈 수도 없는, 그냥 감당해야 하는 형벌.

인생은 가까이에서 보면 비극이지만 멀리서 보면 희극이라고 했던가. 돌연 흑백필름 안에서 웃고 있던 찰리 채플린의 얼굴이 떠올랐다.

"현실을 외면한 대가는 이렇게나 크군요. 어느 쪽을 봐도 막막한 벽뿐이대요. 웃음이 나와도 기쁘지가 않고, 그냥 있어도 입맛이 쓴 걸 보니 여기가 지옥인가 보다 하는 생각이 드네요."

멀찍이 떨어져 있을 때는 보이지 않았던 것들이 뒤늦게 눈에 들어왔다. 언제나 한발 물러서 방관자처럼 서 있었으니, 이제라도 가까이서 당면한 문제를 바라봐야 하는 때인지도 모르겠다.

비록 그것이 비극과 맞닿아 있다 할지라도, 이 모든 건 문태 자신이 감당해야 할 몫이었다. 청산의 시기가 늦춰지면 늦춰질수록 고통의 크기는 그에 비례해 커질 것이다. 결심은 곧 어렵지 않게 섰다.

"알겠습니다. 어머니 말대로 하겠습니다."

"잘 생각했어. 아무렴, 그래야지. 마음 고쳐 먹기 힘들어도 이편이 잘한 선택이야. 괴로운 건 인제 그만 다 잊……."

"함께 지옥에 떨어져 보는 것도 나쁘지 않을 것 같단 생각이 이제 막 들었거든요."

기괴하게 일그러진 얼굴 위로 웃음이 떠올랐다.

"아, 아범아?"

"왜 그런 눈으로 보세요. 어떤 지옥이 펼쳐질지, 어머니는 궁금하지 않으신가요."

차갑게 식은 눈에서 광기가 피어올랐다. 이어 바들거리며 떨고 있던 윤인숙의 손목을 턱 움켜쥐었다.

"이 손을 못 놓게 만든 건 어머니입니다. 그러니 떨지 말고 그만 들어가 쉬세요."

"내가, 내가 뭘 어떻게 하면 아범 마음이 풀리겠어? 잊고 살 자신이 없다면, 묻어두기라도 하자. 노력할게. 내가 더 노력하마."

속사포처럼 속삭여 오는 필사적인 윤인숙의 애원에도 마음은 움직이지 않았다.

"그러실 필요 없습니다."

"그러지 말고, 정 마음이 쓰여 이러는 거라면……."

"앞으로 밥은 따로 먹을 겁니다. 일이 이렇게 된 마당에 제가 뭘 믿고 어머니가 해준 밥을 지금처럼 먹을 수 있겠습니까. 피차 솔직해져요, 우리."

"설마하니 내가…… 아범 먹을 음식에 나쁜 마음이라도 먹고 못 먹을 걸 넣기라도 한단 게야?"

"아니길 바라지만, 그조차 믿을 수 없게 돼버렸으니까요."

"아범아!"

"이젠 어떤 말을 해오더라도 믿지 않을 겁니다."

"……!"

"두 번 다시는, 믿지 않을 겁니다."

듣는 당사자로 하여금 심한 모욕감을 느끼게 만드는 말투. 고약할 정도로 비꼬는 음색이다.

극심한 스트레스를 이기지 못한 윤인숙이 서둘러 두 손으로 가슴을 움켜잡았다. 심장에 무리가 온 듯 연신 가쁜 숨을 할딱거렸다.

꼬장꼬장할 정도로 정정했던 윤인숙의 건강도 이젠 예전 같지 않았다. 과거에 비해 부쩍 노쇠해진 몸은 작은 충격 하나에도 취약한 면모를 보였다. 일순간 중심을 잡지 못한 윤인숙의 몸이 휘청거리며 앞쪽으로 기울어졌다.

"으으흣……."

파르르 눈썹을 떨던 윤인숙이 기어코 정신을 잃고 쓰러졌다. 삽시간에 주변이 조용해졌다. 아무런 응급조치 없이 쓰러진 윤인숙을 가만히 내려다봤다.

급박하게 돌아가는 상황에 비해 마음은 전에 없이 차분하게 가라앉아 있었다. 병원에 연락해야 한다는 생각도 당장은 들지 않았다. 그냥 때 되면 깨어나겠지, 하는 태평한 생각뿐이었다.

"절 이렇게 키운 건 어머니입니다."

이것은 원죄에 대한 이야기였다.

지끈, 잦아들던 두통이 또다시 활개를 치기 시작했다. 감기라도 든 걸까. 확인차 손으로 머리를 짚어보니 미열이 있었다. 비상약이라도 챙겨 먹을까 하다가 그냥 관뒀다. 빈속에 약을 먹는 건 절대 금하라던 윤인숙의 당부가 새삼 떠오른 까닭이었다.

겸상을 하지 않겠다고 공언했지만, 당장엔 밥솥을 여는 것부터가 난관이었다. 하나에서부터 열까지, 습관이며 버릇 할 것 없이 전부 윤인숙의 손을 탔다.

쓰러진 윤인숙을 뒤로한 채 싱크대 쪽으로 걸음을 옮겼다. 끓이지 않은 찬물 한 컵을 수도꼭지에서 벌컥벌컥 받아 마신 후에야 비로소 상황이 바로 보이기 시작했다.

"어머니."

의식을 잃은 채로 바닥에 쓰러져 있던 윤인숙에게 다가간 문태가 무릎을 꿇고 앉아 고개를 숙였다.

"일어나 보세요."

아무런 반응이 없었다. 그러자 지난 감정과는 별개로 흔들어 깨우는 손길이 급격하게 떨리기 시작했다. 초조한 심리 상태를 대변하듯 눈동자가 세차게 흔들거렸다. 이어 나온 말에도 조급함이 배어 있었다.

"어서요. 어서, 일어나 보세요."

"으으······."

순간, 미세한 신음 소리가 윤인숙의 입 밖으로 흘러나왔다. 겨울용의 두꺼운 방한 커튼이 쳐져 있어 바깥보다 어두워진 내부 사정에도 불구하고, 육안으로 확인한 윤인숙은 다행히 큰 문제는 없어 보였다.

밀려드는 안도감에 뒤늦게 불찰을 깨달은 문태가 와락 미간을 구겼다.

다행이라니?

대체 뭐가?

참을 수 없이 괴로운 심경이었다.

아무리 노력해도, 발버둥 쳐도 결국엔 이 사람을 버릴 수가 없구나.

그리하여 더는 용서를 구할 수도, 용서를 받을 수도 없게 됐음을 인정해야만 했다.

"······아범아."

"······."

"아범아."

두 번째 부름은 첫 번째보다 강경했다.

"……말씀하세요."

"내 속으로 낳진 않았지만 내 손으로 키웠어. 아범 효자인 거 누가 뭐래도 내가 제일 잘 알아."

꿈질대며 바닥을 기던 윤인숙이 힘겹게 손을 뻗었다. 확언 끝에서야 내밀어온 화해의 손길에, 얼굴 위로 희열과 자조가 동시에 떠올랐다.

정신 차려.

두 손으로 힘껏 뺨을 찰싹였다. 그런데도 왜인지 메마른 웃음이 멈춰지지가 않았다. 얼굴을 타고 흐르는 굵직한 눈물을 외면하지도 못하면서 웃음이 나오는 것도 참지 못했다.

지금 자신은 미쳐 가고 있는 것일까.

자문 끝에도 답은 나오지 않았다.

"후우."

끔찍하리만큼 피곤한 하루였다.

쉬고 싶다.

지친 얼굴을 두 손으로 감싸자, 손바닥 위로 축축한 물기가 묻어났다.

✢

계획이 어긋난 시점에서 결국 돌아올 곳은 임창완과 동거를 하고 있던 지하 셋방뿐이었다. 그마저도 몇 달째 월세가 밀리는 바람에 집 주인이 한창 벼르고 있는 실정이었다. 까닥 잘못하다간

오갈 데도 없이 내쫓길 판이었다.

앓느니 죽는다고, 도박에 빠진 임창완은 요 며칠 집도 비운 채 소식을 끊고 잠적 중에 있었다. 지금도 뒷감당이 불가능할 정도로 빚이 불어나 있는데, 또 어디 이상한 데 가서 사고나 치고 다니는 건 아닌지 새삼 신경이 쓰였다. 같이 살지 않을 땐 몰랐던 단점들이 시간이 지날수록 크게 보였다.

지긋지긋하다. 아주 넌더리가 난다.

이놈의 집구석은 정말이지 정이 안 간다. 이러니저러니 해도 결국 기댈 곳은 이문태뿐이란 얘긴데, 자존심은 상하겠지만 다시 찾아가 통사정을 해보는 것 외에는 뾰족한 수가 떠오르지 않았다.

그러려면 아무래도 혼자보단 둘이 나을 텐데…… 계집애. 좀 살갑게 달라붙어 아양이라도 떨지, 고새를 못 참아 성질 부리며 뛰쳐나올 건 또 뭐람. 뭐 하나 마음먹은 대로 되는 게 없다. 밤낮 가릴 것 없이 요즘은 치미는 짜증을 달래느라 더 스트레스가 쌓이는 판국이었다.

"성질머리 좀 죽이라니까. 거기서 그러고 나옴 엄마 입장이 뭐가 돼."

"……."

"얘가 정말."

고집스럽게 입술을 꾹 다문 해서를 채근하던 지수가 걸음을 멈추고 선 건 대문 앞에 정차해 있던 경찰차를 발견하고 난 직후의 일이었다.

근처 어디에서 사건이라도 벌어진 걸까. 재수 없게 대낮부터 웬

경찰차람. 설마하니 볼일도 없는데 시간이나 때우려고 이렇게 죽치고 앉아 있는 건 아니겠지? 근무 태만으로 확 신고나 해버릴까보다. 그렇지 않아도 짜증이 나 있던 차에 별게 다 신경을 거슬리게 한다.

입술 끝을 삐죽거린 지수가 다시금 해서에게로 관심을 돌렸다.

"그러지 말고 오늘 밤에라도 다시 찾아가서 빌어보자. 모진 사람은 아니니까 결국엔 받아줄 거야. 내 말 무슨 말인지 알아들었지?"

"제발 그만 좀 해. 엄만 자존심도 없어? 난 안 해. 안 할 테니까 그렇게 빌고 싶으면 엄마나 실컷 빌어. 나까지 못살게 굴지 말란 말이야!"

"듣기 싫어. 잔말 말고 그냥 엄마 하자는 대로 해."

"엄마야말로 왜 사람 두말하게 만들어. 진짜 짜증 나."

"해서 너 엄마한테 그게 무슨 말버릇이야. 누가 나 혼자 잘 살자고 이래? 이게 다 너희들 잘되라고 하는 소리 아니야."

툴툴대는 잔소리가 끊임없이 이어졌다. 굳은 표정을 풀지 않은 이해서가 신발을 벗고 집 안으로 들어섰다. 그 직후 곧장 화장실로 직행했다. 달칵거리는 잠금 소리를 끝으로 물 쏟아지는 소리가 들렸다.

"제 엄마 속 썩어 문드러지는 건 모르고, 정말이지 하나같이 마음에 드는 게 없어."

버르장머리 없이 대체 이게 뭐 하는 짓이냐며 다그치려다 만 지수가 한숨을 내쉬었다. 계속 이런 식이면 서로 감정만 상할 뿐이었다. 잠긴 문을 두드릴 목적에 들어 올렸던 손을 천천히 아래로 내려놓았다.

"하필이면 그 타이밍에서 이자경 고것이 그 자리에 나타날 줄 누가 알았겠어. 밉다 밉다 하니까 끝까지 말썽이네."

착해빠졌던 딸이 지금처럼 삐뚤어진 것은 전부 이자경 탓이었다. 입술을 잘근거린 지수가 고개를 절레절레 흔들었다. 뜻하지 않았던 상황과 조우하게 된 건 그로부터 얼마 지나지 않아서였다.

눈에 거슬릴 정도로 짧게 잘려진 머리카락.

작은방 문을 열고 나오는 신후의 모습에 지수가 두 눈을 둥그렇게 떴다.

"신후야? 대체 꼴이 그게 뭐야."

"방금 경찰 다녀갔어."

"경찰이라니…… 경찰이 왜?"

본래의 목적을 망각한 지수가 경찰이란 단어에 놀라 반문했다.

"임창완 그 작자가, 강원랜드 근처에서 차로 사람을 치고 도망 갔다고 하더라고."

"……!"

"연락 와도 만나러 가지 마. 괜히 나갔다가 봉변당하면 엄마 입 장만 곤란해지니까."

"그, 그래."

그래서 집 앞에까지 경찰이 와 있었던 거였나. 하필이면 뺑소니를 치고 도망갔다니……. 정말이지 쥐뿔도 도움이 안 되는 남자다.

어떻게든 해결을 봐야 하는 상황이었지만, 당장은 기가 막혀 아무런 말도 나오지 않았다.

설마하니 그 많은 빚더미를 혼자서 다 떠안게 되는 건 아니겠지?

자기 팔자 자기가 꼰다더니, 이제 와 지난 시간이 후회되었다. 생각에 잠겨 있는 동안 지수의 얼굴 위로 다양한 감정들이 떠올랐다 사라지길 반복했다.

뒤늦게 정신을 차렸을 땐 못 보던 가방 하나를 어깨에 짊어지는 신후의 모습이 시야 너머로 들어왔다.

모종의 불안감을 느낀 지수가 간절한 눈빛을 담아 신후를 올려다봤다. 바라본 신후의 입가에 쓴웃음이 걸려 있었다.

"한동안은 못 볼 거야."

"그게 무슨 소리야?"

벼락같이 떨어진 말 한마디에 '쿵' 하고 심장이 내려앉았다.

"지난번에 신검 받은 거 영장 나왔어."

"영장이 나왔다니. 대체 언제? 그 얘길 왜 지금에야 해!"

"하려고 했는데 그럴 틈이 있어야지. 새벽 알바 갔다 오면 엄만 늘 집에 없었으니까. 미리 말해두겠는데, 기다리지 마. 여기, 다시 안 돌아와."

"시, 신후야……?"

"커가면서 엄마가 나쁜 사람이란 걸 알아버렸지만, 인정하고 싶지 않았어. 그래서 모른 척했는데, 그럴수록 내 마음만 다치더라. 그래서 그런 짓 이제 더 안 하려고. 나부터 살고 봐야 하잖아."

단조롭게 내뱉는 어투와는 반대로, 작정한 듯 입에 올리는 신후의 말들은 하나같이 비난성 어조를 띠고 있었다.

날카로운 비수를 숨기지 않고 그대로 드러낸 고백. 오랫동안 억눌러 왔던 진심 한 자락이 지수의 마음을 사납게 할퀴었다. 난도질하고 갈기갈기 찢어놓았다.

놀라움에 덜덜 떨리기 시작한 다리 위로 바짝 힘을 줬다. 그러나 이에 대한 반발력으로 떨림은 더 거세지기만 했다. 급기야 눈앞이 흔들리기 시작하더니 중심을 잡기 어려워진 지수가 주춤대며 두어 발자국 뒤로 물러섰다.

"그래도 난 네 엄마야."

"알아. 그래서 더 불행했어."

심장이 옥죄어왔다. 숨이 제대로 쉬어지지 않았다. 간신히 가쁜 호흡을 고른 뒤에도 충격은 가시지 않았다.

"갈게."

"다 돌려놓을 수 있어. 조금만 시간을 주면 엄마가 다 알아서 할게. 그러니까."

"지겨워. 여기까지만 해. 그러자, 엄마."

권태로움이 스머든 얼굴 위로 희미한 미소가 번졌다. 벽을 쌓으며 거리감을 두는 신후의 태도가 더 이상의 참견을 거부했다. 말문을 잃은 사이 시야 밖으로 신후가 사라졌다. 악문 입술 주변으로 선명한 잇자국이 새겨졌다.

차라리 화를 내고 다그쳐 물었더라면 마음이 지금보다는 편했을지도 모르겠다. 하지만 차분하게 가라앉아 있던 신후의 목소리는 지쳐 있었다.

처해진 상황에도, 또 지수 자신에게도.

왜 이렇게 돼버렸을까. 어디서부터 잘못된 것일까. 무엇을 바라고 여기까지 온 건지, 이제는 그 목적의식마저 흐릿해져 버렸다. 문득 고개를 들고 주변을 둘러보니 아무것도 남아 있는 게 없었다.

"누가…… 누구를 망쳤다는 거야."

지수를 망친 건 이자경이 아니었다. 스스로가 만든 덫에 걸려 보기 좋게 나자빠져 버렸다.

"으흐흐흑."

어리석은 사람은 모든 걸 잃고서야 지나온 길을 되돌아본다. 손 쓸 수 없을 만큼 엉망진창으로 망가져 버렸을 때. 후회할 수 있는 기회조차 떠나보냈을 때. 그리하여 곧 고통밖에 남아 있지 않음을 깨닫게 된다.

제13장

이토록 아름다운

"KFC 치킨이 먹고 싶어."

경사진 비탈길을 걸어 내려가는 동안, 왜인지 문득 계승서와 얼굴을 마주 보며 먹었던 KFC 치킨이 떠올랐다.

입맛을 살짝 다신 끝에 의견을 묻자 계승서가 픽 하고 웃었다.

"그렇지 않아도 가끔 생각났어. 말 나온 김에 사들고 가지 뭐. 쓸데없는 데 신경 쓰느라 피곤했을 거 아냐. 입맛 있을 때 뭐든 먹어두는 것도 나쁘진 않지."

"먹고 가는 게 아니라 포장해서 가려고?"

"전부터 말이야, 신문지 위에 박스째 펼쳐 놓고 뜯던 그 맛이 꽤 그리웠거든."

방음벽이 설치돼 있어 외부의 소란으로부터 자유로웠던 음악실 내부는 환기가 원활치 않아 생기는 특유의 묵직한 공기층을 형성하고 있었다. 뒤돌아 나가려다 말고 멈칫하며 서버렸던 건, 늘 맡던 취기(臭氣)가 아닌 코끝을 자극해 온 기름진 냄새 때문이었다.

관계의 시작은 우습게도 서로에 대한 관심이나 호감에서 비롯되지 않았다.

식욕을 일깨우던 계승서의 제안 하나.

"무슨 구경이라도 났어? 먹을 거면 앉고, 아니라면 꺼져."

그 말에 선뜻 한자리를 차지하고 앉아 계승서가 건네오는 닭다리를 받아 들었을 때, 일상의 틀을 벗어나지 않았던 관계는 새로운 전환점을 맞이하게 되었다.

지극히 단조로웠던 시선이 조금 더 복잡한 색을 띠게 되고 조금 더 특별하게 변하기까지, 그 이면에서 계기가 되어준 건 아이러니하게도 치느님의 위대함이었다.

그래서 이따금 생각했다.

아주 나쁜 것 중에서도, 그렇지 않은 것이 간혹 드문 확률로 섞여 있는 때가 있다고.

배가 고팠고, 굶주린 자경에게 있어 계승서의 말은 생각 이상으로 강력한 힘을 발휘했다. 배가 부른 상태에서 같은 말을 들었다면, 선택의 양상은 정반대로 달라졌을 것이다. 알 수 없는 용기 역시 그대로 사그라지고 말았을 테다.

체벌을 가장했던 신지수의 학대가 뜻밖의 결과를 야기했다. 접점이 없던 두 사람 사이는 현재에 이르러 그 어느 것보다 단단하게 결속돼 있었다.

그러나 불필요한 공치사는 하지 않을 생각이었다. 누구보다 자경의 불행을 바란 사람이 있다면 그 대상은 명백히 신지수였다. 그 사실을 모르지 않았기에 자경은 신지수의 행동에 어떠한 면죄부도 부여해 주지 않았다.

당신이 싫다.

수없이 많은 보기 중에서 정답은 딱 하나뿐이었다. 여러 갈래로 나눠진 마음은 줄곧 같은 목소리를 내고 있었다.

"계산은 내가 할게."

"왜?"

"가끔은 너도 얻어먹는 재미 좀 느껴보라고. 그거 생각보다 되게 기분 좋다? 그리고 뭐든 공짜가 더 맛있는 법이거든."

"그래……?"

"응."

"알았어. 그럼 부담 없이 얻어먹어 보지 뭐."

매장에 들어서 주문을 하고, 다 튀겨진 치킨을 손에 받아 들기까지 숱한 시선이 계승서를 따라다녔다. 수군대던 목소리의 거지반은 품평과 연관이 있었다.

"되게 잘생겼다. 연예인인가? 걸치고 있는 옷도 굉장히 비싸 보이지?"

"옷은 모르겠고 시계는 비싼 게 맞아."

"얼마나?"

"모르긴 몰라도 웬만한 서울 시내 전셋값 정도는 할걸?"

"그렇게나 비싸?"

"제일 비싼 건 저 남자가 타고 온 차겠지만."

들으란 식의 아주 큰 목소리는 아니었지만, 못 듣고 지나칠 정도로 대화 소리가 작지도 않았다. 열거하자면 일일이 세기 어려울 만큼의 많은 얘기들이 단시간에 오고 갔다.

"말 한번 붙여볼까?"

"아서. 우리 같은 사람한테 관심 주고 그럴 부류 아니란 거 딱 봐도 견적 나오잖아. 괜히 망신당하기 싫어, 애."

"하긴……. 근데 옆에 있는 여잔 누굴까? 혹시 애인 아냐?"

"그렇기야 하겠어. 그런 것치곤 너무 평범하잖아."

등 너머로 들려오는 계승서의 칭찬엔 뿌듯한 한편, 자신의 부족함을 지적해 오는 말엔 조바심이 났다. 그러나 얼마 안 가 곧 이 마음이 괜한 기우였다는 걸 깨닫게 됐다.

계승서는 무신경하게 느껴질 정도로 주변 사정엔 관심을 두지 않았다. 다소 시끄럽던 수다에도 내내 방관자적인 태도로 일관했다.

이곳에 들어온 이래로 계승서의 시선은 줄곧 한곳에 고정된 채 움직이지 않았다. 계승서의 시선 끝엔 지금도, 여전히 자경이 위치해 있었다.

좋아 어쩔 줄 모르겠다는 듯이.

사랑스러워 견딜 수가 없다는 듯이.

은근하게 내려다보는 눈초리에 괜스레 몸이 배배 꼬였다. 다른 사람 만날 거면 삼대가 빌어먹을 줄 알란 말은 괜히 내뱉은 얘기가 아니었던 모양이다. 새빨갛게 달아오르기 시작한 얼굴 위로 따끈한 열기가 내려앉았다.

"왜 그렇게 봐."

"뭐가 이상해?"

"아니. 그렇지만 그…… 너무 빤히 쳐다보고 있잖아."

"그래서?"

버릇처럼 주위를 곁눈질했다. 그러자 당장에 못마땅한 반문이 되돌아왔다.

"내가 내 걸 보면서도 다른 사람 눈치를 보는 게 더 이상한 거 아닌가? 이자경은 내 편이고 내 거고 뭐 그렇잖아."

논리를 설파하는 계승서의 말은 사실을 기반으로 하고 있었다. 반박할 수 있는 여지는 처음부터 없었다.

당연한 권리를 앞세운 계승서가 아무렇지 않게 자경의 허리에 손을 가져다 댔다. 바짝 끌어당기자 한 치의 빈틈도 없이 맞닿았다. 때맞춰 주변에선 탄성이 새어 나왔다.

"내가 네 거면…… 그럼 넌?"

"물을 필요도 없이 당연히 이자경 거지. 그러니까 보고 싶으면 언제든 보고, 만지고 싶을 땐 얼마든지 만져. 그러다 가끔씩 다른 데도 예뻐해 주면 더 좋고."

"다른 데…… 어디?"

"그건 이자경 판단에 맡겨둘게."

짓궂게 좌우로 벌어지는 입술이 유난히 탐스러워 보였다. 불현 듯 발끝이 찌릿찌릿해졌다. 그러더니 어느 시점에 이르러 주변은 아무것도 보이지 않게 됐고, 아무것도 들리지 않게 됐다. 시야엔 계승서밖에 남아 있지 않았다.

'아!'

알았다.

문득 깨닫게 된 사실 하나에 마른침이 꼴깍 목울대를 울리고 지나갔다.

일부러 상황을 모른 척 외면했다고 생각했지만 사실은 아니었구나. 이렇게나 흠뻑 빠져 있어서, 눈앞엔 온통 '이자경' 밖에 보이지 않아서, 그래서 주변의 소란스러움에도 반응하지 않았던 거였다.

계승서에게 있어 이 모든 상황은 상대할 가치도 없는, 그냥 무시해 버려도 좋을 하찮은 일상에 지나지 않았다. 그 사실을 인지한 뒤로는 어서 빨리 차로 돌아가고 싶단 생각뿐이었다.

차로 돌아가서, 욕심껏 저 입술을 차지하고 맛보고 싶다. 처음은 꾹 찍어 누르는 버드키스로, 나중엔 각도를 기울인 크로스키스로, 마지막엔 은밀한 프렌치키스로 계승서의 입술을 탐하고 싶었다.

숨이 차올랐다.

눈으로 직접 확인해 보진 않았지만, 분명 지금 자신은 엄청나게 야한 얼굴을 하고 있을 테다.

불같이 타오른 욕망의 결과, 머릿속이 온통 야한 행위들로 채워졌다. 이 마음을 들키고 싶지 않았다. 또한 들키고 싶기도 했다.

발걸음이 빨라졌다. 그러나 정신을 차렸을 땐 어느덧 입장은 역전돼 있었다.

손을 맞잡은 채로 한 발 앞서 자경을 이끄는 계승서의 발걸음은 조급한 그녀의 마음만큼이나 다급했다.

차 문이 열리고 뒷전이 돼버린 치킨을 계승서가 던지듯 뒷좌석으로 내려놓았다. 식욕을 불러일으켰던 치킨 냄새는 더 이상 어떠한 자극도 주지 못했다.

열린 차 문이 닫히는 순간, 마침내 두 사람만 남게 되었다. 불규칙하게 새어 나오는 숨소리마저 크게 들릴 정도로, 시동이 걸리지 않은 차 내부는 무척이나 조용했다. 그러나 머릿속으론 천둥 번개를 동반한 벼락이 쿵쾅거리며 내리치고 있었다.

불꽃이 터지듯, 순간순간 눈앞이 반짝반짝 거렸다.

지체 않고 어깨를 옆으로 튼 계승서가 몸을 앞쪽으로 기울였다. 가까워지는 거리만큼이나 계승서의 눈, 코, 입이 부각되었다. 눈을 감으려다 그만두고, 웃으며 계승서의 목에 팔을 둘렀다.

"눈 안 감네?"

"응."

가늘게 접어 웃는 계승서의 눈이 반달처럼 변해 자경의 마음에 기분 좋은 파문을 일으켰다.

두르고 있던 손에 힘을 주자, 가장 먼저 코가 닿았다. 장난처럼 콧잔등을 찡그리자 그 느낌이 상대에게로 선명하게 전해졌다. 키득거리는 웃음을 마지막으로 입술을 겹쳤다.

"으웃……."

뭉개듯 입술을 부비고 겉면을 핥아 올리기까지 시간은 아주 천천히 흘렀다. 그 과정에서 계승서의 손이 자연스럽게 가슴으로 향했다. 제지하는 대신 잔뜩 숨을 집어삼켜 가슴을 부풀게 만들었다. 얼마 못 가 원상태로 돌아오긴 했지만.

들썩거리는 계승서의 어깨가 웃음을 대신했다. 얄미워 손가락으로 허벅지를 살짝 꼬집다가 스치듯 다른 곳이 불룩해진 걸 발견했다. 착각인가? 하고 재차 손을 뻗으려다 멈칫했다.

확인해서 어쩌려고?

짙게 선팅이 돼 있다고는 하지만, 어찌 됐건 사방이 훤히 트인 야외다.

이미 가슴을 계승서에게 내준 상황에서 할 생각은 아니었지만, 형평성 문제를 논하기 이전에 이 이상 진도를 빼는 건 위험했다.

이성을 잃기 전에 다행히 정신은 현실로 돌아왔다. 그러나 더 이상의 딴짓은 허용되지 않았다.

잇새를 가르며 파고든 뭉텅한 혀가 온통 혼을 빼놓았다. 입안을 헤집기 시작한 집요한 혀의 움직임에 머릿속이 금세 흐물흐물하게 녹아내렸다. 그럴수록 알 수 없는 감정이 차곡차곡 차올랐다. 그러고 난 뒤에야 어렵지 않게 그 감정의 정체에 대해서도 알게 되었다.

사실은 이토록 아름다운 거였구나.

사랑하고 사랑받는 행복을 온전히 알게 됐을 때 깨달음은 어렵지 않게 자경을 향해 손을 내밀어주었다. 사실은 이토록 아름다운 것이 세상이라고. 어두운 단면만 있는 게 아니라, 그보다 더 빛나는 세계가 있음에 감사한 마음이 드는 그런 하루였다.

오피스텔에 도착한 이래로 가장 먼저 소파 위를 차지하고 앉은 승서가 한 손으로 무릎을 탁탁 쳤다. 눈치 빠른 이자경이 조르르 달려와 답삭 안기듯 무릎 위로 안착했다.

샌드위치처럼 말랑하게 눌리는 느낌이 기분 좋은 자극제가 됐다.

지난번에도 느낀 거지만, 확실히 체구가 작은 것치고는 엉덩이가 동글동글하고 살집이 있었다. 본능에 의거한 시선이 자연스럽게 위아래를 훑어 내렸다.

어디 시선뿐인가.

찹쌀떡처럼 달라붙는 탄력적인 감촉은 시각적인 즐거움을 떠나 유독 만지는 재미가 있었다. 가볍게 쥐었다 놓길 반복하던 손길은 시간이 지날수록 점차 노골적인 색을 띠기 시작했다.

적당히 하고 멈췄어야 했는데, 그럴 수가 없게 돼버렸다. 급기야 슬금슬금 움직인 손이 허벅지 안쪽을 파고들었다. 단박에 이자경의 등이 흠칫하며 굳어버렸다.

슬쩍 고개를 돌려 상황을 확인해 보니, 애써 의연하게 내리깐 속눈썹이 가느다랗게 떨리고 있었다.

미칠 듯이 자극적이다.

탐욕스러운 눈빛이 이자경을 향했다. 신경이 쓰이는 듯 살짝 벌어져 있던 다리 사이를 모아 오므리는 행위가 심한 갈증을 불러일으켰다. 반대급부로 열기가 점차 한곳으로 몰리기 시작했다.

스커트 안쪽을 들춰보고 싶다.

들춰서, 짓궂게 얼굴을 가져다 대보면 어떤 반응을 보일까. 은밀한 곳에서 전해지는 뜨거운 숨소리에 당장에 기겁하며 소리를 높여올까. 그게 아니라면 당황한 나머지 등짝을 매섭게 내려쳐 올지도 모르겠다.

그렇지만 뭐든 상관없다. 어떤 반응이 되돌아와도 전부 승서 자신을 기쁘게 할 일들로 채워져 있을 테고, 그깟 등짝쯤 이자경의 손에 몇 번이고 맡겨 버리면 그만이었다. 그래 봤자 겨우 간지럽기밖에 더할까.

유리창을 투영해 들어오는 햇살이 아직 대낮임을 말해오고 있었지만, 이것저것 하다 보면 곧 밤이 될 테니 딱히 문제 삼을 여지는 남아 있지 않았다. 진득한 손장난도 좋고, 그보다 더 야한 것도 할 생각이었다.

기교라는 것도 결국 해봐야 느는 법이었고, 무엇보다 승서는 이 일에 있어 그 어느 때보다 아낌없는 시간 투자를 할 의향을 충분히 가지고 있었다.

맞닿은 부분의 체온이 상승할수록 온갖 망상이 활개를 쳤다. 상상만으로도 입꼬리가 위로 올라갔다. 어느덧 입가로 의미심장한 미소가 떠올랐다.

금욕이라.

그야 떨어져 있을 때나 가능했던 얘기지, 이자경이 기억을 되찾게 된 시점에서 수도승 같은 생활이 욕심에 찰 리 없었다. 이미 가느다란 목덜미를 까칠한 혓바닥으로 쓸어 맛보고, 뭉툭한 혀를 밀어 넣어 여러 차례 입안을 휘젓고, 그보다 더 깊은 결합을 경험해 봤는데 이제 와 어중간한 수위 조절이 가당키나 하겠느냐 이 말이다.

그럴 수야 없지.

삼십대의 성욕이란 건 지극히 현실적이어서, 이자경을 품 안에 가두고 있는 지금, 망상은 점점 구체적인 실체를 갖춰가고 있었다.

정말이지 요망한 엉덩이다.

불편한 듯 이자경이 몸을 뒤척일 때마다 하반신의 사정은 난처하게 변해갔다.

고의성에 무게를 두지 않았기에 더 미칠 것 같은 심정이랄까. 하지만 우연치고는 너무 적절한 타이밍이다, 까지 생각이 진행되었을 즈음 공교롭게도 이자경의 손이 승서의 중심부를 건드리는 일이 발생했다.

예상대로라면 화들짝 놀라며 손부터 뗄 거라고 생각했다. 그러나 승서는 이자경을 너무 순진하게만 보았다. 그래서 방심했고, 예상치 못하는 부분에서 허를 찔렀다.

하복부를 지그시 내리누르는 손길엔 은밀한 의도가 담겨 있었다. 단순한 착각 따위가 아니었다. 떨고 있던 게 언제였냐는 듯, 유리질같이 투명한 눈동자가 야릇한 호기심으로 물들어 있었다.

"혹시, 아팠어?"

"그럴 리가."

"다행이다."

사심을 숨기지 않고 있는 그대로 드러낸 이자경이 환하게 웃었다. 선수를 빼앗긴 걸 인지했을 땐 이미 입장은 뒤바뀌어져 있었다.

바뀐 위치에서 이자경이 폭탄을 터뜨렸다.

"얘랑 더 친해지고 싶어."

"……!"

"그러고 싶어. 그래도 되지?"

손바닥을 펼친 채로 느른하게 움직이는 이자경의 손길에 맞춰 천 쓸리는 소리가 났다. 그 횟수가 반복될수록 마찰에 속도감이 더해졌다.

"친해지고 싶다니. 그러니까 구체적으로 어디랑……?"

"몰라서 묻는 거 아닌 거 알아. 그러니까 심술부리지 마."

"말해봐. 듣고 싶어."

부쩍 높아진 기대 심리에 중심부가 터질 듯이 부풀어 올랐다. 간질간질한 터치가 스킨십의 전부인데도 어쩐지 진한 사정감이 몰려들었다.

만약 지금 이 상황이 승서 자신이 생각하는 상황과 동일한 의미를 지닌 거라면, 그런 거라면, 깜찍하게도 지금 이자경은 도발을 해오고 있는 중이란 얘기가 성립된다.

얼핏 보아 곤경에 빠진 표정, 그럼에도 압박을 늦추지 않는 하반신의 느른한 손길.

일관되지 않은, 엇갈린 이자경의 행동이 뜻하는 바는 단 하나였다.

유혹.

까닭 모를 즐거움에 등줄기에서 오싹한 기운이 흘렀다. 추정치에 가까웠던 예상은 빗나가지 않고 그대로 적중했다.

"다른 데도 예뻐해 주면 좋을 것 같다고 했잖아."

빨간 자경의 입술이 부각됐다.

"그래서 벌써 그런 마음이 들었단 얘기지?"

"알면서 괜히 그래."

"응, 그런 것 같아."

은근한 걸 넘어 대놓고 여우과였나 보다.

확인이 시급하니 일단은 아까부터 궁금했던 스커트 안부터 들춰봐야겠다. 눈에 띄지 않게 숨겨두었던 꼬리라도 있나, 구석구석 안 닿은 데 없이 살펴볼 생각이었다. 눈으로도 또 다른 쪽으로도.

허벅지 근처에 머물던 승서의 손이 조금 더 안쪽을 파고들었다. 가장 먼저 얇은 면 재질의 느낌이 손끝으로 전해졌다. 손가락을 구부리자 접촉면의 부위가 조금 더 넓어졌다. 겨우 두 번째인 만큼 떨림은 여전했다.

"이건, 반칙이야."

"미안하지만, 내 쪽이 더 급해."

"읏!"

관계 직후에 가지는 후희의 일종이라면 모를까, 아직까지는 전희의 즐거움을 양보해 줄 마음은 가지고 있지 않았다.

정신없이 물고, 빨고, 핥고 싶다. 당장은 그 생각뿐이었다. 다른 쪽으로 친해지는 건 잠시 보류해 두기로 했다. 아예 안 한다는 게 아니라, 순서를 조금 뒤로 미뤄둔단 얘기였다.

"샤워, 샤워 먼저 해."

"아니, 그럴 정신 없어."

"못 말려. 그럼…… 침대로 가. 침대가 좋을 것 같아."

"그건 어렵지 않지."

승서는 이자경에 한해서만큼은 꽤 너그러운 편이었다. 그래서 하나는 거절했지만, 다른 하나는 흔쾌히 수락했다. 비록 그 결과가 승서에게 유리한 쪽으로 편중돼 있을지라도, 제안을 받아들이는 데 있어 거리낌이 없었다.

어차피 승서는 이자경에게 해가 될 일은 하지 않는 주의다. 이 사실을 이자경도 알고, 승서 역시 잘 알고 있었다. 때문에 욕심을 채우는 것도 이자경이 눈감아준 범위 안에서만 할 생각이었다.

침대로 가자고 했던 이자경의 말은, 승서의 뜻을 따라준단 허락의 말과 동일했다. 그래서 고민하지 않고 무릎 위에 걸터앉아 있던 이자경을 그대로 안아 들었다. 예고 없이 이뤄진 행위에 놀란 이자경이 목에 팔을 둘렀다.

따지자면 고작 몇 걸음. 얼마 안되는 이 짧은 거리조차 체감상 멀게 느껴질 만큼 승서의 모든 것이 이자경을 원했다.

사랑스럽다.

흐트러진 옷매무새에 문득 숨이 막혔고, 달싹이는 입술에 키스를 퍼붓지 못해 안달이 났다. 아쉬움에 침대 위로 내려놓는 순간까지도 생각은 온통 이자경에게 머물러 있었다.

"내가 벗길까, 네가 벗을래?"

"어느 쪽이 취향이야?"

"글쎄, 어느 쪽이 취향일까?"

번갈아 주고받은 대화는 답변이 생략된 채로 질문만 연이어 세 개였다. 그러나 문제될 건 아무것도 없었다.

이자경이 자의로 옷을 벗어주는 상황이라……. 싸구려 스트립쇼 따위와는 비교도 안 될 만큼 자극적일 게 분명했다. 생각만으로도 하반신이 욱신거리며 당겼다.

반대로 승서 자신이 이자경의 옷을 벗겨내는 상황도 나름의 놓치기 싫은 즐거움 중 하나였다. 사정상 느긋하게 공을 들여 벗겨낸다는 건 아마도 불가능하겠지만, 최단시간에 목표한 바를 이룰 수는 있었다.

얼굴을 붉히며 어깨를 움츠려 올 땐 웃으며 코를 살짝 비틀어줄 생각이었고, 피하지 않고 시선을 맞춰오면 착하다며 머리를 쓰다듬어 줘도 나쁘지 않을 것 같았다.

어느 쪽도 수고스럽지 않았고, 뭐든 다 괜찮았다. 다행히 고민의 시간은 길지 않은 시점에서 종식됐다. 말초신경을 자극해 오던 상상을 현실로 이끈 건 포부나 다름없던 말 한마디였다.

"생각해 봤는데, 그냥 내가 벗는 게 나을 것 같아."

이자경의 입술이 양옆으로 벌어지는 순간 맹랑할 정도로 당돌

한 말이 승서를 향했다. 언급과 동시에, 시선이 가장 먼저 이자경을 탐했다. 파렴치한이 된 듯, 휘익거리는 휘파람 소리가 입 밖으로 흘러나오는 것을 막지 못했다.

이어 겹치듯 이자경의 몸 위로 무게중심을 옮겼다.

두 팔을 교차해 가슴을 가린 이자경의 손을 당연한 듯 치워냈다.

다음은 단단한 남자의 손으로 내 여자의 아름다움에 대해 확인하는 시간을 가졌다.

입술이 닿는 곳마다 열꽃이 피어올랐다.

이미 젖어 있던 몸 위로 땀이 흘렀고, 이윽고 하나가 됐다.

❖

아들인 승서의 짝으론 명망 높은 집안 출신의 잘 자란 여식이었으면 했다. 그래서 평범한 서민에 불과한 이자경의 존재를 알게 됐을 땐 밀려드는 초조함을 감출 길이 없었다.

좋게 봐주려고 해도, 눈에 차는 걸 찾는 게 더 어려울 정도로 주변 환경이 열악했다. 집안 내력에서부터 상서롭지 못한 기운이 흘렀다. 그것도 하필이면 친정 쪽 재단의 교사란 치가 불명예 퇴직을 당했다. 하나에서부터 열까지 모든 게 다 형편없이 부족했다.

이대로 두고 보는 것만이 능사가 아니란 위기의식이 팽배해진 순간, 눈앞으로 떠오른 건 시아버지인 계호균의 존재였다. 계호균이라면 어떤 식으로든지 도움을 줄 수 있을 것이다. 이번 사태를 해결하는 데 있어 계호균만 한 적임자는 없었다.

그러나 이러한 믿음을 가지고 만난 자리에서 계호균의 반응은 왜인지 일관되게 부정적이었다.

"그 아인 건드리지 않는 게 좋을 것 같구나."

"그렇지만 아버님!"

"아무리 애틋한 게 첫정이라지만, 떼어놓을 수 있었으면 누구보다 내가 먼저 앞장서 그렇게 만들었을 게다. 단순한 연애 감정이 전부가 아니란 걸 어미가 돼서 왜 몰라. 천륜보다 끊기 힘든 것도 있는 법이야. 돈이야 우리도 부족함 없이 있지 않느냐. 아쉽지만 그걸로 위안을 삼고 넘기는 게 여러모로 좋을 것 같구나."

"……그럴 수는 없어요."

"승서에겐 이미 그 아이가 가족이고, 마음을 터놓을 수 있는 벗이자 인연인 게야. 괜히 긁어 부스럼 만들어봤자 좋은 꼴 못 볼 테니, 이쯤에서 져주는 게 서로를 위해서도 좋아."

"싫어요. 아버님이 못 하시겠다면, 제가 해요."

엇갈리는 주장 속에서 계호균이 혀를 끌끌 찼다.

"내 평생 승서 그 녀석이 그렇게 편안하게 웃는 거 처음 봤어. 어미 고집대로 한다면 필시 후회할 일이 생길 게야. 그때 가서 후회하지 말고, 일단은 그냥 지켜보는 걸로 해두자꾸나."

거듭된 계호균의 회유도 주란의 마음을 움직이진 못했다. 최선의 방안이 무산된 시점에서, 주란은 머릿속으로 차선의 방책을 떠올리고 있었다. 그러나 차선이라 믿었던 주란의 선택은 얼마 못가 최악의 결과를 낳았다.

계호균의 경고처럼 주란은 곧 자신의 선택에 대해 후회란 걸 해야만 했다.

고개를 꺄우뚱하게 만든 건 아주 사소한 의아심에서부터 비롯
되었다.

시간이 지나도 날짜가 바뀌지 않는 달력.

붉은색 동그라미가 쳐진 특정 숫자 밑으로 계승서의 필체로 보
이는 글씨가 쓰여 있었다.

—1일.

정확한 의미를 파악하기엔 눈앞으로 드러난 정보가 한정적이었
다. 다만 귀찮다거나 일이 바빠 잊어버렸다고 하기엔 날짜 감각이
지나치게 결여돼 있었다. 한두 달이라면 몰라도 그 이상으로 차이
가 나는 건 우연이라고 보기 어려웠다. 계승서의 성격에 빗대 생
각해 보면 사실관계는 더욱더 명확하게 구분되었다. 그렇다면 다
분히 의도된 행동이란 얘긴데, 달력의 쓰임을 생각하면 좀처럼 이
해가 가지 않기도 했다.

모르는 척 넘어가려다가, 어쩐지 볼 때마다 신경이 쓰일 것 같
아 결국 당사자에게 직접 묻기로 했다.

"이거 말이야. 특별한 이유라도 있는 거야?"

"아…… 그거. 기념일이야."

"무슨 기념일?"

"나 혼자 이자경하고 연애하기로 한 기념일. 이렇게 말하면 좀
웃긴가?"

뜻하지 않게 듣게 된 사실관계 하나에 잠시 할 말을 잃었던 자경이, 뒤늦게 돌아가는 상황을 가늠해 보았다. 얼핏 계산하기로 시기상 계승서가 백승혜의 가게로 모습을 드러낸 시점과 엇비슷하게 맞물려져 있었다.

"하지만 저땐…… 내가 기억을 찾기 전 상황이잖아."

"그랬지."

"승서야?"

"그 정도로 간절했어. 자기만족이란 걸 알면서도 쉽게 달력을 넘길 수가 없더라. 이젠 그럴 필요가 없어졌지만."

벽에 걸려 있던 달력을 떼어내는 계승서의 손길에서 후련함이 묻어 나왔다.

"그래도 볼 때마다 속상했겠다."

"그렇진 않았어. 사실, 우리 연애의 시작점이 어디서부터였는지를 따지자면 저 기념일은 그 자체로 무의미해져 버리니까. 어른이 아니었을 때도 이자경은 내게 친구였고, 한편으론 친구 이상이기도 했어. 나는 그랬어."

"실은 나도 그랬어."

"이렇게 보면 연애란 것도 참 별거 아니지?"

장난기가 다분한 표정으로 눈가를 찡긋거리는 계승서의 얼굴이 풋풋한 소년을 연상케 했다.

늘 보아 익숙해진, 평범한 일상이 돼버린 풍경 속에서 놓치고 지나쳤던 사실을 발견했을 때, 숨겨져 있던 진실도 함께 그 모습을 드러냈다. 애정 어린 계승서의 눈빛 아래 자경은 숨 쉬는 것조차 잊고 말았다. 그러나 영원히 지속될 것 같았던 다정한 시간은 한 통의 전화에 의해 깨어졌다.

흰색 케이스를 장착한 휴대폰 너머로 라흐마니노프의 피아노협주곡이 흘러나왔다.

"잠시만."

발신번호를 확인했을 때, 번호는 저장돼 있지 않은 낯선 번호였다. 그래서 상대방이 누구인지를 알게 된 시점에서 놀라움은 전에 없이 커졌다.

"여보세요."

[이자경 씨 되나요?]

"네. 그런데 누구신가요."

[나, 승서 엄마 홍주란이에요. 바쁘지 않은 거라면 이번 토요일 시간 좀 내줘요.]

초조함이 고스란히 녹아든, 꺼질 듯이 까라진 가느다란 목소리 안엔 모종의 불안감이 깃들어 있었다. 그 사실을 눈치챘을 때 자경은 감정적으로 우위에 설 수 있었다.

고조되기 시작했던 긴장감이 일시에 완화되었다. 더는 당혹스러운 마음도 들지 않았다. 이어 차분한 응대의 목소리가 홍주란을 향했다.

"무슨 일 때문에 그러시는 건지 먼저 여쭤봐도 될까요?"

[얘긴, 만나서 해요. 장소는 문자로 넣을게요.]

"알겠어요."

[그리고······.]

"말씀하세요."

[연락 왔었단 말 승서 귀엔 들어가지 않게 해줘요. 그렇게 믿고

끊을게요.]

부탁이라고 하기엔 기본적인 예의조차 갖추고 있지 않았다. 통보 형식을 빌린 홍주란의 말에 자경은 대답 없이 침묵했다. 홍주란은 이를 긍정으로 받아들여 쉽게 통화를 종료했지만, 사실은 그렇지가 않았다. 자경의 침묵이 의미하는 바는 단 하나, 완곡한 거절뿐이었다.

"누군데 표정이 그래."

"승서 네 어머니."

"……상황이 조금 우습게 돌아가네. 그래서 그쪽에선 뭐래?"

"만나서 얘기하재. 네겐 비밀로 해달래고. 그 이상 다른 말은 없었어."

사정을 캐묻는 계승서의 말에 자경은 숨기는 것 없이 홍주란과의 사이에서 오갔던 짧막한 대화 내용에 대해 미주알고주알 고해바쳤다. 특별히 하지 말아야 할 고자질을 했다고는 생각지 않았다. 오히려 관계의 진전에 따른 자연스러운 인식 변화로 받아들였다.

계승서가 생각하는 가족이란 범주에 홍주란이 빠져 있는 거라면, 굳이 나서서 대우해 줄 필요가 없지 않을까 하는 결론이 자경의 의식을 지배했다. 이는 일찍이 계승서가 이문태의 앞에서 보인 싸늘한 태도와도 무관치 않은 것으로, 계승서의 선택에 대한 예우 차원이기도 했다.

또한 일전에 계승서가 요구했던 것처럼, 자경에 대해 그가 몰라야 하는 상황을 거짓으로 꾸며내는 것도 하고 싶지 않았다. 아니, 하기 싫었다.

"내키지 않는 거라면, 그냥 만나지 말까?"

"아니, 만나봐. 만나서 무슨 얘길 하는지도 들어봐. 아마 좋은 얘긴 아닐 테지만, 그래도 들어줄 수 있는 데까진 들어줘. 그게 마지막일 테니까. 다음은 없으니까……."

"아픈 거구나."

"응. 너무 아무렇지 않아서, 그래서 아픈 것 같아."

모두 다 괜찮다고 했지만 사실은 그럴 수 없다는 걸 안다. 쓰게 웃는 계승서의 얼굴을 두 팔로 감싼 뒤 품 안으로 이끌었다. 위로에는 별다른 소질이 없지만, 그래도 이 말만큼은 꼭 해주고 싶었다.

"내가 행복하게 해줄게."

"이자경."

"이젠 그럴 수 있을 것 같아."

불행에 발을 담그고 있을 땐 스스로에게조차 이 같은 말을 입에 올리지 못했었다. 그래서 웃으며 얘길 하는 지금, 자경은 좀 더 성장한 자신의 모습을 바로 볼 수 있었다. 때맞춰 고개를 들어 올린 계승서가 어긋나 있던 시선을 맞춰왔다.

"이미 지금도 충분히 이자경 때문에 행복하지만, 그래도 잘 부탁할게."

"나야말로 잘 부탁해."

"그거 알아? 내가 생각했던 것보다 훨씬 더 잘 컸어. 그래서 이젠 헤어져 있던 지난 시간이 아깝지 않아졌어."

손을 내민 건 계승서가 먼저였다. 그 손을 맞잡는 순간 코끝이 시큰해졌다. 부드럽게 감겨드는 느낌이 몹시도 따뜻해, 없던 용기까지 샘솟는 기분이었다.

할 수 있는 일도, 해야 할 일도 이미 정해져 있었다.

토요일.

두려움 대신, 그 시간이 기다려졌다.

"헤어져 줬으면 좋겠어요."

의자에 착석하기 무섭게 들려온 날카로운 경고. 연약해 보이는 인상과는 다르게 홍주란의 입에서 나오는 말들은 하나같이 차가웠다.

통성명에 앞서 본론부터 꺼내온 홍주란의 태도는 매우 고압적이었다. 예컨대 흔한 인사조차 주고받을 사이가 아니란 걸 분명히 해둠으로써, 적당한 거리감을 상기시키려는 의도가 엿보였다. 시선을 옆으로 돌리자 낯선 중년의 남성이 시야에 들어왔다.

언뜻 보아 계승서를 연상케 하는 얼굴. 그러나 신기할 정도로 분위기는 닮아 있지 않았다. 정해진 순서처럼 홍주란이 자경의 앞으로 봉투 하나를 내밀었다.

"그렇지 않아도 상처받고 컸어요. 승서에겐 정상적인 가정이 더 어울려요."

정상과 비정상을 나누는 기준은 확고해 보였다. 홍주란의 말을 받아 이은 건 계정문이었다.

"자경 양이라고 했던가요. 승서와 같은 고등학교를 다녔다고 들었어요. 맞나요?"

"네."

"오래 알아온 만큼 정도 깊게 들었겠군요. 힘들다는 거 잘 알아요. 그래도 아가씨가 먼저 정리해 줘요. 승서의 앞날을 생각한다면 그래 줘요. 부족하다면 돈은 더 줄 수도 있어요."

"돈은 필요 없어요."

"대가가 아니라 성의라고 생각하고 받아줘요. 그래야 우리 마음이 편해질 것 같아서 그래요."

당사자가 말해주지 않은 정보들을 아무렇지 않게 늘어놓으며, 편협한 시각에서 자경을 평가해 오는 이기적인 발언에도 반발심은 생기지 않았다. 관계의 단절을 종용하는 말들은 사나웠지만, 어떤 얘길 해온대도 흔들리지 않을 자신이란 게 있었다.

다만, 자경은 이 자리에 계정문이 없길 바랐다. 승서를 아프게 만들 사람이 둘보단 하나가 나을 테니까. 그러나 역시 그건 안 되는 모양이었다.

촌극과도 같은 이 상황을 자경은 길게 끌고 가고 싶지 않았다.

"좋아요, 이 돈 받을게요."

"말이 통하지 않을까 봐 걱정이었는데 다행이군요. 그럼 알아들은 걸로 알고 이 얘긴 이쯤에서 끝내는 게 좋을 것 같군요."

"받아서 승서 줄게요."

일어서다 말고 안색이 뻣뻣하게 굳어진 계정문의 사정은 그나마 나아 보였다. 시체처럼 흙빛으로 변한 홍주란의 얼굴은 떨쳐 버리지 못한 두려움에 사로잡혀 있었다.

"그러지 않는 게 좋을 거예요."

경고를 함으로써 스스로를 지키고자 하는 심리. 날카로운 비명은 본능적인 방어에 가까웠다.

"그랬다간 후회할 일이 생길 거예요."

경고 이상의 의미가 담긴 홍주란의 말은 듣기에 따라 협박으로도 들릴 수 있었다. 그러나 협박은 홍주란처럼 하는 게 아니었다. 정신적인 타격을 가하기엔 홍주란의 말들은 별다른 위협이 되지 못했다. 믿는 바가 있었고, 믿음은 곧 실체가 되어 그 정체를 드러냈다.

때맞춰 비어 있던 자경의 옆 좌석 시트가 아래로 꺼졌다. 자연스럽게 등받이에 등을 기대어 앉아 두 손을 테이블 위로 올려놓기까지, 계승서가 보여온 일련의 행동들은 홍주란과 계정문을 압박하는 적절한 카드로 쓰여졌다.

올려다본 계승서의 얼굴은 강경할 정도의 단호함으로 무장돼 있었다. 화가 났고, 화가 난 걸 굳이 숨길 생각도 없어 보였다.

"참아주지 않을 거란 말씀, 이미 드린 걸로 압니다만."

"스, 승서야! 네가, 네가 여긴 어떻게 알고……."

"제가 불렀어요."

조용히 건넨 말 한마디가 큰 파장을 불러일으켰다. 꺾어지듯 고개를 홱 돌린 홍주란이 자경을 쏘아보았다.

"말하지 말아달라고 했을 텐데요?"

"오해하셨나 본데, 그러겠다는 약속 드린 기억 없어요."

"이것 봐요."

"따질 게 있으시면 저 말고 승서한테 하세요. 그게 순서예요."

그럴 수 있다는 전제하에서 내뱉은 자경의 말은 그 반대의 상황을 가정하고 있었고, 이는 홍주란에게 있어 치명타나 다름없었다.

"지금…… 날 가르치려 드는 건가요?"

"현실적인 얘길 드리는 거예요."

계승서를 배제한 결론이란 건 결국 일방적인 합의점에 지나지 않았다. 자경은 이 점을 꼬집고 있었다.

극단적인 사고방식에 기인한 홍주란의 행태는 아집에 사로잡혀 있었다. 그러나 자경은 홍주란의 앞에서 약자로 남아 있을 생각이 조금도 없었다. 뒤바뀐 순서를 바로잡아 오는 자경의 말에 홍주란은 억지 미소조차 짓지 못했다.

서슬 퍼랬던 홍주란의 눈빛이 주저하며 계승서를 향하는 순간, 유순할 정도로 기세가 누그러졌다.

"다 널 위해서였어."

"여전히 변한 게 없으시군요."

"승서야⋯⋯."

"아직도 실망시킬 게 더 남은 건가요."

보다 직설적인 계승서의 말이 섣부른 변명마저 묵살시켰다.

"아니⋯⋯ 난⋯⋯."

"이런 불필요한 간섭 원한 적 없습니다."

"정말이야. 정말로 널 위하는 마음에서 그런 거였어. 다른 뜻은 없었어."

"후우."

공허하게 내뱉은 숨결 속엔 무거운 질타가 섞여 있었다. 홍주란의 어깨가 움찔 떨렸고, 계정문이 깊은 침음을 삼켰다. 눈빛이 변한 건 바로 그때였다.

"여기서 뭘 더 버리면 결론이 날까요. 기대도, 마음도 다 내려놓았는데, 그래도 정리가 안 되는 거라면⋯⋯ 그럼, 저도 배운 대로 약점을 잡아서 협박이란 걸 해봐야겠군요."

"협박이라니……. 왜 그렇게 무서운 말을 해."

"윤효석을 아나요?"

"승서야!"

다급한 음성이 승서를 만류했다. 목소리를 높여온 건 한동안 대화의 중심에서 벗어나 있던 계정문이었다. 그러나 승서의 시선은 줄곧 흐트러짐 없이 홍주란에게 고정돼 있었다.

"대답해 보세요. 윤효석을 아냐고 물었어요."

"그만하라지 않았느냐!"

"그러게 적당히 하고 끝내셨어야죠. 멋대로 내 사람을 불러내 이런 헛짓거리를 했을 땐 그만한 각오 또한 돼 있었을 거 아닙니까."

"……인정하마. 내 생각이 짧았어. 그러니까 승서야……."

"전 기회를 드렸고, 그 기회를 저버린 건 두 분 선택입니다. 감당하지 못할 거였다면, 애초에 이런 자리를 만들지 말았어야 합니다."

어느 쪽도 물러서지 않았던 기싸움의 결과는 일방의 승리로 끝이 났다.

윤효석.

계정문의 숨겨진 아들.

목적이 생략된 주어는 당사자가 아니라면 알아채기 힘든 다양한 의미를 내포하고 있었다. 그랬기에 정황을 되묻는 대신 주먹을 말아 쥔 홍주란의 태도는 보다 많은 얘길 해오고 있었다. 승기를 잡았음을 확신한 순간 승서는 틈을 들이지 않았다.

"윤효석의 친모에게도 돈을 주셨다고요."

"흡!"

다급히 숨을 집어삼킨 홍주란이 불신에 젖은 눈길로 승서를 올려다봤다.

"그, 그걸 어떻게……."

"그새 천박하게 돈 자랑 하는 취미라도 생기신 겁니까."

심사가 편치 못함을 노골적으로 드러낸 계승서가 테이블 위에 방치돼 있던 봉투를 집어 들었다.

금액을 확인해 보지 않았기에 정확한 액수는 알 수 없었다. 그러나 추측해 보길 아마도 적은 금액은 아닐 테다. 그러나 가치란 건 언제나 상대적일 수밖에 없었고, 자경이 아닌 계승서의 손에 봉투가 들어가 있는 지금 이는 협상의 대상조차 되지 못했다.

곧이어 고약해 보일 정도로 계승서의 입매가 비틀렸다.

"그럼 이런 건 어떤가요. 이 돈의 열 배를 드리죠. 그 대가로 아버지와 헤어져 주실 수 있으신가요. 저는 두 분이 이혼을 해도 별로 상관없습니다."

"……!"

"이딴 말도 안 되는 요구에, 어머닌 쉽게 포기가 되던가요?"

"……이건 경우가 달라."

"원한다면 비교 대상을 바꾸죠. 아마 그 여자도 그랬을 겁니다. 윤효석의 친모도 어머니가 내민 그 돈, 받지 못하겠다고, 받지 않겠다고 분명하게 거부 의사를 밝혔을 겁니다. 아님 그 뒷얘기까지 해볼까요?"

"그만! 제발 그만해……."

"돈으로 사람 마음이 사지던가요? 아니란 걸 아셨으면 두 번은 하지 말았어야죠."

칼같이 입장을 정리한 계승서가 들고 있던 봉투를 홍주란의 앞으로 내밀었다.

"가져가세요."

"승서야……."

"어서요."

잘근거리며 반복해 입술을 깨무는 홍주란의 행동은 매우 초조해 보였다.

"대체 이게 다 무슨 소리야?"

뒤늦게 사태 파악이 된 계정문이 아연실색한 표정을 감추지 못했다. 승서를 지나친 계정문의 시선이 마침내 홍주란에게 가 닿았다.

"설마 당신, 알고 있었어? 효석이 존재를 알고 있었던 거야?"

"그 이름 꺼내지 말아요. 당신이 어떻게 내 앞에서 그 이름을 아무렇지 않게 말할 수가 있나요!"

부정의 증거를 입에 담는 계정문을 향해 홍주란이 히스테릭한 원망을 쏟아부었다.

"……당신에겐 미안하게 생각해. 그렇지만 효석이도, 그 여자도 불쌍한 사람들이야."

"그래서 지금 내게 따져 묻기라도 하려는 건가요."

눈물을 무기로 앞세운 홍주란의 앞에서도 계승서는 담담한 표정을 지우지 않았다. 승자가 분명한 게임이었고, 이 게임에서 계승서는 줄곧 우위를 점하고 있었다.

홍주란과 계정문, 둘 중 어느 쪽이 더 많은 타격을 받았는지에 대해서는 궁금해하지 않기로 했다. 어느 쪽이든 적지 않은 고통을 감수해야 할 테니까. 계승서의 비호 아래 방관자로 있는 지금, 자경은 상황을 좀 더 객관적으로 바라볼 수 있는 시각을 가질 수 있게 되었다.

당장은 지켜보는 것밖에 할 수 있는 게 없었지만, 그래도 작게나마 힘이 돼주고 싶었다. 손을 들어 올려 천천히 계승서의 등을 쓸어내리며 그 뒤에 자신이 있음을 상기시켰다.

"언제부터야. 언제부터 이 사실을 알고 있었어?"

"대답하고 싶지 않아요."

"당신답지 않게 왜 고집이야."

"나다운 게 뭔데요. 믿었던 남편이 외도를 저질렀어요. 그냥 모르는 척 그대로 눈감고 외면해 버리는 게 나다운 건가요?"

감정이 격해질수록 홍주란의 목소리는 떨려 나왔다.

"진정해. 이렇게 화내다간 당신 또 쓰러져."

"날 위하는 척하지 말아요!"

"그런 말이 어디 있어. 나라고 해서 마냥 속이 편했겠어? 전부 당신 때문이었어. 사실을 알게 된다면 분명 맘 편하게 있지는 못했을 테니까. 잠도 못 자고 바짝바짝 말라갈 걸 아니까, 그래서 말하지 못한 거였어."

"당신이란 사람은 정말……. 대체 어디까지 날 기만할 생각인 건가요."

"기만하다니. 단지 난, 사실이 알고 싶을 뿐이야."

최초 이곳을 찾은 논점이 흐려지기 시작한 시점에서부터, 대화는 전혀 다른 양상을 띠기 시작했다. 반목을 거듭하던 홍주란과 계정문 사이에서 승서는 말없이 사태를 주시하기만 했다.

물론 일이 이렇게 되도록 만든 건 승서 자신의 의도였다. 그러나 양심의 가책은 느껴지지 않았다. 우선순위가 달랐고, 승서에게 있어 최우선순위는 여전히 이자경이었다.

감정적인 대립을 시켜서라도 승서는 이자경을 보호하고 싶었다. 하찮게 취급하고, 함부로 이자경을 대하던 두 사람에게 지켜야 할 예의는 없었다.

"좋아요. 그렇게 궁금하다면 알려줄게요. 승서를 미국으로 보낼 때, 그때 처음으로 알았어요. 당신에게 숨겨둔 여자가 있다는 것도, 그 여자가 당신 아이를 낳았단 것도 전부 다요."

"왜…… 미리 말하지 않았어."

"당시엔 승혁이 문제만으로도 죽을 것 같이 힘들었어요. 너무 힘들어서, 당장에 그 여자를 만나봐야 한다는 생각도 하지 못했어요. 심장이 터져 나갈 것처럼 분해도, 신경을 그쪽으로 돌리면 정신을 놔버릴 것 같아서, 그래서 애써 상황을 외면도 해봤어요. 하지만 그게 잘 안 됐어요."

참았던 울분을 토해가며 당시 느꼈던 심정에 대해 밝히는 홍주란의 얼굴은 처참할 정도로 일그러져 있었다. 다음 순간, 승서는 그간엔 알지 못했던 진실에 한 발자국 가깝게 다가설 수 있었다.

"승서를 미국으로 보내면, 당신이 그 여자를 정리해 줄 거라고 생각했어요. 체면을 중시하는 당신이, 자식 보기 부끄러워서라도 그렇게 해줄 거라고 믿었어요."

"……내 생각이 짧았어. 그건 미안하게 생각해."

"지금은 그런 사과도 듣고 싶지 않아요."

새롭게 알게 된 사실은 우습게도 승서 자신과도 무관치 않았다.

"형뿐만이 아니었군요. 아버지 일에도 절 이용한 거였군요."

"그렇지 않아!"

"그 판단은 어머니가 아니라 제가 하는 겁니다."

"승서야……."

"형이나 아버지의 부속물로 살고 싶은 생각 없습니다. 그래서 드리는 말씀입니다. 계속 이런 식이면 어머니가 소중하게 생각하는 것들을 다치게 만들 수도 있습니다. 서문 재단 사정, 요즘 좋지 못하다고 들었습니다."

"……!"

"어느 쪽이 더 간절한지 시험해 볼 생각이라면 말리진 않겠습니다. 하지만 별로 그러지 않는 게 좋을 겁니다."

말문을 잃은 홍주란을 대신해 나선 건 이제껏 논쟁의 대상이었던 계정문이었다.

"어디서 이런 건방을 떨어! 내가 그렇게 되게 놔둘 성싶으냐?"

"제가 큰아버지 편에 서면 가장 곤란해지는 사람은 아버지가 아니었던가요."

"너, 너 이 녀석……! 그게 아빌 상대로 할 말이야?"

"미안하지만, 제겐 더 이상 두 분이 소중하지 않습니다."

그래서 하지 못할 말도, 해선 안 되는 선도 사라져 버렸다. 일시적인 감정 변화로 인한 화풀이가 아니었다. 담담한 승서의 말투가 이 같은 주장에 힘을 실었다.

타의가 아닌 스스로의 의지로 두 번째 미국행을 선택하고, 이자경과 떨어져 있기로 결정하기까지, 포기에 따른 대가로 승서는 이미 많은 것을 가졌다. 그러했기에 지금 이 순간 승서의 말은 두 사람 모두에게 충분한 위협이 되었다.

불필요한 대의명분을 앞세워 이자경과의 헤어짐을 종용당한 순간, 승서는 더 이상 홍주란의 자식으로도, 또한 계정문의 아들로도 살지 않을 결심을 굳혔다.

사색이 된 홍주란을 앞에 둔 채로 이자경의 손을 부드럽게 움켜잡았다. 고개를 돌려 시선을 외면하기까지, 승서는 철저히 이자경의 편으로서만 존재했다. 당연하다시피 인사는 생략되었다. 발길을 돌리는 순간, 울부짖음과도 같은 외침이 귓가를 때렸다.

"그 애가 미웠어!"

처음엔 지칭하는 대상이 이자경이라고 생각했다. 그러나 곧 아니란 걸 알게 되었고, 그 시점에서 승서는 걸음을 멈춰 섰다.

"네가 아니라…… 승서 네가 아니라, 기대에 못 미치는 승혁이가 미웠어. 속물적인 내 자신이 용서가 안 돼서, 그래서 승혁일 더 예뻐한 거야. 넌…… 얌전한 아이였으니까. 그냥 내 손을 타지 않아도 잘 자라주었으니까, 막연히 신경을 덜 써도 된다고만 생각했어. 그래선 안 되는 거였는데……. 승혁일 잃고 나선, 그 애에게 못 해준 것만 생각이 나서 견딜 수가 없었어. 널 돌볼 여유가 없었어."

"형을 선택한 걸 후회한다는 건가요."

"……그럴지도 모르겠어."

감정에 예민한 계승혁이 왜 그토록 홍주란에게 연연해하며 집착했는지 그 이유가 궁금했던 적이 있었다. 홍주란의 애정이 늘 계승혁의 것이라고 믿고 있었을 땐 보이지 않았던 진실이, 지금 이 순간 눈앞으로 드러났다.

그래서 이젠 알 것 같았다. 왜 계승혁이 아무것도 하지 않았던 승서 자신을 그토록 미워하고, 시기하고, 질투했는지 그 이유에 대해서 뒤늦게 짐작해 볼 수 있었다.

승서와는 다른 의미에서 계승혁은, 감정적으로 차별을 당해왔다. 홍주란은 승서뿐만이 아니라 계승혁의 앞에서도 불분명한 태도를 취함으로써, 불완전한 확신을 심어주는 계기로 작용했다.

홍주란의 마음이 진실 되지 못하다는 것, 이는 곧 승서에 대한 반감으로 이어졌다.

그래서 계승혁은 그때 그런 말을 했던 건가. 처음이자 마지막으로 연락을 받은 건, 계승혁이 세상을 떠나기 얼마 전의 일이었다.

"내가 졌어. 네가 이기고, 내가 진 거야."

짧고 간결하게 끝낸 대화는 일방적인 용건으로만 이루어져 있었다. 의미심장한 발언을 끝으로 국제전화는 끊어졌다. 얼마 지나지 않아 계승혁의 사망 소식이 전해졌다. 그러나 그렇다 하여 이 마음이 계승혁에 대한 동정으로는 이어지지 않았다.

홍주란과의 사정과는 무관하게, 계승혁과의 관계에 있어 승서는 철저한 피해자의 입장에 놓여 있었다. 가해자에게 베풀 온정은 남아 있지 않았다.

"그래서요?"

"그러니까, 난……."

매달리듯 뻗어온 홍주란의 손을 가만히 바라보기만 했다. 목적지를 잃은 홍주란의 손은 애처롭게 떨리고 있었다.

"줄곧 생각해 봤지만 답은 늘 하나더군요. 더 이상의 시간 낭비는 하지 않을 겁니다."

"아……!"

충격을 견디지 못한 홍주란의 전신이 휘청거렸다.

"다음에 만날 땐 두 분의 아들로서 만나지는 않을 겁니다. 오늘이 마지막입니다."

절연을 선언하는 마음은 무겁지 않았다. 울고 있는 홍주란의 모습에도 마음이 아프지 않았고, 한 손으로 가슴을 쥐어짠 채 충격을 삭이고 있던 계정문의 행동에도 걱정이 앞서지 않았다.

타인의 시각에서 바라본 홍주란과 계정문은 더 이상 애정의 대상이 되지 못했다. 마음 정리는 이로써 모두 끝이 났다. 이제부터는 온전히 이자경에게 속한 사람으로만 살 생각이었다. 다정한 눈빛이 이자경을 향했다.

"잠시만 기다려 봐."

이자경이 신고 있던 구두끈이 풀어진 걸 발견한 승서가 자연스럽게 허리를 굽혔다. 당연하다는 듯 양손을 가져다 대 헐거워진 끈의 매듭을 묶기까지의 시간은 느릿하게 흘러갔다. 그 과정은 홍주란과 계정문의 눈으로도 빠짐없이 전해졌다.

"고마워."

"고맙긴. 별거 아니야."

대형견을 쓰다듬듯 부드럽게 머리칼을 헤집어오는 이자경의 손길이 단잠을 떠올리게 만들었다. 길들여진 짐승이 된 기분도 썩 나쁘지 않았다.

남 앞에서는 고개를 숙이는 법조차 없던, 오만하고 자존심 강한 승서가 유일하게 마음을 허락한 상대. 승서의 세계를 지배하는 왕은 이자경이었다.

왈왈, 멍멍.

짖으라면 짖을 용의도 충분히 가지고 있었다. 그 정도로 자신은 완벽하게 이자경에게 미쳐 있었다.

우리는, 독립적이되 또한 종속적이었다.

하나이되 둘이었으며, 둘이되 하나이기도 했다.

이자경.

내가 흙이고 바람이라면, 너는 하늘이고 비다.

황폐하게 메말라 있던 감정에 숱한 단비를 뿌리고,

칼날처럼 날카로웠던 시간을 아무렇지 않게 품어준,

너는 하늘이고 비다.

이자경.

내가 하늘이고 비라면, 너는 흙이고 바람이다.

공허하게 비어 있던 마음에 푸릇푸릇한 씨앗을 뿌리고,

아무것도 아니었던 지난 과거를 부드럽게 어루만져 준,

너는 흙이고 바람이다.

하늘이고, 비고, 흙이고, 바람이다.

에필로그

백승혜로부터 정식 초대가 날아들었다. 줄곧 기다려 왔던 만큼 마음이 들뜨는 것을 막지 못했다.

그토록 고대하고 있던 집으로의 방문.

입가로 진한 웃음이 떠올랐다.

그간 베일에 감춰져 있던 이자경의 생활 전반부를 엿볼 수 있는 기회가 드디어 온 건가? 이자경의 체취가 잔뜩 밴 공간에 들어선다고 생각하니 일이 손에 잡히지가 않았다.

꽃을 사면 좋을까?

그전에 백승혜에게 어울릴 만한 가방부터 하나 봐둬야겠다. 잘 봐달라는 의미의 뇌물은 아니었고, 이자경을 아끼고 보살펴 준 데 따른 감사함의 표시였다.

사람들은 종종 말로써 지닌 마음을 모두 표현하기 어려울 때 선물이란 걸 하곤 한다. 생각이 진행될수록 백승혜를 위한 선물의 종류도 점차 다양해졌다. 값비싼 고가품을 포함해 사소하게는 과일과 고기까지, 약속한 주말에 이르러 차 트렁크는 묵직하게 채워졌다. 기존에 준비해 두었던 것까지 더해지자 가짓수는 눈에 띄게 늘어났다.

솔직한 심경을 밝히자면 이때까지만 하더라도 승서는 단순히 상황을 즐기는 수준이었지 만남에 대해 크게 부담을 가지고 있거나 그러진 않았다.

매번 봐온 상대였고, 이미 수차례 말을 섞어본 경험도 있었다. 그러나 잠겨 있던 대문이 열리고, 마중 나온 이자경과 백승혜의 얼굴을 대면했을 무렵부터 사정은 조금씩 달라지기 시작했다.

"어머나! 웬 꽃을 이렇게나 많이 샀어요."

두 팔을 벌려 안아야 겨우 감쌀 수 있을 정도의 엄청난 크기의 꽃다발에 백승혜의 눈이 동그랗게 떠졌다. 그러나 놀라움은 여기가 끝이 아니었다.

"세상에…… 게다가 이게 다 뭐예요."

"별거 아닙니다. 어울릴 만한 걸로 몇 개 골라봤습니다."

언뜻 보아도 몇 개 수준이 아니었다. 이 점을 지적하려던 백승혜가 뒤따라 들어오던 인영을 발견하곤 그만 말문이 막혀 입을 떡 벌리고야 말았다. 양손 가득 나눠 든 물건들은 모두 백승혜의 것으로 준비한 것들이었다.

"안쪽으로 옮겨주시면 됩니다."

"네, 본부장님."

맡은바 임무를 끝낸 이 비서가 목례를 한 뒤 자리를 떴다. 그때까지도 백승혜는 얼굴에서 놀라움을 지워내지 못하고 있었다. 결국 두 손 두 발 다 든 백승혜가 당부의 말을 덧붙여 왔다.

"고맙긴 한데, 너무 과해요."

"성의라고 생각하고 받아주셨으면 합니다."

"우리 애 손님이에요. 빈손으로 와도 반겨줄 테니까, 다음부터는 이렇게까지 챙기지 않아도 돼요. 그보다 추운데 얼른 들어와요."

긴장하지 않을 거란 예측 역시 보기 좋게 빗나갔다. 두서없이 뛰기 시작한 심장의 울림은 명백한 긴장의 증거였다. 간과하고 있었던 사실을 깨닫기까진 긴 시간을 필요로 하지 않았다.

관계의 정의를 내리는 데 있어, 타인인 백승혜가 가지는 의미는 여러모로 특별했다. 적어도 이자경이 생각하는 백승혜는 남이 아닌 가족의 범주에 속해 있었다. 위치로 따지자면 친정어머니쯤 될까?

걸음을 옮길 때마다 희미한 긴장감이 발끝을 타고 올랐다. 신부 쪽에 첫인사를 올리러 가는 예비신랑의 마음이 이 같을지도 모르겠다. 그러나 지금 느끼고 있는 긴장감은 불쾌감과는 구분되는 꽤나 기분 좋은 떨림을 간직하고 있었다.

"절부터 받으세요."

"그렇게까지 예의 차리지 않아도 돼요."

"부담 가지실 필요 없습니다. 저뿐만 아니라 이자경도 그걸 원할 겁니다."

"그렇게 해, 이모."

이자경의 채근에 못 이긴 척 백승혜가 자리를 잡고 앉았다.

"내가 이런 대접을 받아도 될 자격이 있는지는 모르겠지만, 그 래도 우리 자경이 잘 부탁해요. 내겐 딸이나 다름없는 아이예요."

"마음을 다해 보살펴 주신 거 압니다. 감사하게 생각합니다."

빈말이 아닌 진심이 담긴 승서의 대답에, 물기가 묻어난 눈을 한 백승혜가 가만히 고개를 끄덕여 보였다. 가지런히 모은 두 손 을 이마에 가져다 대는 것을 마지막으로 무릎을 굽히며 예를 다한 인사를 마쳤다.

"그만하면 됐으니 편하게 앉아요. 시장하면 저녁부터 차릴게 요."

"아직 괜찮습니다."

"그럼 저녁 먹기 전에 차부터 한잔해요."

잠시 자리를 비웠던 백승혜가 오래지 않아 다과상을 들고 나왔 다. 미리 준비를 해둔 듯 크게 시간을 지체하지는 않았다. 그러나 할 말이 많은 것처럼 보였던 백승혜는 막상 대화가 시작되자 주저 하는 기색을 드러냈다. 계기를 마련해 준 건 승서였다.

"하실 말씀 있으신 거면 편하게 하셔도 됩니다. 그래야 저도 편 한 마음으로 자주 찾아뵐 수 있으니까요."

"저기, 그럼…… 이런 질문이 이르다는 건 아는데, 그래도 결혼 은 언제쯤으로 생각하고 있는지 의중은 알아야 할 것 같아서요. 혹시 생각해 둔 날짜라도 있나요?"

승서를 바라보며 해온 백승혜의 질문은 무척이나 조심스러웠 다. 백승혜가 보여온 불안의 근원은 승서가 가진 배경에서 기인하 고 있었다. 그러나 승서는 어느 한쪽도 포기할 마음은 가지고 있 지 않았다.

무엇보다 지금 백승혜는 착각하고 있는 게 있었다. 백승혜를 두렵게 만들었던 배경은, 한편으론 이자경을 지켜낼 힘이기도 했다. 어떠한 경우라도, 어떠한 희생을 치르더라도 잡고 있던 이자경의 손만큼은 놓지 않을 생각이었다.

마음이 변할 리 없는데 다른 건 불필요한 걱정이고 우려였다. 하지만 굳이 이 같은 논점을 되짚지는 않았다. 이 상황에서 승서가 해줄 수 있는 건 확답뿐이었다.

"날짜는 신부 쪽에서 정하는 걸로 압니다. 좋은 날로 부탁드리겠습니다."

원했던 정답에 근접한 듯 삽시간에 백승혜의 얼굴이 환하게 펴졌다. 잠시 후 안도의 한숨이 백승혜의 입 밖으로 흘러나왔다.

"의논해 볼게요. 그보다 우리 자경이 어디가 그렇게 좋았어요?"

"제 눈에 착하고 예쁩니다."

"호호. 당연한 건데, 주책없이 별걸 다 궁금해했군요. 식겠어요. 어서 들어요."

이어진 대화는 가벼운 사담이 주를 이뤘다. 차 한 잔을 마시기까지 걸린 시간은 이십여 분 남짓 됐다.

"금방 저녁 차릴 테니까 앉아서 얘기들 나누고 있어요."

소파에서 일어난 백승혜가 이내 주방으로 향했다. 백승혜가 시야에서 멀어지자 자연스럽게 긴장감은 완화되었다. 조이고 있던 넥타이에 손을 댔다가 이어 불찰을 깨닫고는 손을 뗐다. 아직은 편하게 있을 자리가 아니었다.

"긴장했어?"

"조금."

"괜찮은 거지?"

"No problem."

"그럼 다행이지만. 참, 승서 너 먹으라고 이모가 백숙까지 끓였어."

"그래?"

닭이 좋을 것 같단 승서의 말을 흘려듣지 않은 백승혜가 빼놓지 않고 저녁 메뉴에 백숙을 포함시켰나 보다. 이는 사위 대접을 해줌으로써 승서의 존재를 이자경의 짝으로 완전히 인정한다는 뜻이기도 했다. 흡족한 웃음이 입가로 떠올랐다.

반갑지 않은 불청객이 등장한 건 다음 순간이었다. 물론 이러한 마음은 얼마 안 가 곧 바뀌고 말았지만.

"이런…… 내가 조금 늦은 건가?"

현관문을 열고 들어온 임석운이 낭패감 어린 눈빛으로 주변을 둘러보았다.

"아냐, 딱 맞춰서 왔어. 얼른 손 씻고 와서 밥 같이 먹어."

"그전에 소개부터 해줘야지."

"그야 당연하지."

시선을 옮겨가며 번갈아 두 사람의 얼굴을 확인한 이자경이 이어 말했다.

"인사해. 이름은 임석운이고, 전에 말한 친동생처럼 생각한다는 아이야. 그리고 이쪽은 계승서. 나하고 결혼할 사람이야."

"그리고 카페에서 봤던 그 커피남이고?"

"얘기하자면 복잡하지만, 그렇게 됐어."

쉽게 나온 이자경의 긍정에 임석운의 눈썹이 짓궂게 휘어졌다.

"사실 연락을 받았을 때만 하더라도 설마 하는 마음이 아주 없진 않았거든? 근데 내가 생각했던 것보다 우리 누나 능력이 있었구나."

다분히 놀림조로 건네온 말속엔 애정이 녹아 있었다. 그러나 남자 대 여자가 아닌, 가족의 위치에서 보여온 임석운의 관심은 전처럼 신경이 쓰인다거나 거슬리지 않았다.

잠시 후 백승혜의 저녁 준비를 돕는다며 이자경이 주방으로 건너가자 거실엔 임석운과 둘만 남게 됐다.

"임석운이라고 합니다."

쓰고 있던 군모를 벗은 임석운이 군인 특유의 절도 있는 동작으로 인사를 해왔다. 초면이라고 하기엔 어폐가 있었지만 정식으로 통성명을 하는 건 이번이 처음이었다.

"계승서입니다."

손을 내밀어 악수를 청하자 임석운이 기꺼이 응해왔다. 처음은 가볍게 맞잡았지만, 나중엔 아니었다. 불필요한 힘겨루기를 시작한 건 임석운의 뜻이었다. 그러나 일그러진 얼굴로 인상을 쓴 것도 임석운이 먼저였다.

"꽤 하시네요."

"그쪽도 꽤 하는군요."

"사실 직업이 직업이다 보니 힘으로 밀릴 거라곤 생각하지 못했어요. 변칙을 쓰고도 결과가 이래서 좀 민망하긴 하지만, 무례하게 군 건 사과드리겠습니다."

"별로, 신경 쓰지 않아도 됩니다."

"이해해 주셔서 감사합니다. 나쁜 뜻은 없었습니다."

미안한 얼굴로 임석운이 너스레를 떨어 보였다. 그러나 보이는 것만이 전부가 아니었다.

살갑게 건네온 임석운의 말은 상대의 방심을 불러일으키기 딱 좋을 만큼 가벼웠다. 웃으며 손을 맞잡아올 때도 그랬었다.

허를 찔러 실을 꾀하는 전형적인 허허실실의 타입이랄까. 매사 신중을 기하는 성격이 아니었더라면, 이번 일에 있어 백기를 든 건 임석운이 아니라 승서가 먼저였을 것이다. 상대의 의중을 읽고 미리 대비를 하고 있었음에도 여전히 손끝이 찌릿찌릿할 정도로 강한 악력이었다.

고약한 장난인 건가.

그런 것치고 임석운은 한결같이 승서에게 우호적이었다. 빠르게 해온 사과 또한 군더더기 없이 깔끔했다. 그렇다면 다른 부분에서 알고자 하는 게 있다는 건데, 확인하고 싶은 게 뭔지는 알 수 없었지만, 본격적인 식사가 시작되기까지 얼마간 어울려 줄 마음은 가지고 있었다.

"평상시 따로 하고 있는 운동이라도 있으신가 봐요. 아, 바쁘셔서 시간 내기 어려우려나? 그래도 헬스 정도는 다니시죠?"

"헬스는 아니지만, 가리지 않고 이것저것 조금씩은 합니다."

"실례가 안 된다면 뭘 주로 하시는지 여쭤봐도 될까요?"

"현무도라면 조금 할 줄 압니다."

"현무도라면…… 실전무예군요."

직업적 특성상 관심이 많을 수밖에 없는 분야였고, 이 때문인지 임석운은 현무도의 본질에 대해서도 어느 정도 알고 있는 눈치였다. 따로 설명해 주는 수고를 던 대신 짧게 고개를 끄덕이자, 건너편에 서 있던 임석운의 입에서 무심코 본심이 흘러나왔다.

다행히 펜대만 굴릴 줄 아는 약골은 아니란 거네.

정작 본인은 의식하지 못한 듯 어긋나 있던 시선을 맞춰올 때까지도 임석운의 얼굴에선 별다른 표정 변화가 감지되지 않았다. 그런데도 뭐랄까, 기분이 나쁘기보단 오히려 즐겁단 생각이 앞섰다.

"참, 그러지 말고 언제 한번 대중목욕탕이라도 같이 가요. 등은 제가 확실히 밀어드릴게요. 남자끼린 그러면서 친해지고 그러는 거 아니겠어요."

이로써 임석운이 알고자 했던 게 무엇인지 명확하게 가려졌다. 아슬아슬하게 상식선에 걸쳐져 있던 임석운의 말과 행동이 의미하는 바는 하나였다. 이자경에 대한 걱정. 혹은 염려.

웃기긴.

동생 역할뿐만 아니라 임석운은 자청해서 오빠 노릇까지 하려고 들었다. 하지만 이자경의 행복을 바라고 하는 일이라면 동참할 마음은 여전히 가지고 있었다.

"뭐, 그것도 나쁘진 않겠군요."

"약속한 겁니다."

"그럼 이제 다음 차례는 뭡니까. 건강진단서라도 첨부할까요?"

"아, 그러실래요. 그럼 언제……!"

하던 말을 중간에서 멈춘 임석운이 어색한 얼굴로 머리를 긁적였다.

"참견이 지나쳤다면 죄송합니다."

"괜한 참견이었다면 제 선에서 잘랐을 겁니다. 가족으로서 충분히 궁금해할 수 있는 사안이니 신경 쓰지 않아도 됩니다."

"가족……."

되뇌듯 같은 말을 반복해 읊조린 임석운이 가볍게 어깨를 으쓱거렸다.

"말하는 게 누나랑 닮았어요."

"칭찬으로 듣겠습니다."

"누나가 아깝긴 하지만, 그래도 두 분 잘 어울려요."

"같은 생각입니다. 많이 아깝고 많이 과분한 사람이란 거 압니다."

대답을 들은 직후 임석운의 표정이 묘하게 변했다.

탐색.

임석운의 의도는 어렵지 않게 읽혔다. 한동안 임석운은 살피는 기색을 지우지 않았다. 그런 뒤에야 불필요한 질문 하나를 입에 올렸다.

"제 생각보다 누나를 더 많이 좋아하시는군요."

"좋아하지 않을 수 없는 사람이니까요."

"사람 보는 안목도 있으시군요."

"부정은 안 하겠습니다. 이래 봬도 그쪽으론 꽤 정확해서요."

흔들림 없는 승서의 목소리는 듣는 이로 하여금 믿음을 주게 만들었다. 일순간 임석운의 얼굴에 드리워져 있던 경계심이 한 점 남김없이 자취를 감췄다.

"……뭐랄까. 쓸데없는 걱정이 아주 없지는 않았는데, 지금 보니 괜한 기우였던 것 같기도 하네요. 우리 누나 잘 부탁드립니다. 그리고 매형…… 이라고 불러도 될까요?"

태양빛에 그을린 임석운의 얼굴은 바깥 훈련의 고단함을 그대로 간직하고 있었다. 그런데도 시종일관 밝은 표정을 지우지 않았다.

"물론이야, 처남."

산만 한 덩치와는 어울리지 않은 수줍은 물음 하나에 흔쾌한 허락의 말이 떨어졌다. 자연스럽게 말은 하대로 돌아섰다.

나이도 그렇지만 결혼을 한다면 손윗사람이 되는 셈이다. 간단히 말을 놓은 건 이를테면 손윗사람으로서 역할을 하겠다는 뜻이기도 했다. 호칭 하나 바꿨을 뿐인데 왠지 모르게 조금 더 가까워진 느낌이 들기도 했다.

무엇보다 임석운은 사람 보는 눈이 있었다.

아무렴, 승서 자신보다야 이자경이 훨씬 아깝다.

바른말로 지적해 올 때 달싹이는 입술이 매력적이고, 웃으며 속삭일 땐 반달처럼 휘어지는 눈이 고혹적이다. 어디 그뿐인가. 반듯한 이마는 키스하기에 안성맞춤이고, 부드럽게 감겨오는 손가락은 더할 나위 없이 자극적이다. 승서 자신의 앞에서만 풀어지는 모습을 보여주는 건 혼자서만 아껴두고 싶은 즐거움 중 하나였다.

팔불출 같은 생각을 잔뜩 하면서도, 승서는 상황에 감사하는 마음 역시 잊지 않았다. 이렇게나 좋은 사람들이 곁에 있어줘서, 그래서 덜 아플 수 있었구나. 그렇게 생각하니, 조금은 이 사람들이 소중해진 것 같았다.

"자자, 얘긴 먹으면서 하도록 하고, 이쪽으로 와서 앉아요. 식으면 맛없어요. 자경이랑 석운이도 얼른 앉고."

허벅다리째로 떼어낸 큼지막한 닭다리 하나를 집어 든 백승혜가 승서의 앞접시에 내려놓았다.

"식기 전에 어서 들어요. 맛은 어떨지 모르겠지만, 열심히는 준비했어요."

눈앞에 놓인 먹음직스러운 음식이 식욕을 돋게 만들었다. 그러나 사실은 마주 보고 앉은 상태에서 살코기를 맛있게 오물거리기 시작한 이자경의 입술이 더 탐이 났다.

키스하고 싶다.

하지만 참아야겠지.

이성을 앞세워 욕망을 잠재우는 대신, 대리만족으로 식탁에 가려 보이지 않던 이자경의 발을 툭 건드려 보았다. 의외로 이자경은 별다른 반응을 보이지 않았다. 그리고 이 같은 일이 세 번쯤 반복되었을 무렵, 백승혜의 입에서 뜻밖의 발언이 이어졌다.

"날짜 말이에요. 되도록 빨리 잡을게요."

"……?"

"저기, 미안하지만, 우리 애 다린 좀 더 왼쪽에 있어요."

이자경의 다리가 왼쪽에 있는 거라면, 그럼 방금 전까진……! 일찌감치 정답이 나온 상황에서 뒤늦게 돌아가는 사태를 파악한 승서가 낭패감 어린 표정을 감추지 못했다.

"그게…… 죄송합니다."

"아니에요. 그럴 수도 있죠. 이해…… 푸흡, 해요."

"이모? 왜 그래?"

"아무것도 아냐. 식겠어. 어서 밥이나 먹어."

상황을 얼버무리는 백승혜의 태도가 이자경의 의심을 샀다. 입술을 둥글게 모은 이자경이 작게 왜냐고 물어왔지만, 의도치 않은 일로 말미암아 입장이 난처하게 변해 버린 승서에겐 따로 해명의 말이 준비돼 있지 않았다. 그래서 그냥 웃기만 했다.

좋다.

행복하다.

사랑하는 사람과 사랑하는 이자경이 아끼는 이들과 모여 먹는 저녁 식사.

지나간 시간에 가치를 부여하는 것만큼 뜻있는 일이 또 있을까. 따사로웠던 이때의 기억을 승서는 오래도록 잊지 못했다.

"별거 없지?"

처음으로 발을 들여놓게 된 이자경의 방은 좁고 협소했다. 동의하기 어려울 수도 있겠지만, 사실 그래서 더 마음에 들었다.

깊게 호흡을 하자, 익숙한 향기가 코끝으로 와 닿았다.

이자경 냄새다.

온통 이자경의 것들로 채워져 있는 자그마한 공간이 심장을 뛰게 만들었다. 평상시 성격을 반영하듯, 매일같이 이자경의 손길이 닿았을 물건들은 깨끗하게 정돈돼 있었다. 별거 없다는 이자경의 말과는 달리, 어느 것 하나 관심이 가지 않는 게 없었다. 모든 게 새롭고 신기한 기분이었다.

가지고 싶었던 장난감을 손에 쥔 아이처럼 괜스레 책상을 쓸어 보기도 하고, 아무 이유 없이 책장에 꽂힌 책을 빼보기도 했다. 시선을 사로잡은 건 한 권의 앨범이었다.

무심코 펼쳐 본 졸업앨범 안에서 오래전 자신의 모습을 발견했다. 일시에 마음이 들썩거렸다. 몇 번이고 이자경의 손길이 머물렀을, 하얗게 닳아버린 사진 하나에 새삼 행복하단 생각이 들었다.

함께 있지 않았어도, 헤아릴 수 없을 만큼의 많은 사랑을 받고 있었다. 그 마음에 보답해 줄 수 있는 지금 이 시간이 더없이 소중하게 느껴졌다.

힐끔거리는 눈길로 문 쪽을 확인하자 방문은 빈틈없이 닫혀 있었다. 앞서 과일을 들고 들어왔던 백승혜가 나가면서 문을 반쯤 열어두었지만, 뒤이어 임석운이 그 문을 온전히 닫았다. 단둘이 시간을 보낼 수 있게 배려를 해준 것이다. 겪어볼수록 마음에 드는 구석이 많았다.

침대에 걸터앉아, 비어 있던 옆자리를 툭툭 쳤다. 그러자 멀찌감치 서 있던 이자경이 조금 곤혹스러운 표정을 지어 보이며 가까이로 다가왔다. 하지만 막상 곁에 앉는 건 주저했다.

왜일까 생각해 봤고, 이자경의 얼굴에서 머뭇거림을 읽어낸 순간 그 이유에 대해서도 쉽게 추측해 볼 수 있었다.

"아무 짓도 안 해."

"알아."

"안다고?"

"응."

대답과 동시에 볼 위로 내려앉은 말랑한 입술. 쪽 소리와 함께 떨어져 나간 이자경이 말갛게 웃었다.

"승서 네가 아니라 내가 자제가 안 될 것 같아서, 그래서 그래."

솔직한 고백에 심장이 아플 정도로 조여들었다. 뒤늦게 정신을 차렸을 땐 온통 이자경에게 마음을 빼앗긴 뒤였다.

눈부시다.

무의미했던 시간에 가치를 더하고, 야트막하게 흘러나온 숨결에 의미를 새기고, 일상적으로 주고받는 말 한마디에 감사함을 느낄 수 있는 시간이어서 다행이란 생각이 들었다.

떨림을 숨기지 않은 채로 웃으며 이자경을 향해 손을 내밀었다. 무게감 없이 살짝 얹어놓은 손을 한차례 매만져 봤다. 그리고 그 때서야 비로소 준비해 온 반지를 이자경의 왼손 네 번째 손가락에 끼워줄 수 있었다.

"늦어서 미안."

"그럴 리가 없잖아."

습하게 젖어들기 시작한 것과는 별개로 이자경의 눈은 여전히 웃고 있었다.

닮았으며 또한 닮지 않았던 두 사람의 결속.

혼자가 아닌 둘이서, 함께하는 내일을 떠올린 지금 더없이 행복했다.

나는 이자경을 사랑한다.

이자경도 나를 사랑한다.

❖

인도양의 진주라 불리는 세이셸 공화국.

세이셸에 위치한 라디그 섬에 도착한 지 만 하루째. 부쩍 짧아진 이자경의 바지가 욕구를 자극했다.

사실 욕구라고 해봤자 기본적으로 성욕이 전부를 차지하고 있었다.

안고 싶다.

손을 맞잡고 인적이 드문 해변가를 걷는 동안에도 줄곧 머릿속에선 이 같은 생각이 떠나지 않았다. 시간이 지날수록 참을성은 점차로 바닥을 드러냈다. 산책에서 돌아와 씻으러 들어간 이자경의 뒤를 따라 욕실 문을 연 건 지극히 당연한 선택이었다.

"앗!"

갑작스러운 상황에 상의를 탈의하던 이자경이 깜짝 놀라 소리를 높였다. 반사적으로 가슴을 가리는 행위가 음욕을 부채질했다. 입술 겉면을 야하게 핥아 올린 승서가 아무렇지 않게 입고 있던 옷을 벗었다.

"뭐, 뭐 하는 거야."

"같이 씻어."

"말도 없이 이러는 게 어디 있어."

"참으려고 했는데, 이건 내 의지 밖이야."

불합리한 투정을 한마디로 일축한 승서가 샤워기를 틀었다. 물이 쏟아져 내리는 소리와 함께 이자경을 품 안으로 이끌었다.

"정말 못 말려."

체온이 맞닿기 무섭게 열기가 한쪽으로 몰렸다. 딱딱하게 굳어버린 중심이 양쪽으로 끄덕대며 이자경의 하복부를 비비적거렸다.

이대로라면 조금 곤란한가?

처음에 비해 한결 능숙해진 손길로 브래지어 후크를 끄르면서도 한쪽에선 이성과 본능이 첨예한 대립을 이뤘다. 여전히 여유는 없었다. 하지만 관계에 있어 최우선은 늘 이자경이었다. 성급하게 덤벼들다 이자경을 상처 입히게 되는 상황은 이쪽에서 사양이었다.

넣고 흔들고 싶지만, 아직은 때가 아니었다. 무리를 시키지 않는 선에서 침실만큼 적당한 장소도 없었다. 그러나 이대로 물러설 생각 역시 가지고 있지 않았다.

샤워젤로 잔뜩 거품을 낸 손바닥으로 이자경의 몸을 천천히 문질러 닦아볼까?

등이나 어깨 말고, 그보다 더 깊은 곳까지 속속들이 확인해 보는 시간을 가지는 것도 나쁘지 않을 것 같았다. 진심이 돼버렸는데, 몸과 마음을 따로 분리해 생각한다는 건 사실상 요원한 일이었다. 물기에 젖은 몸을 바라보고 있는 것만으로도 허기가 지는 느낌이었다. 이자경에 관해서라면 뭐든 부족하게 느껴졌다.

신기할 정도로 변함이 없다. 아니, 시간이 지날수록 오히려 더 간절해지는 기분이 들기도 했다. 이자경에 대한 마음이, 그 절실함이 더 깊은 결속을 원하게 만들었다. 그래서 지금처럼 자제를 하는 게 쉽지 않기도 했다. 그러나 애써 가라앉히려던 욕망에 불을 붙인 건 뜻밖으로 이자경이었다.

"흡!"

한계치까지 커져 있던 남성을 두 손으로 부드럽게 감싸 쥐어오는 여린 손길에 다급히 숨을 집어삼켰다. 시선을 내려 아래를 보니 이자경이 새침하게 눈썹을 내리깔고 있었다.

"괴로운 것 같아서……."

"……그게 다야?"

"어떨 것 같아?"

질문을 끝으로 이자경이 의미심장한 미소를 지어 보였다. 애당초 대답을 바라고 한 질문이 아니었다.

미치겠군.

요령이나 기교 없이, 단순히 쥐었다 놓기를 반복하는 것뿐인데도 성감이 확 치솟아올랐다. 원초적인 자극에 악문 신음이 흘러나왔다.

"아파?"

"……아니."

"그럼 좀 더 세게 쥐어볼까?"

그러지 않아도 된다고 말하려고 했다. 그러나 마음에 반해 의사표현은 반대로 나왔다. 고개를 끄덕이는 순간 이자경의 손에 힘이 더해졌다.

퓨즈가 나갈 것 같다.

느긋하게 샤워를 하려는 계획이 전면 수정됐다. 흠뻑 젖어 있던 이자경의 하의를 서둘러 벗겨내고, 초조함이 깃든 손길로 이자경을 안아 들었다.

"잠깐만! 잠깐 기다려 봐."

버둥대기 시작한 이자경의 몸을 단단하게 얽어맨 뒤로는 거침이 없었다.

"쉬, 착하지. 가만히 있어."

"미안. 장난이 지나쳤어."

"장난?"

위험한 눈빛이 이자경을 향했다. 빨갛게 달아오른 얼굴로 의사를 번복하기까지, 기다림의 시간은 길지 않았다. 쑥스러운 듯 목덜미에 얼굴을 파묻은 이자경이 속살대듯 진실을 말해왔다.

"사실은 장난 아니었어."

"알고 있어."

"심하게 굴기 없기야."

"그건 맡겨둬."

대신 다정하게 온몸을 핥아주는 건 예외로 둘 생각이었다. 동그란 귓바퀴를 따라 습하게 젖어 있던 혀를 집어넣자, 이자경의 몸이 움찔 튀어 올랐다. 솜털이 바짝 선 팔을 목에 두르게 하고 성큼거리는 걸음을 이용해 침대로 향했다.

"저기, 그리고…… 콘돔 없이 해도 돼."

쉽게 거절하기 힘든 매력적인 제안이 귓가로 울려 퍼졌다. 결국 침대를 눈앞에 둔 시점에서 멈칫하며 발걸음을 멈춰 섰다.

"방금 한 말 다시 해봐."

"피임약 먹었어. 신혼은 좀 더 즐기고 싶거든."

눈앞이 이지러지면서 아찔할 정도로 불꽃이 튀었다. 간신히 붙들고 있던 이성의 끈이 뚝 하고 끊어졌다. 곧이어 침대가 출렁였다.

"대체 어디까지 내몰 작정이야. 각오는 하고 있는 거겠지?"

"……이러면 됐어?"

"충분히 차고 넘쳐."

두 팔을 교차해 가리고 있던 가슴에서 손길을 떼어내고, 오므리고 있던 양다리를 살며시 벌리기까지, 그 과정은 몹시도 느렸지만 한편으론 더할 나위 없이 자극적이기도 했다.

눈과 귀를 사로잡는 사소한 손짓과 말투. 등줄기를 타고 오르기 시작한 전율이 삽시간에 몸 전체로 번졌다.

유혹했고, 유혹당했다.

덮치듯 이자경의 위를 점령하자, 19세기 빅토리아 여왕만큼이나 고고한 자태의 이자경이 기품 서린 우아한 하명을 내렸다.

"우선은 키스부터 해줘."

"좋아. 그다음은?"

"그다음은…… 승서 네 마음대로 해도 돼."

말랑한 입술을 시작으로 가느다란 목덜미와 봉긋한 가슴을 차례대로 스쳐 지나친 승서의 입김이 더 아래 은밀한 곳까지 영향을 미쳤다.

숨기는 것도, 숨겨야 하는 것도 없는 적나라한 관계.

아래에서 느껴지는 더운 기운에, 간신히 세우고 있던 이자경의 무릎이 파르르 떨렸다.

"승서야……."

물기에 젖은 이자경의 목소리가 이성을 마비시켰다. 그럴수록 기대 심리는 높아졌다. 때맞춰 젖은 혀끝을 이용해 여린 살갗을 건드리며 욕심껏 맛보았다.

"으읏!"

유영하듯 붉은 혀가 자유롭게 움직일 때면 여지없이 이자경이 몸을 비틀곤 했다. 수치심과 부끄러움이 뒤범벅된, 기분 좋은 울먹거림이 깊어졌다.

"하아, 하아."

정숙한 얼굴과는 어울리지 않는 야한 몸이 행위에 즐거움을 더했다. 솔직하게 반응해 오는 야릇한 신음이 귓가를 즐겁게 만들었다.

그런 뒤에야 뜨겁고 비좁은 통로를 따라 천천히 길을 냈다. 더디게 느껴질 정도로 느리게 진행되던 삽입 막바지에 이르러 인내심은 한계에 도달했다.

이마에 맺힌 굵은 땀방울이 침대 위로 떨어졌다. 이윽고 거친 허리의 반동이 침대를 뒤흔들어 놓았다.

❖

첫째는 계승서를 빼닮은 딸이었다. 이 년 터울의 둘째는 자신을 쏙 빼다 박은 사내아이였다.

겉으로 보여지는 외모는 두 아이가 모두 판이하게 달랐지만 성향은 또 그렇지가 않았다.

첫째인 계은우는 성격이 활달하고 매사 똑 부러지는 구석이 있어 유치원에서도 골목대장 역할을 도맡아 했다. 그리고 그 기질을 동생인 계신우가 고스란히 이어받고 있었다.

"대장!"

"방에서 뛰어다니는 거 아니랬지? 그러다 넘어지면 다쳐."

"알았어, 대장!"

단호한 말투로 타이르는 은우의 말에 금세 태도를 바꾼 신우가 뒤꿈치를 들며 살금살금 걸음을 옮겼다. 가만히 지켜보고 있자면 어린애 둘이서 하는 행동이 웃기면서도 기특했다.

"말 잘 들었으니까 이거 줄게."

메고 있던 유치원 가방에서 초콜릿 하나를 꺼낸 은우가 신우의 손에 쥐어주었다. 유치원에서 받은 간식을 따로 남겨온 모양이었다.

"진짜로 나 먹어도 돼?"

"응."

"역시 대장이 최고라니까!"

엄지를 치켜든 신우가 입가로 초콜릿을 가져갔다. 작은 입술로 한입 베어 오물거리며 맛있게 먹기 시작하자, 반대편에 있던 은우가 무의식중에 침을 꼴깍 삼켰다.

숨기려고 했지만 아직은 어린애일 뿐이었다. 혹시나 했는데, 먹고 싶은 걸 아껴서 신우에게 양보한 모양이었다.

벽시계를 확인해 보니 때마침 간식 먹을 시간이었다. 나눠 먹을 만한 것들을 준비하려고 일어서다 뜻밖의 광경을 목격한 직후 자경의 얼굴 위로 놀라움이 떠올랐다.

손에 쥐고 있던, 그러함에 반쪽 녹아버린 나머지 초콜릿 반을 신우가 은우에게로 내밀었다.

"이거 반 줄게. 대장도 먹어."

"난 됐어."

"그러지 말고 대장도 먹어."

"아냐. 너 다 먹어."

"그냥 대장이 먹어!"

한사코 고집을 꺾지 않은 신우가, 기어코 은우의 입속에 초콜릿을 넣어주었다. 입안 가득 사르르 녹아 퍼지는 달콤한 맛에 은우가 배시시 웃었다. 주변을 맴돌던 신우의 얼굴도 덩달아 환하게 펴졌다.

"엄청 맛있지?"

"다음엔 더 많이 가지고 올게."

"정말?"

"응."

블라인드가 걷힌 창문 너머로 오후의 따사로운 봄 햇살이 비껴 들어왔다. 구김살 없이 자라준 아이들이 고마웠고, 작은 것 하나 도 함께 나눌 줄 아는 마음 씀씀이가 가슴에 훈기를 돌게 만들었 다. 서로를 위해주는 아이들의 관계에서, 새삼 부모의 역할이 얼 마나 중요한지 깨닫게 되었다.

잘하고 있는 것일까 했던 불안감이 이 순간 눈 녹듯 사라졌다.

지루했던 삼 일간의 해외 출장 끝에 한국으로 돌아온 계승서가 공항에서 집으로 직행했다. 현관문이 열리자, 들고 있던 서류가방 을 바닥에 내려놓은 계승서가 두 팔로 자경을 끌어안았다.

"좋다, 이자경 냄새. 얼굴 보니 겨우 살 것 같아. 보고 싶었어."

"나도 그랬어."

"애들은?"

"노느라 고단했는지 일찍 잠들었어. 온 거 알면 많이들 좋아할 거야."

"잠시만."

단잠에 빠져 있던 아이들의 방을 찾아 일일이 이마에 뽀뽀를 한 계승서가 다시금 거실로 걸어 나왔다.

"말썽쟁이들 때문에 힘들거나 그러진 않았어?"

"나 빼고 둘이서도 잘 노는 걸 뭐. 지루할 틈 없이 재미있었어."

"애들이 나 보고 싶단 말은 안 해?"

"왜 안 해. 하지."

평소에 잠투정이 없던 은우가 어젠 아빠 언제 오냐고 칭얼거리기까지 했다.

"그랬어? 그럼 이번 주말엔 애들 데리고 나들이나 가볼까?"

"시간 빼는 거 괜찮겠어? 회사 일 바쁘잖아."

"바빠도 가족하고 보낼 시간은 언제나 충분해. 그러려고 평소에 일을 하는 거니까."

"은우랑 신우가 좋아하겠다."

"은우랑 신우만?"

"그야 당연히 나도 좋지."

부드럽게 머리카락을 헤집어오는 커다란 손길에 여지없이 심장이 떨렸다. 얼굴을 마주 보고 온전히 시선을 교환하는 지금 이 순간이 더없이 소중하게 느껴졌다.

"배는 안 고파?"

"기내식 먹었어."

"따로 먹고 싶은 건 없어? 아침에 해줄게."

"먹고 싶은 거라…… 한 가지 있긴 해."

"뭔데 그래?"

"이자경."

"……!"

"기대하고 있을게."

짓궂은 눈빛에 몸이 찌르르 울렸다.

왜 이렇게 덥지. 손부채질을 해봤지만 효과는 미비했다.

의외로 계승서는 관계를 서두르지 않고 느긋하게 둘만의 시간을 즐겼다.

한동안은 소파에 머리를 맞대고 앉아 도란도란 대화를 나눴다.

세상 돌아가는 이야기, 아이들 크는 이야기, 그리고 서로 사랑하는 이야기.

얼마 지나지 않아 째깍째깍 움직이던 시곗바늘이 자정을 지나쳤다. 또 다른 하루가 시작되고 있었다.

〈The End〉

작가후기

　늘 그랬지만 이번에도 긴장되고 설레는 마음입니다.

　안녕하세요. 청어람에서 두 번째로 인사를 드리게 된 공은주(나뭇가지)입니다.

　'킹과 개'는 지난 2013년 12월에 연재를 시작해 금년 1월에 완결한, 세 번의 겨울을 보내며 끝맺음을 한 글입니다. 사실 기간이 길어질수록 완결을 낼 수 있을까 하는 걱정을 많이 했었어요. 긴 호흡에도 불구하고 한결같이 응원해 주신 독자님들께 다시 한 번 감사 인사드립니다.

　이번에 선보이게 될 킹과 개는 기본적으로 사랑을 소재로 다루고 있습니다.

　이자경과 계승서.

　닮지 않은 듯 닮아 있던 두 주인공을 통해 평범한 일상의 행복이 얼마나 가치 있고 소중한지, 그로 인해 가족의 의미를 되새기고 서로에 대한 애정을 확인하는 이야기입니다.

굳이 분류를 하자면 킹과 개는 용서와 화해보다는 오히려 권선징악에 가까운 내용입니다. 관계의 정의로움이 만들어내는 이자경과 계승서의 이야기가, 책을 읽는 독자님들로 하여금 공감을 얻고 설득력 있게 다가섰길 바라봅니다.

부족한 글이지만 이번에도 잘 부탁드리겠습니다. 다음은 차기작인 '간섭'으로 찾아뵙겠습니다. 늘 고맙고 감사한 마음입니다.

마음을 들뜨게 만드는 따사로운 봄날입니다.

로맨스 안에서 행복하세요.

수고하셨습니다.